大龟甲师（上）

唐家三少 著

山东画报出版社
济南

图书在版编目（CIP）数据

大龟甲师. 上 / 唐家三少著. — 济南 :山东画报出版社，2017.1（2023.7重印）
ISBN 978-7-5474-2181-9

Ⅰ. ①大… Ⅱ. ①唐… Ⅲ. ①长篇小说—中国—当代 Ⅳ. ①I247.5

中国版本图书馆CIP数据核字(2016)第297136号

DAGUIJIASHI SHANG
大龟甲师 上
唐家三少 著

责任编辑 许 诺
装帧设计 田星宇

主管单位 山东出版传媒股份有限公司
出版发行 山東畫報出版社
社 址 济南市市中区舜耕路517号 邮编 250003
电 话 总编室（0531）82098472
市场部（0531）82098479
网 址 http://www.hbcbs.com.cn
电子信箱 hbcb@sdpress.com.cn
印 刷 北京盛通印刷股份有限公司
规 格 169毫米×233毫米 16开
18印张 307千字
版 次 2017年1月第1版
印 次 2023年7月第7次印刷
书 号 ISBN 978-7-5474-2181-9
定 价 29.80元

目 CONTENTS 录

目 CONTENTS 录

楔子

三千世界，母神所创，中有聚灵大陆，阶级分明。仙界为尊，次之为修，再次为凡。

仙界高高在上，受供奉而不能干涉下界。下界各修真门派，设办事处统治领民。大陆下界，门派过百，实力为尊，以门派属地为独立王国。各派之间，争斗不休，延续至今。

有神族者，以母神后裔自居，神族有龟甲师，以大陆禁术大龟甲术护佑本族，游离于三者之外。聚灵大陆百仙齐聚，倾力一击，该族湮灭，血脉不知所终。

第一章

D A G U I J I A S H I

十害之首

仙葩山方圆五百里，奇峰林立，主峰神女贡山终年云雾缭绕，传说为母神之女的居所。

千机门就在山中，以奇巧之道立足大陆修真界。山南麓有匠镇，会聚能工巧匠，为千机门服务，也是通往千机门的必经之路。

清明时节，春雨如丝。

山间小路上，行人三三两两。

“嘎吱嘎吱”的声音在旷野上回荡，行人没有回头，便纷纷避让。

发出声音的是一头两米高的木牛。

能够制作木牛的匠人有很多，但是能让木牛负重千斤的匠人，只有一个。

木牛前行的速度不快不慢，一名少年正坐在牛背上的竹椅子上打盹，一把油纸伞撑开，竖在身后的木管内，细雨随风，打湿了少年的裤管。

“路小爷好！”避让到一旁的行人纷纷出声，讨好地跟少年打招呼。

牛背上的少年有一头乱糟糟的短发、一张俊秀的脸，嘴角带着不易察觉的邪气。他眼睛都没睁开，嗯了几声，就算是回应了。

“有人要跳崖！”突然有路人惊呼道。牛背上的少年直起身，看了一眼山径尽头的断魂崖，崖边果然站了一个人。

“真有人要跳崖啊，哎，站这么久都不跳，我去推下他。”

牛背上的少年从身边的六合包里抓出一把弩，对着崖边的一棵老松树扣动扳机。

“唰！”箭矢如电，精准地射在树上。“嗖”的一下，弩消失不见，少年的手里多了一只小木猴，小木猴顺着一根肉眼几乎看不见的细丝飞也似的蹿到老松树之上，将一个滑轮紧紧缠在树上，然后又顺着细丝滑了回来。

少年熟练地将自己挂在细丝上，拍了一下木牛，一阵声响传来，他人随声而去。

路人甲看不下去了，嘀咕一声：“真败家，这根上好的云蛛丝有两千米长，能换一枚元气石呢。”

一名拄着拐杖的老者看着远去的少年，不屑地斜了一眼之前说话的路人甲，道：“不懂就不要乱说。云蛛丝又细又韧，配合滑轮，是山间运载货物的利器。路小遗这娃娃，不得了哩。”

“有什么用？奇巧之术再高明，也不过是一……”

路人甲刚说一半，便被老者大声打断了：“闭嘴，不要给匠镇肇祸！”

老者话音刚落，便见一个木人从路边草丛中跃出。木人手持木杖，狠狠砸下，刚才被老者呵斥的路人甲被木杖击倒在路边的泥水之中。

这木人是遍布千机门范围内的岗哨傀儡，但凡有人鄙薄千机门，必遭其害。

被击倒的路人甲爬起来，对着木人作揖道：“小人该死，自己掌嘴十下。”说着，他动手打自己的脸。木人待他自掌嘴十下后，便“嗖”的一下缩回草丛中不见了。

“唉，浣母死后，再也没人能管束这娃娃，如今这娃娃竟成了匠镇十害之首。”路人乙顿足叹息。

嘴欠的路人甲伤疤还没好便又管不住自己的嘴：“那是，你干的丢人事也被影石记录下来了。”

路人乙怒道：“刚才岗哨没有打死你，现在我要打死你。”说着，他挥舞着拳头扑了上来。两人打作一团，在泥水中翻滚。

崖边的少年衣衫破烂，看着深不可测的悬崖，几次想跃下，却迟迟下不了决心。

“这一次，我一定要跳下去！”破衫少年给自己鼓劲，结果脚刚伸出来，“嗖”的一下又缩回去了，他还是没勇气往下跳，不禁哀叹道，“我真是废物，连跳下去都没有勇气。”

“真磨叽！”少年身后传来一个声音，就在少年惊悚回头的瞬间，他屁股上吃了一脚，身不由己地飞出去，落下悬崖。

“啊！”惨叫声传来，急速下落的少年闭眼等死，突然身子一顿，在百米高的悬崖壁上晃荡。

悬崖上围观的路人看到这一幕，纷纷道："走了，走了，没啥好看的，又一个倒霉蛋。"

先前那两个厮打在一起的路人也都停了下来，继续沿着山路往镇子里走。

在"嘎吱嘎吱"的声响中，少年被拽了上来。少年看着面带讥笑的路小遗，惊恐之余，怒从心头起，抓起一根木棍朝着路小遗扑来："让你踹我！"

然而下一刻，只听见"嗖"的一下，少年被巨力拽着，吊在老松树的树枝上，手里的木棍落在了路小遗手里。路小遗在少年身上不轻不重地拍打着，道："敢在小爷面前放肆！"

……

木牛出现在镇子口，从青石板铺就的街道上走过，"嘎吱嘎吱"声不绝于耳。牛背上的路小遗哼着小曲儿，跷着二郎腿，丝毫不管路边镇民正捂着耳朵，一脸痛苦。破衫少年的双手被绑着，被木牛用绳索牵着走在后头。

路小遗是匠镇人憎鬼厌的十害之首。以前他偷鸡摸狗的时候，还不太遭人恨，但自从浣母死后，这家伙仗着一身不知道从哪儿学来的奇巧之术，制作了各种傀儡，还用影石窥探各家隐私。虽然他并没有用此敲诈勒索，但谁要是不老实，被他遇见了，他就会用影石播放以那人为主角的精彩片段。

其他九害都想教训教训路小遗，结果一一栽倒在路小遗五花八门的手段下。

"小姨，吵死人了！"从路边的一个小院门口闪出一个少女的倩影，少女喝了一声。

牛背上的路小遗这才不情愿地拍停木牛，从木牛上滑下来，刚落地便抱怨："青青，我说了多少次，不要叫我小姨，我是公的。"

少女青青走上前来，嫌弃地看了一眼后面穿着破衫的少年，熟练地将手伸进木牛嘴内，按了一下机关，木牛"嘎吱嘎吱"地乱响，很快变成一个四四方方的木箱。青青上前将木箱抱起："扰民，没收了！"

"不要啊，这是我花了半个月才做好的，青青你……"路小遗一脸懊恼，少女青青假装没听见，消失在门后。

这时，院门口出现了一个少妇，她对路小遗笑着道："回来了。青青不懂事，你别跟她计较。我这就做饭，你想吃点啥？跟干妈说。"

"只要是干妈做的，都好吃！"路小遗的嘴跟抹了蜜糖似的。

少妇梅金云用充满怜惜的眼神看着他，上前摸了摸他的脑袋：“嘴真甜！”

“干妈，我带他去找丐帮算点账，一会儿就回来。”人人畏惧、避让的路小遗在梅金云面前却变得极为乖巧。梅金云虽然知道他转身就会变为人憎鬼厌的人，但她并不在意。三年前，如果不是路小遗把遴选费拿出来求药，她丈夫孟大强的命早就没了，而路小遗因此错过了参加三年一次的遴选的机会。她才不管别人怎么看路小遗呢，她只知道这是自己的好干儿子。

“去吧，早点回来！”她话还没说完呢，路小遗就牵着绳子，拽着少年走远了。

破衫少年无比悲愤，心想：想我林薄，身怀奇志，父亲耗尽家资支持我，将我送来遴选，唯愿被选中，从此改变身份，不想路上先被劫匪抢劫，后被同行商队击伤。父亲抛下财物，忍着重伤，将我送到镇子外才气绝而亡。父亲下葬，连口棺木都没有。未等将父亲下葬，我便又被丐帮打劫一通，装着衣物和干粮的随身包袱被劫走。老天为何如此薄待我父子？

神女庙，小镇丐帮的栖身之地。

路小遗懒洋洋地走着，牵着林薄过来。

庙内避雨的乞丐看他进来，纷纷紧张地站起来，将手里的木棍对着他。

丐帮头子李泉是匠镇十害之一。他手下的乞丐坑蒙拐骗，好打闷棍，时时祸害往来行人、客商。

此刻，手持打狗棍的李泉却像见着鬼似的，战战兢兢地举着棍子。

“路小遗，别人怕你，我可不怕，我丐帮人多势众，打狗棍可不是吃素的。”李泉色厉内荏，他身后的小弟们也都显得底气不足。他不说话就算了，一说话众乞丐都往后退，把他顶在了前面。

“啧啧，打狗棍啊，我好怕。既然你有打狗棍，那我就给几条狗让你打着玩。”说着，路小遗伸手一掏，手上立刻出现了几个木球，只见他将木球往地上一抛，木球滚动之时，化作三条木犬。木犬没有叫，但是它们行动时发出“嘎吱、嘎吱”的声响，配上它们那毫无生气的脸，让人毛骨悚然。

“啪”的一声，打狗棍落地，李泉膝盖一软，跪下了。别看这是三条木犬，但被咬一口肯定会掉一块肉。

“路爷，您行行好，给条活路。”见老大跪下了，其他乞丐也纷纷跪下求饶。半年前，路小遗不过放了一条木犬，就让丐帮鸡飞狗跳，现在可是三条呢。

“知道害怕了？来，再给你看点精彩片段。”路小遗一摆手，一块影石出现，同时，他手里多了一条记忆块，他将记忆块往影槽里一插。

影石上出现了一个院子，李泉正鬼鬼祟祟地踩着属下的肩膀，趴在院墙上往里看。

“李泉，要是被毒寡妇知道你干的这缺德事，她会不会来报复你呢？”

毒寡妇是匠镇十害之一，娱乐行业领军人物，她专买一些少女回来，强逼她们做苦力，其麾下有勇悍死士数十人。

李泉垂涎毒寡妇已久，他表白过一次，但被毒寡妇用洗脚水加马桶内的排泄物制成的混合物击退。那一次，他在小镇边的清溪河下游洗了整整一个时辰，依旧难以消除难闻的气味。

目睹乞丐头子李泉跪在地上，双手将包袱奉上的一幕，林薄惊呆了！

离开神女庙的时候，林薄穿上从包袱里拿出来的干净衣服，低着头跟在路小遗身后。

摇头晃脑的路小遗趾高气扬地在街道上溜达，后面多了个小跟班。

突然，什么都不怕的路小遗脸色一变，抓住林薄的手，大声喊道：“快跑！”

林薄一愣，只见路边一栋楼的楼上出现了一个身材壮硕、体重难以估量的女子，女子手里挥舞着一面小红旗。

“小遗，你什么时候来看我啊？”

第二章

DAGUIJIASHI

收留林薄

“路小……爷！”林薄呼吸急促，艰难地咽下一口唾沫，正想说些什么，却被路小遗一个眼神瞪得结巴起来。

脸色十分难看的路小遗回头，恶狠狠地说道：“再废话就割了你的舌头！”

林薄脖子一缩，小心翼翼地跟着路小遗往回走。

突然，“唰”的一声，一块肉急速飞来，眼看就要砸到路小遗脸上。这时，一条木犬跃起，咬住了肉块。

“胡屠夫，想偷袭我？你还嫩了点！”路小遗得意扬扬地叫嚣道。

街边的肉摊上，一个彪悍的屠夫斜睨着二人，道：“拿了我的肉，就别拍我婆娘。”

胡屠夫是匠镇十害之一，他独霸小镇肉品市场，以高价卖肉。

“一块肉就想收买我？再来两只野鸡！”路小遗鼻孔朝天。

胡屠夫哼了两声，低声道：“要野鸡你去找毒寡妇，我这儿只有家鸡。”

胡屠夫丢过来两只家鸡，路小遗歪歪嘴，林薄立刻将家鸡捡起——很合格的跟班。

“路小爷，要野鸡为什么得去找毒寡妇？”林薄能感觉到路小遗并不是真恶人，于是壮着胆子问了一句。

路小遗头也不回地道：“你果然很蠢！没看出来他是在找台阶下吗？毒寡妇？哼哼，小爷才不会送上门去……”说到这里，他再次回头狠狠地瞪着林薄，差点把后面的话说了出来。

路小遗的偷拍生涯中，受到的最大的挫折就是在毒寡妇那里，他自然不能讲了。

进门的瞬间，路小遗立刻恢复了乖宝宝的模样，脸上笑容如春风：“我回来了，今天有肉吃哟。”

梅金云一脸慈爱地看着他：“回来了，去洗洗。你干爹身体不好，不能走远路，没能去祭拜……”

“干妈，一家人就别说这个了。”路小遗进门后，便奔着后院去了。

手上拎着一块肉、两只鸡的林薄不安地站在院子里，朝梅金云鞠躬。

“阿姨好，我叫林薄，今后跟着路小爷混了。”

“乖孩子，赶紧把东西放下，也去洗一洗。吃了饭，我给你收拾地方，你就在这儿住下。”

路小遗极为不耐烦地招手道：“快点！磨叽个啥？”

放下东西后，林薄来到后门，一出门他便呆住了。生活在平原地区的林薄，从没见过依山而建的屋子，更没见过像这样以长长的竹管为渠，将山泉水引到家门口。

路小遗穿着条大裤衩，站在水管下面，被山泉水冲得哇哇乱叫。

饭桌前，孟大强坐在椅子上，表情沉重。当年他命悬一线，虽然被救下来了，但是落下了浑身乏力的毛病，只能做点编织之类的活。昔日的巧手孟大强已经不见了。

“小遗，再过一个月，遴选又要开始了，钱攒够了吗？”孟大强挤出笑容，看着这个令外人畏之如虎、却对家人极好的干儿子。

“够了。这一次让青青也去试试，选上了最好，免得她在家里待着，总祸害我的物件。”路小遗笑嘻嘻地走过来，伸手给孟大强捏肩膀。

孟青青从楼上闪出小脸蛋，一双大眼睛瞪过来，用脆生生的声音叫嚣道：“臭小姨，你在背后说我坏话，回头我砸了你的狗窝。”

这丫头每次叫他，都要重点强调一下“姨”字。两人之间的舌战再次以路小遗完败结束，他闷着头扒饭。

与此同时，林薄的心陡然剧烈地跳动起来，脑海里就剩下“遴选”二字，看着美味的饭菜，却没什么胃口。

遴选是各修真门派选拔凡人为弟子的手段，报名费是每个人一百枚元气石。一枚元气石等于一千枚灵石。元气石之上，还有元气玉。三者为聚灵大陆的通用货币，元气玉是修真者修炼的必备之物，在市面上极为罕见。

一想到遴选，林薄内心深处就燃起一股火焰，心想，我要参加遴选，为了证明自己，也为了父亲。

夜晚，光着膀子的路小遗在油灯下挥汗如雨。锯子吱吱呀呀地响，一块块大小不同的木头接连落地。林薄抱着膝盖，目光呆滞地望着窗外。

孟家不大，林薄只能跟路小遗挤在一间屋子里。

“路小爷，你的傀儡不是可以干活吗？为何还要自己动手？”林薄回头，看见路小遗的手腕上有一个黑黝黝的胎记，形状像一颗珠子。

“你懂什么？这是玉木，是最好的制作傀儡的材料，一块就值三十枚元气石呢。小爷如果不亲自动手，让这玉木被傀儡糟蹋了，小爷能一头撞死去。”

路小遗说话很冲，他头也不回，小心地将地上的木块捡起来，就像对待心爱之物一般，用手抚摸了一会儿后才道：“好东西，这下我就能做出最好的傀儡了。”

“还能比千机门的傀儡更好吗？”林薄的语气中带着讥消。

路小遗回头，冷笑道：“论手艺，小爷称第二，没人敢称第一。千机门强的不是手艺，而是能用特殊的手法炼制傀儡，组成傀儡大军。我一直没弄明白这种法子的原理，不过我迟早能弄明白的。”

“加入千机门不就行了吗？”这一次，林薄的语气激动了许多。

“也许吧。这种秘术想必会被藏得很严实，怎么也得是内门弟子才有机会接触到。你先睡吧，我去冲洗一番。”路小遗的语气则平和多了，平时他都是一个人住，现在多了个伴，他心态平和多了。

路小遗没去注意林薄的想法，他救林薄不过是顺手之事，接下来就得看林薄是个什么样的人了。

在市井长大的路小遗见惯了世态炎凉，不会随便就相信别人。

这一觉林薄睡得很好，这些日子以来，他受到了太多惊吓，人一旦放松下来，疲惫感就全上来了，就会睡得特别沉。等他睁眼的时候，已日上三竿。他在心里暗暗叫苦，才被人家收留，怎么就贪睡了。

他急急忙忙地出了房间，发现院子里一个人都没有。出了后门，他匆匆洗了把脸，看见正在石阶边上洗衣的母女二人，赶紧上去打招呼：“阿姨好，我来帮您吧。”

梅金云没计较他的贪睡，半大的孩子，经历了那么多事情，心善的她能够理解。

“起来了，小遗在西屋里忙活，再有三天要交一批货，你去看看能不能搭把手。”梅金云笑着打发了他，青青噘着嘴哼了一声。梅金云伸手轻轻打了女儿一下：“小心眼！”

林薄饿着肚子来到西屋，见孟大强坐在靠椅上，一只手拿着一把尺子，一只手拿着一个傀儡部件。孟大强见林薄进来也不说话，只是对正在忙活的路小遗道：“抽查了三个，尺寸都对上了。”

路小遗看看林薄，随后道：“看你睡得沉，就没叫你。你先帮忙搬这些做好的部件，把它们摆在架子上。”

林薄没说话，赶紧动手搬东西，路小遗这才露出一丝不易察觉的微笑。

这会儿青青进来了，拎着茶壶道：“这就做午饭，下午要去河里浣纱，林薄来帮忙搬东西。”

林薄看看路小遗，见他没发话，点点头道：“好，我记住了。”

午饭后，林薄跟着青青出去了。浣纱就是从附近的染坊里头拿一些染过的布料来洗。路上有木牛拉货，林薄觉得还不算太累，但是到了河里，站在水中漂洗就没那么轻松了。青青嘴巴又刁，一边干活一边骂林薄是“少爷的身子，乞丐的命”。即便如此，林薄也咬牙坚持了一个下午，回到屋子里时，他已经累得不行了，躺在床上动都不想动一下。

西屋里的孟大强看了一眼忙完的林薄，低声对路小遗道：“小遗，你凭啥帮他？”

“没啥，就是缘分。再说了，要不是有您和干妈，我也是没爹没娘的孩子。”

路小遗提起这个，孟大强就不再说话了。孟大强知道这里头的起因是两人都是没了父母的孩子，而且还一般大小。路小遗八岁没了养母奶奶，之后的头两年，为了生存他什么坏事都干过。孟大强夫妇也就是看他一个娃娃可怜，接济了几口吃的，他就能在孟大强快死的时候，把自己攒的全部家当拿出来，为孟大强求药，后来梅金云又认了他做干儿子，他这才有了家。

“小遗，你也十三岁了，再过三年就没机会参加遴选了，你得抓紧点。”孟大强劝了一句。参加遴选是唯一能改变身份的机会，但是这个机会的成功率低得吓人，每十万人里头能过一个就不错了。

林薄勤勤恳恳地在孟家做事，再苦再累他都咬牙坚持下来了。三天过去了，这日他早早起来，又要去帮忙浣纱，却被路小遗叫住：“今天别去浣纱，跟我走。”

第三章

DA·GUIJIASHI

少年不跪

路小遗和林薄骑的还是那头木牛。路小遗不过是给木牛换了几个零件，用油壶倒了点油进去，现在它走起来居然没有“嘎吱嘎吱”的刺耳的噪声了，轻微的摩擦声与之前的声音相比可以忽略不计。

“小爷，之前为啥闹那么大动静？”林薄想不明白，问了一句。

路小遗露出嫌弃的表情：“你傻啊，这是给千机门办事处送货，闹那么大动静找抽呢？再说了，那几个关节部件用的材料是玉木，润滑油是千机门特制的，死贵死贵的。”

自知智商不如路小遗的林薄真想抽自己一个耳光。

这次，路小遗给木牛套了车，搬运货物的活则全是林薄的。

送货的人排了几十米的队，路小遗背着手、踩着八字步往里走，其他人纷纷往两边移，让出一条路。

千机门办事处摆着一张桌子，验货人是一个岁数不大的少年，名叫韩兵。此时他脸色极其难看，说话极其难听，将一个匠人骂得低头不语，无地自容。

“就你这手艺，十个傀儡能过一个都算祖坟冒青烟了。别人都说你手脚不灵便，要我说，你手脚没问题，就是缺心眼。这次给你个机会，东西拉回去返工，下次再不行，以后别接活了。”

匠人们见了韩兵都恭敬得不得了，恨不得直接把他供起来。林薄见到此情景，颇为眼红，心想，将来我也会有这么一天的。

路小遗来到桌子前，韩兵一看是他，脸色有点异样，接过他做的傀儡扫了一眼：“你的货不用验，直接过，走西边的道。”

正说着呢，出来一个戴着面纱、身段婀娜的少女。韩兵见了她，极为恭敬地作了个揖：“大小姐，您怎么亲自来了？”

“你做事毛手毛脚的，我不放心。”少女的声音非常温柔，路小遗听了，顿觉骨头轻了二两。他再看那少女露在外面的手指，如白玉一般，比起匠镇里的女人粗糙的手，不啻云泥之别。

“大小姐，送货的人就是他，路小遗，匠镇里头数他的手艺最好。”

少女看过来，路小遗还比较镇定，昂首挺胸，竭力让自己看上去器宇轩昂一些。林薄则有些呆滞，眼睛直直地盯着少女。

少女说话声中带着不悦：“哪来的呆子？瞎看什么？”

韩兵立刻过来，对着林薄狠狠地踢了一脚，将他踹倒在地。韩兵正欲用脚踩林薄的脑袋时，路小遗不动声色地上前一步，挡在林薄面前：“算了，他是跟我干活的，给个面子。”

韩兵眼睛一翻，道：“你算什么东西，要爷给你面子？让开，不然我先弄死你。”

送货的匠人纷纷后退，生怕引火烧身。

“我不是什么东西，就是个干活的匠人。你把他打坏了，我没了助手，下次送货的时间就不能保证了。”路小遗表面上不卑不亢，其实心里却在暗暗骂人，埋怨自己怎么带了这个蠢货出来。

韩兵虽然在千机门只是个下人，连个外门弟子都不算，但也不是路小遗这种凡人能惹得起的。路小遗的表现引起了面纱少女的注意，不喜吵闹的她不耐烦地开口道：“多事，让他赶紧把货送到我院子里。”

说完少女便转身走了，看她的背影，走路的时候上身不动，像飘着一般。

在路小遗的眼里，她就是个真仙女啊。

林薄躺在地上，也看呆了，心想，她救了我。

路小遗如果知道林薄此刻所想，一定会把这小子丢进粪坑，然后啐上一句：小爷为你冒了这么大的险呢！

林薄爬起来，牵着木牛往西边走。韩兵心有不甘，追上来又对着他狠狠踹了一脚：“你跟着做什么？也不怕弄脏了大小姐的院子。”

林薄被踹了个狗吃屎，趴在地上，心里暗暗发狠，我一定要成功通过遴选，将来报这两脚之仇。

路小遗停下脚步，转过身，盯着韩兵，恶狠狠地开口道：“姓韩的，千机门人是匠镇的主人，你一个连外门弟子都不是的东西，也敢拿自己当主人不成？你信不信我这就弄死你，上面算账的时候，我最多落个缺条腿的下场。”

路小遗的目光里带着一股狠劲，大有一言不合就会跟他打起来的意思。

两人目光对峙，互不相让。林薄靠着围墙，同样恶狠狠地盯着韩兵，却被韩兵无视了。

院子内传来一个不耐烦的声音：“多事。”破风之声伴着话音传来，一个巴掌将韩兵扇倒在地，韩兵跪地不语。

然后，巴掌奔着路小遗来了，温柔的声音在他耳边响起：“跪下！”

除了路小遗，所有人听到这声音后都跪下了，林薄也心甘情愿地跪下了。

巴掌悬在路小遗头上，但他仅仅是闭上眼睛，仍站得很直。稍等了一会儿，他竟没见巴掌落下。少女叹息一声，柔声道：“你送货进来吧。”

路小遗松了一口气，赶紧牵着木牛往里走，丝毫没注意到林薄眼里的炙热。

庭院内种满了梅花，这个季节本该没有梅花了，这院子里的梅花却开满枝头。微风吹来，花瓣如雨洒落一地。路小遗牵牛行于石径上，犹如在仙境中穿行。

一身素白长裙的少女背对着路小遗，站在梅花树下，面纱已经摘下。

看着纷纷花雨中的背影以及被微风吹起的衣袂，路小遗觉得那少女真如画中仙女一般美。

路小遗停步，呆呆地看着前方的背影。

“你刚才怎么不跪下？不怕我杀了你吗？我杀了你，也就是被责骂两句。”

路小遗说了实话：“我不是不想跪，是怕跪下后看不清你的样子。”

“油嘴滑舌！”少女一张精致且清丽脱俗的脸出现了。

“仙女在上，受我一拜！”刚才死活不肯下跪的路小遗单膝跪下。

“咦？怎么这会儿肯跪了？”少女惊讶地道。“仙女”这个称谓在她这儿起了作用，她没在乎他是单膝下跪。

“仙子尊容，看一眼就已经是亵渎，看了一眼此生不忘，就算现在去死，也能含笑九泉了。”

一番话听得少女呆滞了，从来没有人这么跟她说过话。表面上，她有着尊贵的身份，可是在千机门内，同门的兄弟姐妹对她避之如蛇蝎。到匠镇来安顿后，其他人更是不敢多看她一眼，说话就更不必提了。眼前这个与她年龄相仿的凡人少年嘴甜得很，说出来的话比什么都动听，让她不禁心情愉悦起来。

路小遗心里快活无比，虽然只看了一眼，但他看得很清楚。眼前的女子与他想象的完全一样，那张毫无瑕疵的脸和那毫无世俗味道的气质，让他无法抗拒内心对她的仰慕，忍不住想接近她。

平时没朋友的少女下意识地说道："你起来吧，仙子不是乱叫的，我叫缩缩。"

路小遗站起来后，还在盯着那叫作缩缩的少女看。缩缩被他看得有些害羞了，她还没见过胆子这么大的凡人，羞怒道："看什么看？放下东西滚蛋。"话到嘴边，"再看挖你眼珠子"被她用"放下东西滚蛋"替代了，说完，她转过身。

路小遗借搬东西的机会，扳了一下木牛肚子上的机关，两只牛眼发生了微妙的变化。

他拖拖拉拉的，总算是搬完了东西。少女还是没有转身，他拖时间的招数白用了。

他准备转身离开，这时少女突然转身，道："你做的东西要是够好，我自会派人去寻你再做些部件。"

这一次，路小遗显得很规矩，低头恭敬地道："多谢缩缩小姐照应。"

说着他牵着木牛便走，这一下缩缩突然觉得有些失落。她本以为他会留下，多说几句话，没想到他竟走得如此干脆。平时她一个人无聊得很，有个人说话她挺开心的。没想到，这么快他就要走了。望着他慢慢消失的背影，她竟觉得有些郁闷。

第四章

DAGUIJIASHI

收费广告

夜晚，匠镇的街灯亮了，这是千机门给匠镇数千工匠少得可怜的福利之一：夜灵盏。私人想接入夜灵盏就得交一笔高昂的费用，此外，每个月还要交一笔费用，多数工匠是不会花这个钱的，毒寡妇开的碧玉楼是个例外。因此进入夜晚后，碧玉楼的夜灵盏便发出光芒，使碧玉楼成了匠镇最醒目的建筑。

妖娆的毒寡妇站在堂前嘱咐手下的人："不想明天成为别人偷拍的目标，就给我打开侦察傀儡。"

一个女子笑嘻嘻地道："被他拍了是好事，可以免费扬名啊。"

"你懂什么？防火防盗防小遗。你等着瞧，明天他准会登门。"

天刚黑，打更的老汉走街串巷，沙哑的嗓音四处回荡："今夜戌时，连播两场节目，精彩不容错过。"

听到广告的毒寡妇一脸阴沉，低声咒骂道："臭小子，老娘低估了你的无耻。"

一个又一个光棍急匆匆地走出家门，奔向码头边上的仓库。

这里是独眼龙的地盘。独眼龙也是匠镇十害之一，他兼职做路小遗的合作伙伴，说白了，就是路小遗将拍来的东西处理后，给独眼龙收费播放。匠镇绝大多数男人都去不起碧玉楼，无法近距离看自己心目中的女神，但是十枚灵石他们还是花得起的。对他们来说，花十枚灵石就能看见心仪许久的女神，还是很值得的。

千机门有这么一条门规，那就是，不得传播有不当画面的影石内容。所以，这里播放的影石节目都是删节版的。即便如此，每到夜晚，这里依旧场场爆满。

这就是匠镇十害之首最招人恨的地方，路小遗把尺度把握得很好，绝对不过线。

路小遗则躺在床上，躲在被子里，一遍又一遍地欣赏心目中女神的风采。可惜，影石拍到的画面时间太短了，怎么都看不够。

林薄刚想爬上床，就被路小遗一脚踹下去："睡你的地板。"

林薄知道路小遗这是在因白天的事惩罚他，他抱着被子，坐在地板上，靠在床边自言自语道："很小的时候，父亲就希望我能成为一个修士，为此家里……"

路小遗猛地坐起来，满脸戾气："再啰唆就把你丢出去，你这点破事，小爷不关心。"

林薄捏紧了拳头，又慢慢松开，低着头，默默地忍耐着。屋子里恢复了平静。

此后，一夜无话。清晨时分，路小遗居然睡懒觉了。青青觉得不可思议，于是找上门来，踹开破门，看见躺在床上四仰八叉的路小遗，还有蜷缩在床脚的林薄。

青青羞得啐了一口，转身就喊："妈！"

喊声惊醒了路小遗，他第一反应是身上凉飕飕的，紧接着，他发出惊天动地的鬼叫声："啊！"

林薄被吓醒了，坐起来的时候脑门撞到了床板上，他也叫了一声。

梅金云急急忙忙地跑来，了解了情况后，她伸手拧了一下闺女的腰："臭丫头，谁让你乱进男人的房间的？"

出门的时候路小遗一副失魂落魄的样子，一直在嘀咕着什么。跟在路小遗身后的林薄更惨，昨晚他没睡好，这会儿顶着熊猫眼和脑门上的包，连走路都有点晃。

"蠢货，打起精神来！"路小遗给了林薄一脚。林薄吃痛，这才清醒了一点。

看见碧玉楼的招牌，林薄怯怯地道："小爷，这地方不是好人该来的。"

看见碧玉楼，路小遗仿佛看见了无数元气石在向自己招手，瞬间满血复活。

"废话，你昨晚做梦都在念叨遴选，当小爷不知道你的心思吗？好人做到底，小爷不得想法子成全你啊？好了，打起精神来，让毒寡妇看看你的精神面貌。"

林薄听明白了，顿时精神一振，昂首挺胸，就跟打了鸡血似的。

路小遗迈过碧玉楼的门槛。早晨起来打扫卫生的男杂役看见他进来，赶紧赔着笑脸道："路小爷，您真是稀客。不过，您这也太早了点啊。"

"爷要见你们老板娘！"路小遗嬉皮笑脸的，看上去很放松。

"啧啧，老板娘啊？"杂役的语气中带着鄙夷。

路小遗很想踹他一脚："少废话，去通报吧，就说有笔大买卖。"

杂役做了个数钱的手势，路小遗很不甘心地丢过去一个小袋子。杂役看了一眼，嫌弃地歪歪嘴："才五十枚灵石，您也太小气了。"

"不要拉倒，爷就不信晚上来见不着毒寡妇。"

路小遗伸手要夺回小袋子，杂役已经飞快地收好：“苍蝇再小也是肉，你等着，不过我不敢保证老板娘一定会见你。”

早晨的碧玉楼堂前极为安静，空气中充斥着还没散去的脂粉气味。林薄是个地地道道的土包子，对这里走华丽路线的装潢很是好奇，四处张望着。

“哎哟！”林薄挨了一脚，还有一句低声的骂：“看什么看？丢不丢人？”

楼上扶栏边站着一脸慵懒的毒寡妇，她身上还穿着睡衣，打着哈欠道：“小子，大清早的扰人清梦，不怕遭天劫吗？”

“老板娘，我是来谈生意的，双赢的买卖。”路小遗得仰着头看她，脖子一阵酸。

“哦？你小子倒是花样百出，来我房间谈吧。”毒寡妇露出猫戏老鼠的笑容。

路小遗叹息一声：“老板娘，你的房间小爷是不会去的，要不你下来谈，要不我现在就去翠红院。”

听到“翠红院”三个字，毒寡妇的表情微微一怔，嘴角的笑意更浓了，她走下楼来。

林薄直直地盯着毒寡妇看，连眼珠子都不会转了。

路小遗看了他一眼，觉得很丢人，随后路小遗捂着脸，扭头道：“滚出去！”

林薄灰溜溜地出门，而后靠在门口，竖起耳朵听里面的谈判，毕竟这关系到他的未来。

只听毒寡妇气急败坏地道：“什么？五百枚元气石？你怎么不去抢？”

路小遗淡定地道：“新型无缝拼接影石技术绝对值这个价钱，我不会让步的。”

毒寡妇道：“那上个月你偷拍的账怎么算？”

路小遗道：“翠红院四大美女主动让爷拍，爷考虑到你我之间的交情才没去。”

毒寡妇用力一拍桌子，大声道：“那你去啊！”

路小遗道：“你以为我不敢去啊？”

林薄偷看了一眼，担心两人会谈崩。此时两人像斗鸡似的，互不相让。路小遗身高吃亏，站椅子上了。

毒寡妇道：“你站那么高也不怕摔下来。”

路小遗道：“别打岔，爷不怕。四百枚元气石，这是最大折扣了。”

……

一番口水仗打得十分激烈，两人不亦乐乎，但最终都妥协了。两人达成了一年的合作，价格三百枚元气石，碧玉楼一次性付款，买断码头的广告位。

走出碧玉楼后，路小遗一头的汗，没好气地冲林薄骂道：“都赖你，要不是你念鬼经，爷也不会降价出售广告位啊。爷警告你，别高兴得太早，接下来要在二十天内完成广告牌的制作，不然你就算跪在地上求我，我也不会帮你。”

骂得正爽的路小遗没听到身后的脚步声，他回头一看，只见林薄正呆呆地站着。

路小遗大步上前，盯着林薄：“你怎么还哭上了？跟个娘们似的！”

路小遗在前面骂骂咧咧，林薄则跟在后面不停地抹眼泪。

……

夜晚，坐在屋顶的路小遗正在发呆，这时，青青凑了过来，坐在他身边，抱着膝盖：“为什么？”

两人之间太熟悉了，路小遗知道青青问的什么，他摇摇头：“不知道！只是突然想起了奶奶，想知道她从路边把我捡回来时，心里是怎么想的。”

青青略带无奈地笑了笑：“匠镇没爹妈的孩子多了，怎么不见你去帮一下？”

路小遗笑着道：“缘分吧！也没有谁一直在跟我念叨他要参加遴选啊。”

青青站起来：“你个老好人！”说着，她的眼泪止不住了，脑子里浮现出当初她们母女二人四处求告无门的一幕。那个时候，她已经做好准备，再借不到钱，就把自己卖进翠红院。

路小遗依旧坐着不动，他没有说实话，他帮林薄的真正原因是第一眼看见林薄时，那小子眼神里的那股狠劲触动了他。后来就算被吊着打，那小子也在咬牙坚持。他觉得，自己和林薄是同类。

“小姨，你就是个浑蛋！”趴在梯子上的青青突然停止哭泣，喊了一嗓子。

路小遗扭头一笑，看了青青一眼，青青毫不示弱地与他对视。路小遗咧嘴一笑：“其实我看见了，你新买的裙子很不错，头上的新发夹也很好看，但是我要告诉你，真正好看的——是你！”

“扑通”一声，青青从梯子上掉了下去，砸在木地板上。她顾不上喊疼，“哧溜”一下爬起来，冲回自己的屋子，关上门，靠在门上，呼吸急促，面如桃花。

路小遗记忆中的青青，更多的还是那个跟在自己后面喊哥哥的赤脚女孩。短短几年的时间，青青长大了，到了最美好的豆蔻年华。但青青并不知道，在路小遗的心中，她是一个需要呵护的妹妹，仅此而已！

第五章

DAGUIJIASHI

遴选之日

码头上竖起一块一丈长、五尺宽的影石，影石所处的位置极佳，玉珠河上往来的船只在很远的地方就能看见这块巨大的影石。即便是匠镇最好的工匠，看见这块影石，照样赞叹不已。修真者或许能找到天然的影石进行打磨，制成这么大的影石，但凡人能够将小块的影石无缝拼接，使其达到这个尺寸，再制成这样巧夺天工的绝世佳作，不得不说技艺极高。

就是这么一个绝世佳作，在开幕的第一天便惊呆了所有人。

四个容貌上佳、盛装打扮的女子次第出现在影石上。她们分明是碧玉楼的四大美女，气质各不相同，或清纯，或冷艳，或文艺，或风情万种。最后影石上出现了几个大字：碧玉楼。

玉珠河上南来北往的客人都记住了碧玉楼，如果不是赶得急，客人们都愿意停下来，登上碧玉楼，看看那四个大美女。

碧玉楼从此生意火爆，成为匠镇娱乐行业的霸主。

……

三年一度的千机门遴选前夜，林薄失眠了，翻来覆去地睡不着，坐起来看了一眼路小遗满是血泡的手，忍不住微微一笑，心想，这家伙睡得真香，口水拉这么长。

这一夜，路小遗做了一个奇怪的梦。他梦见一块巨大的金光灿灿的龟甲，悬浮在他头顶。龟甲里有个太极图案，还有九颗骰子，骰子上面还有模糊的字。

七月初七是路小遗的生日，从他六岁记事时起，每到这一天，他都会做同样的梦。第一次做这个梦的时候，他看见的是一片模糊的金光，现在是第七次，梦境一次比一次清晰。

至于生日，奶妈在他第一次做梦醒来后告诉他，绝对不要把他的生日和这个梦告诉任何人。

这个梦到底是什么意思？路小遗想不明白，也没心思去想，因为他被叫醒了，然后他就看到梅金云正仔细地收拾着东西，不停地叮嘱他。

实际上遴选的过程很简单，就是两个步骤——过灵门和探元脉。过灵门测的是灵根的发育程度，探元脉测的是灵气入体后必经的经脉的状况。

但绝大多数人在第一个步骤就无法通过，据不完全统计，每十万人里头才会出现一个灵根发育度达到百分之六十以上的人。至于第二个步骤探元脉，多数情况下就是走过场，因为只有十亿分之一的概率会出现元脉天生堵塞的情况，但是也不排除有这样的倒霉蛋。

遴选的站点有很多，匠镇不过是其中一个站点。在匠镇参加遴选的人不到百人，因为对于绝大多数普通人来说，一百枚元气石是一笔巨款。

最后时刻报名的孟青青、林薄和路小遗，拿到的是最后三个号码，自然就排在了队伍的最后。

这是一次改变命运的契机，孟大强和梅金云都在外面等着。

三人知道紧张没用，改变不了任何结果，但还是难免会紧张，连说话都不太利索了。灵门就在前方，跨过去就有可能改变命运。

一个少年垂头丧气地往外走，又是一个花了一百枚元气石却倒在过灵门这一关的人。

“不要啊，我要修真，求求你们，我家里有钱，有很多钱，让我通过吧。”

一个胖胖的少年被两个身穿黑袍的男子架着，拖着往外走。

这是很邪门的一天，三人之前的少男少女，居然没有一个人能过关。

三人目睹一个个失败的少男少女从面前离开，或者被拖走。

“66号，孟青青！”终于，命运的审判来临了。青青的第一反应是回头，看见的是永远带着微笑和鼓励目光的路小遗。

灵门看上去就是一扇普通的门，门框上有一根不知用什么材料做成的柱子。正常情况下，柱子是透明的，上面有刻度。有人站过去，柱子内部就会缓缓升起绿色的液体。等液体停止上升时，对照柱子上面的刻度查看灵根发育度，超过六十就算过关了。

修真需要钱，也需要天赋。

孟青青迈过灵门，闭上眼睛等待命运的裁决。“嘀嘀嘀”，三声清脆的提示音后，孟青青已经瘫坐在门框下的垫子上了。

对着门的五步之外有把椅子，一个戴着面具的男子坐在上面。看着因为激动而瘫坐在垫子上的孟青青，男子做了个手势，来了两个丫鬟把孟青青扶起来，往里面走。

“我过了？”孟青青总算回过神来了。

丫鬟面无表情地回答道：“灵根发育度百分之六十九。”

孙慕仙心情还算不错。千机门在修真界中属中游，每年的遴选能选出一两个弟子来，就算是运气很不错了。作为门主，孙慕仙很清楚，遴选不过是个形式，挑选人才主要还是靠分布在各地的坐探的观察。遴选无非是给凡人一个看似公平的机会，实际上入选的概率极低。

林薄站在垫子上的时候，腿都是软的。他死死地盯着柱子，绿色的液体缓缓上升，终于突破六十的时候，他也站不住了，瘫坐在垫子上。

孙慕仙暗暗为自己的好运喝彩，才六十八个人报名，就选出了两个灵根发育度超过百分之六十的孩子。这个67号，灵根发育度居然达到了百分之七十五。

林薄顺利过了灵门，顿时有一种脱胎换骨的感觉。难以克制的快意令他下意识地回头看了一眼正在缓缓走向灵门的路小遗，心里生出一个念头：遴选结束后，路小遗会怎么面对自己？想到这里，他的心情越发愉悦。

就在孙慕仙认为这一次遴选的结果就是这样的时候，最后一个少年站在了垫子上。

路小遗也很紧张，但站在垫子上的时候，他反倒豁达了。行就行，不行就不行，冥冥之中早有注定。为青青和林薄高兴的同时，他闭上了眼睛。

下一刻，“噗”的一声传来，听到动静后路小遗睁开眼睛，看见门框上的柱子好像坏了，绿色的液体正从顶部往外喷。

在孙慕仙很淡定地端起茶杯，准备结束这一次遴选的时候，探灵柱的顶部突然被灵液冲开，灵液喷涌而出。这个现象只能说明一种结果，那就是，天生灵体出现了。

路小遗还没反应过来到底发生了什么事情，孙慕仙已经出现在他身边，抓住他的手臂，抬脚往门里踏了一步。腾云驾雾一般的感觉还没消失，他就出现在了一块平整的巨石前。

巨石上有一个手印，林薄刚刚把手按上去，就被孙慕仙伸手揪住后领，二话没说拽开了，然后孙慕仙把还处在稀里糊涂中的路小遗的手按在了手印上。

被拉开的林薄目瞪口呆地看着路小遗，不知道为什么，他心里产生了难以遏制的嫉妒，暗想：这家伙，真的什么都比我强吗？

一道红光顺着路小遗的手臂往上走，孙慕仙激动得浑身发抖。但是下一刻，他突然愣住了，盯着停在路小遗肩部的红光，围着路小遗转悠了好一阵，忍不住怒吼道："怎么回事？这探元镜坏了吗？"

天生灵体是最佳的修真属性，孙慕仙本以为千机门发扬光大的时刻就要到来了，迎面却泼来一盆冰水。元脉不通？天生灵体是十亿分之一的概率，元脉不通也是十亿分之一的概率。这两种概率集中在一个人的身上，老天爷真会玩。

从狂喜到绝望，落差太大了，孙慕仙没法相信事情会这么巧。

一个老妪从探元镜后面闪身而出，站在路小遗面前，伸手去摸他的身体。刚摸了一下，老妪的手便如同被火烧到了一般弹开，她一屁股坐在地上，自言自语道："怎么会这样？"

孙慕仙急切地追问："盲姑，他这是什么情况？"

盲姑抬头，路小遗看见她的眼睛是往里凹陷的。

盲姑面带惊骇，摇头尖叫："神罚！这是神罚！快，看看他的屁股，上面是不是有个胎记！"

路小遗被这一连串的变化惊呆了，孙慕仙一挥手，路小遗屁股上的布变成了碎片，散落一地。他羞怒地伸手去遮挡，但是被孙慕仙抬手拍开了。

"没错，左边确实有个胎记，看上去像颗珠子。"

坐在地上的盲姑缓缓站起来，道："那就没错了，这孩子太优秀了，神都嫉妒他。"

不知道为什么，听到这里的时候，站在一边的林薄欣喜若狂。

从探元镜后面闪出孙绾绾戴着面纱的脸，她扶着盲姑往回走的时候，孙慕仙仰天叹息："天不助我千机门啊！"

神罚之体，元脉不通，意味着永生永世无缘修真。什么意思？就是修真没你啥事了！

神罚，就是这么厉害！

第六章

D A G U I J I A S H I

一言道出通神路

三年时间很长，也很短。对于路小遗而言，这三年他都在辛苦地学艺。孟大强把家传的绝技心眼盲雕术悉心传授给他，他则努力挣钱，以负担孟大强不菲的医药费。

心眼盲雕术是一门顶级的匠人手艺，通俗一点讲就是“螺蛳壳里做道场”！

也就是说，掌握了这门技艺，就可以在细微的物件上完成雕刻，比如在头发上刻字、画画。

三年，过了三个生日，做了三个梦。

十六岁生日这一天的夜晚，路小遗又做梦了，但这一次的梦刚刚开了个头，他就被吓醒了。梦境中，上一次看得很清晰的龟甲没有出现，他却清楚地看见，屁股上那个胎记破体而出。

惊醒的路小遗很快发现，这一次不是梦境，而是真实发生的事情。黝黑的珠子悬浮在他面前，珠子上有一行字：一言道出通神路。

这是什么鬼？

路小遗盯着珠子看了半天，最后觉得这玩意儿也没啥稀奇的，除了它正安静地悬浮着这点外，卖相还不如他用来欺骗外地客商的糯青玉珠。

路小遗心里正犯嘀咕，坐起来后却发现一个更惊人的现象：这颗珠子居然会自己动，而且一直与他的眼睛保持平行，永远处在距离他的眼睛正好一尺的位置。

这是什么情况？

他动，珠子也动。

“我转身！”一个转身后，珠子还在他眼前。他觉得很好玩。

“我再转。”

“还在面前，我再转转。”

“我转转转。”

……

“一言道出通神路？”珠子没有转不见，路小遗先把自己转晕了。他下意识地念出了珠子上的字。话音刚落，他的身子便不听使唤似的一个立正，抬头，行注目礼。

只见在他头顶上方三米处，出现了一块直径一米左右的龟甲，金光灿灿，与他梦中看见的龟甲完全一样，中间是黑白分明的太极图和一颗上面写着“和”字的骰子，其他八个方位各放着一颗骰子，上面分别写着：生、死、少、老、病、愈、幸、衰。

这到底是怎么一回事？

路小遗发现自己除了脑子还能想事情之外，身体已经彻底不受控制了，只能呆呆地看着龟甲里面的九颗骰子慢慢地开始旋转，越转越快，直至成了虚影。

龟甲再次金光一闪，“啪嗒”一声，一颗骰子脱离龟甲，悬浮在他面前，上面有一个“愈”字。

骰子在他面前停了大概一分钟，突然“嗖”的一下又回到了龟甲内，金色龟甲瞬间消失。

“哎呀！”路小遗惊呼一声，从床上掉了下来。刚才他的脑子里一直在想怎么夺回对身体的控制权，龟甲消失的瞬间，控制权回来了，但他自己又失控了。好在床不高，掉在地上也就是摔到了屁股。

路小遗“哧溜”一下爬起来，又发现一个惊人的现象。一个星期之前，他的腿碰伤了，一直没好彻底，走路都不太利索。现在，他却根本没觉得疼，伤已经好了不说，最近他感冒了，咳嗽时有很多痰，现在也感觉不到任何不适，病一下全好了。

为了确定是不是还在做梦，他赶紧伸手掐了一下自己的大腿，顿时疼得眼泪都下来了。

“这不是梦，早知道刚才就不那么使劲了。”

一番自言自语后，他还是不敢确信。

路小遗又回到床上，但翻来覆去睡不着。刚才发生的一切太神奇了，他到现在还不敢相信，也没想着再念一遍“咒语”来验证一下。突然，他又坐直了身子，开始四处翻找，刚才那颗黑色的珠子呢？怎么不见了？一通乱找后，他还是没找到。刚才还不管怎么转悠，珠子都在他面前。现在好了，找不到了。

躺在床上胡思乱想的路小遗又起来了，站在镜子前背对着镜子，脱下裤子扭头看。黑色珠子所处的位置太奇怪了，在左边的屁股上，更奇怪的是，右边的屁股上多了一个乌龟图案。“这是什么时候有的？怎么可以这样？招呼都不打一个，就给人家弄出这样的东西。”路小遗暗自嘀咕道。

这万一被人知道了，今后他怎么有脸见人啊。

他坐在床上，一副生无可恋的样子！屁股上莫名其妙地被人做了手脚，任谁一时半会儿都会想不开。

好在路小遗是个豁达的人，三年前被千机门判了“死刑”，永世不得修真，如此巨大的打击，路小遗也只用几天的时间就调整好了。他告诉自己，得之我幸，失之我命。现在也一样，躺回床上没一会儿，瞌睡袭来，他很快就呼呼大睡了。有什么事情都不管了，先睡一觉再说。

接下来他没有再做梦了，睡得无比香甜。鸡叫时分，他准时醒了。坐起来的时候，他听到院子里传来咳嗽声，是干爹孟大强发出的声音。上一次求到药后，干爹只是把命保住了，但身体始终没有好转，总是一副病恹恹的模样。

对着镜子梳洗的路小遗，觉得自己又变帅了一点。“本来就已经帅得很欠揍了，现在帅得出门要被群殴了。”他自信满满地说道。仔细检查一番后，他发现了很多奇怪的现象。首先，他额头上的那块疤变小了一些，颜色也淡了一些。其次，多年的劳作在他身体上留下了一些隐疾，现在也感觉不到了。今天早晨在下雨，平时碰上这样的天气，他的肩膀和腰都会酸胀，现在也没有。

帅不帅，路小遗倒不是很介意，这儿又不是靠脸吃饭的地方。

上了岁数的孟大强睡得晚，起得早。跟往常一样，起来后他便开始做一些编织的活，补贴一下家用，免得自己真的成了一个废人。妻子梅金云也跟着起来了，正在厨房里忙碌。

楼上传来急促的脚步声，孟大强露出慈祥的微笑。女儿进了千机门，三年都没有一点消息，也不知道她现在怎么样了。这三年来，多亏路小遗的照顾。说起来，这孩子的命真是太苦了，夫妻俩私下没少商量，路小遗已经十六岁了，该给他找一门亲事了。以前他们夫妻俩还惦记着把青青嫁给他，亲上加亲。可现在青青修真了，就怕她眼界高了，心里不愿意了。

“干爹早！”路小遗打了个招呼，然后钻进厨房，拉着梅金云就往外走。

“你这孩子，什么事情这么着急？”梅金云也没生气，路小遗懂事得很，肯定有急事要跟他们商量。

三人都在楼下的堂前，路小遗面对疑惑的二人，郑重开口道：“干爹，干妈，接下来发生的一切，你们不要觉得惊讶，也不要对任何人提起。”

两人都被他郑重的样子吓着了，赶紧使劲地点头。

路小遗这才长出一口气，深呼吸后，念了一句：“一言道出通神路！”

话音刚落，龟甲再现，直径还是在一米左右，泛着金光，现场三人都不受控制地抬头行注目礼。颈椎一直有毛病、抬头就会很疼的梅金云，这一刻没有感觉到任何疼痛，身体都好像不是自己的了。

九颗骰子再次转动，在变成虚影的时候，突然停下，“啪嗒”一声，落下一颗骰子，上面写着“愈”字。

龟甲消失，夫妻俩恢复对自己身体的控制后，如同路小遗之前一样身体失控了，齐声喊道：“哎哟！”接着，一个坐在了椅子上，一个坐在了地板上。

等他们本能地站起来，想问清楚到底是怎么回事的时候，孟大强突然脸色大变，原本煞白的脸上满是红光。梅金云也一样，脸色先白后红，她忙不迭地活动了一下身子。

两人脸上全是惊讶之色，尤其是孟大强，他多年的疾病在那一瞬间全都好了。不仅如此，他身体上的一些小毛病好像也都消失了。梅金云也一样，多年的辛苦劳累使她落下了不少毛病。这一刻，她的风湿、关节炎、体虚气弱等等毛病，全都奇迹般地好了。

孟大强还在啧啧称奇的时候，梅金云盯着路小遗看了一会儿，道：“小遗啊，你好像变好看了一些。我看看你额头上的疤，哎，越来越不明显了，不注意都看不出来了。”

孟大强突然一屁股坐在椅子上，双手捂着脸，发出“呜呜呜”的悲鸣。这一下，梅金云也不八卦了，坐在丈夫身边，伸手轻轻地拍他的背，给他顺气，生怕他又发病。

这些年夫妻俩经历的事情太多了，对于一个壮年男子而言，孟大强承受的压力太大了。今天突然病愈，这些年他积压的情绪终于爆发了。梅金云何尝不是如此，陪着一起掉眼泪。

这一次，路小遗没有失控摔倒，但是也好不到哪里去。他呆呆地看着天空，脑子里回顾着先前那一幕。这一次掉下来的又是一个“愈”字，难道说每一次掉下来的都是这颗骰子？或者说，现阶段掉的全是这颗骰子？不管别的骰子掉下来会出现什么奇怪的现象，他已经认定，就凭这么一句“咒语”，他的生活注定会发生翻天覆地的变化。

珠子、咒语、龟甲、骰子，这些东西之间又有什么必然的联系呢？

正当三人沉浸在各自的世界中时，千机门山门之外，两个少女手牵着手，身后不远处有一个少年，边跑边喊：“等等我！”

第七章

DAGUIJIASHI

重逢

“不理他，这家伙最讨厌了，像只苍蝇！”孙绾绾低声说罢，拉着孟青青就跑，同时挥手放出一只纸鹤。两人一跃而起，迎风立于纸鹤之上。

追到山门口的林薄看见的是随风飘舞的衣袂，还有那美好的背影。一时间，他惊呆了，久久不动。待纸鹤飞远了，他这才摸出一个木马来，木马一沾地便变成了一匹骏马。

学艺三年，外门弟子林薄达到了炼气中期，算是小有所成。之后他想继续进步，就看他在外门弟子选拔赛中的成绩如何了。千机门以技巧之器立派，个人修为反倒不是最重要的。

三年过去，少女变成了大姑娘，在外门共同学艺期间，孙绾绾与孟青青成了好友。这次她们一起下山，为的是准备一个法器，作为参加外门弟子选拔赛的作品。

“这些年一直听你提起你哥哥，我耳朵都长老茧了。现在要看见哥哥了，心里激动吗？”孙绾绾打趣了一句。三年前她借着遴选的机会，在父亲的安排下进入外门学艺。表面上看起来，她跟一般的弟子没区别，实际上她暗中受到了许多照顾，当然她自己也非常努力，三年后，她已经成了外门弟子中的杰出人物。

孟青青天赋一般，胜在勤勉，很得教头欢心。她目前的修为勉强达到炼气中期。

“我们在外门修行了三年，接下来的选拔赛将决定我们今后在内门的排名。你不想想怎么做出好的法器就算了，居然还有心思八卦。”孟青青笑着回答，随后话锋一转，“我哥虽然是个凡人，但是长得很帅。回头看见了真人，你别动了凡心。”

“竟然调笑我！看我不掐死你……”两人在纸鹤上你掐我一下，我掐你一下，打闹个不休，留下一路的欢笑声。

纸鹤落在孟家的院子里后就“噗”的一下自燃了。孙绾绾惋惜地看着纸鹤：

"我们现在只能做出一次性的纸鹤，下一次一定要做出更好的。"

孟青青笑着搂着她的肩膀："别担心，我哥手巧着呢，想做啥都能做出来。"

孙绾绾道："说得轻巧，制作法器不但要有上好的材料，还要有绝好的手艺。"

"我哥是匠镇最好的师傅！"说着，孟青青东张西望地向四处看，"怎么家里没人？按理说，我爸那身子不该出门啊。"

听她提到孟大强，孙绾绾便掏出一颗蜡丸："给你，这是我从青囊门换来的药丸。"三年的朝夕相处，两人早已姐妹情深。孟青青也不客气，接过药丸，拉着孙绾绾的手，出了后门。

这里的一切都已经大变样了，高处多了一个巨大的水箱，下面是一个大水池。可以在池子内洗衣洗菜，将水排入暗道。

梅金云今天的心情很好，疾病缠身的丈夫终于痊愈了，可以重新拿起工具干活挣钱了。这不，一大早他就出门联系新的活计去了。夫妻俩商议过了，先给路小遗说一门亲事，然后挣钱帮他成家。

听到身后有动静，梅金云吓得转过身，手里拿着棒槌喝问道："哪个？"

看见站在门口的两位佳人，梅金云使劲揉了揉眼睛。

……

房间收拾得很整齐，里面有一张床、一张桌子、一把椅子。床对面是个架子，上面摆满了各式各样的工具，多到数不过来。孟青青坐在床上，伸手摸枕头，脑海里浮现出往昔的一幕幕场景。孙绾绾很淑女地坐在椅子上，东张西望的，颇为好奇。千机门的人擅于炼器，重点在于炼，对各种工具自然很感兴趣。

路小遗的桌上摆满了小物件，这些东西虽然算是机巧之物，却算不上法器。

"哎呀，这儿有好些个影石插件。"影石插件是聚灵大陆的光影储存器。天然影石可制成显影镜面，插入影石插件，即可显示录入影石的影像。

"这儿有显影镜面，放出来看看。"孟青青熟门熟路地从桌子下面找到显影镜面，摆在桌子上，两人开始欣赏路小遗拍摄的杰作。

第一块影石插件上记录的内容就让孟青青无语。三年过去了，路小遗还在孜孜不倦地从事偷拍这一"伟大"的事业。

镜面上的人很面熟，仔细一想后她记起来了，这不是东街口云锦店的老板吗？当年她没少在他那儿拿货来浣洗。画面中还有一个女的，仔细一看，她还是不认识，显然这个女人是新搬来的。

孙绾绾可没兴趣看这些影像，她伸手抽出影石插件，笑着骂道："你哥真坏，怎么偷拍别人啊！"

孟青青的脸上露出微笑："匠镇十害之首嘛，能不坏吗？靠这套，他挣钱让我和林薄一起参加了遴选。本来他没有义务这么做，但他就是这么做了。"

提到路小遗做的事情，孟青青的脸上绽放出异样的神采。孙绾绾没有看见，她拿了另外一个影石插件，又开始播放。这一次显示出来的影像让孙绾绾发出了一声惊呼，猛地跳了起来。

"哎呀，这是怎么回事？"孙绾绾指着影石，上面出现的人不正是她吗？三年前的她，怎么被路小遗拍下来了？

孟青青被孙绾绾的惊呼吸引了注意力，扭头一看，忍不住"扑哧"一笑，推了一下孙绾绾的肩膀："你看你，那会儿板着个脸，就像谁欠你三百枚元气石似的。"

"你讨厌，就知道替你哥说好话。"孙绾绾虽然嘴上这样说，但实际上并不生气，她脑子里浮现出当初的情景，忆起那个在大庭广众之下，怎么都不肯下跪的少年。

心里想着这些，孙绾绾不自觉地呆住了。如果当初不是被少年那不卑不亢的表现打动了，她怎么可能出言救下他，进而被他偷拍？她现在觉得，当时就不该救他，该叫人打断他的腿才好呢。想到这里，孙绾绾不禁笑了。

路小遗刚进门，就被告知孟青青回来了。三年前他被人从千机门办事处丢出来，从此就再没见过孟青青。他大步上楼，进门的瞬间，他看见了孙绾绾的侧脸上绽放出来的微笑，如流星绽放出来的光芒一般耀眼，如闪电击中了他的心房。

听到动静的孟青青转身看去，惊呼一声"小姨"，先是一喜，随即心里微微刺痛。因为他的目光全都在孙绾绾身上，而她就像个无关的路人。

好在下一刻，路小遗回过神来，冲孟青青展颜一笑，张开双臂，而后他觉得不妥，又把双臂放下来了。孟青青则已经扑上来搂住他的脖子，压抑许久的眼泪涌出，她再也克制不住自己的情感了。

"大姑娘了，不要动不动就掉眼泪，你都是修真人士了，我还是个凡人。"路小遗想抱抱她，但是又觉得不合适，抬起的手又垂下去了。

孙绾绾不动声色地看着这对重逢的兄妹。当初她可是目睹了路小遗被测出元脉不通的场面的。事后，孙慕仙为此痛苦不已，并且下了封口令，所以路小遗有天生灵体的事情，只有很少的人知道。

路小遗偷偷地擦了擦眼角，然后推开孟青青，上下打量一番后道：“哎呀，女大十八变，越变越好看了。以后跟你一起出门，我都不敢抬头了。”

修真能在很大程度上改变人的外貌，而且是朝着好看的方向发展。三年修炼，孟青青不仅长大了，整个人的气质也发生了不小的变化。路小遗也变了，只不过变化没那么大而已，相貌倒是比以前好看了许多，但还是给人一种慵懒油滑的感觉。

孙绾绾在一边暗暗吃惊，她没想到一个凡间的少年，长相、气质竟不亚于千机门的弟子。难道这就是天生灵体带来的福利吗？再一想到他元脉不通，她心里更觉得遗憾，想来这就是命啊。

“哎呀！你们都到了！”姗姗来迟的林薄出现在楼下，他憋足了劲要显摆一番，说话的声音自然很大。他现在就一个想法，路小遗和孟大强夫妇看见他会是什么反应？

“吵什么？到了就到了，当这儿是你家啊？安静点不会死。”迎接林薄的是孙绾绾的当头一棒。花季少女正沉浸在往日的情怀之中呢，被人打断了思绪很是不爽，故而开口就是一句不客气的话！

林薄直接被训傻了，呆呆地看着楼上冷着脸的孙绾绾，不知道该怎么解释。这时路小遗出来了，冲他微微一笑，依旧是那个懒洋洋的笑容，还有快速转动的眼珠子。

也不知道为什么，明明路小遗是个凡人，但林薄看见他的瞬间，气势居然急剧下跌。

“你这家伙，修炼三年，说话嗓门都变大了啊！”路小遗开口道，话中也带着挖苦。

林薄心里有些不悦，但是一想到当初如果没有路小遗，自己哪有机会进千机门，他便一跃而起，落在楼上的走廊里，张开双臂给了路小遗一个紧紧的拥抱。

这家伙十分阴险，拥抱的时候用上了力气。一个修真者的力气，哪里是凡人能承受的？但奇怪的是，林薄觉得自己使的力气已经够大了，偏偏路小遗毫无反应，像没事一样。

林薄这点小心思全落在了孙绾绾的眼里，大小姐不乐意了，瞪眼道：“你干啥？抢法器啊？这么使劲！”

路小遗确实没感受到太大的力气，这点非常奇怪。林薄也很奇怪，修真者的力量怎么对一个凡人没用了？

第八章

DAGUIJIASHI

匪夷所思的构想

修真者和凡人之间的差距不啻云泥之别，有心使坏的林薄加了点修真者特有的元气之力，却如泥牛入海，路小遗毫无反应。如果不用元气之力，林薄凭自身力量更加奈何不了路小遗。修真者对元气非常敏感，孙绾绾感受到了元气波动，自然知道是林薄在使坏。

“没事，太激动了！”林薄赶紧解释，不然他得罪的可不止一个人。

路小遗也挺激动的，他本以为成为修真者的三人高不可攀，现在看来跟过去相比没啥变化。

四个年龄相仿的少男少女凑到了一块儿，令人意外的是，路小遗成了核心。

孟青青一直在问路小遗各种问题，孙绾绾善良随和，坐在一边微笑地看着，林薄插了几次嘴，后来被孟青青不耐烦地吼了一句：“没看见我跟哥哥说话呢，你别打岔。”

就这一句，让林薄感觉到了孟青青的厌烦，而后他又看到孙绾绾下意识地挪开一点，拉开了与他的距离，更是感觉心头像被捅了一刀。

一直想表现自己的林薄始终没有找到机会，只能憋着。

孟青青提的问题很有针对性，都是制作傀儡方面的问题。说起炼器，路小遗是个外行，但是要说制作傀儡，他绝对是顶尖的高手。

“做一只能收起来的飞鹤吗？这个不难，可以用玉木做，留一个槽安装元气石做动力就行了。我最近在研究一个装置，可以直接用灵气做动力，只是现在还缺一个材料。”

面对三个修真者，路小遗依旧自信满满，侃侃而谈。

“哥，飞鹤是给绾绾做的，我要做一个人形傀儡，能说、能唱、能走路的那种，记住，要把我的声音灌进去，将来我回山里去了，这个傀儡就代表我了。”孟青青说出了心里话，可惜路小遗没听明白，他的心思全在孙缩缩那儿。他一边微笑着回答孟青青的话，一边偷看孙缩缩。

两人的目光已经对上了好几次，每次他们都微微一笑，十分默契，似乎仅仅用眼神交流，就知道对方想说什么。孟青青看得很清楚，心里很失望。林薄看在眼里，怒火中烧。

“吃饭了！”楼下梅金云喊了一嗓子。

林薄听了歪歪嘴：“修真者吃凡间的食物会有点不习惯。”

路小遗听后神色黯然，孟青青眼睛一瞪，就要发飙，孙缩缩却已经先开口：“不想吃就不要吃。小遗、青青，我们下去，别叫阿姨久等。”

林薄目瞪口呆地看着他们，帅气的脸微微扭曲。路小遗伸手拍拍他的肩膀，笑了笑，没说什么。其实林薄的表情路小遗都看见了，他觉得林薄不过是单纯地想体现一下修真者的高傲气质，所以他也没太往心里去。

“小遗，还是你够兄弟！我就是随便说说嘛。”林薄有了台阶下，暗想缩缩就算喜欢路小遗又如何，他们两人不可能走到一起。他这么一想，心里的疙瘩很自然地就没了，又念起了路小遗以前的好来。

路小遗笑了笑：“我知道这次你打算做什么傀儡，我帮你啊。”

孟大强急匆匆地回来了，是梅金云派人去叫他的。身体全好了后，孟大强开始接一些活来做。今天也巧了，他刚出去送货，三人前后脚就到了。

看见女儿，孟大强也很开心，激动得泪水止不住地往下掉。孟青青发现父亲的身体好了，也很高兴，不断地问父亲是怎么好的。孟大强给出的答案是事先跟路小遗商量好的，他说是路小遗给一个过路的仙人制作道具，手艺好，仙人很满意，出手给他治的病。

一家人团聚，自然是高高兴兴的。午饭时，大家都吃得挺开心，熟悉的味道让孟青青大呼过瘾。饭后，孟青青拿出送给父母的礼物，都是一些寻常的滋补的药丸，最后她才拿出给路小遗的礼物：一个看上去很普通的挎包。

路小遗本有一个六合包，但容量很小。千机门办事处有卖包的，五十枚元气石一个。孟青青拿出来的这个挎包是藏青色的，明黄的带子，上面有她亲手绣的牡丹图案。

“这个乾坤一气包，是我从门内的师姐那里换来的，送给哥。”

这个挎包的容量比六合包的容量要大二十倍。在修真界，它是可以丢进垃圾堆里的货色，但是在凡间，它是顶级的随身装备。

“谢了，我正愁没有一个更大的包呢。”路小遗也不客气，接过后开心不已。

孙绾绾拿出茶叶，上前送给孟大强，给梅金云的是一盒用灵气炼制过的天麻膏，然后她又拿出一块石头，递给路小遗：“小遗，这块乌青石送给你。”

路小遗看见这块石头，眼睛都直了。这玩意儿可不是一般的东西，哪怕对于千机门来说，乌青石也是很难得的材料。乌青石的单位重量和一般木材一样，但硬度绝佳，最重要的一点是，它对灵气和元气都有很好的传导性。

修真者在修炼的过程中会吸取天地灵气，炼化成自身的元气，从而提升个人的修为。元气石可以少量地补充修真者的元气，但是用完就废了。高一级的元气玉在为修真者补充了大量元气后，可以放置在修真者灵脉的穴口上，慢慢地自动增加元气，然后再补充给修真者，这也是平常基本上看不到元气玉的原因。只要是筑基期以上的修真者，都会储存几枚元气玉，放在身边救急。

路小遗一直在琢磨着做一个装置，可以直接快速地将灵气转化成元气，但是他还缺两种重要的材料，一种是传导性极佳的乌青石，一种是元气玉中顶级的墨玉。

他一个凡人，鼓捣这东西完全是为了孟青青。他在市井厮混多年，深知人情冷暖，不难猜到，孟青青在千机门里受到的待遇肯定是最差的那种。如果有这么一个装置，就可以帮助她加快修炼的速度，从而提升在门内的地位。

身为顶级的工匠，在拿到乌青石的一瞬间，路小遗十分激动。他立刻起身，招呼都没打一个，便径直冲进了自家的手工坊。

手工坊里的货柜内摆放着一个奇怪的东西，朝天的方向有一个反置的雨伞形状的装置，这就是路小遗正在制作的装置——灵元渡。通过这个反置的雨伞，可以最大限度地吸收灵气，并将灵气输入墨玉内，再通过用乌青石做成的尾部有槽的部件，直接给废掉的元气石补充元气，他希望能达到每天为十枚元气石补充元气的效果。

这个装置的设计，别说是凡人了，就算是修真者也会觉得匪夷所思，根本看不懂。路小遗喜欢收集一些千机门的人丢弃的玉简，他偶然看到一枚玉简里头记载有类似的装置。路小遗觉得这个思路很有趣，就按照自己的构想，设计了这么一个装置，他也不知道能不能行。

林薄也带了礼物，他赶紧将礼物拿出来，递给照顾了他一段时间的夫妻俩，大有显摆之意。饭后，孟青青陪着父母说话，孙绾绾则悄悄离开，找到手工坊，走进去打量处在全神贯注状态下的路小遗。

路小遗留给孙绾绾一个侧面，笔挺的鼻梁，帅气的面孔，丝毫不输给那些修炼有成，甚至进入了筑基期的修真者。

有天生灵体的路小遗感知敏锐，孙绾绾的动作已经很轻了，但还是被他发现了。他扭头一看，露出微笑："不好意思，我太投入了，没注意到你进来了。"

"你在做什么？"孙绾绾好奇地指着他手里的图纸。

"现在还不知道做出来的是个什么东西，不过你这块乌青石算是帮了我大忙。"路小遗也知道这不是朝夕可成的事情，他小心翼翼地放好乌青石。

再次见到孙绾绾，路小遗找回了三年前的那种感觉。三年前，他被她迷住了，甚至偷拍了她。如果换成别的人，可能会因为身份的差异产生绝望，但是他不会，他根本没把这些放在眼里。只要是他欣赏的女孩子，他挖空心思也要追到手，就算是仙女，也先追了再说。

"你跟我说说呗！"孙绾绾不知道怎么了，这一刻就想单独跟路小遗聊一会儿。怎么说呢，有天生灵体的路小遗，对于修真者来说，有一种特殊的吸引力，修真者不自觉地就会想亲近他。

路小遗不想告诉她，原因是这仅仅是一个构想。在心目中的女神面前，如果不管不顾地先吹牛皮，将来做不出来怎么交代？

"你不是要做飞鹤吗？你等着，我这就给你做。"路小遗赶紧转移话题，从货柜上拿了一块玉木过来，"你说说，想做多大的？"

孙绾绾凑近了，低头看他手里的玉木，两人站在一起。来到门口的林薄正好看到这一幕，心里很不舒服。他正准备进去，孟青青走过来，看了一眼，然后拉住他："走开啊，站那儿干啥？"

其实，孟青青的心里也挺不好受的，但是如果路小遗和孙绾绾两情相悦的话，她只会默默地祝福他们。

路小遗的手很巧，根据孙绾绾的讲述，他开始做飞鹤。他有心卖弄，拿出全部的本事来，刻刀在玉木上挥舞犹如精灵在跳舞，一个翅膀形状的部件渐渐成型，一刀落下后，惟妙惟肖的翅膀出现在眼前。

颇为得意的路小遗忍不住看了孙绾绾一眼，视线对上的瞬间，两人都没有躲避。

视线相撞，电流产生！

第九章

D A G U I J I A S H I

见证奇迹的时刻

路小遗的字典里就没有“不敢”这个词，高高在上的女神怎么了？伸手拽下来就是了。

趁对方的眼神有点迷惘的时候，路小遗果断出手，抓住了她的手。双手接触的那一瞬间，他心里微微一颤。

孙缩缩惊慌地想缩回自己的手，路小遗却加大力气。两人视线再次交会，孙缩缩低语道：“你胆子真大，不怕我打你啊。”虽然说着威胁的话，孙缩缩脸上却带着笑容，自己先“扑哧”一声，乐了！

“不就是被你打一顿吗？现在没外人，你想怎么打我都接着。”长期混迹于市井的路小遗，对小姑娘的这种心态最了解了。他知道，本来她们就害羞，如果自己再不主动一点，黄花菜都凉了，到时候后悔都来不及。

当年初次见面时，路小遗就给孙缩缩留下了深刻的印象。孟青青日日念叨“路小遗”三个字，让孙缩缩的耳朵都生出老茧来了。山间修行艰苦，极少接触异性，正值花季年华的她，遇见路小遗这样相貌英俊，且有一技之长的人，自然会产生好感。

“我不打你，但也不能就这么便宜你。”终归是少女心性，孙缩缩好看的大眼睛扑闪了几下。

“有啥要求你只管提。只要是我能做到的，刀山火海我也愿意闯。”路小遗看上去非常自信，但实际上他的能力在聚灵大陆根本不值一提。

但是女孩子嘛，未必要你做多少，关键是想看你的态度，尤其是这个年龄的女孩子。你有一个烧饼，分她半个，就能感动她。自己饿着全给她，那她就会感动得掉眼泪，还能把饼还你一半。总而言之，态度是关键。

“谁要你闯刀山火海了，就会哄人。先把飞鹤做好了，做不好以后别来见我。”孙绾绾用很严肃的语气说道。

“放心，看我的！”

“你先做着，我去找青青了。”孙绾绾挣脱了他的手，转身出门去了。

路小遗开心地笑了。

为了讨好女神，路小遗也是拼了，材料、工钱都不提，就埋头苦干。

孙绾绾找到孟青青，她正在给路小遗收拾房间。站在走廊里的林薄一副百无聊赖的模样，看见孙绾绾顿时眼睛一亮，可惜孙绾绾视而不见，径直进了屋子。

“青青，我来帮你。”孙绾绾走过去，很自然地拿块抹布擦桌子。孟青青靠近她，用肩膀撞了下她的肩膀：“你跟我哥，怎么样了？”

“什么啊？乱讲！”孙绾绾脸皮薄啊，怎么肯认账？不过她脸上的红云已经出卖了自己。孟青青太了解她了，一看就知道她对路小遗有好感，心里多少有点苦涩。什么修真者和凡人之间的差距，孟青青也是不在乎的。只要路小遗喜欢，就算孙绾绾不乐意，绑都给他绑过去。

路小遗一个人在手工坊里忙活。孙绾绾和孟青青收拾好屋子后，倒是想帮他来着，但她们一进手工坊，就被他撵出来了，还受了抱怨：“你们俩在我面前晃来晃去，我哪有心思干活？”

路小遗一直忙活到晚饭前还没出来，林薄主动提出要去叫路小遗出来吃饭，不想却被孟青青一个白眼珠子砸过来，还附赠一句：“有你什么事？老实搁这儿待着。”

这一个下午，林薄别提有多别扭了。跟这两个女孩子在一起吧，看着孙绾绾心不在焉的，眼睛老往手工坊那边瞟啊瞟的，他心里就跟打翻了醋坛子似的酸得难受。走开吧，他又不想浪费这难得的跟女神在一起的时间。不走吧，一个正眼他都没捞到。比不过其他的修真者就算了，什么时候他连一个凡人都比不上了？

孙绾绾起身道：“我去叫吧！”随后，她走了出去，留下心里暗暗发涩的孟青青和林薄。

手工坊内，路小遗做好了最后一个部件，鹤头的最后一刀落下后，就剩下组装的活了。

孙绾绾进来时，路小遗听到动静，回头一笑：“来得正好，见证奇迹的时候到了。”

千机门的人擅长炼器不假，但是他们很少自己动手制作傀儡，只是将制作好的傀儡加以炼制，使之变成真正意义上的法器。

“什么奇迹？”孙绾绾听了很好奇，凑过来看着摆满桌面的部件。

“你看，这是飞鹤的核心部件——动力组件。”路小遗熟练地拿起一个又一个部件，将它们组合在一起，“这是传动部件组……”随着路小遗娴熟的动作，栩栩如生的飞鹤诞生了。

“现在就剩下最后一步了，你有元气石吗？”

孙绾绾赶紧掏出一枚元气石。

路小遗掰开飞鹤底部的一个盖子，露出一排五个凹槽，每一个凹槽内需要放入一枚元气石。他把那枚元气石放入凹槽，不大不小，严丝合缝。路小遗又从乾坤一气包里拿出四枚元气石，填满了五个凹槽，然后盖上盖子。

“飞鹤怎么是回头看的？”孙绾绾看出端倪来了，问道。

路小遗竖起大拇指：“聪明，不愧是我欣赏的人。”

看孙绾绾跃跃欲试，路小遗笑嘻嘻地提醒了她一句：“你伸手往前面扳动。”

“啪嗒”一声，孙绾绾伸手扳动鹤头，听声音就知道，里面有卡槽。头被扳正后的飞鹤瞬间就活了，从桌子上跳了下来，鸣叫了一声，做了几个拍翅膀的动作，真是活灵活现的一只飞鹤呢。

“对了，怎么才能让它听我的？”孙绾绾看着欢喜得不行，这飞鹤的做工和材料都是顶级的，回去精心炼制，肯定是一件顶级的飞行法器。

“我说绾绾，你好歹也是千机门的弟子，难道这还要我教你？”路小遗翻了个白眼。孙绾绾知道失言了，吐了吐舌头，抬手在空中虚抓一把，接着，她手中多了一张神念符。

她两指夹着符纸，在空中一晃，符纸被点燃了，烧尽的瞬间，神念灌注到元气石内。

以元气石为动力的飞鹤，瞬间冲着孙绾绾过来了，围着她跳舞，就像一只宠物。

孙绾绾神念一动：“飞起来！”飞鹤跃出门口，振翅高飞，根本看不出来是傀儡。在孙绾绾神念的指挥下，这只还没有经过炼制的飞鹤，已经能根据指挥做出转弯、急停、滑翔等动作了。孙绾绾越玩越开心，要不是想起来要吃晚饭了，她还能玩一会儿。

“父亲说过，一个顶级的匠人制作出来的傀儡是无限接近法器的。以前我不信，现在总算亲眼见识到了。”孙绾绾对这只飞鹤十分满意，说话间，她神念再动，指挥着飞鹤落在庭院内，又跑回手工坊。

“走吧，去吃饭。”孙绾绾挥手用乾坤戒指收起飞鹤，脸上全是笑容。

路小遗见她玩得很开心，心里也很高兴。

此时，在门外偷窥的林薄看见这一幕，心仿佛被狠狠地捅了一刀，疼得难以自已。

为什么？为什么？以前不如他也就算了，现在我是个修真者，他是个凡人，为何我还是不如他？我已经很努力地在修炼了，同期的外门弟子中，我的修为可是名列前茅的啊。

想到这些，林薄越发觉得不甘心。

孟青青早已摆好碗筷，见其他人迟迟不来吃饭，赶紧出来找，正好看见低头数地上蚂蚁的林薄和满脸笑容的孙绾绾，最后才看见背着手、一脸满足的路小遗。

第十章

DAGUIJIASHI

分别

林薄的心情很差。

过去的三年，不管他怎么努力接近孙绾绾，都没能进入她的视线。

反观路小遗，三年都没见着孙绾绾，之前也就见过一两次。可是偏偏两人一见面，就互相看对眼了。这其中的原因何在？道理何在？林薄怎么也想不通。

“林薄，吃饭啊，在这儿发呆做什么？”路小遗走过来，笑着和林薄打招呼。

林薄抬头，笑得极为勉强：“就来。”

“对了，在山中学艺三年，有没有碰到喜欢的人？”路小遗一句开玩笑的话，无形中变成了赤裸裸的讽刺。林薄对孙绾绾的爱慕看不到任何回应的希望，这个家伙还拿这个来开玩笑。

“哎呀，我想起来，有东西落在你房间里了，我去拿。”林薄扛不住了，拔腿就走。

晚饭后洗个澡，路小遗就进了房间画图纸，孟青青要一个人偶，他肯定要帮她做到最好。林薄这家伙不知道跑哪里去了，吃完饭就出去了。这家伙现在是修真者，路小遗也不好像以前那样对他呼来喝去的，心里还是拿他当朋友，但无形的隔阂还是出现了。

两个女孩子洗完澡出来，孟青青很兴奋地介绍道：“以前洗澡可麻烦了，要拿个大盆烧水。哪像现在啊，开关一开，热水就出来了。我哥厉害吧？”

其实没什么了不起的，现在是夏天，太阳最强烈的时候，在屋顶弄个铁皮的水池，刷上黑油漆，做好封闭，暴晒一天热水就能顺着管道下来了。对修真者来说，洗澡无所谓冷水还是热水，但是对孟青青来说，每一个变化都值得她拿来夸路小遗，以提高他在孙绾绾心中的地位。

“你总夸他，怎么自己不去追他？又不是亲兄妹！”孙绾绾的小心思全藏在话里呢。

“什么呀？我跟他一起穿着开裆裤长大的，想起他小时候鼻子上挂着鼻涕的样子，我就没法喜欢他。他看我的时候，眼神很平静；看你的时候，眼神才会不一样哩。”孟青青一句话说得孙绾绾的脸又红了，她低着头不说话。

放好东西后，两人很自然地往路小遗的房间里去。看见只有他一个人，孟青青便问：“林薄呢？”

路小遗正忙着画图，头也不抬地回道：“没看见呢，在山上被关了三年，谁知道这会儿他去哪儿玩了。”

“瞎说，修真不等于清心寡欲，千机门的神仙眷侣多着呢。”孟青青平静地答了一句，心里却在想，林薄不会真的跑出去瞎胡闹了吧？

修真者在进入筑基期以前，精力还真的都用在了修炼上面，而且修真是很讲资质和运气的。一般来说，一千个初级修真者中，最终能够顺利进入筑基期的，不超过十个人。只有那些到了一定年龄，依旧没进入筑基期并且选择在门派内做事的人，才会考虑家庭问题。

“青青，不少资质不错的弟子就是因为放纵自己而断送了修行，这样的例子可不少见。”孙绾绾对林薄没有好印象，所以支持了路小遗说的话。

反倒是路小遗听她这么一说，赶紧收起手里的活：“我瞎说的，他应该是去祭拜他爹了。”

孙绾绾朝路小遗抛去一个白眼，长睫毛下面的眼睛一闪一闪的，脸上挂着笑容，说明她没往心里去。

“对了，修真很难吗？”路小遗开始找话题聊，总不能都闷着吧。

“表面上看，我们这些人很风光，但实际上修真的道路充满了凶险。我在山中修炼三年了，也不过是炼气五级。林薄四级，青青才三级。每个人的资质不一样，越往上修炼难度越大。到了炼气九级，筑基关将面临天劫。在筑基的过程中需要抵抗天劫的影响，稍微不注意，就会走火入魔，前功尽弃。”说起修炼的事情，孙绾绾的表情很凝重。修真是逆天而行，老天爷当然要收拾你。

路小遗摸着下巴，仔细一琢磨后道：“我觉得吧，要是能制作出一种法器，代替修真者承受天劫，渡劫的难度就会大大降低。你说是不是这个道理？”

孙绾绾惊讶地看着他：“你怎么会这么想？这个太难了，骗人容易，骗老天爷太难了。”

路小遗一副很认真的样子：“不试试看，怎么知道不行呢？”

孙绾绾笑了：“那好啊，我等着你的成果。我是说，如果制作出来，我一定第一个使用。”

见她毫不在意，路小遗有点着急了，他一门心思想显摆自己，就像孔雀开屏吸引异性一样，于是道：“你坐下，听我给你好好讲讲我的发现。”

明明猜到了这家伙的心思，孙绾绾还是笑吟吟地坐下了，想听听他到底会说什么。

路小遗可不是空口说白话，他是有备而来的。

“经过我的研究发现，一般来说，跟老天爷对着干的人，都会被老天爷用雷电劈。也就是说，只需要把闪电引开就行了。那么，怎么达到这个目的呢？经过我的试验发现，玄铁对雷电有很好的引导作用，我们可以这样……”

路小遗的意思就是做一堆人形的傀儡，在傀儡脑袋上装上避雷针。这玩意儿行不行，还真的不好说。但是要让孙绾绾做第一个试验品，路小遗肯定是舍不得的。

所以路小遗最后总结道：“傀儡可以由我来做，但是试验对象不能是你。”

两人说了半个时辰，孟青青在一边安静地听着，她虽然心里有点发酸，但是是真的希望两人好好的。她唯一担心的是，路小遗是凡人，如果孙绾绾继续保持目前的修炼速度，两人之间的差距就会越来越大。关于这一点，这两人肯定都想过。只不过孙绾绾是在装鸵鸟，逃避这个问题，而路小遗是胆子大，喜欢的异性别说是筑基期的了，就算是成仙了，他照样敢去追求。

林薄是半夜才回来的，浑身的酒气。看见在卧室里还没睡的路小遗，林薄心里有一丝感动，心想，这家伙还没睡，就为了等自己回来吗？

“路小爷，谢了！”林薄露出微笑，这一刻，当这个久违的称呼喊出口，他的负面情绪都没有了。

“客气啥，顺手而为，不用谢！赶紧洗洗睡吧，我明天还得干活。”路小遗一摆手，他知道林薄的意思，不就是林薄父亲的坟墓吗？过去三年，林薄在山中修炼，每逢祭拜的时节，路小遗都会帮林薄收拾一番他父亲的坟墓，替他祭拜一番。

孟青青三人只有三天的时间，在路小遗的帮助下，他们完成了各自作品的制作部分。孙绾绾的作品是飞鹤，孟青青的是个集侦察、反侦察为一体的人形傀儡，林薄的是个战斗辅助傀儡。三个作品现在还都是普通傀儡，三人回去后需要加以炼制，炼制好后才能算是法器。

三天的相处加深了孙绾绾和路小遗之间的感情，同时也让林薄和两个女孩子变得熟悉起来。他们不再像以前那样，同为千机门外门弟子，三年都不主动联系几次。

路小遗成了他们之间的纽带，没有路小遗，林薄就算满地打滚哀求，也没法混进孙绾绾和孟青青的小圈子里。

“加油啊，早日进入筑基期！”临行之际，路小遗鼓励林薄，在他肩膀上捶了一下。

林薄回了路小遗一下：“放心，我一定会成功的。”这个充满自信的回答遭到了两名女孩子的白眼。

“十月初十，记得回来一趟。”路小遗对孟青青说，伸手想抱一抱她，但想到她已经是大姑娘了，手又放下了。路小遗把手放下时，孟青青突然抱住他，下巴顶在他的肩膀上。

“为啥啊？我不想走。”孟青青闭着眼睛，感受着他怀抱的温暖。

路小遗拍拍她的后背：“到时候你就知道了。不走可不行，我们家就指望你光宗耀祖呢。”

孙绾绾在一边听得清楚，心里明白那天是孟青青的生日。她之所以能和孟青青成为朋友，就是因为这丫头心眼好，有时候还挺迷糊，现在连自己的生日都不记得了。

想到生日的时候，孙绾绾暗暗叹息，她长这么大，还从没人给她过过生日呢。

作为千机门门主的女儿，孙绾绾照样要以外门弟子的身份开始修炼。不是孙慕仙不照顾她，而是因为孙慕仙惧内。孙绾绾私生女的身份，孙慕仙不敢让老婆知道。

但孙慕仙还是很照顾这个女儿的，不然，以孙绾绾中等的资质，怎么可能在修炼速度上超越林薄？

离开路小遗的怀抱后，孟青青瞪了林薄一眼：“站着发呆干啥？一点眼力都没有，赶紧出去等。”说着自己先出去了。林薄无奈地摇摇头，跟着出去了。

院子里就剩下孙绾绾和路小遗两人了。

“喂，我的生日是九月十三。”孙绾绾低声说道。

路小遗听了就跟打了鸡血似的，兴奋地说道：“行，我知道了，到时候你来，我给你过生日，还有礼物。”

“喂，别忘记了！”

“放心，忘不了。”

清晨，洒满阳光的院子里，一对少男少女依依不舍地告别。

第十一章

D A G U I J I A S H I

八方城

木牛“嘎吱嘎吱”地响着，八方城遥遥在望。

八方城在聚灵大陆有着独特的地位。怎么说呢？聚灵大陆上的修真门派，将大陆划分成一块一块的独立王国，修真者不会轻易插手干涉别的门派的事务。就算要插手，也是以个人的名义，不会打着门派的旗号，免得破坏规矩，引起公愤。

门派之外，还有散修，也都是守着各自的洞府，关起门来修炼。

这样一来，就需要一个互通有无的地方，八方城应运而生。

八方城有一百万人，由各门派办事处共同维护秩序。

牛背上的路小遗滑下来，收起木牛，放入包中，又在路边的水沟里弄点水洗了洗脸，拍一拍身上的灰。从匠镇到八方城，他整整走了三天。长这么大，他还是第一次走出千机门的地盘。

为啥要来八方城呢？因为路小遗没钱了！为了给孙绾绾等三人做机关傀儡，他将自己攒的那点材料和元气石全都搭进去了。还有，他需要一块高品质的墨玉和大量的玄铁。

路小遗来这里的另外一个原因，就是他不敢在匠镇那个地方暴露自己的“医术”。那个掉骰子的龟甲，连续掉了两个“愈”字后，他认为这是一门神奇的治疗术。要不怎么连着两次，掉的都是“愈”字呢？

玄铁还算容易买到，但墨玉这东西在千机门的地盘内根本看不到。只有到八方城这个聚灵大陆各门派默认的修真市场来，他才有机会找到想要的墨玉。

出门在外，财不外露。好东西要藏起来，免得被人盯上了，一个不好就可能是客死他乡的结果。

八方城这个地方，鱼龙混杂，最是混乱。

这个城市比匠镇大十倍都不止，而且还是一个混乱之地。身为匠镇十害之首，路小遗深知这地方的危险性。就拿匠镇来说吧，总体上还算是有秩序的，但即便如此，也还是有码头等灰色地带，人性丑陋的一面屡见不鲜，更不用说眼前这个混乱的城市了。

丐帮那些人算是比较“善良”的了。

在这种环境下长大的路小遗，知道该怎么保护自己。

他换了一身衣服，脑袋上戴一顶瓜皮小帽，往脸上贴两绺胡子，戴上一副墨镜，背个褡裢，手里举着个幡子，上书：祖传秘技，包治百病。最后他手里拿个摇铃，晃荡几下，摇铃“叮当”乱响。

变身完毕，一个江湖游医出现，一副“想看病就找我”的模样。他不紧不慢地沿着道路往城区走，一边走一边捏着嗓子喊：“疑难杂症，术到病除。”

刚进城路小遗就被人拦住了，他抬了抬墨镜，看清楚拦路的是两个青年壮汉，心里暗暗叫了一声：晦气。这是没法子的事情，就像外地人到匠镇谋生，也可能会被欺负。

“二位，看病啊？”路小遗用低沉的语调说道。

“看你个头！”一个壮汉挥拳就打，路小遗当然不肯就范，一个灵巧的躲闪，避开了这一拳。

“呀，还敢躲？”另外一个壮汉上来也准备动手。

路小遗赶紧开口：“等一等，出来混，不外乎是求财。二位怎么个说法？”

“哟，看出来了，是个老江湖，知道规矩就好。八方城里讨口饭吃的，都得给虎爷上供。念你初来乍到，今天就算了。从明天开始，每天交一枚元气石，少了有你好看的。”两个壮汉放了狠话。

路小遗点头哈腰地赔笑道：“规矩我懂，记下了，明天一早上供。”

“拿着，明天一早，自己去城东三姓巷口交钱。”一个壮汉丢来一块竹片，路小遗伸手接过，低头一看上面有个“虎”字。他知道这是那个自称虎爷的人的令牌，赶紧收起来，他知道在这个地方挣钱，躲不开这些地头蛇。

看着他们走远了，路小遗眯着眼睛，心里暗暗冷笑。他向来不肯吃亏，刚才那一下虽然没被打着，却丢了面子。这梁子算是结下了，日后他定要找回来。

怎么找？匠镇十害之首，最好的匠人，想报仇还不容易啊。一只“苍蝇”已经跟上了两个壮汉，不难找到这两人的落脚点。不过话说回来，一个外人刚进城就被盯上，可见这个组织之严密和庞大。

不知道何时才能找到高品质的墨玉，路小遗做好了长期寻觅的准备。要说如何在一个陌生的地方长期生存，路小遗自然有自己的方法。

街道两边都是店铺，路小遗缓缓前行，看到“邓家杂货”“玉简小宅”“段氏精工”等招牌。这些看上去很气派的店铺，很自然地被路小遗忽略了。走进这种店，没有上千枚元气石，就不是好不好意思进去的事情了，而是该考虑会不会缺点“零件”出来。

一片树荫下，蹲着一群东张西望、看上去非常无聊的人。路小遗嘴角露出微笑，心想，找到了。

每个人多的地方，总会有这样一类人存在，他们靠跑腿、卖力气为生。

路小遗手里捏着一枚灵石，站在这堆人面前。他本来打算装一下，结果遭到了无情的嫌弃。这些人用斜视回应了他，那意思是，一枚灵石也好意思拿出来？喝杯大碗茶的钱都不够。

“这位郎中，有什么要帮忙的？”就在路小遗准备加价的时候，一个面相憨厚的汉子站起来了，双手不安地在衣服上蹭，看上去非常老实本分。

如果不是这个家伙在演戏的时候，边上有人看不下去把脸扭开了，路小遗一定会被他高超的演技给骗了。那么，这家伙到底是怎么看出来自己身上有点好货的呢？路小遗这个人不喜欢麻烦，所以一定要弄清楚这个事情，不然很可能会有更大的麻烦。

“我呢，想找个地方住，本小利微的，不求好，在这城边上便可。”路小遗一边说着，一边观察这家伙的眼睛。很快他就发现了端倪，心里暗暗懊悔。他千算万算，漏算了自己的鞋子。那是林薄送给他的礼物，一双炼制过的用鹿皮制作的鞋子，虽然是初级的法器，但穿上后很省力，如果平时能扛两百斤，穿鞋后就能扛四百斤。

既然是法器，那么在市面上，这双鞋怎么也能卖个五十枚元气石。对于修真者来说，这不算什么，但是对于这些底层的城狐社鼠来说，这就是一笔巨款啊。

难怪这小子动了坏心！

“这位郎中，房子好说，就是这跑腿钱，能不能多给几个？小人嘴笨，您看着给就行。”

汉子继续挂着一脸“憨厚”的笑容，路小遗装作什么都没察觉：“好说。我叫路郎中，你叫什么？”

汉子回答：“回路郎中，小的唤作刘七，因为长得黑，落了个‘刘黑七’的诨号。”

“好，前面带路，房子合适，我自然不会少你的跑腿钱。”路小遗“上钩”了。

在匠镇的时候，路小遗是忽悠人的行家里手，是制造祸害的祖宗，“坚持不懈”十几年。所以呢，在匠镇的百姓看来，哪天路小遗要是宅在家里没出来害人，那就值得烧高香了，因为那就意味着风平浪静的一天到来了。

你想想，这么一个缺德的家伙，哪有那么容易被别人忽悠？

面相憨厚的刘黑七在前面带路，领着路小遗往一条巷子里走，嘴角忍不住得意地上扬，心想，今天这只羊不算太肥，但如果拿下了，过个三五日有油水的日子不难。

转进一条小巷子的时候，刘黑七冲着巷口两个汉子努了努嘴，递过去一个眼色，再回头冲路小遗一笑：“路郎中，您要看的房子就在里面。”

两人进了巷子，走了十几米，刘黑七心想，这家伙已经是瓮中之鳖了。于是他脸上露出了狞笑，回头哈哈哈大笑三声后，却猛地一怔：“嗯？人呢？”

这时候两个汉子从后面追上来了，一看只有刘黑七一个人，也都不解地问：“肥羊呢？”

“这小子身上有隐身符，看出来不对，隐身了。”刘黑七这么一说，三人低头找了找，果然看见地上有烧符留下的灰。

“哎，亏大了，就这张隐身符，便能卖五十枚元气石。”路小遗心里暗自怒吼。看着三人在那儿找，他不紧不慢地放出两个木球，木球在地上滚动了一段距离，一前一后堵住了这条巷子，他这才迈步走动，散去了隐身效果。

“好啊，这小子在那儿啊，怎么不跑啊？”刘黑七听到动静，看着路小遗哆哆嗦嗦的双腿，忍不住大笑三声，“小子，你跑啊，怎么不跑了？”

刘黑七的演技不错，路小遗的演技也是影帝级别的。路小遗装作很害怕的样子，腿软跑不动，引得三人狞笑着逼过来。这时，他突然龇牙咧嘴地一笑，站稳了脚。

一条小牛犊般大小的“恶犬”出现在路小遗身前。在八方城这个地方厮混的人都是很有眼力的，三人一看这条木犬口中寒光闪闪的白牙就知道，被咬上一定会死！

“千机门的傀儡犬！快跑！”刘黑七喊了一嗓子，掉头就跑，但是很快就站住了，因为他后面也有一条“恶犬”。

这时候路小遗猖狂地哈哈大笑：“跑啊，怎么不跑了？”

第十二章

DAGUIJIASHI

寻找住处

破败的小巷子里很安静，就算是白天，也没什么人。傀儡犬是千机门的拳头产品，大户人家都会买几条回去看家护院。

刘黑七等三人自然看不出来路小遗的傀儡犬是山寨货。他们只觉得，一个游方郎中能一次放出两条傀儡犬，十有八九是独行大盗一类的狠人。

“英雄，饶命啊。小人上有八十老母，下有三岁小儿嗷嗷待哺，逼不得已才做了这等买卖。您大人有大量，放了我吧。”刘黑七果断地跪了下来，心里很想掐死自己。一个游方郎中，哪能穿得起一双用鹿皮制作的鞋子？自己怎么没想到这一点，居然还动了歪念头。

看着跪地求饶的三人，路小遗可没有放松警惕，反倒越发小心起来。这帮市井无赖，毫无节操底线，行事最是狠毒，他们到底做了多少丧尽天良的事，只有老天爷才知道，对他们发任何善心都是多余的。

收拾这种人，路小遗的经验极为丰富。

“呸！就你们这些人，小爷怎么可能就这么放你们走？今天落在我手里，算你们倒霉……”对付这种人最好的办法就是让他们害怕，最好是达到听到你的名字就吓得不得了的程度。

半个时辰之后，三个大汉光溜溜地走出小巷子。

大街上很快就出现了不明真相的围观群众，他们一通指指点点，看热闹。他们都在疑惑，这么缺德的招数，也不知道是哪个杀千刀的家伙想到的。

按照路小遗的要求，刘黑七三人沿着街道走了不到百米，拐过一个弯，在一个角落里找到了他们的衣服。三人穿好衣服后，在无数围观群众的耻笑声中落荒而逃。

刘黑七又回到了那条小巷子里，他不敢不回来。路爷能想出这么个办法对付他们，这心得恶毒成什么样啊。他得罪了这样的人，以后指不定还会遭遇什么折磨人的事情。

“今天的事情，但凡泄露出去半个字，你全家都得倒霉！”巷子口的树荫下，路小遗坐在竹椅子上，不紧不慢地说着，语气阴森凶恶。

“小的可以对天发誓，只要泄露半个字，天打雷劈。”刘黑七赶紧发誓，刚才的遭遇，打死他都不愿意再来一次了。

“你知道就好，天黑之前，给我找一个住处，就在城区边上，要安静的地方，还不能太差。”说着话，路小遗丢过去一个小布袋，“拿去，这是跑腿钱，事情办不好，你知道的。”

“是是！”刘黑七捡起地上的布袋，掂量了几下，知道是五枚元气石。

刘黑七走后，路小遗还有点心疼，一张隐身符花得虽然不算太冤枉，但那玩意儿太贵了。这次出门，他把积攒的各种傀儡都带出来了，对付这些小混混自然不是问题，但真的对上本地的土豪恶霸一类的，估计这点家底根本就掀不起任何浪花。

他自然不愿意惹是生非，也知道自己刚才的做法是不对的，可是是别人先想欺负他的，不得已之下，他才出此下策，不然，恐怕他很难脱身。

黄昏时分，刘黑七回来了，这家伙彻底被路小遗收服了，办事效率非常高。

房子就在附近，路小遗跟着走过去。这一带都是贫民区，找个安静的小院子难度非常大。所以呢，一个月一枚元气石的房租，路小遗也能接受。他没有着急去看房子，而是让刘黑七领着他到四周看看，先熟悉地形，这样哪怕出了事情也好躲好跑。

四周是一片低矮的建筑，地形很复杂。

住在这种地方，不容易引起大家伙儿的注意，安全性比较高。当然了，这里只是退路。要在这里挣到足够的钱，买到足够的材料和高品质的墨玉，首先得把“神医”的名头打出来。

聚灵大陆等级森严，凡人有个病啊灾的，修真门派是不会管的。如果有人运气好，能够找到仙人医治，那是另外一回事。绝大多数情况下，就算你很有钱，也只能在某个门派的办事处买到丹药保着命，而且丹药还特别贵，想痊愈是不能指望这些丹药的。

总而言之，修真门派对凡人就是这么不负责。

房东是一对年轻夫妻，带着一个七八岁的小女孩。按照刘黑七的说法，这对夫妻本来日子过得不错，男的在镖局做趟子手，女的在家做点针线活，房子是长辈留下的。以两人的收入，他们本不需要对外招租，但是半年前，男的走了一趟镖，路上遇见了劫匪，一番打斗后男的受了重伤。镖局出钱买了丹药保着命，但是他内伤太重了，在床上躺个一两年是必然的。

这样一来，日子就难过了，他们把房子对外招租，还想租客是知根知底的人，难度可想而知。

刘黑七的家就在这附近，跟这一户人家的男人是一起长大的，算是知根知底，这家人才愿意把房子租给路小遗。

路小遗到的时候，院子门口有一个少妇，牵着个孩子在等路小遗。看见刘黑七后，她上前打招呼，刘黑七一番介绍后，她便请路小遗进去看看房子。

不是说房东想租就能租的，还得路小遗满意才行。

院子不大，里面有三间房。正房是夫妻俩带着孩子住，东边是厨房、柴房一体，西边是客房，对外出租的就是这个房间。路小遗进去看了看，地方不大，一张火炕就占了一半的地方。墙面是土坯，开着一扇小小的窗户，寻常人家用不起明瓦，贴的是窗户纸。

屋子里有点阴暗，路小遗端详的时候，门口的少妇有点紧张，生怕他不租这屋子。她家里快断粮了，就指望着这个钱呢。

“这位大嫂，我是个郎中，这里呢，也就是晚上回来睡个觉。地方不错，我看上了，这是两个月的房钱。到底住多久，暂时不好说。”路小遗递过去两枚元气石。这种先给钱的房客，让这个少妇放心了不少。

她接过房租，微微点头：“那就依着郎中先生的意思。”

路小遗这就算住下了，他从自带的行李中把被褥拿出来铺上的时候，刘黑七更添三分畏惧。修真门派确实有不少残次法器，通过办事处对外出售，但这也不是一般人能买得起的。路小遗这家伙，连着亮出好几样法器，这就有点吓人了。

“路爷，时候不早了，您还没吃呢，要不小的去给您置办一些送来？”刘黑七觉得这是个高人，得赶紧傍上。

对这种市井无赖，就不能给好脸色，路小遗摆着一张“棺材脸”，不动声色地点点头。刘黑七退着出去，擦了擦冷汗。

院子里有棵槐树，树下有石桌和凳子。路小遗坐下，歪歪嘴，心想，这手艺太差了。

他从包里拿出茶壶、茶杯，自斟自饮，四下看看，天色还早，但门口的路上已经没什么人了。

“苏大嫂，这地方平时也这么安静吗？”路小遗看见手拿笤帚的房东，主动搭话。

女房东放下笤帚，微微躬身行礼：“路爷，这地界天黑了不太平，隔三岔五就有人闹事。本地人都知道，所以早早地就关门闭户。”

这时，从苏大嫂身后闪出一个小人儿来，抱着母亲的腿，小心地看着路小遗。

这孩子长得挺可爱，路小遗心里喜欢，手上多了一包糖，塞给孩子道：“小姑娘，哥哥请你吃糖。”

哥哥？苏大嫂有点吃惊地看看路小遗的胡子。

路小遗知道自己说漏了嘴，赶紧揭开胡子，又贴回去：“这世道不太平，没法子。”

苏大嫂点点头：“路爷放心，我知道的，不会对外人说。”

表面上看起来，路小遗绝对是个憨厚老实的家伙，他的长相很有欺骗性，很容易博得好感。

这家伙就算戴着墨镜，贴着胡子，照样很帅。苏大嫂都不敢多看他的脸，说话的时候躲着他的目光。

路小遗感觉到了苏大嫂躲闪的目光，摸着下巴自言自语道：“不行，还是太帅了一点。”说着，他从包里摸出一块膏药，往脸上一贴。这一下让小姑娘咯咯乱笑，嘴里的糖差点掉出来。苏大嫂也忍俊不禁，“扑哧”一笑。

刘黑七拎着食盒回来，看见这一幕也想笑，但是他一想到今天路小遗对付他的法子，就不敢笑了。

别人不知道这位爷的心狠手辣，他知道啊，而且还不敢对外人说。

刘黑七把食盒里的食物拿出来，摆在石桌上。他买的是烧鹅、红烧肉、清炒白菜、红烧茄子，两荤两素，最后是一碗三鲜汤，还有一盆米饭，十几个包子。刘黑七做事还是很牢靠的，他忘记问路小遗主食要吃啥了，干脆两样都买了一些。

第十三章

DAGUIJIASHI

神器

不过是出去买瓶酒的工夫，再回来的时候刘黑七便被眼前的一切惊呆了。

房东苏大哥坐在椅子上，路小遗怀里抱着房东的女儿，苏大嫂在一边微笑地伺候着。

这是怎么回事？刘黑七的脑子转不过来。

他在脑子里简单地回忆了一下，还是弄不明白为什么眼前会出现如此和谐的景象。

这位爷到底有多狠毒，刘黑七和他的同伙最清楚了，这位爷不仅放出两条“恶犬”威逼他们，还让他们脱光衣服。

他们三人中有人反抗了，但是反抗的结果是被路小遗打倒在地。

不管苏大哥怎么招呼，刘黑七都不敢坐下，最后还是路小遗淡淡地说了一句：“一起吃。”

就这么一句话，便让刘黑七乖乖地坐下了，但他倒酒的手微微发抖。苏大哥和苏大嫂的表情十分精彩，刘黑七是什么人，他们可太清楚了。这家伙根本什么都不怕啊，为啥对眼前这位爷如此顺服呢？

第二天夫妇俩知道了刘黑七的遭遇后，再看路小遗的眼神就都不对了，当然这是后话。

唯一对路小遗的印象没有任何变化的人，就是房东的女儿小苏苏这个丫头。只要苏大嫂稍微不注意，她就跑去路小遗的房间找他玩。一开始苏大嫂还不放心，但是她怎么看路小遗都是个和善的人，对小孩子也很有耐心，于是也不怎么阻止小苏苏找他玩了。

路小遗并不是人有多好，他之所以对房东一家这么客气，其实是有他的想法的。在他看来，这对夫妇不是那种混混，是安心居家过日子的人，不需要太多防范。而且，他住在这户人家家中，和人家搞好关系是很有必要的。

次日一早，路小遗不慌不忙地起来了。院子里有井，他打水梳洗时，自然会露出真容来。

这一下苏家夫妻看傻眼了，路小遗是一个标准的帅哥啊，走在路上不知道多少姑娘会回头看他哩。也难怪，他一个外乡人，长得这般帅气，不掩饰一下自己的外表，可能会生出许多是非。

你还真别说，就看了一下路小遗的真容，苏家夫妻彻底放心了。

早点是苏大嫂做的，她的厨艺极好，路小遗干脆把伙食挂在她那儿了，每日给她五十枚灵石。这样一来，他不用自己单独开伙了，还能间接接济一下这户人家，落得好人缘，何乐而不为？

路小遗真心把这里当作退路来经营，自然很是用心。看着坐在椅子上一脸苍白的苏十三拿着筷子都费劲的样子，他主动提出帮苏十三看病，然后假模假式地帮苏十三号脉。

他对苏家夫妻道："这病我倒是能治，但是有一点，你们看见的任何事情，都不得到外面去说。"这话让这对夫妻惊喜不已。按照正常的治疗，苏十三这伤病怎么也得躺个一年慢慢休养。对一个需要养家糊口的男人来说，这事情可太要命了。

"路爷要是能治好我家十三的病，就是我一家人的大恩人，我们定不会泄露半个字，否则天打雷劈！"这年头，这个誓言就算是最恶毒的了。苏大嫂毫不犹豫地开口，让路小遗放心了。聚灵大陆这地界，誓言不是乱起的，真的会应验啊。

"这样就好，大嫂带着小苏苏出去守着门口，不要让人进来就好了。"路小遗交代道。苏大嫂赶紧带着女儿出去，搬把椅子在门口守着，假装做点针线活，实际上眼睛一直看着屋子里，心里忐忑不安。

不一会儿，苏大嫂的眼珠子都不转了，手里纳鞋底的针扎得手上流血都感觉不到，眼前的一幕实在是太惊人了。破败的小院内，突然绽放出金光，这是仙术啊。难不成，这小小的游医是个仙人？

也不怪苏大嫂会这么想，八方城这地界修真者不少见，但是谁也没见过修真者用法器。

苏十三也蒙了，路小遗念了一句令人不知所谓的口诀，拿出一件金灿灿的法器，然后，他这个站都站不直的病夫，不知道从哪儿来的力气，立正，抬头，行注目礼。

“吧嗒”一声，一颗骰子掉出来，过程就跟玩似的，下一刻如同沐浴神光，苏十三身体上所有的不适都消失了。打个比方，就像锈迹斑斑的铁器，在硫酸里泡了一会儿后，拿出来就跟新的一样，苏十三整个人就是这种感觉。好了，全好了，就连脚底长的鸡眼都自己好了。

他晕乎乎的，感觉就跟做梦似的，对着镜子看一眼后更傻了，红光满面不说，那张黑漆漆的老脸，似乎白了那么一点点。当初在镖局卖命时，额头上留下的疤痕，似乎也不那么明显了。

这是什么法器？难道是神器？这是苏十三最朴素的想法。

这次治疗结束后，路小遗更笃定了，这就是一个治愈术之类的神术。有这本事，他一辈子都不愁吃穿了。

苏十三摇摇晃晃的，就跟喝醉酒似的，跌跌撞撞地出门，惊动了门口的妻子。看着身体恢复的丈夫，苏大嫂走上前与他抱头痛哭，好一会儿才缓过来。看见站在门口，抱着小苏苏玩的路小遗，两人二话不说，跪下了。

路小遗扶起二人：“不必如此，只须记得你们的誓言便是。”

狡兔三窟，路小遗当然不会只有一个住处。他乔装打扮一番后出了门，什么人都没带，看上去就是一个游方郎中。他低调地交了保护费，八方城的人海中由此多了一个走街串巷的游方郎中。

小人物要想挣大钱，就得先出名。

城内最好的客栈是八方客栈，这里最大的特点就是房租极贵，每天需要两枚元气石。一般的客人只能望而却步。只有凡人界的那些有钱人，才会住进这种独门独院的客栈，享受着门口有管事、屋内有丫鬟伺候的生活。

路小遗肯定不算有钱人，但他还是走进了八方客栈。

一个怎么看都不像有钱人的游方郎中，走进这种顶级客栈，立刻就有两个一脸横肉的壮汉上前“迎客”。这个游医比较识趣的话，自己滚出去就好；不识趣的话，那就会被丢出去。

路小遗没有被丢出去，反而朝两个壮汉丢去一个小布袋。接过布袋的壮汉，打开一看，脸上顿时一喜。脸上贴着一块膏药、戴着墨镜的路小遗丢下一句话：“爷赏你们的。”

“当”的一声，一个布袋落在柜台上，里头掌柜的不动声色，看了一眼这个趾高气扬的游医，不卑不亢地站起来：“客官，有何吩咐？”

“开间客房，这是预付的房钱。”语气里充满了“我是有钱人”味道的路小遗在一边的椅子上坐下了，跷着二郎腿，一副乡下财主进城的腔调，“茶呢？怎么客人上门，一口茶水都没有？难不成，八方客栈的名声是吹出来的？”

这家伙捏着嗓子说话，手里的幡子乱摇晃，一看就是那类有钱又怕被人看不起的人，就像那种只有十根手指，却恨不得戴十一个戒指的暴发户。

壮汉已经退了下去，掌柜的使了个眼神，对门的帘子挑开了，出来一个少女，端着盘子上来奉茶。掌柜的一边冷眼旁观，一边飞快地数了数袋子里的元气石——五十枚。

土包子就是土包子，就算再有钱，就算脚上穿着一双极好的鞋子，肩上挎着一个乾坤一气包，照样是土包子。掌柜的心里暗暗下了结论，尤其是看见这土包子盯着上茶少女看的时候，他再次做出判断，这是一个走了狗屎运的游方郎中。

具体情况待查！谁来查？当然不是掌柜的，也不是八方客栈，这里只管收钱接待客人，在他走出门之前，八方客栈还得确保他的人身安全。至于走出去后他遭遇什么事情，那就不管了。

“客官请跟我来！”收起元气石，掌柜的笑眯眯地过来打招呼。

少女站在一边，一脸嫌弃，却只能一动不动地忍受着。

“掌柜的，我要她为我端茶上菜。”路小遗提出了要求。

掌柜的微微一笑：“后面的客房里自然有其他姑娘为你服务，并不比她差多少。她呢，就是个笨手笨脚的丫鬟，不会伺候人。”

掌柜的一点都不生气，反而笑着解释。

不承想这个游医哈哈大笑道：“掌柜的，我就要她为我服务。”

“客官，不管哪一行，都有规矩！”掌柜的收起笑容，心想，该死的土包子，这么难伺候。

这时，又一个袋子轻轻地落在了旁边的茶几上，路小遗道：“我听人说，八方客栈里头，没有什么问题是元气石解决不了的。如果一袋元气石不够，那就两袋。”

掌柜的掂了掂袋子，笑了笑，吐出两个字：“好说！”

第十四章

D A G U I J I A S H I

制造一个大新闻

想出名钓大鱼，就得先制造一个大新闻，制造出大新闻后，还想在八方城这种混乱的地方活下去，就得找一个安全的地方待着。

这个地方就是八方客栈！

八方客栈的东家能做到这一点的原因很简单——他是昊天门门主的亲戚。八方城虽然乱，但是没人敢招惹这些有修真门派背景的生意人。本地曾经有好几个恶霸死得不明不白，聪明人都知道，修真门派不能干涉凡人界，但是不等于不能把“废品”法器卖给凡人界。

凡人界再凶狠的恶霸，也是凡胎肉体，经不起法器的轻轻一击。

直觉告诉路小遗，这家客栈有不凡的背景。如果问路小遗不凡在哪里，他肯定说不上来。如果问掌柜的，准会被抽个大嘴巴子，再被骂一句“不该打听的别打听”。

拥有天生灵体的路小遗，在走进客栈的瞬间，就有一种芒刺在背的感觉，浑身上下别提多难受了。到底是因为什么呢？

掌柜的把路小遗带到后面的一个院子门口便转身走了，很快掌柜的来到一个僻静的角落，这里有一个从外面看着很普通的小院子。

“劳驾通传一声，刘昭求见东家。”掌柜的对着门房内一个醉醺醺的门子鞠躬说道。

“等着。”门子起身，摇摇晃晃地进去，没一会儿，门子出来开门。

只有昊天门的人才知道，大街上那个挂着“昊天门”招牌的地方，不算真的办事处，这个普普通通的小院子才是。不然就这么一个醉醺醺的门子，掌柜的怎么会对他如此尊敬？

走进院子的瞬间，吸入清凉之气的刘昭精神一振，他沿着石径往前走，来到一棵大树下，见到了一个坐在轮椅上的中年人。

“见过东家！”刘昭上前说话。

中年人摆摆手，极为和善地道：“免了。有事？”

刘昭微微躬身道：“回东家，今天店里来了个游方郎中，手里举着个幡子，说是包治百病！”

中年人哑然失笑：“呵呵，这你也信吗？还特意来走一趟？”

“东家，这个游医给我一个感觉，他不是一般人。”刘昭还是劝了一句。

中年人摆摆手：“好，你派人盯着就是。”

这个话题结束了，刘昭很识趣地告退。实际上他也不信什么包治百病的法子，那是神才能做到的事情。

中年人坐在轮椅上发呆：“难道我苏文烈只能一辈子坐在轮椅上吗？”

苏文烈的病是修炼时落下的，当年他也是修真者，达到了炼气九级满值，在冲击筑基的时候失败了。如果当时他放弃，顶多只须重新修炼至炼气九级满值。但是他舍不得浪费那次机会，执意强行筑基，然后失败了。天劫没有夺去他的性命，但是他走火入魔了，一身修为尽废不说，还成了一个废人。就算是昊天门的灵丹妙药，也无法修复他严重受伤的经络。

这个伤能治好吗？能！只要有一个大罗金仙愿意消耗自身的修为，强行帮他打通经络即可。但问题是，没有哪个大罗金仙会做这种傻事。如果说修真世界是冷酷的，那大罗金仙的世界则是残酷的。

路小遗躺着，有人帮他按头，有人帮他捶腿。

这种生活，路小遗向往很久了，真的来临时，他却看着屋顶发呆。

难道说他脑子坏掉了？还是说屋顶上会掉元气石？

两者都不是，而是路小遗没钱了。最后一枚元气石他都拿出来了，再弄不到钱，他这个“有钱人”在扣完房钱后，就得上街去要饭了。

退路有了，临时的避难所也有了，下面就该制造一个大新闻了。

这个大新闻该怎么制造呢？当然在这之前，得在收了元气石的八方客栈的大门口挂上一条横幅，横幅上面写八个斗大的字：祖传秘技，包治百病。那么问题又来了，有人信吗？答案是很明显的，没人会信。正是因为没人信，所以才要制造一个大新闻出来。

制造大新闻之第一步，抓眼球！路小遗做得很完美！

一个外地来的土豪，举止怪异，住在八方客栈内。

没错，这就是他想出来的抓眼球的办法。八方客栈里面是很安全，但是你不能一辈子住在里面。

一个土豪出现在八方城，并且十分显摆，还怕没人知道吗？

横幅挂出去后的效果是很明显的，不仅吸引了很多来看热闹的人，还吸引了一群准备套“肥羊”的壮汉。他们是这个城市社会底层的各路人员，说好听一点叫社会闲散人员，说难听一点叫牛鬼蛇神。总之，他们都在盼着路小遗这只“肥羊”出门。

首日，“肥羊”没出门，安静地躲在客栈的上房内。不明真相的围观群众很失望，牛鬼蛇神们则更加失望。毕竟，谁都想速战速决啊。

次日，“肥羊”还是没出门，也没有人登门去求医问药。围观群众也是要生活的，没那么多闲工夫。于是就剩下几个探子，还在不知疲倦地等待“肥羊”出现。

那么，路小遗在干什么呢？按理说客栈里的侍女应该知道，但掌柜的把两名侍女叫去问话，也没问出个所以然来。

沉寂了两天之后，土豪继续闭门不出，吃饭都是由侍女送去。

到第三天的晌午，总算是有了变化。城内最大的镖局威远镖局的总镖头王宇躺在担架上，在三个徒弟的护送下，被抬进了八方客栈。带路者是曾经的镖局趟子手苏十三。

这到底是怎么一回事？怎么大家都知道是骗子的人，把王宇给招来了呢？

事情是这样的，就在昨天下午，苏十三去了一趟镖局，希望在趟子手的岗位上再立新功。他这一去，可把大家伙儿给吓着了。当初他一身的伤，全靠一颗丹药保着小命。镖局最有经验的大夫还曾断言，这小伙子怎么也得躺个一年才能好起来。

很快这事就传到了王宇的耳朵里。王宇也是个伤员啊，而且是中了一种奇怪的毒，吃了医术好的修真门派青囊门的丹药，也没把毒素彻底清除，只是暂时保住了命，据说身体在一天一天地变僵硬。就他这病，除非大罗金仙出手，以真元祛除毒素，否则他就慢慢等死吧。

最初王宇对这个消息也是嗤之以鼻，包治百病？别闹了，你当自己是大罗金仙呢？

但是镖局的现状真的很糟糕，江湖上的仇家、天生有仇的同行，还有镖局内部的斗争等，都足以让王宇动摇。最终打动他的，还是一个弟子的一句话——“万一是真的呢”。

是啊，万一是真的呢？毕竟苏十三身上的伤，真的全好了。

再三确认、再三斟酌后，王宇决定来碰碰运气。如果被骗了，最坏的结果就是损失一点诊金，总比病情继续恶化下去，让镖局这份家业败在自己手里强吧。

王宇在八方城内虽然不算什么很有名气的大人物，但也算是小有资产的人。

他被带进去后，很自然地就吸引来一些目光，尤其是那些大人物的目光。这些人的年龄都不小了，早年间为了打江山，哪个不是落下了一身毛病？万一王宇真的能被治好呢？他们就是来此等着看王宇的治疗效果，以决定自己是否也要去治疗。

从王宇被抬进去的那一刻起，八方客栈的门口就多了一群等消息的人，甚至还有一些人直接进了客栈，就在大堂里喝茶等候。对这些人，就算是刘昭，也得赔笑。刘昭对这件事情也很上心，客栈范围内，唯一不上心的人就是苏文烈。

此刻苏文烈正在树荫下面喝着昊天门弄来的灵茶，顺便处理一些生意。正是靠着这些生意，还有门主的支持，他才能坐稳这个办事处负责人的位子。

突然，苏文烈露出惊悚的表情，看着身边的大树。这是一棵不知道有多少年树龄的大树，据说有好几千年了。这棵树及其周边的一米范围内，是一个小灵脉。这个灵脉，修真界或许看不上，但是在凡人界则非常珍贵。靠着这个灵脉的灵气，八方客栈才能布下一个防御性的法阵。一旦有外敌入侵，就算来个筑基期的高手，他们也能靠这个法阵抵挡一阵。

苏文烈眼前的大树正在微微颤动。别人不知道，他可是能清楚地感觉到，灵脉里的灵气正在疯狂地喷涌而出，大树正以肉眼可见的速度逐渐枯萎。

苏文烈不可思议地看着大树慢慢走向死亡，八方客栈的防御法阵竟然没有丝毫反应，就像根本没有存在过。法阵消失了！“轰”的一声，大树剧烈一颤，枯叶如雨点一般落下，散落一地。坐在轮椅上的苏文烈的身上，也落下了几十片枯叶。

原本根深叶茂的大树，在这一颤后，仅仅在树冠处剩下一小片绿叶，其他部分都只剩下光秃秃的树枝了。

第十五章

D A G U I J I A S H I

神术?

更令人惊悚的场景在下一刻出现，光秃秃的树枝上长出了嫩叶，并且正在以疯狂的速度生长。大树的主干长大了一圈，整个过程不过三分钟，这棵大树就已经恢复了枝繁叶茂的状态。

苏文烈清楚地感受到，这个灵脉发生了变化。如果说之前的灵脉不过是小指粗的灵气柱，那么现在它就是手腕粗的灵气柱，正不断地向外喷涌出生生不息的灵气。

如果不是满地的落叶还在，苏文烈打死都不相信自己看见的这一幕。苏文烈也不相信什么灵脉自己会生长的胡话，这个灵脉根本就是受到了外部力量的刺激，才会发生这一系列的变化。不然怎么解释这满地的落叶？怎么解释大树的复活？怎么解释法阵的消失？

这一切到底是怎么一回事？苏文烈百思不得其解。他回到自己的卧室内，找到了法阵控制机关，这才发现，法阵根本就是好好的，而且因为灵脉的变化，法阵比以前更强大了。

苏文烈找不到答案，觉得自己要疯了。聚灵大陆上怎么会有这种怪事发生？以他的阅历自然明白，就算是大罗金仙，也做不到这一切啊。从来没有出现过灵脉还会自己生长的先例。

正当苏文烈因为找不到答案而抓狂的时候，路小遗正在装神弄鬼。

被抬进来的王宇，此刻已经站起来了，因为畏惧，他没敢主动摘下眼罩。

从他进入这个院子的那一刻起，一段神奇的故事就开始了。路小遗把其他所有人都撵出去了，要求他们站远一点，然后路小遗拿出眼罩，让王宇戴上。这是第一笔大买卖，路小遗就算很不情愿，也还是决定先治疗后收费。一切都是为了制造大新闻！

而后，半死不活的王宇发现自己不受控制地站了起来，原本黑漆漆的视线范围内，出现了一片金光。这是路小遗没想到的，就算人戴了眼罩，也挡不住金光。

王宇没有看见龟甲，也没有看见骰子，就知道一件事：自己站起来了。接下来发生的事情，王宇更是无法相信是真的，他就像沐浴在神光之中，神光消失后，他身体上所有的伤病都痊愈了。

就是这么神奇！王宇相信，透进自己眼罩里的金光，一定是神光。也就是说，这个戴着墨镜，额头上有一块膏药，怎么看都是一个江湖骗子的游医，居然会神术。不然没法解释这一切啊！

“你可以摘下眼罩了！”耳边传来破锣嗓子发出的声音，王宇颤巍巍地摘下眼罩，看见的是一个坐在椅子上，一条腿挂在扶手上的江湖游医。如果之前这位像这样坐着，王宇会让徒弟揍他。但王宇之前所有的不信任，在确定自己的身体已经恢复后，都变成了羞愧。

王宇果断地跪下了：“路爷以神术相救，王宇永世不忘。”

路小遗没有说话，甚至没有正眼看他一下，只是懒洋洋地表示：“我没记错的话，就在刚才，你有个徒弟不肯出去，还想揍我一顿。”

王宇更加惭愧了，头贴在地上：“路爷，回去我就打断劣徒的腿。”

路小遗嗤笑一声，站起来绕着对他佩服得五体投地的王宇转了一圈：“这倒不必，我这点心胸还是有的。”

说着，他将一张纸丢在王宇面前：“你拿回去，能不能做到不要紧，尽力而为吧。”

王宇松了一口气，捡起面前的纸。这是一张物资清单，上面写着玉木、玄铁、墨玉等材料，但没有标明每种材料的数量。

“路爷这是何意？”王宇不是很明白。

路小遗装出一副世外高人的姿态，道：“我需要这些物资，你负责去找卖家。诊金的话，就用你的跑腿钱抵吧。”

王宇越发羞愧难当，跑个腿就能抵诊金，这与他之前想象的成千上万枚元气石的诊金相比，差距何止千里？他默默地从胸口摸出一个袋子，轻轻地放在地上：“路爷，跑腿的事情王宇义不容辞，这里的诊金您也必须收下，否则王宇日后没法做人了。”

路小遗靠在椅子上，双腿架在茶几上一抖一抖的，看着屋顶，淡淡地说道：“你走吧，刚才治病的过程，一个字都不许说出去。”

路小遗并不知道，他正在经历一个小概率事件，这一次他的狗屎运还在发挥作用，从龟甲内掉出来的还是写着“愈”字的骰子。这也让他越发坚定自己的判断，这就是一种无敌的治愈神术。至于这种神术到底能用多少次，他现在也不知道。

重获新生一般的王宇倒退着走出去，一路退到院子门口，这才转身。

等在门口的人集体倒吸一口凉气，都在想，到底发生了什么事情？一个快死的人没一会儿就活蹦乱跳地出来了。等在门口的探子们肯定要问，但打听的结果是王宇只是笑了笑，说路爷有事情吩咐他做，他要先走一步。

时间倒退一点，等在外面的人有王宇的三个徒弟，还有带路的人苏十三和客栈的两个侍女。

他们看见了屋子内四射的金光，但是没人敢进去看到底是怎么一回事。只有苏十三表情淡定，低着头不说话，暗暗鄙视之前那个要打路小遗的小弟。

“王三，对着门口跪下，自己抽自己五十个嘴巴。”王宇当然不会真的打断徒弟的腿，但是也没有放过他。如果当时这小子真的动了手，现在自己就没法健健康康地站在这里了。

事实胜于雄辩！在王三“啪啪啪”的耳光声中，王宇等人再看向院子时，眼神里全是崇敬。

大新闻产生了，尽管路小遗不让王宇往外说一个字，但大新闻还是产生了。

屋子内的路小遗还是捡起了地上的袋子。他刚才是在赌，就算自己说不要诊金，王宇也不敢不给。王宇的举动没有超出他的预料，不仅留下了诊金，跑腿也很卖力。

路小遗打开袋子往茶几上倒，指甲盖大小的元气石瞬间堆满了茶几。以路小遗专业财迷的眼光来看，应该有五百枚元气石。

看着这么多暗金色的元气石堆在自己眼前，路小遗内心的喜悦化成了一串奸笑声：“哈哈哈，发财了！”

没错，他发财了，而且这仅仅是个开始。有了王宇这么一个活广告，那些有钱又有不治之症的家伙，一定会洗干净脖子，任凭他来“宰”。

这就是路小遗费尽心机要制造一个大新闻的目的！没办法，玉木、玄铁已经很贵了，墨玉更贵，就算是一般品质的墨玉，一块至少也要一万枚元气石。不想法子出名，让那些真土豪主动送上门来给自己这个假土豪“宰”一顿，他怎么能凑齐所需要的材料呢？

收起这堆元气石，路小遗缥缈的声音自内而外传出：“还站在外面干啥？”说这话的时候，路小遗敢跟任何人打赌，进来的肯定只有一个侍女。

果不其然，进来的就是那个之前嫌弃路小遗的侍女：“路爷，有何吩咐？”

“怎么就你一个？那个阿娇呢？”路小遗坐起来，一脸不满地问。

侍女微微躬身道：“她生病了。”

这个女人一本正经地胡说八道的本事也很强啊！路小遗只能如此感慨。用脚指头他都能想到，阿娇是去找掌柜的通风报信了。

“咣当！”

八方客栈刘大掌柜手里的茶壶被打翻了，茶水流了一桌子，他也没去擦，更没心情去心疼茶壶里珍贵的灵茶。整件事情太惊人了，王宇的伤情他很清楚，这么短短的时间里，王宇就被治好了？治病的时候还有金光，难道真的是神术？

聚灵大陆上有很多关于神术的传说，但是从来没有人见过神术，至少凡人肯定是没见过的。刘昭顾不上一片狼藉的桌子，果断地表示：“阿娇，你跟我走，换个人去伺候他。”

交代完毕，刘昭直奔东家的居所，这一次没等通报，门便无声地打开了。

苏文烈还在树下，看着更加生机勃勃的大树：“刘昭，你看出什么不同没有？”

遍地的落叶还在，刘昭瞪着眼珠子，不可思议地看着眼前的大树。

“东家，今天客栈里发生了一件怪事！”刘昭想起自己的来意，赶紧汇报。

苏文烈看了一眼阿娇：“有什么怪事？还能怪得过我这里发生的事情吗？”

刘昭对阿娇使个眼色，阿娇上前跪下：“禀报东家老爷，事情是这样的……”

“神术？真的有神术？”苏文烈自言自语道。他也只是听过，没有见过所谓的神术到底是什么样子。

神医不可怕，可怕的是“神医加神术”的组合！

八方城轰动了！

第十六章

D A G U I J I A S H I

将奸商进行到底

八方客栈门口的横幅换了，路小遗已经不用自我吹嘘了，横幅上的字变得更加赤裸裸了，上面写着“诊金一万枚元气石起步，视病情收取诊金”。

那个给刘昭通风报信的侍女阿娇多了一份新的工作，就是坐在客栈的大堂里，面前摆一张桌子，上面摆了一块牌子：交钱看病。

就是这么简单直接！

阿娇的心情糟糕透了，她本不该出现在这里，而应该出现在里头的独门院子内，为路小遗端茶倒水。在现在这个岗位上，她每天的待遇是死的，只有两枚元气石，还要上缴一枚。在以前那个岗位上，她的待遇不固定，有时候可能一枚元气石都拿不到，但是能拿到奖赏的话，至少有十枚元气石。

开出天价看病的路小遗，此刻爽得快上天了。他身后站着一个为他打扇子的侍女，对面还坐着一个给他递茶和水果的侍女。现在的路爷，什么都不用做。

突然，土豪路爷看见了下一个目标。

那是一个消瘦的男子，看上去也就三十岁，走路的时候让人担心风会把他吹起来。他一边走，一边咳嗽，用手帕捂着嘴。

看见这个男子后，侍女们都识趣地站在两边。路小遗也坐了起来，盯着进来的男子，仿佛他不是一个人，而是一座元气石山。

“当！”一个袋子落在了茶几上，男子一阵剧烈的咳嗽：“一万枚元气石，给我治病！”

男子丢出一万枚元气石的时候，眉头都不皱一下。

这个人的帽子、衣服、鞋子、腰间的玉带全都是法器，路小遗能感觉到这个家伙浑身上下四溢的元气石味道。一个世俗的凡人，能够有全身法器，他的身份一定很不简单。

“我姓路，不怕你不高兴，你这身体，一万枚元气石都不够。”路小遗决定把奸商之道进行到底。

男子轻轻地收起手帕，苍白的脸上露出微笑：“我姓陈，身上先后受了八十八处伤，最严重的地方，是被一个散修用法器伤了肝脏。好在我身上带了不死金丹，不然我已经是一具尸体了。我知道，这点钱不够，但是我不打算多给一枚元气石，也不打算拿别的东西来替代。我这么说，你明白我的意思吗？”

路小遗是头顺毛驴，如果这家伙说句软话，他没准就算了，毕竟一万枚元气石已经不少了。但是这家伙说话不中听，所以路小遗笑了笑，捡起茶几上的袋子丢回去：“滚蛋！”

袋子砸在陈姓男子的身上，他没有生气，反而笑得更开心了：“你这样子，怕是走不出八方城。”

路小遗也笑得更灿烂了：“那我就一直在这儿住下去好了，你看，这么多美女伺候着，我为什么要离开呢？”

姓陈的男子很厉害吗？如果你问八方城内的任何一个人，得到的答案都是一样的——姓陈的男子并不厉害，厉害的是那户住在城西的姓陈的人家。这家人为啥厉害呢？很简单，从这家出去的人，有一个元婴期的高手、三个金丹期的高手，都是聚灵大陆第二大门派西岭门的人。

男子决定继续“讲道理”：“钱你还是收下，算我欠你一个人情。”

路小遗很干脆地说道：“如果你的人情值一块上品墨玉的话，也不是不能成交。”

男子叹息一声：“你真的要终老在八方客栈内？”

路小遗回以微笑：“你可以试试看！我不着急，也耗得起时间。”

“好！这是一块上品墨玉，你收好。记住，千万不要离开八方客栈！”男子妥协了，没法不妥协。他是西岭门驻八方城办事处的管事，上个月他往西岭门送一批货的时候，遭到了一群散修的伏击。作为一个凡人，他成了被殃及的池鱼。

如果不是有一身的“废品”法器，还有门派内的长辈拿出的不死金丹，他已经是一具尸体了。但是服用不死金丹，也只能让他支撑一个月，他需要在一个月内找到医治的办法。问题是，就算是以医术著称的青囊门，也表示无能为力。像他现在这样的情况，只有大罗金仙才能救。

让一个大罗金仙出手救一个凡人，这个笑话一点都不好笑。

八方城里赫赫有名的陈爷向一个外来的游医妥协了，这个笑话也一点都不好笑。就像陈姓男子说的那样，路小遗今后只能一辈子住在这个客栈内，只要他走出这个客栈的大门，就一定会遭遇很残忍的事情。

路小遗真的不怕死吗？怕，不但怕，而且很怕。但是他赌性发了，加上墨玉对他来说太重要了。赌一把就是了，万一赢了呢？事实上，陈爷犯了个错误，他不该带着一身法器出现在路爷面前，这让路爷觉得可以狠狠地宰他一笔。

“啪嗒”，一个眼罩被丢在陈姓男子面前：“戴上！”

陈姓男子皱眉道：“我陈八尺在八方城内，从没有听人指挥的习惯。”

路小遗已经做了初一，就不会介意做十五。他微微皱眉，将袋子放在桌子上时，心里微微一颤。桌子上的墨玉他一眼就能看出来是真的，而且是上品。他很想要，但是他不想向这个家伙妥协，因为一旦有了第一次，就会有第二次。

就像他开高价吓走一般的客人一样，对于一般的客人，如果他以便宜的价钱治疗了第一个，事态就会像瘟疫一样蔓延开来，无数的人都会来求他治疗。这就是人性！他不想给自己找麻烦，所以不管是谁想治病，都必须按照他的要求来做。

陈八尺妥协了，戴上了眼罩，嘴角露出不屑的冷笑。这一刻，这个游医在他眼中已经是个死人了。所以，他无所谓了。

侍女被打发出去后，灵脉所在的院子内，苏文烈让人把他抬上二楼，注视着路小遗所在的那个院子。

苏文烈没有失望，就在他看过去的时候，金光出现了！就算在大白天，也能看见金光四射。他回头再看院子里的那棵大树，这一次大树没有出现异常的变化，甚至连树叶都没有动一下。这又是怎么一回事呢？苏文烈再次陷入了迷茫的思索中。

这是路小遗第五次念出那句口诀，金光闪闪的龟甲如约而来，九颗骰子又开始滴溜溜地乱转，高速转至只能看见虚影的时候，“啪嗒”一声，一颗骰子掉下来了。

这一次，又是一颗写着“愈”字的骰子。

路小遗得意地笑了！陈八尺则浑身发抖，不是因为害怕，而是因为激动。

只用了短短的几分钟，他身上的伤便痊愈了！

这已经不是用“诡异”可以形容的事情了，这根本就是奇迹，不对，是神术。

原来，在这个世界上，真的有神术存在。

陈八尺摘下眼罩，看了一眼桌子上的袋子和墨玉，头也不回地走了。

经过大堂的时候，他看见了苏文烈，微微点了点头，然后匆匆而去。

在这个地方，大家井水不犯河水，就算要斗，也是各自掌握的地下势力之间的斗争。

看着又一个原本命不久矣的家伙活蹦乱跳地离开了，苏文烈脑子里只有一个想法——真的有神术！

第十七章

DAGUIJIASHI

王老虎看病

八方城内每一个有头有脸的人物背后都有一个门派作为靠山。聚灵大陆大小门派过百，但真正出过大罗金仙的修真门派，不过几十个。

人们按照各门派实力的高低，排出了四大门派，分别是昊天门、西岭门、东云门、万剑门。

千机门也出过一个大罗金仙，但千机门在修真界排在中间靠后的位置，自然比不了四大门派。

在八方城内，为了争夺资源，不能亲自上场的四大门派纷纷扶持各自的代表。

路小遗的运气不错，刚制造出一个大新闻，就对上了陈八尺。

尽管陈八尺很想亲手捏死路小遗，但他还是忍着怨愤离开了。这里是昊天门的地盘，他不想被昊天门办事处的人报复，就得等路小遗离开这地界再下手。

尽管很多人都想弄死路小遗，把他挣来的钱和宝贝据为己有，但是现在没人敢乱来，就算是苏文烈这个主人，也不会在自己的地盘上做这种买卖。

总而言之，大家都盼着路小遗走出这个客栈，然后便是八仙过海，各显神通了。

路小遗发财了，他正对着堆成小山的元气石傻笑。一万枚元气石啊，没想到为了活命，陈八尺真的拿出来了，还搭上了一块墨玉。

收好这笔钱后，路小遗从一夜暴富的兴奋中回归现实，摸着下巴琢磨怎么样才能挣够钱，买够所需的材料，然后顺利脱险，逃离这个鬼地方。

就在路小遗苦心孤诣地谋划着这些的时候，城东三姓巷中，东城黑老大王老虎的家里，坐在椅子上、长得极其健壮的王老虎转过身，椅子随之发出“嘎吱嘎吱”的声音，让人担心它随时会散架。

王老虎背后的靠山是西南山区的万剑门。虽然万剑门也是四大门派之一，但是这四个门派之间的实力差距还是有点大的。就拿昊天门和万剑门来比较，差距有多大呢？就差三个合体期的高手。四大门派中，目前修为最高者为昊天门门主苏云天，他是合体期高阶，即将踏入大乘境界。

四大门派之所以这么排序，理由很简单，昊天门有四个合体期高手，然后逐一往下递减。

这就是大陆修真界的现状。像千机门那种只有一个元婴期高手的门派，能够排在中间位置，凭借的不是修炼水平，而是其特有的傀儡炼制能力。

王老虎一直在关注路小遗，最初就是将路小遗当一个笑话看，但是他亲眼看见陈八尺红光满面地从客栈里面出来，就跟没事人一样后，他的想法就发生了翻天覆地的变化。

一万枚元气石很多，多到绝大多数人一辈子都不可能拥有。但是对于王老虎来说，除了会心疼钱以外，别的都不是问题。

不就是一万枚元气石吗？王老虎决定去碰一碰运气。

八方客栈门口，刘掌柜看见王老虎出现的时候，忍不住叹息一声，心想，路小遗那小子要倒霉了。一个陈八尺，已经能让那小子死一万次了，再加上一个王老虎，那小子的麻烦就更大了。

从来没有人从王老虎手里占了便宜还能活着离开八方城，除非这个人是修真者。

刘掌柜很肯定自己的判断，里屋那个自称“路爷”的人就是一个走了狗屎运的家伙，凑巧掌握了一种能治愈疾病的神术，可能是一个口诀，也可能是一件神器，总之那个土包子怎么看都不像是真正的高人。

路小遗又一次审视了自己的计划，发现实在找不到漏洞，身体这才放松了下来。

就在这时，门口出现一团黑影，屋子里的光线暗了许多。

路小遗抬头看去，门口似乎多了一座山，一座移动的山。

人在江湖走，哪能不挨刀？王老虎就挨过刀，而且不仅仅是凡间的刀，还有修真界的刀。最要命的那一刀来自修真者，直接导致王老虎受了重伤，至今仍有一团真气在他体内，始终无法驱散。

“我来看病！”王老虎一点都不客气，丢下一袋元气石后，就目露凶光地坐在路小遗的对面，端详着装神弄鬼的路小遗。

“啊，元气石啊？今天诊金改了，不收元气石。”路小遗一边回答，一边享受着侍女送到嘴边的糕点，目光都没扫一下王老虎。

王老虎一点都不生气，虽然上一次有人在他面前露出不恭敬的样子，似乎要追溯到好几十年前了。时间太久了，王老虎都想不起来了。

“好，你要什么？”王老虎收回袋子的时候，路小遗坐了起来，眼睛盯着那个袋子。

王老虎闻弦歌而知雅意，笑眯眯地把袋子放回去，路小遗这才移开目光，从怀里摸出一张纸，轻轻地摆在桌面上。王老虎看了一眼，笑了：“玄铁一万斤，玉木一万立方，乌金……”

他不紧不慢地把单子上列的材料名字都念了一遍，念完后，笑容更甚：“这些东西，我确实能拿出来，但是你觉得，我真有那么傻？”

路小遗收起那个袋子，一点都不客气地开口道：“没指望你弄全了，有一样就行，其他的都算是附带的，你看着凑点就得了。我可没那么贪心。”

王老虎摸了摸手上的戒指，路小遗的眼珠子一下就亮了，那可是个好东西。

“哗啦”一声，堂前的空地上多了一堆黑色的金属——乌金！

路小遗低头看了看自己背着的挎包，总算找到了一点羞愧的感觉。人家戴的是空间戒指，那玩意儿携带方便，容量巨大，不像他的这个挎包，一看就是价值不高的物件。

“这里是五千斤乌金，我就这么多了。”王老虎的表情很平静，就像他丢出的是五枚元气石。

“唉，君子爱财，取之有道！”路小遗后悔了，早知道这家伙这么有钱，就该开一个更高的价钱。被人比下去了，真是不爽到极致。

没错，路小遗不喜欢别人在自己面前显摆，非常不喜欢。所以，他没打算给王老虎继续享受快感的时间，直接丢出一个眼罩，吩咐道：“戴上！”说完，他对几个侍女挥挥手，侍女们纷纷退下。

“你就不问一问我到底得了什么病？”这一次轮到王老虎吃瘪了，他脸上露出惊讶的表情。

路小遗找回了自信，刻意很淡定地微微一笑：“我看病，从来不用望闻问切！”

王老虎被路小遗气坏了，戴上眼罩的时候，王老虎在心里暗暗下了决心，等这个王八蛋走出客栈，一定让人教训他。

戴上眼罩的瞬间，王老虎听到一句话："一言道出通神路！"声音不大，如果不是耳朵好使，王老虎根本就听不到。就在他惊讶的瞬间，他的身体突然失去了控制。他原计划是一直坐着看路小遗怎么玩，现在却不由自主地站了起来，对着天空行注目礼。

仅仅是这样，还不能让王老虎失神，下一刻他看见金光穿透眼罩，就算他下意识地闭上眼睛，也还是感受到了金光。他使劲地想摆脱这个状态，但是他发现自己无法动弹。这时候，他唯一能支配的就是自己的思维。

路小遗同样在行注目礼，这一幕他已经见过五次，信心越来越足。因为每一次治疗结束后，他都会变得更帅。他可以肯定的是，就算有人见过他，等他凑齐了需要的材料，攒够了钱的时候，外人想一眼认出他的本尊，也不是那么容易的事情。

这就是路小遗敢这么赚钱的原因！

也许是冥冥之中早有注定，滴溜溜乱转的九颗骰子在金光闪闪的龟甲之中化作虚影，最后停止时，"啪嗒"一声，落下一颗骰子。路小遗看得很清楚，正是写了"愈"字的骰子。

这个不知道从哪儿来的治疗术，路小遗现在已经放弃弄清楚其中的原因了。

"扑通"一声传来，只见正努力控制着思维、想要挣脱的王老虎往前一扑，顿时五体投地。

"哎呀，何必行这么大的礼呢？"路小遗欠揍的声音响起，趴在地上的王老虎羞愧难当。他本能地想冲上去掐死这个浑蛋，但是他的身体从不受控制到突然可以控制，失控已成为必然。他没注意到脚下的凳子，自然就被绊倒了。

这把凳子自然是路小遗悄悄摆下的，他知道这浑蛋一定很想弄死自己。

"不能生气，千万不能生气，不然这小子一定会很得意！"王老虎低头时，默默地用这番话提醒自己。爬起来的时候，他面带微笑，伸手拍了拍衣服："这就算治愈了？"

路小遗没说话，只是转过身子，遥望窗外。

王老虎没有再说话，转身就走，离开了院子。

第十八章

DAGUIJIASHI

清场

回到家的王老虎觉得浑身都很舒服，身上的病痛都消失了。

王老虎躺在床上，心里一点都不感激路小遗。他在盘算着一件事情，那就是怎么从路小遗的手里夺走神器。没错，他就是这么想的，路小遗手里一定有治愈疾病的神器，否则，刚才发生的事情根本无法解释。

王老虎很快有了结论，这一次他恐怕不能吃独食了，所以他起身出门，奔着陈八尺的家去了。半个时辰后，王老虎从陈八尺家里出来了，脸上带着“憨厚”的笑容。

仅仅过了十分钟，苏文烈就得到了最新消息：王老虎和陈八尺结盟了。

苏文烈只是冷笑，轻轻地拍了一下轮椅的扶手，向面前的刘昭问道：“神器？不是神术？”

刘昭不是很肯定地回答道：“神器的可能性更大。”

不管是神器还是神术，八方城都将掀起一场腥风血雨。

路小遗藏在客栈的独门院子内，对外界发生的事情一无所知。但是他从来没有低估过这个城市的老大们，他们的无耻没有底线。所以，他不难预见一场好戏即将上演。

“可惜了，没法目睹一场好戏！”路小遗暗自叹息，然后从床上爬了起来，迎接属于他的又一个清晨。

“路爷早！”侍女阿巧进来了。

“早！对了，有件事情我想问一问，这里的东家是哪个？”路小遗递给她一枚元气石。

收了元气石后，阿巧赶忙回答道：“回路爷的话，客栈的东家住在西边的院子里，姓苏。”很有分寸的答案，也是尽人皆知的答案。路小遗这枚元气石花得有点冤。

“打水梳洗吧！”路小遗没再追问，吩咐道。

半个时辰后，阿巧站在刘昭面前。

“他什么都没说？”刘昭挥挥手，阿巧带来的消息令他极为失望，他心想，路小遗这家伙太谨慎了。

如果不是为了客栈的声誉，刘昭有一万种法子让那小子交代清楚。

再次面对苏文烈的时候，刘昭很肯定地回答：“应该是神器，确认无疑了。”

神器也好，神术也罢，仅此一例，至少苏文烈是第一次见到，他也很想将之据为己有。但是他更清楚，在这个八方城内，有太多的眼睛正盯着八方客栈。

“有把握令其就范吗？”苏文烈露出希冀的眼神。

刘昭却摇摇头：“没有，一分把握都没有。苏家夫妇不过是他之前的房东。他会不会再回去，尚未可知。”

苏文烈笑了笑：“他迟早要回去的，盯着苏家夫妇就够了。必要的时候，可以请苏家三口到我这儿来做客嘛。”

世上没有不透风的墙。路小遗并不知道他的退路已经被人发现了，更不知道刘昭离开西边的院子后，便回到客栈前院进了地下室。浑身伤痕、就剩下一口气的刘黑七正躺在地下室的地上，刘昭上前踢了一脚，刘黑七蠕动着身子。

刘昭蹲在刘黑七面前，不紧不慢地问：“还不肯说吗？”

刘黑七艰难地笑了笑，脑子里浮现出路小遗那张贴着膏药的脸，还有那一句淡淡的吩咐——“一起吃”。刘黑七是没有节操和底线的地痞无赖，整个八方城内只要是有点身家的人，都不会拿他当人看，但是那天，路小遗让他同桌吃饭了。虽然饭菜很一般，酒水也很一般，但那是他第一次与比自己身份高贵的人在同一张桌子上吃饭。

“呸！”刘黑七使出最后一点力气，吐出一口带血的痰后，闭上眼睛，没有要说话的意思。

“唉！”刘昭缓缓起身，吩咐身边的属下，“别让他死了。”

第二天，路小遗又接待了一个病人，一个患了不治之症、处在死亡边缘的病人。家属把那个人抬进来的时候，放下一个袋子，然后也不说话，转身就出门去等候了。

路小遗蹲在病人的跟前，闻到了一股恶臭。这个病人浑身都是伤口，穿着破衣烂衫，一看就知道是个至少一年没洗澡的乞丐。他很疑惑，谁这么好心，花这么一大笔钱来给这个人看病？

路小遗笑了，这样的病人都出现了，这说明大新闻发挥了巨大的作用。

对于某些人来说，就算别人告诉他事实，他也要亲自验证一下才肯相信。此刻坐在八方客栈马路对面的东方新，就是一个典型的代表。这个世界上不缺自作聪明的人，他就是其中之一。

陈八尺亲自登门拜访，说了自己的经历，他不信。王老虎亲自登门拜访，说了事情的经过，他还是不信。他担心自己又被讹诈一笔，所以弄了这么一个路边垂死的乞丐让人抬进去。

不久后，原来怎么看都已垂死的乞丐出来了，全身上下还是破衣烂衫，但是他已经痊愈了，这一点可以从他的步伐中看出来。

东方新目瞪口呆地站了起来，心想，真的有神器啊，王老虎和陈八尺没有骗他。

东方新犹豫地看着八方客栈的大门，但神器的诱惑实在是太大了，他咬咬牙，转身离开。

半个时辰后，陈八尺、王老虎、东方新坐在一个茶楼的包厢里。三人到底商量了些什么，没人知道，只知道他们进去后，过了整整一个时辰才出来。

路小遗住进八方客栈的第五天，三大门派办事处的管事集体登门拜访苏文烈，但是他们只见到了刘昭，苏文烈借口身体不适，没有见他们。

这三位也不生气，见到刘昭其实就达到目的了。

“三位爷，八方客栈没有往外撵客人的习惯。”刘昭面带微笑，拒绝了他们的要求。

这个结果，三人早有预料，所以也不生气，面无表情地告辞出来。

这一天，通过王宇的介绍，城里的一位富商来到了路小遗的小院门口。

“路爷，您需要的玉木，这位顾老板能凑齐全。”王宇站在路小遗面前，显得极为恭敬。他身后自然有所属门派的支持，但是那个门派比不得四大门派，所以，就算知道有神器，他也只能看看，没有多想。

路小遗看着这个胖乎乎的顾老板，他背后是哪位牛鬼蛇神，路小遗不想知道，只要知道又有人一头扎进来就够了。

提供了足够的玉木后，顾老板身上多年的毛病痊愈了。他笑眯眯地告辞，这是路小遗治疗的第八个病人。

路小遗住进客栈的第六天，王宇又带来了一个病人，这是第九个病人，他凑齐了路小遗所需的玄铁。第七天，东方新、王老虎、陈八尺一起出现在马路对面，三人就在路边摆了一张桌子，不紧不慢地喝茶。

路小遗同样不紧不慢地躺到白玉床上，阿娇就站在他对面，回答他提出的问题。

“最近城里有什么新鲜事？”路小遗问道。

阿娇一边眉开眼笑地往口袋里装元气石，一边回答道：“回路爷的话，今天一大早，三大门派办事处的管事都坐在马路对面喝茶呢。这算得上一件新鲜事吗？”

又一枚元气石投来，阿娇继续说道：“昨天夜里，贩卖玉木的顾老板和倒腾玄铁的马老板带着家人，连夜回老家去探亲了。这算得上新闻吗？”

又一枚元气石飞来，阿娇接着说道：“今儿个一早，这八方城里多了十几具尸体，都是最近在马路对面探头探脑的闲神野鬼。”

第十九章

DAGUIJIASHI

火上浇油

路小遗越往后听，心情越糟糕。他没想到三大势力这么凶残。

“好了，就说到这儿吧，你下去吧，我需要休息一会儿。”路小遗丢下一句话，便回到了卧室，也不要人伺候，就弄一壶酒、几个小菜自斟自饮。

三大势力的手段吓坏了很多打算浑水摸鱼的主。在一群人收拾行李准备跑的时候，八方客栈出手了。刘昭亲自出门，带着一干伙计，将那些横尸街头的倒霉蛋收拾装殓，使其入土为安。这一招，不能不说做得非常漂亮。

听到这个消息后，很多准备跑的人不走了！三位喝茶的老大脸都黑了。他们再有能耐，也不敢对刘昭下手啊，那等于撕破脸了。

代表着苏文烈态度的刘昭出手不凡，那些想走的人不走了，不想走的人就更不会走了，甚至一些已经走掉的人，在次日又陆续回来了。

“啥？”正在喝闷酒的路小遗听到消息后，手里的筷子落地了不说，酒杯也被他打翻了。

八方客栈的东家出手了，派人去收尸？这是什么意思？短暂的呆滞后，路小遗一阵狂喜，掏出一把元气石，数都不带数的，全都塞给阿娇，道：“拿去，买点脂粉，然后准备一桌酒席，晚上大家加餐！爷请客！”

阿娇赶紧去准备了。

“这才对嘛，只要你有贪念，不怕你不上钩！”

路小遗本以为精心策划的计划要失败，没想到最后关头出现了反转。这一下，三大势力的人应该头痛了，八方客栈的东家真不简单啊。

心里这么想着，路小遗的笑容越发奸诈了！

他想，得给他们加一把柴火！

路小遗出现在八方客栈的大门口，手里拿着一把折扇，不紧不慢地摇着往外走。

就这一下，把店里几个伙计给吓坏了，他们纷纷在心中哀号，我的爷啊，你这要是一脚迈出去了，回头掌柜的就能把我们扒皮拆骨！

一个伙计毫不犹豫地上前来，拱手致意道：“路爷，您可不能出去。”说着，他还指了指马路对面正在喝茶的三个老大，三人看着无比悠闲，其实脸色都不太好看。

三大势力把八方客栈围了个水泄不通，其他大大小小的势力则在更外围一点，把三大势力“围”了起来。客观地说，他们是在围观。

“闪开！你们也不是啥好人。”路小遗一点都不客气，墨镜挡住了他的眼睛，伙计肯定看不到镜片后面那跃跃欲试的眼神。

客栈里自然有不少客人。这不，这会儿好些客人正在大堂里喝茶闲聊呢。

实际上在路小遗出现的瞬间，就有不少人的眼珠子亮了。

“路爷，您不能出去！”伙计的态度很坚定。

路小遗也寸步不让：“我就要出去！”

说着路小遗就往外走，伙计不干了，挡在他面前。路小遗脸色冷了下来，盯着伙计。伙计表情阴沉，毫不示弱地盯了回来。空气骤然凝固，温度仿佛也降了几分。大堂里安安静静的，落针可闻。

“八方客栈店大欺客了，限制客人出入自由！”路小遗发出尖锐的喊叫声。

站在他面前的伙计当即傻了，心想，我这是为你好啊，你怎么叫起来了？行，你厉害，我让开。

不让不行啊，这是开客栈啊，限制客人出入自由这种名声，可真的要不得，承受不了！

伙计让开了，路小遗笑了：“早这样就对了嘛。开客栈的，还敢不让客人出去吗？”

这伙计被他气得嘴都歪了，很有一脚踹死他的冲动。他要是真的走出去了，等在外面的人还不得嘴都乐歪了？不行，还得跟着，死都要挡住对面那些人，护着他安全逃回来。

伙计只能跟着路小遗出了客栈，一个人还不够，十来个伙计都放下手里的活，不紧不慢地跟在后面。路小遗走到门口，站在台阶上，笑嘻嘻地看着马路对面，冲那些虎视眈眈的家伙挥手致意。眼看这一脚就要走下台阶了，外头的人纷纷站起来，就等着他走出来。

路小遗的一只脚已经悬空了，身后的伙计都把手放在背后，随时准备抄家伙。外面的人也把家伙拿在手上，只要路小遗出来，立刻就抢人。

客栈伙计们的心都悬到嗓子眼儿了，没想到，这个浑蛋伸出去的脚又缩回来了，自言自语道："哎呀，想起来了，锅里还炖着猪蹄子！"

围观的群众摔倒一大片，好奇怪的理由！正在这时，浑蛋土豪路爷再次抬脚，结结实实地迈下了台阶，这时候他就算是出客栈了。

剧情反转得太快了，这家伙就是想戏弄大家。他身后的伙计们急得想吐血，这浑蛋也没说什么关心猪蹄子的话了，一手叉腰，一手举起，朝马路对面挥手："喂，来抓我啊，我走出来了。你们还等什么？"

话音刚落，身后的十几个伙计越过他，站在他的身前，形成了一堵人墙。手持家伙的人如同从地下冒出来似的，从三个方向慢慢逼近。

路小遗笑了，不紧不慢地坐在台阶上，跷着二郎腿开始看戏。

接着，一个冲得最快的打手倒下了。三大势力的人大有不管不顾的意思，十几个伙计瞬间被淹没。路小遗随即退回客栈，拍拍手，冷笑着看着门外多出来的十几个受伤的人。一阵哀号声传来，路小遗道："这才对啊，光说不练多无聊啊。"

"我要弄死他！"说话的是王老虎，他的肺都要气炸了。

"对，弄死他。"说话的是陈八尺，这家伙的语气阴森森的，吓得其他两人后退三步。

东方新回头看看四周，叹息一声："还是先打发这些闲神野鬼吧。"

八方客栈门口见了血，四面八方围上来的人终于忍不住了。之前各路势力是真的害怕三大门派合作的威力，现在城里第一大势力出手了，还见了血，他们最后的顾忌消失了，有仇报仇，有怨报怨。

至于能不能得到神器，已经不是最重要的了，先把眼前的恩怨算清楚再说。

三大势力很强，各有从属的小势力。但是八方城内，大大小小的门派代表太多了。平时大家低调做人，做点小生意，闷声发财的居多。但是这一次，情况不一样了，神器的诱惑力太大了，昊天门的人与三大势力都动手了。

战斗的硝烟从八方客栈门前这条街开始，蔓延到整座城市。始作俑者路小遗却在客栈的房间内，悠闲地享用美酒美食，似乎外面的纷争跟他一点关系都没有。

五个侍女小心翼翼地伺候着这位爷，生怕这位爷不开心，又跑出去折腾一番。

西边的院子内，八方城的老大苏文烈抬头看着身前茂密的大树。他身后站着的是换了一身劲装的刘昭。

“这小子很聪明啊。可惜，太聪明的人往往死得快！”说完，苏文烈回头看了看刘昭。

“其他门派都动起来了，那三位这次算是犯众怒了。我们的人也掺和进去了，要不要顺手把这三家连根拔起？”刘昭目露凶光，这时候谁能把他与平时慈眉善目的客栈掌柜联系到一起？

“怎么拔？人家缩回自己的家里，你还能打上门去？”苏文烈淡淡地笑了笑。

规矩这个东西，是谁都不敢去碰的红线。大家都是修真门派的代表，谁家的宅子里没个防御的法阵？不管在街面上怎么厮杀，都不能打进门去，这是修真界的规矩。

八方城必须存在，各门派再厉害的老大都不敢碰这一条规矩。修真界如果真的打起来了，那可不是闹着玩的，毕竟谁也不能真的不拿人命当回事。

八方城内的打斗出现了短暂的停歇，三大势力也不是吃素的，被围殴后果断突围，摆出防御的姿态。这个时候各方都冷静了一些，毕竟是三大门派的代表啊，玩起命来对大家都不好。

天黑之后，路小遗早早地上床睡觉了。

凌晨时分，一片死寂的八方客栈内出现了一个鬼鬼祟祟的身影。那身影摸到高大的围墙边，“嗖”的一声，用飞爪勾住了围墙，接着熟练地翻墙而出。

落地后的路小遗脸上露出满意的笑容，远处的打斗还在继续。这个时候，他是最安全的。此刻客栈的房间内，其他人睡得跟死猪一样，因为从桌面上的香炉内散发出的异样的幽香，能确保其他人一觉睡到大天亮。

逃亡的过程十分顺利。

路小遗很佩服自己的运气，他顺利地回到苏家的小院子外，翻墙入内，仔细地检查房门口安装的小机关，确认了没有任何问题，苏家夫妻遵照了事先的约定，从没进来过。

心情放松下来的路小遗麻利地取下脸上的膏药，摘下墨镜，换掉一身衣服，打回来一盆水，打湿脸后，用一种药膏清洗面孔。暗黄的脸色在清洗中开始变化，一个唇红齿白的少年出现在镜子中，他很欠揍地自言自语道：“又变帅了，这样下去日子怎么过啊？”

路小遗出门倒水的时候，正房里亮起了灯光。他想，这是惊醒了苏家夫妇吗？就在他这么想的时候，大门被推开了，一盏盏灯亮起，一群人走了进来。他一眼就看到了站在人群最前面的刘昭，当即脸色大变。

一切都明朗了，他真是小看八方客栈的那帮人了，没想到他们在这儿等着自己呢。

第二十章

DAGUIJIASHI

“死”字现

正房的门打开，灯光照了出来，一台轮椅缓缓出现，轮椅上的人路小遗没见过，但是那家伙一看就不是什么好人。更糟糕的是，苏家三口都被绑得结结实实的，嘴巴也被堵上了，被人押着出来了。

小苏苏一脸惊恐，被一个大汉提着，脸上全是眼泪，一看就是被吓坏了。苏家夫妻还好一点，苏十三眼神里全是歉意，苏大嫂则一直在挣扎，眼睛盯着女儿。

路小遗面色惨然，懊悔不已。自己还是嫩了点，或者说太蠢了。一个外来者，凭什么能把一群老奸巨猾的地头蛇玩弄于股掌之中？就在刚才，看似一切顺利的逃亡路，其实一直都在人家的视线范围内。自以为万无一失的计划，现在看来就是一个笑话。

眼前这个坐在轮椅上的人其实早就看穿了一切，不过是顺水推舟而已。

“你明白了就好！”苏文烈笑眯眯地看着路小遗那张俊脸，他最想做的就是一拳打烂这张连女人都嫉妒的脸，但现在还不是时候。

路小遗的脸色渐渐恢复了正常，输了就是输了，蠢就是蠢，谁还能不犯错呢？就算一败涂地，他也要把该做的事情做完，绝对不能连累无辜。

“我知道你想要什么，我可以给你，但是有一个条件，放了这一家人。”路小遗说完也不着急，搬了一把椅子坐下，跷起二郎腿，显得极为淡定。

“呵呵，都这时候了，你还在故弄玄虚？交出神器，留你全尸。”刘昭上前一步，极为不屑地讥讽了一句。

路小遗不动声色地看着他，嘴角微微往上翘，笑了！

神器？好，好，好！太好了！真是太妙了。本以为没底牌了，现在有人把底牌送来了。

路小遗似乎看见了什么很好笑的事情，众目睽睽之下，他竟笑出声来了。

“你笑什么？”苏文烈眉头一皱，他看得很清楚，就在刚才，路小遗的笑容是发自内心的。他心里传来一阵强烈的不安，不明白这是为什么。

“没什么。难道你们没想过一件事？”说到这儿，路小遗停顿了一下，看着苏文烈，一个字一个字地说道，“我、可、以、毁、掉、神、器。”

如同有惊雷在耳边炸响，苏文烈陡然色变。没错，路小遗还有底牌，难怪刚才自己会产生不安的感觉。

路小遗观察到了苏文烈的表情变化，心里越发笃定。自己都搞不清楚那个龟甲的来历，这些人怎么会搞得懂？想到这里，路小遗越发安心了。只要苏家人安全了，他就安心了，就算死，也能瞑目。

“小子，看来你没搞清楚一个事实，你没有资格讨价还价。”刘昭没想到自己的一句话给了路小遗提示，依旧在以胜利者的姿态跟路小遗说话，但是苏文烈不这么想。道理很简单，他清楚路小遗的想法：鱼死网破，狗急跳墙，我好不了，你也别想好。

苏文烈看得出来眼前这小子不是在说假话，逼急了他真的会玩命！就冲他能搞出那么大的动静来，苏文烈就不敢小看他。

“刘昭，放人！”苏文烈不紧不慢地开口道。

刘昭听了先是一愣，随即肃然道：“是！”

“等一下！”路小遗一抬手，淡淡地道，“我怎么知道你们说话算不算数？发血誓。”

三千世界的血誓，那真不是闹着玩的，尤其是“天打雷劈”这种誓言，是会成真的。

“好说，但是你也该发血誓吧？别我发誓后，你毁掉神器。”苏文烈可不好骗，笑眯眯地反问了一句。胜券在握的时候，他依旧如此小心，谁让他面前这个家伙这么难对付呢。

“好，我先来！”路小遗的计谋得逞了，他本就没神器，以神器发誓，根本就是空言。他大声说道：“我发誓，只要苏家三口安然无恙，我绝不毁掉神器，否则，天打雷劈！永世不得超生！”

这誓言听着有点怪怪的，但是苏文烈再小心也不会想到，路小遗根本就没有什么神器。一个人再谨慎，在最得意的时候，还是会有思维盲区的。

“好，我也发誓，我以及属下绝对不会伤害苏十三一家三口，否则，天打雷劈！”苏文烈很干脆地发誓，完了抬手示意，苏家三口被松开了。

路小遗站起，做了个请的手势：“走吧，去你那儿，我不想死在这里。对了，记得给我准备一张豪华的大床。”

苏文烈点点头：“没问题！只要你交出神器，什么都可以依你！”

一辆马车停在门口，苏文烈抬手说道：“上车吧，我可不想满城皆知。”

路小遗毫不犹豫地上了马车，苏文烈则上了另外一辆马车。这时候，被放开的苏家三口泪流满面。小苏苏叫了一声“大哥哥”，随即被母亲伸手捂住嘴巴，苏大嫂自己也泪流不止。最后关头，是路小遗保住了他们一家三口的性命。

面对这一切，苏家三口毫无办法。在这个地方，普通人的力量非常有限，他们一家人唯一能做的，就是冲着路小遗的背影，使劲地磕头。

这是一个不平静的夜晚，引发这一切的人是路小遗，利用这一切的人是苏文烈。

路小遗不得不承认，自己输了，输得很惨。但是他不后悔，他脑子里还在想着，怎么利用这最后的机会翻盘。可惜，这一路上他绞尽脑汁，也没有找到合适的办法。

马车把他们拉到了苏文烈的住处，这里灯火通明。

刘昭冷笑着看过来时，路小遗用恶狠狠的眼神盯着他，然后回头对苏文烈笑了笑：“神器我可以给你，但是口诀我不能告诉你。”

“你说什么？”不等刘昭说话，苏文烈已经失声大喊道，他瞬间明白，原来之前的不安是源自这里。

“想要口诀也不是不行，我要他的命！”说着，路小遗指向刘昭。这一下刘昭的脸色变得苍白，浑身微微发抖。苏文烈的脸缓缓涨红，死死地盯着路小遗不说话。

“神器可以治愈一切伤病。”路小遗又补了一句，这一下苏文烈心动了。他最大的遗憾就是修真失败了，他一直在想什么时候自己才可以重新修真。在这个目标面前，没有什么是不可以被牺牲的。

“刘昭，你妻儿老小，我会帮你照顾好的。”苏文烈说了这么一句话后，刘昭面色惨白地缓缓举起手中的剑，眼睛一闭心一横，当场死了。

苏文烈的其他属下呆呆地看着这一幕，都低下头。

太残忍了！

“好了，你可以把神器拿出来了。”苏文烈的眼睛已经红了，手上青筋绽露，紧紧地抓着轮椅的扶手，呼吸也变得急促。

此时，路小遗内心极为矛盾，他在想，要不要治好这个恶毒的家伙。如果治好了这家伙，他立刻就得死，甚至会连累苏家三口。他想着自己死就死了，千万不要连累无辜。

“一言道出通神路！”路小遗最终做出了选择，念了这么一句谁都觉得奇怪的口诀。

“唰”的一声响起，以路小遗为中心，周围五米范围内，所有人都做出同一个姿势——立正，抬头，行注目礼。坐在轮椅上的苏文烈也不受控制地站了起来，就像已经好了一样。

这时候苏文烈的内心是崩溃的，心想，这是怎么回事？怎么会这样？天空中出现了闪着金光的龟甲，那是什么东西？难道那就是神器？九颗骰子在龟甲内高速旋转，谁都不知道那是什么东西！就算是路小遗，也不过认为这只是一种治疗术。

“啪嗒”一声，一颗骰子掉了下来，悬停在半空，但这一次不是“愈”字，而是一个大大的“死”字。

怎么回事？路小遗傻了，怎么不是“愈”字？怎么变成了“死”字？难道不是每次都会掉出“愈”字？路小遗的脑子彻底乱了，事情出现了变化。

金光慢慢散去的一瞬间，令人惊悚的事情发生了。路小遗感觉到自己的左臂正在慢慢地变硬，低头一看，左臂正在一点一点地变成石头。

更可怕的事情还在后头！

第二十一章

DAGUIJIASHI

大龟甲术

在距离路小遗三步之外的地方，苏文烈满脸惊恐地看着自己脚底冒出了青烟，身上出现了很多伤口。

然后苏文烈的脸扭曲了，感觉不到丝毫痛苦了。不仅仅是他，他身边的十几个人都是一样的情况，他们的脚底就这么悄无声息地冒起一阵阵青烟，接着身上变得到处都是伤口。

苏文烈想喊一声，证明自己还活着，可惜他发不出一点声音。他的十几个属下和他一样，想喊却喊不出声，只能听到耳边不断传来“噗噗”的声音，就像挤爆了一大堆鱼鳔，最后他们化作青烟，消失了。

路小遗都快吓傻了，这是怎么一回事？长这么大，他从没见过这么可怕的场景。不仅左臂变成了石头，不能挥动分毫，而且他还感觉不到左臂的重量。他吓得腿都软了，根本就站不住，“扑通”一声，他一屁股坐在地上。

他目测了一下，四周五米范围内一个人都没有，只有一堆堆的衣物和散落的各种装备，证明刚才那里有人站着。

但是，为什么还不断地有“噗噗”的声音响起呢？路小遗的耳朵很好使，他听得很清楚，难道那些“噗噗”声是人死了造成的吗？

他挣扎着爬起来，四下张望，希望能找到哪怕一个活物。最终他失望了，一个活的东西都没有，连一只老鼠、一只蟑螂都没有。

“扑棱”，旁边的树上飞起一只鸟，鸟振翅的瞬间，“噗”的一声落到地上，就像一个潮湿的小炮仗，化作青烟，消失得无影无踪。

路小遗觉得自己要疯掉了，眼前发生的一切，根本就没法理解。

“别看了，你周围五米范围内，只要是活物，一个都活不下来。蟑螂、蚂蚁、蚯蚓，你看见的、看不见的，都死了。”有人在路小遗的身后发声了，吓得他一转身又坐到了地上。

“哎呀，有灵脉啊，这个好！”一团黑影扑向那棵大树的根部。路小遗看到，那就是一个拳头大小的东西，怎么看都像一只小乌龟。怪事，为什么它会飞？乌龟怎么会飞？

路小遗勉强爬了起来，腿脚还是软的，只有一只手能动。他已经感觉不到左手的重量了，就像那不是自己的手，跟自己没有丝毫关系。

路小遗刚站起来，腿脚一软，又倒下去了，还好他用一只手撑住了，跪在了地上。

这一次路小遗看清楚了，那不是什么乌龟，而是一个顶着乌龟壳的小人儿。这家伙趴在树根边上，一脸陶醉，鼻子使劲地吸着什么东西。

路小遗慢慢靠近，手里多了一把不知道从哪儿顺手抓起的钢刀。那个小乌龟人似乎毫无防备之心，仍趴在树根边上猛吸。路小遗举起刀，走向这个把自己吓傻的家伙。没错，路小遗认为，这一切都是这个小乌龟人造成的。

眼看就要手起刀落的时候，路小遗手一软，“当啷”一声，刀落地了。他又一次被吓坏了，那个乌龟人居然长大了一圈，从最初拳头大小的样子，变成了饭碗大小，而且还在一圈一圈地长大。与此同时，头上传来“哗哗哗”的声音，路小遗下意识地抬头一看。

落叶如雨，刚才还生机勃勃的大树正在快速地枯萎。一阵风吹来，树叶“唰唰”落下。

路小遗之前十几年受的惊吓都没这一次多。趴在树根上的乌龟人，回头鄙夷地看了他一眼，然后继续眯着眼睛使劲地吸。树叶掉落一地，树枝也都变得光秃秃的。路小遗就像个呆子似的坐在地上，脑子里一片混沌，身边全是落叶。

乌龟人已经长到了一个七八岁小孩的高度，背着乌龟壳，转身看看路小遗，咂了咂嘴后，道：“看够了没有？别傻坐着了，起来吧！”

乌龟人一边说话，一边用双手举起一条小横幅，上面有一行字：手握乾坤定生死！

有了上一次的经验，路小遗不敢再乱念这种类似诗句的文字了。他呆呆地看着乌龟人，这家伙走到他面前，手在他眼前摆了几下：“吓傻了？我说，养大你的人呢？就没告诉你点啥？”

路小遗使劲地摇摇头："我六岁的时候，奶奶就死了。"

乌龟人一脸无奈："真倒霉，还要跟你从头说起。好吧，你听好了，我呢，叫作玄灵，以吸食天地灵气为生，是由上古神兽留在聚灵大陆的神识凝聚而成的。你想知道什么？问吧。"

我想知道什么都可以问？路小遗很想这么问一句，但想想万一眼前这家伙翻脸，自己打不打得过他啊？搞不好，自己也会像那些人一样，"噗噗噗"就变成了青烟。

看着路小遗呆滞的表情，乌龟人玄灵一脸的无可奈何，接着唉声叹气道："我怎么会摊上你这么一个笨鸟？好了，好了，听我慢慢说，这个事情说来话长。三千世界呢，是母神所创。母神座下有四大神兽，分别负责管理三千世界的四个方向。我是玄武神兽留在聚灵大陆的神识，在藏魂珠内不知道沉睡了多少年。一直到你练成了大龟甲术的第二级，我才被唤醒。"

"当年玄武大神……"乌龟人絮絮叨叨地讲着，路小遗只听明白了一件事，那就是上古时期，有一只很厉害的神兽叫玄武，然后玄武留下了一丝血脉和一缕神识。神识呢，就是眼前这个背着乌龟壳的家伙，自称玄灵。血脉呢，就是路小遗。为啥是路小遗呢？这问题玄灵也没说清楚，大概意思就是聚灵大陆分成仙界、修真界、凡人界三个等级，此外，以前还有一群自称神族的人，这神族就是玄武血脉继承人创立的族群。

"这个神族呢，喜欢玩一个叫大龟甲术的游戏——没错，就是个游戏，而且是母神创造的游戏，给四大神兽无聊的时候拿来玩的。结果呢，这个玄武大神离开了聚灵大陆，回到母神的身边去了，走之前把这个游戏传给了血脉继承人……"

"你等一下！"路小遗打断了玄灵的话，他好像明白了一件事，所以先要确定一下。

"那个……你管不着我吧？也不能把我怎么样吧？"路小遗很小心地问了一句，面色不善地盯着玄灵。

玄灵还没有反应过来，很老实地表示："没错，你可以当我是一本书，会说话的书。"然后他背着手，装腔作势地走来走去。

"啪！"路小遗一巴掌扇过去，直接把玄灵扇飞了。

玄灵在地上滚了好几圈后，脖子缩在乌龟壳里，怒吼道："为啥打我？别以为你是血脉继承人，就可以对我为所欲为！"

路小遗根本就不理他，上去就一脚踩住他，还使劲地在乌龟壳上跺脚："让你吓我，让你吓我，差点被你吓傻了你知不知道？我长这么大，就没出过这么大的丑。"

这一下，玄灵老实了，缩在乌龟壳里不动。路小遗还在那儿骂："玄灵，我看你就是一个乌龟人，还好意思给自己起这么好听的名字。龟灵，你以后就叫这个名字。"

乌龟壳里伸出一个脑袋表示抗议："不要，我不要叫这个名字。神兽大人这么叫我，你也这么叫我。我有权决定自己的名字！我抗议！我抗议！"

"抗议无效，你就叫龟灵！"路小遗一听这话就乐了，看来"玄灵"是这家伙自己起的名字，原来的名字被他误打误撞叫出来了。

"龟灵就龟灵吧，你能把脚拿开吗？我不喜欢这样跟人说话。"龟灵气得胡子乱抖，一副生无可恋的样子。路小遗把脚拿开，龟灵先翻身，再坐起来，瞪着路小遗不说话。

路小遗管他高不高兴呢，继续逼问："说，大龟甲术到底是怎么一回事？"

龟灵的小眼睛乱转，胡子乱抖，一看就在想什么鬼主意。

路小遗一伸手，揪住他的胡子："别瞎想了，赶紧交代清楚。"

"放手，放手，不然我翻脸了。"龟灵急了，想缩回壳里又怕疼。

"翻脸就翻脸，我怕你？"路小遗心里的火还没消呢，还在恨这个家伙。这家伙刚出来的时候不先解释清楚是怎么回事，反倒去吸什么灵气，弄一地的落叶，吓死人了。

"好了，好了，我说还不行吗？"龟灵的语气软了下来，路小遗这才松手。

"大龟甲术呢，分五个等级。每个等级都有一句不同的口诀。刚才给你看的，就是第二级的口诀。说到这个等级呢……"龟灵这一次算是把事情一点一点地说清楚了。

大龟甲术是神族血脉继承人特有的天赋技能。血脉继承人到了十六岁的时候，天赋技能就会自动觉醒。要发动该技能，需念出口诀，然后天空中会显现出金光灿灿的龟甲，其中有太极图案和九颗骰子，一颗居中，其他八颗分列八个方位。一旦发动该技能，不论仙、修、人，无一能抗拒，都会抬头行注目礼。

第二十二章

D A G U I J I A S H I

居然是个游戏

大龟甲术最特别的地方在于一旦发动，结果是不可控制的。就算是施术者也无法控制结果，只能随着等级的增加，规避一些不想看见的结果。一旦练成最高的五级，施术者就不是正常意义上的人了，也不是修真者，更不是仙人，而是半神!

为什么这么说呢？因为一旦发动大龟甲术，决定命运的是九颗骰子，而不是施术者。

九颗骰子上分别写了哪些字呢？分列八个方位的那八颗骰子上分别写的是“生”“死”“少”“老”“病”“愈”“幸”“衰”，最后一颗居中的骰子上写的是“和”字。此外，根据等级的不同，施术者可以另外拥有不同数量的写有“命”字的骰子。

摇出写了“和”字的骰子时，作用范围内的任何人都不得动武。如果强行动武，则会遭天劫惩罚。大罗金仙可不受天劫惩罚，但是会失去一切远程攻击的能力。

摇出写了“生”字的骰子时，作用范围内两年内死去的生物能够复生。如果之前出现了写有“死”字的骰子，则施术者僵硬的四肢会依次恢复；如果之前没有出现写有“死”字的骰子，则没有变化。

摇出写了“死”字的骰子时，作用范围内除了施术者之外，不论修、人，皆会死亡。出现一次写有“死”字的骰子时，施术者的左臂僵硬，不能动弹；出现两次写有“死”字的骰子时，施术者的左脚僵硬；出现三次写有“死”字的骰子时，施术者便会死。

摇出写了“少”字的骰子时，作用范围内的人的年龄会减少十分之一。如果出现写有“命”字的骰子，可控制年龄减少的幅度。

摇出写了“老”字的骰子时，作用范围内的人的年龄会增加。如果出现写有“命”字的骰子，同样可控制年龄增加的幅度。

摇出写了“病”字的骰子时，作用范围内的患病者病情会加重，无病者会生病，同时相貌变丑百分之十。如果出现写有“命”字的骰子，可控制相貌变丑的程度。

摇出写了“愈”字的骰子时，作用范围内的人的一切疾病都会痊愈，同时能将一切影响相貌的负面因素减弱百分之十。如果出现写有“命”字的骰子，可控制相貌变美的程度。

摇出写了“幸”字的骰子时，作用范围内的人会走好运，十分钟内心想事成。

摇出写了“衰”字的骰子时，作用范围内的人会走霉运，十分钟内事事不顺。如果出现写有“命”字的骰子，可将时间控制分为十分钟、二十分钟、四十分钟、八十分钟、一百六十分钟这五个级别。

写有“命”字的骰子还可控制掉落的骰子的个数，可控制带有变动幅度属性的骰子。

大龟甲术分五级：一级的作用范围是半径五米之内，龟甲直径为一米；二级的作用范围是半径二十五米之内，龟甲直径为五米，施术者可拥有一颗写有“命”字的骰子，可去掉一颗写有“死”字以外文字的骰子；三级的作用范围是半径一百二十五米之内，龟甲直径为二十五米，施术者可拥有两颗写有“命”字的骰子，可去掉两颗写有“死”字以外文字的骰子；四级的作用范围是半径一万五千六百二十五米之内，龟甲直径为一百二十五米，施术者可拥有三颗写有“命”字的骰子，可去掉三颗写有“死”字以外文字的骰子；五级的作用范围是半径一百五十六万二千五百米之内，龟甲直径为一千二百五十米，施术者可拥有四颗写有“命”字的骰子，可去掉四颗骰子。

施展大龟甲术十次没死，即可练成二级；施展一百次没死，即可练成三级；施展一千次没死，即可练成四级；施展一万次没死，即可练成五级。

路小遗终于明白了，难怪龟灵说这是一个游戏，就这么一个奇怪的属性，还真的就是游戏，而且还是会玩死人的游戏，是能让施术者把自己玩死的游戏。如果一不小心走了霉运，练成五级前，连续摇出三颗写有“死”字的骰子的话，那就真的把自己玩死了。

“别难过，就是因为这个与众不同的属性，我沉睡了很久。我算一算啊，按照凡人界的算法，我已经沉睡了将近六千年，不想再睡了。”龟灵发现路小遗像个呆子似的坐在那里不动。也是，他刚才说的话信息量太大了，路小遗没有变成真正的傻子就已经很不错了。

路小遗脑子里一阵盘算，这么说来，在过去的六千年里，自己的祖宗中，没有一个练成了二级大龟甲术？

“等一下，那个神族是什么？”路小遗脑子里闪过一道光芒。

“神族啊，就是当年侍奉玄武大神的仆人们组成的族群。后来玄武大神走了，这些人逢年过节就会搞个祭祀什么的。历代的血脉继承人都是神族的护法者。后来聚灵大陆那些大罗金仙看神族很不顺眼，觉得神族不在聚灵大陆规则的约束范围内，于是就去找神族谈判。神族那边当然没有理会他们，神族可是神的后代啊，怎么可能买账？于是，当时实力最强的一百名大罗金仙偷袭了神族的聚居地。可惜啊，当时的神族护法者只有区区二级，被杀死了。”

龟灵说起往事的时候，颇为感慨。大龟甲术厉害是很厉害，不过这玩意儿不可控。自从玄武大神离开聚灵大陆后，没有一个血脉继承人能练成五级大龟甲术，实力最强的一个也就三级，最后还把自己练死了。

怎么说呢，如果连续三次出现写有“死”字的骰子，就算是血脉继承人，没有练成五级的话，也是要死的。

路小遗越想越觉得可怕，心想，这都是什么事啊？他再看看自己的左臂，就更加郁闷了。偏偏龟灵还在他面前晃来晃去的，他看看这天都快亮了，自己还要为逃跑的事情伤脑筋。

“对了，我这手怎么办啊？万一我再弄出一颗写有‘死’字的骰子来，我左腿也不能动了。”路小遗瞪了一眼龟灵。

龟灵摇头晃脑地道：“你不是有颗写有‘命’字的骰子吗？”

哎呀，对啊，这下路小遗高兴了：“我怎么把这个给忘记了？对了，口诀是啥来着？”

“手握乾坤定生死！”龟灵这次很配合地扮演了大龟甲术说明书的角色。

“手握乾坤定生死！”路小遗跟着念了一句，念完后整个人就不受控制了。

有趣的是，龟灵似乎不受这个大龟甲术的影响，他站在一边还在絮絮叨叨：“对了，忘记告诉你，这颗写了‘命’字的骰子啊，在五级之前，一颗只能用一次。等你到了五级呢，这颗写了‘命’字的骰子就会有一个冷却的过程，时间为一个月，一个月后就可以重复使用了。我建议，以后这颗写了‘命’字的骰子啊，在出现两颗写了‘死’字的骰子后你再使用。”

此时，路小遗不能说话，也不能动，只能在心里呐喊：你怎么不早说啊？

这一次他念出口诀后，天空中没有第一时间出现龟甲，而是在他脑子里出现一行字：是否使用写有“命”字的骰子？路小遗还是毫不犹豫地就在心里说：来颗写有“命”字的骰子。

这颗写有“命”字的骰子是直接受意念控制的，一点都不会耽误。龟灵的话还没说完，空中就出现了金光。

这一次的龟甲变大了很多，路小遗这才想起来，他的大龟甲术已经练到了二级。

直径五米的龟甲金光灿灿的，出场方式还是那么绚丽！

因为使用了写有“命”字的骰子，这一次所有的骰子都不转了，直接“啪嗒”一声，掉下一颗写有“生”字的骰子。

骰子的大小比以前大了很多，以前的骰子只有五寸大小，现在这个怎么也有十寸大小了，如果掉到人身上肯定能砸死人，也不知道是用什么材料做的。

这颗骰子每一面都有一个“生”字。他的大龟甲术才一级的时候，骰子没啥特别的。现在这个骰子则在发光，发的不是金光，而是一种淡淡的蓝光。骰子悬空的时间也就十几秒，然后，它“嗖”的一下回到龟甲内，“咔”的一声归位。龟甲表面的金光渐渐淡去，路小遗的身体也恢复了正常，他扭头想去找龟灵报仇的时候，才发现那家伙不见了。

他再一看，变成石头的左臂一点一点地恢复了正常，而且手腕上多了一个刺青，黑乎乎的，看上去像一个球。路小遗看着这刺青很眼熟，一拍腿叫道：“想起来了，这不是之前出现在屁股上的胎记吗？”

这时候从黑乎乎的胎记里弹出一个小脑袋，正是龟灵。这家伙，怎么又变小了？怎么回事？

不等路小遗说话，这家伙“嗖”的一下又缩回去了：“有人！”

有人？哪儿有人？路小遗抬头四下看了看，立刻傻眼了！我的天，坐在轮椅上的这个家伙是谁啊？怎么连衣服都不穿？哦，我好像认识，就是那个苏文烈，这里的东家。

路小遗刚反应过来，便看见了神奇的一幕：在之前十几个打手消失的位置，先是多了一排脑袋，接着是脖子，接着身子也一点一点地还原了。他们跟苏文烈一

样，都光着身子。

苏文烈也吓傻了，看着自己光溜溜地坐在轮椅上，第一反应就是叫人。可是一看对面盯着他看的路小遗，他马上想起了之前发生的事情。自己已经死过一次了，原来不是什么神器，而是大罗金仙——要你生就生、要你死就死的大罗金仙。没错，他就是这么想的。

大龟甲术这东西，苏文烈没听说过，一看自己死而复生，他肯定觉得这小伙子超级厉害啊。难怪这小伙子很淡定地跟着自己回来了，人家想弄死自己不过是一瞬间的事情嘛。

想到这里，苏文烈也坐不住了，下意识地从轮椅上站起来，然后“扑通”一声跪下了。

“上仙，饶命啊！”这会儿，苏文烈就这一个想法。

苏文烈这么往地上一跪，他的属下都吓傻了，赶紧跟着跪下。这帮家伙跪在地上一动不敢动，跟着求饶道：“上仙饶命！”他们喊得很整齐，让路小遗有一种“原来我这么厉害”的感觉。

更神奇的一幕还在后面呢，刘昭的身体动了几下，突然一睁眼，又活了。现场除了路小遗，只有刘昭一个人是穿着衣服的。刘昭一看这地上跪着很多人，心想，这是怎么回事啊？他赶紧跟着跪下，也没说求饶的话，就是不断地在那儿磕头。

路小遗转身说道：“都把衣服穿上，一个个的也不知道羞耻！”

第二十三章

DAGUIJIASHI

夺舍？

这时，路小遗突然感觉到鼻子下面湿湿热热的，他伸手摸了一下，低头一看，是血！

“我流血了！”脑子里就这么四个字，路小遗眼前一黑，往后一仰，晕倒了！

穿上衣服的苏文烈惊讶地发现，自己的身体完全恢复了，就是不知道还能不能重走修真路！还有，为何刘昭复活了，还能穿着衣服？

苏文烈觉得这事情太邪门了。看着倒在地上的路小遗，他想，谁说大罗金仙不会晕血的？原来，大罗金仙有一堆的护身法器也会晕血啊。还有一个可能，就是夺舍！这个念头，苏文烈不敢往深处想。

“你们几个，把路大仙人搬我屋子里去。”苏文烈吩咐道，生怕路小遗醒过来后会弄死他们。至于刘昭，苏文烈偷偷地看了他一眼，心想，这个忠心耿耿的属下，会不会因为自己牺牲他的性命而变心呢？

算了，不想那么多了。苏文烈摇摇头，看看满地的落叶，再看看树叶落尽、唯余枯枝的大树，发出凄厉的惨叫声：“我的灵脉！”

路小遗醒来的时候，已经日上三竿。他晕血这个毛病很奇怪，别人流血，他是一点都不晕的，就是不能看到自己流血。

坐在床上的路小遗进入了发呆状态，看着窗外，很快他就发现，自己还在八方客栈之内。奇怪啊，为何会在床上呢？难道不该被人丢进地牢，身上的东西全都被摸走吗？

苏文烈也好，刘昭也罢，都不是什么善人啊。这帮家伙，心肝都是黑的。

难道说，他们有所顾忌？还是良心发现了？路小遗觉得前者的可能性比较大，良心发现有个前提，那就是良心还没被狗吃干净。难道说，是因为我长得很帅？想到这里，路小遗拿起镜子照了照，又感叹了一句“真的是因为我长得帅”。

路小遗从床上下来，找到自己的鹿皮靴穿上，仔细检查了一番全身的财物，发现一样都没少。

他摸着下巴一阵思索，觉得有必要搞清楚一些事情。

他咳嗽一声，坐在椅子上，盯着门口。进来的是熟人，是那个叫阿娇的侍女。看见路小遗，她立刻跪下行礼：“给路大仙人请安了！”

就这么一句话，给路小遗提了个醒，这下他明白了，难怪这帮家伙性情大变，原来他们不是不想对他动手，而是不敢啊！

既然如此，那就继续往下装吧！从现在开始，我就是仙人！

一番自我催眠后，路小遗沉吟半晌，感觉到阿娇很不安的时候，这才开口。

“起来吧，我在这里有诸多不方便，苏东家知道该怎么做。”路小遗一副云淡风轻的样子，其实心里还是颇为忐忑，他担心万一自己的本来面目被识破了呢？他完全不知道大罗金仙长啥样子，不知道自己能不能完美地装下去。

阿娇抬起头，看着路小遗，等候他的吩咐。

但路小遗把眼睛闭上了，一副“没事了，你下去吧”的样子。

阿娇赶紧去找苏文烈汇报情况，苏文烈正在书房里翻书呢，他要找到证据来支持自己的观点啊。

翻来翻去，他总算找到了一枚玉简，里头真的提到了夺舍。

大罗金仙夺舍，夺的还是一个凡人的身体，这种事情不是没有发生过。一旦夺舍，就会面临一个问题，那就是炼体。不然的话，一个凡人的身体是无法适应大罗金仙的世界的。

难怪这位大罗金仙藏在客栈里不出去，还要找个幌子来要钱要物资，原来这一切都是为了炼体啊！苏文烈觉得自己找到了证据，再联系一下自己被弄死、又被复活，甚至身体也被治好了的事实，他更加坚定了自己的判断，心想，还好啊，还好自己没有心生歹念。大罗金仙的脾气都是很怪的，把自己弄死又复活，这就是在提醒自己了，甚至连之前死去的刘昭都复活了，这也是提醒啊！

这次八方城的大厮杀，各门派和三大势力死的人没有一千也有八百，家家都有血债啊。要是这位大罗金仙说出一切都是他苏文烈谋划的，城里这些人还不得联合起来弄死自己啊。怪就怪自己贪念太强了，不然人家大罗金仙本来打算低调地来，低调地去，哪会有这么多事情？还有那个灵脉，路大仙人之前把灵脉变大，就是付给自己的报酬吧?

苏文烈的胡思乱想要是被龟灵听到，龟灵一定会笑得满地打滚。

关于灵脉的事情其实很简单，这是大龟甲术和灵脉之间的一种天然互动。怎么回事呢?就是只要施展大龟甲术的时候附近有灵脉，那灵脉就会产生反应。灵气大量涌入龟甲之内，被锤炼提纯后，精华部分被保留在龟甲内，留作后用，剩下的灵气龟甲自然会返还给灵脉，同时提升灵脉的层次。当然了，每一个灵脉只有一次提升的机会。

至于为什么会出现这种现象，龟灵也不清楚。毕竟他也没见过真正的五级大龟甲术，自然也没见过半神之体。

听了侍女的汇报后，苏文烈立刻赶过去。见到路小遗正坐在椅子上闭目养神，他立刻跪下：“拜见仙人！”他这个拜见是很诚心的，他的身体完全恢复了，而且经过试验，可以重新修炼了，他怎么感激眼前这位仙人都不为过。要知道他这毛病，只有大罗金仙才能治好啊。

路小遗不动声色地丢过去一张纸：“这些东西，备齐了，你知道的。”

苏文烈捡起纸张看了一眼，狂喜不已，大罗金仙要自己办事啊。这说明，他给自己治疗，那不是白治疗的。从因果上来说，如果大罗金仙出手帮自己治病，还不要东西，那对苏文烈来说，真不是什么好事。惹大罗金仙不悦的后果，哪是一个凡人可以承受的?

“您放心，一定办得妥妥当当的。至于外面那些人和事情，小的知道怎么做。”苏文烈自作聪明地说道，他猜想，大罗金仙这是想悄悄地来，悄悄地走。

“知道就好，退下吧！”路小遗摆摆手。苏文烈退下去后，路小遗的额头上开始冒冷汗，他自言自语道：“好辛苦……”

擦干冷汗后，路小遗使劲地搓了搓脸，让自己的表情放松下来。这一关总算混过去了，看来这次能发一笔横财啊。做完这一票他得赶紧跑，回匠镇去过自己的小日子。

“来人啊，弄点吃的来。”他吆喝一嗓子，在门口等着的几个侍女就全都进来了。她们伺候路小遗有好些天了，知道这位大爷的口味，二话不说，赶紧去准备吃的了。

夜幕降临，苏文烈、刘昭和侍女们送路小遗出门。

“都站住！”路小遗突然大喝一声，众人全部停下。

“那个……别让我知道有人跟着我啊。”他的语气很平淡，但是苏文烈和刘昭这种老江湖都被吓得半死，更不用说那些没见过多少大场面的侍女了。大罗金仙平平淡淡的一句话，后果可能严重到他们无法承受啊。

已经死过一次的苏文烈根本不敢冒险，他给刘昭使了个眼色，那意思是：只要有人跟着路大仙人，赶紧拦下，别让仙人费事！

这一次路小遗可谓一路顺风，他趁着夜色，步履轻快，一路上连一只蟑螂都没惊动。他就这么顺顺当当地离开了八方城，消失在夜幕中。

走过一片树林后，城区已经远离视线范围了，路小遗这才彻底地松了一口气。总算逃出来了，他赶紧掏出木牛，灵石已经不能满足他逃命的需求了，直接上昂贵的元气石。

木牛被启动，以强劲的元气石作为动力，一百公里提速只要三秒。

“嘎吱嘎吱”，木牛发出的声音在夜色中传得很远，它身后卷起一路尘烟，狂奔而去！

路小遗也顾不上形象了，将木牛的速度提升到了极致，奔着匠镇的方向逃命。

狂风呼啸，将他的头发吹乱了，只见他双手抓住木牛的两只角，加速，加速，再加速！

他不分昼夜地驾着木牛狂奔，也不知道过了多久，木牛发出奇怪的“嘎吱嘎吱”的声音，他知道是木牛的承受力达到极限了。他刚想将木牛停下，只听“哗啦”一声响，整个人因为惯性作用被甩了出去。

“哎呀！”他一屁股结结实实地落在地上，疼得他满头是汗。他挣扎着爬起来，回头检查木牛，发现它彻底散架了，变成了一堆零件。

这一路狂奔数昼夜，木牛“寿终正寝”了！

围着这堆零件，短暂地伤感后，路小遗看了一眼手上苏文烈上供的戒指。

“哈哈哈！发财了！这一次真的发财了！”

清晨的原野中，回荡着疯狂的笑声。

“哎哟，疼死我了！”笑完后，他才叫起疼来，他的裤子都被磨破了，大腿上都流血了。

第二十四章

D A G U I J I A S H I

做早饭

堆成山的元气石现在已经不重要了，十块高品质的墨玉，虽说是花钱都买不到的好东西，但也没有性命珍贵。

苏文烈觉得自己赚了，他用十块墨玉加上一堆材料，换来大罗金仙出手医治自己已经废掉的身体，怎么看都是赚大了。

路小遗则认为自己不仅仅是赚大了，而是简直没法形容自己到底赚了多少。

抛开元气石和墨玉不算，光几十种材料就足够他随意折腾个十年八年了。

曾经的穷鬼，现在总算有了点富豪的感觉。

说到底，八方城那个地方太富裕了。作为聚灵大陆所有门派特别开辟出来的交易点，它的富裕真不是吹出来的。对于筑基期以下的修真者而言，元气石是好东西，但是对于过了筑基期的修真者而言，元气石就是很一般的东西了。

路小遗当然不会知道这些，就算知道了他也不会在意。现在他就一个想法，那就是找个没人的地方，仔细清点八方城之行的收获。

人来人往的地方肯定不合适，虽然现在还是清晨，路上没几个人，但路小遗也不放心。

放眼四周，他发现前面有个小山坡，于是赶紧跑过去，钻进树林里。这一下四周真的没有人了，他先换了条裤子。

紧接着，“哗啦”一下，他先把乾坤一气包里的东西倒出来，有三个空间袋子、三万枚元气石、十块墨玉、两千斤乌金，这些是看病所得。

看着堆成一座山的元气石，路小遗觉得自己幸福得仿佛要升天了，他嘀咕道：“从今以后，哥也算是土豪了。”

正所谓老鼠拉木锨，大头在后面。看病的收获还不算什么，真正的好东西是路小遗手上的戒指，这玩意儿是真正意义上的法器，空间大，携带方便。苏文烈还真是够意思，奉上戒指也不说往回要。当然，就算他往回要，路小遗也不会给的。这个戒指，路小遗可是想要很久了。

戒指里的东西根本不用倒出来，以意念就能看得清清楚楚，里面有成堆的玉木、玄铁、丹朱、云蛛丝、白金……林林总总的材料，共有三十来种，而且每种都至少有两千斤。也不知道苏文烈是从哪儿弄来的这些材料，他该不是把仓库都搬空了吧？

检查完毕，带着睡觉都会笑出声的幸福，路小遗钻出树林，不紧不慢地走着。

“嗖！”突然响起一个声音，顺着声音传来的方向，路小遗抬头看去，看到天空中一个球状物体正在往下落。

不对，应该是一个肉球！路小遗呆呆地看着这个肉球，一眨眼的工夫，肉球就狠狠地砸在了地上。

“轰”的一声，尘烟四起，肉球落下的地方距离路小遗不过两米，吓得他魂都没了。

地面被砸出一个坑，一个人从坑里爬了出来。怎么形容他的样子呢？就一个字——圆！

“见到我都不主动打招呼，太不礼貌了。”那满头满脸都是灰尘的人说道。

“浑蛋，你差点砸死我，还要我跟你打招呼！”路小遗一边骂人，一边四处找家伙，可惜实在找不到合适的。已经是土豪的路小遗毫不犹豫地拿出一根玉木，气势汹汹地冲上去。

“喂，不要一言不合就打人啊！”那人看来摔得不轻，面对路小遗居然没有还手之力。

发飙中的路小遗忘记了一件事情，那就是，眼前这个人好像是修真者。

他抡着玉木砸过去，那人双手抱头蹲下，玉木砸在那人背上，“啪”的一声断了。

路小遗还不解气，冲上去抬脚就踩，一边踩一边骂：“我让你吓我，我让你乱飞，我让你乱掉，我让你……”踹了几十脚，那个人一点反应都没有，反倒是路小遗累得大口喘气。还不甘心的路小遗四下寻摸，发现一块石头，就把它抓了起来。

那人站了起来：“住手，再打我就要还手了啊。”

“还手？你敢还手？”路小遗说完这话，自己都没信心了。他想起来了，这哥们儿是从天上掉下来的，一定是飞行法器出了问题，而能够飞行的自然是修真者了。

想到自己刚才对一个修真者大打出手，路小遗有一种想用手里的石头砸死自己的冲动。

“差不多就行了啊，我差点砸到你，你也打了我一顿，扯平了。”那人再次说道。

路小遗悄悄地松了一口气，看看手里的石头，尴尬地笑了笑：“其实，我是想垒一个灶台做早饭！”

“做早饭？”那人一脸“你觉得我有那么好骗吗”的表情！

“是啊，做早饭。你看啊，运动了这么久，真的饿了。”路小遗决定将胡说八道进行到底。

“算了，看你也不像什么坏人，既然要做早饭，那就赶紧做吧。”那人四下看看，发现路边有一个水潭，他准备过去清洗一番。

路小遗蹑手蹑脚地准备跑，那人头也不回地道：“我说，你手艺怎么样啊？不要做出来的东西不能吃啊！”

路小遗吓得停下脚步，看看四周，一个人都没有。

算了，就算被那人弄死，也要先吃顿好的。再说了，我还有大龟甲术呢。虽然不知道会掉出什么骰子来，但万一能掉出一颗写了“死”字的骰子呢？

想到这里，路小遗有底气了，大摇大摆地走过去。为了逃命，他做了很充分的准备，乾坤一气包里的装备十分齐全。他掏出一把小铲子，在水潭边挖了一个简单的灶，垒上两块石头。

“看什么看，去找柴火啊！”路小遗大声喝道。那人洗干净后，路小遗这才完全看清他的模样，看上去跟自己差不多大。

“哦，好啊！”那人赶紧钻进树林。路小遗这边洗锅洗碗，把准备好的肉和洗好的米放进锅里。等他做好这些准备时，那人已经抱着一堆柴火回来了。

半个时辰不到，一锅香喷喷的肉粥熬好了，那人围着锅转来转去，不停地吞口水。

路小遗刚盛了一碗粥，那人便伸手将锅端了起来，找了两根小棍子当筷子，一点都不客气：“剩下的我都包了！”脸盆大的锅里怎么也还有五碗的量，路小遗本打算一人分一半的。

“稀里哗啦”的声音不断，两根小木棍扒得飞快，那人吃东西的样子真是太惊人了。路小遗端着碗，呆呆地看着他，心想，那可是一锅热粥啊，难道他不怕把舌头烫到吗？

“哎呀，味道真不错。你怎么不吃啊？不好吃吗？”一锅粥被他吃得干干净净，他抬头看了一眼端着粥发呆的路小遗，路小遗手里的筷子不知道什么时候掉地上了。

“啊！”路小遗下意识地回答一声。

没想到那人一伸手，把路小遗手里的碗接过去：“早说嘛，我还没吃饱！”

三两口，又一碗粥被那人吃得干干净净，他拍拍肚子，满足地道：“哎呀，很久没有吃过这么好吃的粥了。肚子啊肚子，自打离开师门，你受委屈了。”

路小遗眼睁睁地看着自己的早饭进了别人的肚子，心里那个火啊。可是看看这胖子，自己好像打不过，他只好忍下要打人的念头，只是手上忍了，嘴上却不饶人：“洗碗去！”

那胖子笑嘻嘻地拿起锅和碗，在水潭里洗。路小遗只好摸出一块干粮，一口一口地慢慢啃，心想，这就是个吃货啊！

“你好，我叫冯熊，你可以叫我大熊！”那胖子一边洗碗，一边自我介绍。

“路小遗。千万记住，不要叫我小姨，不然我会翻脸的。”路小遗提前说明了一下。

“那叫你小路好了。我是青囊门的弟子，你呢？”冯熊的问题让路小遗有点紧张，他想，这要说自己不是修真者，估计这家伙会找自己报仇啊。

“当过几天散修，发现没什么前途，转行钻研技术了。”路小遗眼珠子一阵乱转，给自己找了个解释。

冯熊看上去不像是什么有心机的人，听了这话也没在意。他反而笑了笑，道：“散修也不错啊，没那么多规矩。青囊门规模不大，规矩还不少，一点意思都没有，说是大陆修真门派中排名前五十的大门派，其实一共加起来也不过百把人。”

“什么？百把人也能排名前五十？”路小遗吃惊地问。虽然凡人对修真界的了解不多，但是不妨碍路小遗拿千机门与青囊门对比啊。千机门在大陆门派中排在中间，门派内人数都过千了啊。

“你不了解青囊门也很正常，我们门派内都是一些玩丹药的疯子。别看人少啊，打起来一点都不含糊，尤其是吃了禁药以后，那战斗力成倍提升啊。青囊门选弟子很挑剔的，一般的门派内所谓的人才根本进不了青囊门。我当初入选的时候，靠的是对炼丹的热情和才能啊。”

冯熊的解释可以理解为：“我就是这么厉害，你看不顺眼就来打我啊！”

路小遗大概明白了一点这个门派的情况。怎么说呢，如果说修真者都是一群宅男宅女，那青囊门的人就是其中之最。别的修真者宅是为了闭关修炼，而青囊门的人宅是为了以丹药入道，故此整天围着药材园子和炼丹炉转悠。

这帮人最大的特点还是仇人少、朋友多！你想啊，玩丹药的人，朋友能不多吗？一般的门派，弟子要筑基了，得有筑基丹吧？自己炼不是不行，但跟青囊门的炼丹效率比起来，就差多了啊。

还有，青囊门的丹药那是真的能救命的。修真界门派之间免不了发生打斗，就像千机门挨着天灵门，两个门派为了争地盘就没少互殴！

第二十五章

D A G U I J I A S H I

二级带来的变化

仅仅是仇人少、朋友多，还不足以让青囊门成为排名前五十的门派。这种“技术宅”扎堆的门派，人虽然少，但是都很强大。你想想看啊，一般的修真者忙着修炼就已经很辛苦了，哪有时间玩别的？这帮人则不一样，别人是用修炼的业余时间炼器，他们正好相反，在别人修炼的时间忙着炼丹，业余时间才修炼。也就是说，如果不是炼丹对修为高低有要求，修炼对他们来说没太大的必要。

这种人最招人恨了，平时该玩的一样不耽误，但照样名列前茅，不招人恨才是怪事。

路小遗看着冯熊浑身乱抖的肥肉，心里想，我看出来了，你小子就是在炫耀啊。

如果不是知道自己打不过他，路小遗一定会教训一下他。

“兄弟，我告诉你，修真太无聊了，要不是因为要炼丹，我才不修炼呢。”

冯熊完全没有意识到他这是往路小遗伤口上撒盐，使路小遗受到了极大的刺激！

路小遗拥有天生灵体却不能修炼，血脉免费提供给他的大龟甲术，还一不小心就会把自己玩死。

人比人，气死人！尽管路小遗很想教训冯熊一顿，却不得不面对自己打不过他的现实。

“炼丹有什么好玩的？整天烟熏火燎的，一不小心就会炸死自己。在这么无趣的事情上花这么多的时间，怎么能跟去碧玉楼听曲儿、看美女的乐趣相比？”路小遗充分展现出了绝对不服输的性格，尽管心里很羡慕冯熊能修真，嘴上却在不断地打击他。

“修真也能双修的，我们门派里就有不少这样的人。”

“双修？哈哈哈，那能一样吗？修真路漫漫，你觉得几百年甚至上千年，对着同一张脸很有趣？”

两人一边争吵，一边回到大道上。

“小路，我要去匠镇，你呢？”冯熊的脾气很好，就算路小遗一直在跟他抬杠，他也没生气。他这就是要告别的意思了，他还以为路小遗不跟他同路呢。

“匠镇？你一个青囊门的人跑去匠镇，不怕千机门的人发现了，对你不利吗？”路小遗提醒了一句。

冯熊笑着道：“没事，我光明正大地去办事处拜山门就好了。只要不鬼鬼祟祟的，门派之间是允许相互走动的。”

“要是匠镇的地头蛇看上你的财物，你怎么应付？”路小遗看似很随意地在问，其实是在摸冯熊的底，想看看修真者在凡人界会怎么行事。

“那还不容易吗？蝼蚁一般的人，直接教训他一顿就是了。回头跟千机门办事处报备一声，也就是赔几颗丹药的事情。”冯熊一副理所当然的样子，路小遗听着心里一阵发冷。

聚灵大陆等级森严，果然不是说着玩的。修真者够不着仙界，却不拿凡人当人看。以前路小遗没有机会跟修真者谈论这个话题，现在算是看清楚修真者的品性了。

“对了，你去匠镇干吗？”这个时候，路小遗已经不着急回家了，心里琢磨着，要是这家伙知道自己不是修真者，会不会翻脸弄死自己啊？

“喏！这个飞行法器坏了，不然我不会掉下来啊。”冯熊手里拿着一只木鸢。这家伙目光躲躲闪闪的，看来是没怎么闯荡过江湖的家伙，还没学会骗人呢，说假话时脸都红了。

“我看看！”路小遗不打算给他机会去匠镇，免得暴露了自己的底细。

路小遗拿过木鸢一看，发现它就是个次品啊。用铁木代替玉木，不仅增加了重量，而且不耐用。

“这谁给你的破烂东西？”路小遗不屑地歪歪嘴，一副“我就是内行”的样子。

说完，路小遗用脚使劲一踩，“啪嗒”一声，木鸢不仅翅膀断了，中间用铁木做的主轴也断了。这一下他也很吃惊，毕竟这木鸢是用铁木制作的，质量再不好那也是法器啊，哪有凡人一脚就能踩烂的法器？

“咦，没看出来啊，你居然过了筑基关。”冯熊收起了随意和轻视的表情。开始他真没拿路小遗太当一回事。散修怎么了？没过炼气期、筑基关的修真者，在青囊门最差的弟子面前，也都不值一提。

啥？筑基？别闹了好不好？路小遗心里吃惊，表情却很镇定，他摆出高深莫测的模样，笑眯眯地看着冯熊，把这家伙看得心里发慌，身上的肥肉直颤抖。

路小遗心想，我的力量好像大了很多，难道说，这是二级大龟甲术带来的福利？

“路兄，这是我根据千机门的图纸亲手炼制的木鸢。尽管是材料很一般的法器，但没有筑基期的实力，根本不可能将它踩烂。”冯熊解释了一句，路小遗这才明白其中的奥秘。他再看冯熊脸上的表情，哪里还有之前抢自己饭时的嚣张，连称呼也变了。

“你放心，东西是我踩坏的，我自然会赔你一个好的，不过我没时间帮你炼制。”路小遗说着话，一直在观察冯熊的反应。

其实，冯熊此时心里很不安，路小遗有筑基期的实力，一旦跟他翻脸，他就没好日子过了。青囊门的弟子确实很厉害，但是他一个炼气中期的弟子，再怎么厉害，也不敢跟一个筑基期的高手单挑。就算他靠着吃禁药打赢了，自身的元气损失也会很大。

更不要说，他还不一定能打赢。谁知道这家伙身上到底藏了多少杀伤力强大的法器。

路小遗在路边草地上坐下，掏出一堆玉木和工具，一边动手制作木鸢一边编假话：“我以前跟一个千机门的女弟子关系不错，跟她学过一些制作傀儡的法门。你这个木鸢，一看就是不合格的东西，所以我才把它踩烂了。制作木鸢，材料主要用墨玉，正常驱动力用元气石就行了。你那个东西，只能用灵石驱动，随便一个千机门弟子都比你做得好。”

这话其实有很大的水分，就是欺负冯熊头一次出山，对千机门没有足够的了解，对江湖的险恶没有清醒的认识。

制作木鸢的时候，路小遗发现自己的能力提高了很多。

以前做很多东西时，他脑子想到了，但手上的工具跟不上，因此在制作很多部件的时候，要分成很多道工序才能做好。现在则完全不一样了，他手上的各种工具仿佛有了生命，很多难度大的带弧度的部件制作起来都能一气呵成，效率提高了不止一点半点。

而且，他的力量增强了，仅仅用一把刻刀，他就能完成大部分部件的制作。

这种变化体现在视觉效果上，就是整个制作过程如行云流水般流畅。

冯熊直接看傻眼了，心想，这家伙难道是千机门的人？不对啊，就算是千机门的人，在制作能力上也不会这么厉害啊。刚才他没说实话，他的木鸢其实是从千机门的人手里买的，一般的人乘坐一点问题都没有，但他太重了，木鸢支撑不住，加之他在木鸢上睡着了，没有及时用自身元气来补充动力，这才从天而降，差点砸到路小遗。

冯熊外表看着很憨厚，其实不是那么一回事。他在落地的瞬间摔伤了，当时觉得有点虚弱，很担心路小遗动手除掉他，夺走他身上的东西。后来他发现好像不是那么一回事，倨傲的嘴脸这才显露了出来。

路小遗倒是没有明显察觉到冯熊的变化，他就是本着打击一下这家伙的想法，才一脚踩烂了冯熊的木鸢。没想到，这一下把这家伙吓到了。

原来这家伙一直在扮猪吃老虎，这就是冯熊现在的想法！

等到路小遗动手制作木鸢的时候，冯熊越发坚定了这个想法。

不过半个时辰，天已经大亮了，路小遗手里的各个部件也做好了。“咔咔咔”，各个部件组合在一起，一只木鸢出现了，路小遗把它递给冯熊：“你自己炼制吧。”

冯熊真的不想动手炼制，他怕路小遗偷袭他。修真界这帮散修，做人根本没底线，为了修炼不择手段，抢夺这一类的事情太多了。

但是他不敢不炼制，怕路小遗立刻就翻脸。其实，路小遗不过是想看看怎么炼制法器，所以看着他的眼神殷切了那么一点点。

“在大路上不好炼器，我们找个僻静的地方吧。”冯熊想了个折中的办法，在前面带路，往路边的山里走去。他一边走，一边想着怎么摆脱路小遗。如果他是剑修，那就好办，直接放飞剑跑就好了。可惜他不是，他是青囊门的修真者，最强的是辅助能力，炼制的法器基本都只有一些辅助技能。论一对一打斗，他的实力并不强。

冯熊一边想办法，一边四处看看，回头再看路小遗，他不紧不慢地跟着，似乎信心十足，完全是一副胜者的姿态嘛。

冯熊哪里知道，路小遗根本就是一只纸老虎。

“就这里吧，还请路兄为我护法！”冯熊觉得自己还是乖乖地照路小遗说的做好一点。

护法？别闹，我会护什么法？路小遗心中暗暗叫苦，这家伙怎么还要自己护法？

“护法就算了，我放几个玩意儿出去，盯着四周就好了。”说着，路小遗一张手，一把黑乎乎的球状物体从他手里掉落，掉落的过程中，球状物体变成了一群蜜蜂，向四面八方飞去。

第二十六章

D A G U I J I A S H I

美丽的误会

路小遗露了这么一手，冯熊便没了逃跑的心思。但乖乖就范不是修真者的习惯，既然你不仁，就不要怪我不义。

“路兄啊，我需要布置一下。”心怀歹念的冯熊，表情变得更加憨厚了。

路小遗还在装，根本不知道他已经被列入了必须死的名单。他不知天高地厚地跳上一根树杈，躺在上面，一手托着脑袋，笑嘻嘻地打算明目张胆地偷师。

“大熊，你忙吧，我就看看。”

路小遗的这种行为已经不是令人讨厌这么简单了，人家的师门秘技，是你该看的吗？但他完全没有意识到这一点，还在享受欺负一个修真者的快感。

冯熊所谓的布置，就是掏出一把香来点上，然后按照八卦的方位各插一束。树林之中没什么风，香的气味飘得不算快，但是足够浓郁。

看着还在树上一脸好奇的路小遗，冯熊心想，你小子的死期到了。

这八束香可不是随便弄的，这叫毁真香。对于修真者来说，这玩意儿非常歹毒。

到底怎么个歹毒法？这种香对修真者的元气有强烈的侵蚀作用。如果修为不高，当场晕倒都是很正常的事情。对付一般的筑基期修真者，有两三束毁真香就够了，这家伙够坏，一口气上了八束，就是要取路小遗的性命。

背对着路小遗的时候，冯熊满面狞笑，心里恶狠狠地想，看你死不死。

转过身来，冯熊的表情立马变了，他憨憨地笑着，笑容很有欺骗性，走路的时候，浑身的肥肉乱抖，怎么看都不像一个心怀歹念的人。

他假模假式地掏出一个炼丹炉，往中间的空地上一摆。路小遗一看这玩意儿，顿时来了精神，坐在树杈上大声问：“大熊，这就是你炼器的鼎炉？”

冯熊脸上笑着，心里却在发狠：你小子接着装吧，等下看你还装不装，鼎炉是这个时候能用得上的吗？

“路兄，你能别逗我吗？还是说你的双修对象是炼丹炉？”冯熊还是还了一句嘴，不然他心里实在不平衡啊。

路小遗听了，知道自己露怯了，“呵呵呵”笑了三声：“你继续，你继续。”

再蠢的人都知道双修是什么意思，双修指的是互为鼎炉，阴阳融合。还有一种比较浑蛋的，就是采补之术，这种是单方面的鼎炉。不是修真者的路小遗都知道，这词基本上就不是啥褒义词。

其实，“鼎炉”这个词原本没有别的意思，无奈后来被一些无良的修真者滥用了。

一看路小遗没啥反应，冯熊也不着急，毁真香需要一定的时间才能发挥作用。

别看冯熊仅仅是个炼气中期的修真者，他的实力却非常不俗。打开炼丹炉火门后，他手一伸，大喝一声：“火来！”路小遗看不懂他的法门，只看见他手上多了一块火砖。

火砖入了炼丹炉内，熊熊烈火燃起，周围腾起阵阵热气。

冯熊笃定路小遗要栽在自己手里，于是他不慌不忙地认真炼制木鸢。他双手捧起木鸢，眼睛变圆了，憋着一口气，脸涨得通红。接着木鸢缓缓升起，一团绿光包裹着木鸢，一点一点地向炼丹炉的方向飘去。

“开！”炼丹炉的盖子自动打开，火焰喷出。木鸢在绿光的包裹下，被压缩成一个成年男子拳头大小，缓缓下沉，烈火对它毫无烧毁效果。炼丹炉的盖子自动关上后，路小遗来了劲，跑过来看着炼丹炉里的木鸢。

隔着炼丹炉上的水晶片，路小遗算是看明白了。木鸢在绿光的保护下，在烈火中安然无恙。不过也不是没有变化，只见它一点一点地变成了红色，然后变成褐色，最后朝着黑色的方向变化。这个过程整整持续了一个时辰，路小遗看得很仔细，丝毫没有注意到冯熊的反应。

这个时候，冯熊已经吓傻了，为啥呢？因为毁真香这个东西，修真者吸入后，一刻钟内就会浑身抽搐，口吐白沫，最终晕倒。

一开始冯熊还是很期待的，但是一刻钟之后，他偷偷观察路小遗，发现路小遗毫无中招的迹象。又过了一刻钟，路小遗还是一点事都没有。半个时辰过去了，路小遗还是什么事都没有。

一个时辰过去了，路小遗背着手围着炼丹炉观察里面的变化，毁真香已经全部烧完了，路小遗仍丝毫不受影响，这简直就不是冯熊能理解的了。

难道说，路小遗的修为不是筑基期，而是更高一级的金丹期？修真者是看不出真实年龄的，路小遗的面相很嫩，但是有人会易容啊，还有人就算不易容，也能青春常驻。对于高阶修真者来说，返老还童不是什么新鲜事。

“你这手法，我倒是没见过！”路小遗这是实话实说，也是在不懂装懂。这个炼器呢，每个门派的手法都不一样。青囊门的手法确实比较特殊，在炼器的时候，会加入一些药材，目的是在一些瘴气弥漫的地区，有效地驱散瘴毒和毒虫。

冯熊哪知道路小遗是在不懂装懂啊，反而觉得他一说就说到点子上了，这是高人啊。联想到这家伙刚才制作木鸢时的手法，冯熊心里更加不安，心想，这家伙一定是看出我的诡计了，知道我做了手脚，没说破就是因为惦记着我的特殊手法吧？

不行，我要自救，免得这家伙看我没有利用价值了，直接翻脸。

“路兄要是喜欢，我把这炼器的手法传给您？”冯熊露出讨好的表情。

路小遗哪知道自己刚才在鬼门关走了个来回？路小遗要是个修真者，就这个毁真香的剂量，别说什么筑基期了，就算是金丹期的也得死。可是，他就不是修真者，丹田处没有一点元气，自然不怕什么毁真香了。

这就是一个美丽的误会啊！可惜，两边都不知道原因，都稀里糊涂的。一个是被自己联想的情况吓坏了，一个是根本不知道眼前这家伙一旦发难，眨眼间就能要自己的命。

青囊门特殊的炼器手法对修真者的吸引力非常大。毕竟青囊门是靠炼丹吃饭的，他们炼器的水平不算太高，但是这种特殊的手法，对于玩毒药的魔修来说则是克星。

以异性修真者为鼎炉采补真元，以药物锤炼身体，并且以毒药为攻击手段的这类修真者，被定义为魔修。魔修在修真界属于少数，基本都集中在西南绵延的大山之中，其中最著名的魔修门派就是百毒门。

路小遗不是修真者，他只是个匠人，要别人的炼器手法完全没用。所以，他很潇洒地一摆手：“罢了，你能让我看看，我就很感激了。夺他人之秘技，我不屑为之。”

说完，路小遗又回到树杈上，躺着跷起二郎腿，说道：“大熊啊，你们青囊门有什么好一点的丹药吗？我说的是牌子比较硬的那种。”

什么叫“牌子比较硬的”？冯熊先是一愣，随即反应过来了。

“路兄啊，青囊门这个牌子还不够硬吗？青囊门出品的丹药，都是精品啊！”冯熊被路小遗这句话气坏了。路小遗对一个青囊门的弟子说要牌子硬的丹药，这是在侮辱青囊门啊。换成一般的人这么说，冯熊可能二话不说，抄家伙就上去打，先教这家伙怎么做人再说。问题是，这家伙太强大了，他不敢动手。

“呵呵呵！我说大熊啊，要是一般的丹药，我能找你青囊门吗？”路小遗还在装，一脸的高深莫测。冯熊的智商不够，脑子没转过弯来，觉得这家伙说得有道理。

“那行，路兄想要什么丹药，只要我有的就不是问题。”冯熊眼看炼丹炉中的木鸢褪尽杂色，变成了黑黝黝的纯色，觉得有必要赶紧把这位爷哄好，免得图穷匕见。

“啧，我也不知道你有啥好货色，这样吧，你看着给吧。常用的，少见的，随便来一颗。”路小遗一点都不懂这些东西，只好继续忽悠。

冯熊看看这家伙一副敲竹杠的嘴脸，心想，不拿点硬货出来，今天是过不去了。他咬咬牙，一伸手，掌心多了一颗丹药。他用双手捧着丹药奉上，心里却在流血啊。这是他专门为了讨好美女，花三天三夜炼成的筑基丹。一炉十二颗丹坯，最后只炼出来四颗。

“路兄，这颗筑基丹您收下！”冯熊低着头说道，不敢正视路小遗。

路小遗哪知道筑基丹是好东西啊，他伸手接过来看了看，然后很随意地往戒指里一丢，也不怕把外面的蜡封给弄坏了，败了药性。

对于炼气期的修真者来说，筑基丹是绝对不比自己的生命差半点的好东西，他们绝对会仔细收好，小心呵护。

冯熊偷偷用余光瞟着，发现这家伙很随意地就把筑基丹装起来了，心里再次一惊，暗想，果然是高人，连筑基丹都看不上。

路小遗哪里是看不上，他是不知道这玩意儿有多宝贵。他只是觉得，自己已经装了很久，再装怕露馅了。

第二十七章

D A G U I J I A S H I

利用价值

炼丹炉盖子打开，被绿光包裹着的木鸢随着冯熊的手势缓缓升起，最终回到他手中时，绿光散去。路小遗被吸引了，凑过来看了一眼后，倒吸一口凉气。

路小遗亲手制作的木鸢，经过炼制后变成了一件通体黝黑、散发着光泽的法器。如果不是那双眼睛还是空洞洞的元气石凹槽的状态，木鸢就像有了生命一般。

冯熊也震惊了，路小遗制作的这只木鸢彻底让他服气了。如果说现在这只木鸢是一块美玉，那之前他在千机门买的木鸢就是一块石头。现在将这只木鸢拿在手里，他都担心它会自己飞走。

“给我看看！”路小遗眼睛都不眨了，一伸手就把木鸢拿过去了。

冯熊心里很紧张，暗想，这哥们儿不会抢吧？仔细一想，人家抢自己也没招啊。他只好忍着，用不舍的眼神看着木鸢。

木鸢入手，有一种温润如玉的感觉，就像拿着一个活物，难怪冯熊刚才一脸见了鬼的样子。这只木鸢的品质令两人大为震惊。路小遗高超的制作手法，加上青囊门特殊的炼制手法，赋予了这件法器奇特的生命力。

仔细端详一番后，路小遗把木鸢还给冯熊。冯熊松了一口气，掏出两枚元气石，深呼吸后道：“就看这最后的点睛之笔了！”

路小遗竖起大拇指：“大熊，你的炼制手法是这个！以后你想要什么物件，我免费帮你做。”

路小遗这话说出来，冯熊以为自己听错了，难以置信地看着路小遗。路小遗指了指木鸢，道：“先搞好这个，别的回头再说。”

路小遗是有想法的，冯熊的炼制手法搭配他的手艺，产生的效果出乎意料地好，这让他怦然心动。毕竟他还有很多东西要做，要是有冯熊帮忙，就能既省事又保证质量。

冯熊也没多想，他哆嗦着手，把两枚元气石先后塞入木鸢的眼窝里。他抬手的瞬间，木鸢动了，在他的掌心上站了起来，扇动了几下翅膀。一双元气石眼睛仿佛有了生命，盯着他的脸看。

“路兄，我就却之不恭了！”冯熊还是不敢确定，想证实一下。

路小遗摆摆手：“你做你的，我就看看。说起来，我制作的木鸢能变成好法器，得感谢你高超的炼制手法。”

这话听得冯熊心里很舒服，同时他也放心了。搞技术的人都有这毛病，好东西得遇对人。他们俩一个制作技艺精湛，一个炼制手法高超，结合后的产物，两人都觉得不错。

冯熊把右手中指伸到嘴里咬破，鲜血顿时流出，他赶紧在木鸢的身上画了一个符。血液快速渗入，泛起一阵红光，而后木鸢确定了主人，振翅飞起，在空中一圈一圈地变大，最终的形态是一只翅膀张开后有三米长的大家伙。木鸢围着冯熊飞了好几圈，发出高亢的鸣叫声，越飞越高。

冯熊激动不已，伸出手，木鸢急速落下的同时，体形快速缩小，最终落在他掌心上的木鸢只有拳头大小。

“嘿，有了这个宝贝，以后出门就方便了。”冯熊感慨了一声。路小遗在一边眼珠子乱转，心想，得想法子跟冯熊拉近关系。这种炼器高手，利用价值太大了。

“行了，你的法器炼成了，我也该走了。”路小遗挥手作别。

冯熊一看路小遗真的要走，一点提防的心思都没了，觉得自己之前好像做了小人。他赶紧叫住路小遗：“路兄，我还有一事相求。”

路小遗一听这话，心想有戏啊，于是他故作迟疑地说道：“大熊，你有什么事情都可以说，但是帮不帮得上忙，我可不敢打包票。”

冯熊憨厚的脸上突然露出忸怩的表情，路小遗心里一紧，但表面上还得装作高人的样子。

“是这样的，半年前，我认识了一个天灵门的女孩子……”

冯熊一开口，路小遗就放心了，抬手打断道：“等一等，我说大熊啊，你喜欢天灵门的女孩子就去追啊，跟我说干什么？我明白了，就你这长相，你是怕人家看不上你，所以，你打算在物质上体现自己的实力？”

冯熊使劲地点头：“路兄一语破的，我就是这么想的。可惜我能拿出手的只有一些丹药，虽然对修炼有所裨益，却非女孩子喜欢的东西。”

路小遗一摆手：“不用说了，我知道你的想法。女孩子嘛，都喜欢亮闪闪的宝石，喜欢漂亮的衣服。如果送用宝石做出来的首饰，她会更加喜欢。”

“是啊是啊，你看啊，这是我从别的门派手里换来的东海灵珠，我打算做成一枚储物戒指送给她，可惜我手艺不行，就怕做出来的样子她不喜欢，反而耽误了好事。”说话间，冯熊掏出一颗鸽蛋大的灵珠，双手捧着。

路小遗看了他一眼，心想，你的想法是好的，想实现美好的愿望也可以理解，但是要认清现实啊，有这时间琢磨送礼物，还不如先回去减肥。

但看冯熊一脸期待的样子，想着他的利用价值，路小遗还是决定出手帮他一把。灵珠固然很好，路小遗很想据为己有，但他盘算了一下，估计不可能让冯熊把它交出来，便断了这念头。

“行啊，不过不能在这里，得找个安静的地方，我才好出手制作储物戒指。不过话说回来，我不能白白给你干活吧？”没有了贪念，路小遗说话很自然，能要到的好处他也不放弃。

“这是必须的。这么大的珠子，可以从中间切开，做两枚储物戒指。一枚雕龙，一枚刻凤。”冯熊赶紧提出自己的要求。路小遗听着暗暗不爽，心想，这浑蛋现在一门心思全在女孩子身上，根本没想给自己报酬。算了，不跟他计较，先把活做出来再说。

“好了，好了，你别说了，不用你教我怎么做。带路，找个地方开工。”路小遗一挥手，也没再提什么报酬了。

冯熊心花怒放，赶紧在前面带路：“前面拐个弯，就能看见三门镇。我们去那里，找个地方住下来再说。”

三门镇，顾名思义就是三个门派地盘的交界处，也是个没人管的地方。哪三个门派呢？即千机门、天灵门、青囊门。三个门派将这么一处地方作为缓冲区域，在此进行交易。

这个时候，路小遗才发现自己走错路了。昨夜狂奔不休，他没注意方向，都跑到三门镇来了。不过这样也好，从三门镇坐船，逆流而上可以抵达匠镇，这一路就舒服多了。

转过一个小山口，前方一片平坦，远远地便能看见三门镇。按理说这种没人管的地区，治安应该很乱，但因为三门镇的存在，三个门派似乎很默契地维护着这一带的秩序。

三门镇这个地方，属于凡人和三个门派的修真者混杂的地区。在这个镇子上做交易，不仅比跑到八方城要方便，而且安全系数更高。

路小遗还是第一次来三门镇，他发现道路上的人都是步行或乘骑。很快他就明白了，他看见远处天空中有不少修真者飞行至三门镇附近后降落，然后改为步行或者乘骑，这说明，这个地方有规定，只要是三个门派的人，都不得使用法器。

规定是死的，人却是活的。真正发挥作用的还是一个法阵。过了一块界碑后，冯熊指着三门镇的石碑说道："看见没有？每个路口都有这些石碑，这些也是三门镇护镇法阵的边界，外来的散修不知道这个法阵，经常撞得鼻青脸肿的。"

听这家伙这么一说，路小遗暗想，这家伙憨厚的外表下一肚子坏水啊。难怪他非要来三门镇制作储物戒指，原来是怕我生了贪念。要不然，他早就该提醒我了，而不是走到了法阵里面才告诉我这里不能御器飞行。

都说长得胖的人心胸宽广，我看这家伙心眼小得很。路小遗心里这么想，脸上却是无所谓的样子。

"我看到三门镇还有点路程，走过去太累，还是用傀儡代步吧。"说着，路小遗伸手掏出一个木箱子。木箱子落地后自动打开，"咔咔咔"一阵乱响后，一匹木马出现在两人面前。路小遗一挥手，地面上又多了一辆两轮马车。他把木马套上去，坐上马车，道："走咯！"

冯熊没想到路小遗还有这么一手，急忙喊道："等等我！"

冯熊肥大的身躯竟非常灵活，他刺溜一跃，坐上了马车，压得马车往下弯。路小遗担心马车会被冯熊压垮，急忙道："你坐中间去，要是压坏了，我们就只能走路了。"

马车"嘎吱嘎吱"地响着，路小遗鄙夷地看着冯熊，冯熊很不好意思地低下头。没办法，谁让他的体重严重影响了马车行进的速度呢。

"路兄要是信得过我，回头再制作一辆马车，我将其炼制成法器便是。"

冯熊不说就算了，这么一说路小遗更加鄙夷地看着他："刚才是谁说在这里不能御器飞行的？"

冯熊赶紧闭嘴，路小遗也不想理他，靠着马车扶栏眯着眼睛打瞌睡。马车缓缓前行，留下一路"嘎吱嘎吱"的声音。

突然，路小遗坐了起来，睁眼看着前方。

第二十八章
DAGUIJIASHI
贵圈真乱

如果要问路小遗他的人生目标是什么，他肯定会说：踏上人生巅峰，快活地过完一生。

毫无疑问，这个人生目标已经不是太缥缈了，而是绝无可能。

那就降低标准好了，先追上一个修真界的妹子，然后让下一代摆脱像他一样的凡人命运。

问题是，修真界男多女少，女弟子们眼光很高，路小遗一个凡人，很少有机会接触修真界的美女，更不用说一次就能遇见一群！

但是现实往往出人意料，此刻，在路小遗的视线范围内，真的出现了一群修真界的美女。

她们每一个都是花容月貌，正当路小遗看得眼珠子都不会转了的时候，身后传来“轰”的一声，吓得他从马车上栽了下去。他回头一看，发现冯熊在一股尘烟中站了起来。

看看马车的高度，路小遗不得不心疼自己的马车。冯熊这家伙从马车上掉下来，都能造成如此大的动静，这体重真是太惊人了，看来之前自己还低估他的体重了。

冯熊以闪电一般的速度，冲向二十米以外的美女群。路小遗在后面看着冯熊高速冲出时掀起的一路尘烟，忍不住啧啧感慨：“滚得漂亮！”

路小遗收起马车，不紧不慢地上前，走近了才发现，冯熊这家伙凑在一个美女身边，在讨好她，看上去就像一条围着主人转的狗。偏偏这个美女没拿正眼看他，一直在扭头跟身边的姐妹说话。

路小遗的出现瞬间吸引了一群美女的注意力。叽叽喳喳的女人们顿时不说话了，一时间鸦雀无声，好像刚才那些豪放的举止都是假的，现在的淑女形象才是她们的真实面目。

路小遗只戴了一副墨镜，没有其他修饰，就诠释了“帅”这个字的真实含义。

本来就长得不差的路小遗，受到大龟甲术写有“愈”字的骰子的影响后，变得更加帅气了。

冯熊也发现了这个变化，看着路小遗的时候，眼神里全是悔恨。哼，早知道能在这里遇见子晴，就不叫他来这里了。

“天灵门弟子齐子晴，见过这位师兄！”一身鹅黄长裙的少女上前来搭话，身边的冯熊被她当成了空气。她身后的五个少女也是如此，都在好奇地打量着路小遗。天灵门门主是个女子，门下女弟子居多。

“客气了，散修路小遗，大熊的好友。”路小遗拱手回礼，态度不变，不像冯熊那样，眼睛只盯着美女看，死活不挪地方。

其他五个少女也都上前来见礼，她们都是天灵门的弟子。齐子晴就是冯熊追求的对象。

行过礼后，大家就算相互认识了。路小遗始终和那群少女保持一定的距离。这让少女们颇为不解，频频用余光偷瞄他。实际上路小遗是在装冷漠，不装不行啊，首先他要考虑冯熊的感受，其次他怕话说多了会露馅。

路小遗往边上一站，场面变得有点尴尬。冯熊继续围着齐子晴转，讨好她：“子晴妹妹，我这次出山，就是想去找你。”

齐子晴明显很不耐烦了，一直没给冯熊正面说话的机会。但是冯熊一副痴心不改的样子，围着她转悠。其他五个少女有的在窃窃私语，有的在掩口浅笑。

总之，大家就是在看笑话，只有冯熊一副懵懂不知的样子。路小遗不免暗暗叹息，对冯熊的情感之路注定坎坷深感同情，同时，路小遗也很不喜欢那个齐子晴，暗想，你要是不喜欢他直说便是，这么吊着人家算什么意思？

以路小遗的智商，不难看出齐子晴的用心。她吊着冯熊，不是碍于面子，而是因为冯熊手里有她想要的好东西。她看上去清纯，实则心机颇深，不然的话，也不会频频用余光扫视路小遗。

“我叫齐子薇。路兄，天下修真是一家，不知你到此有何事？小妹对三门镇还是挺熟悉的，不知能不能帮上点忙？”一个少女直接上前来搭话。这一下，很多人的目光都被吸引过去了。唯有冯熊，还在围着齐子晴转悠。

“子薇姐姐客气了，我与冯兄一见如故，携手到此一游，没有特别的事情。”路小遗倒也没端着架子，见这个叫齐子薇的少女主动找他说话，他便很客气地回应了。至于“天下修真是一家”这种话，他是绝对不信的。名门正派对散修能有好态度，那就怪了。

散修这种“疯狂野生”的修真者，向来是各门派最为提防的对象。她居然这么说，真是没底线！

此刻，冯熊对路小遗感激不尽，他觉得关键时刻路小遗没有抢他的风头。

“路兄客气了，不如小妹毛遂自荐，做个导游如何？”齐子薇又热情地说道。

问题是，路小遗不是什么修真者，而是天生自带特殊技能的“怪胎”。

也就是在三门镇这个地方，大家有法器都不能亮出来，不然路小遗只能仰望别人的法器漫天飞舞。

“我是随冯兄一起来的，自然要跟他一起。抱歉了，子薇姐姐！”路小遗加重了“姐姐”的语气，提醒这一位：你看起来比我大。

然而，路小遗善意的提醒并没有什么作用。

路小遗的眼睛很是毒辣，一眼就看出这个姐姐不怀好意。

一直在旁边围观的齐子晴终于忍不住了，重重地哼了一声，然后说：“子薇师姐，今天大家来这里是为了等昊天门的长风师兄，你却提出这样的建议，回头长风师兄来了见不到你的人，如何交代？”

齐子薇一看就不是省油的灯，她看了齐子晴一眼，怪声怪气地道：“子晴师妹，你既然不想来，大可现在就走。不要人前一套，人后又一套。别以为我不知道你的底细。”

眼看这两人就要吵起来了，一群天灵门的少女纷纷把目光转开，不想看这两人吵架的场面。

路小遗颇为愕然，冯熊赶紧做和事佬：“怎么了这是？都怪我，怪我！”

从刚才齐子薇的话里，路小遗算是听出来了，这个齐子晴很可能喜欢昊天门的长风。

这样看来，冯熊一点希望都没有了，可能连“备胎”都算不上。

这感情的事太复杂了！

齐子晴躲开冯熊，盯着齐子薇道：“你有胆再说一遍？看我不撕了你的嘴！”

清纯淑女的面具撕下来了，这大概才是她的本来面目吧。

路小遗现在很担心孙绾绾和孟青青，她们俩在千机门，会变成什么样?

眼看激烈的争吵就要开始了，路小遗突然朝着大路一指：“快看，有人来了。”

他这一说话，大家都安静了，又各自回到了先前扮演的角色。这时候，大路上真的有人来了，是一个手拿折扇、风度翩翩的帅哥。

“各位天灵门的姐妹，苏长风有礼了。”来人一袭白衣，面如冠玉，风度翩翩，上来就是一个客客气气的礼数，完全无视了路小遗和冯熊的存在。

天灵门的几个少女纷纷回礼，路小遗识趣地拽了一下冯熊，站在一边冷眼旁观。可惜，路小遗这一下没拽动，冯熊憨憨的脸意外地扭曲了，面目狰狞地看着苏长风。

“大熊，你这么看着他是没用的。”路小遗在一边低声说道，心里却打着看热闹不嫌事大的算盘。

冯熊听见了路小遗说的话，也不回头，道：“这家伙最不是东西了，仗着昊天门的名气，祸害了好些修真姐妹。”

听到这话，路小遗只能叹息一声，冯熊这家伙没救了。你看看这些姐妹，哪个像是受害者？他又说道：“大熊啊，听我的劝，你还是死了心吧。”

但路小遗语重心长的劝说毫无效果，冯熊还在瞪着苏长风。这时候苏长风斜着眼睛看过来，手里的折扇“啪”的一下打开了，扇了几下后才道：“我说是谁呢，这不是青囊门的冯师弟吗？怎么，又围着子晴妹妹献殷勤呢？——这位怎么瞅着眼生啊？”

苏长风看见路小遗的时候，脸上的笑容渐渐淡了，有种大敌当前的感觉。不过此刻，他还是会保持风度的。

下一刻，路小遗说了一句话，让苏长风的脸“唰”的一下就黑了。

第二十九章

DAGUIJIASHI

用钱砸

“修真界的衣冠禽兽太多了，你也别往心里去。这个世界总归是要靠实力说话的。”路小遗都没用正眼看苏长风，他拍了拍冯熊的肩膀，说了这么一句话。

苏长风的脸黑如锅底，因为正当着几个妹子的面，他才能勉强保持风度，不然他早就发飙了。

路小遗又来了一句：“大熊啊，你还是欠火候啊。你看有的人，明明感觉像吃了一坨狗屎，却还能忍住，接着再吃一坨狗屎。”

这话可太损了，苏长风再也憋不住了，大喝一声：“你好大的胆子，真不把昊天门放在眼里吗？”

冯熊见状，挡在路小遗身前，用冰冷的目光看着苏长风，大有一言不合就要动手的意思。这家伙不是有多讲义气，而是觉得有路小遗这个高阶散修站在他身后，他的底气很足。

路小遗拉开冯熊庞大的身躯，走上前，笑眯眯地继续说道：“你看，开口闭口都是昊天门，好像你能代表昊天门一样。没了昊天门弟子这个身份，你算哪根葱？”

苏长风的一张俊脸由黑转红，又由红转黑，天灵门的女弟子一看这阵势，纷纷往后退。如果不是碍于昊天门的面子，齐子晴都打算倒戈了。对比一下路小遗和苏长风，不论是长相还是风度，路小遗都占绝对优势。仔细一想，路小遗说的话还都有道理。所以，这些少女都往后退，保持中立的姿态。

跟眼前这个家伙正面比拼，路小遗心里还真的没底，但越是没底气，他越要装作很强大的样子。这家伙一看就是个色厉内荏的货色，他算准了这家伙没胆子动手，唯一需要担心的是，离开三门镇后，这种小人会搞偷袭。

果不其然，路小遗不屑的表情、淡然的反应把苏长风镇住了。他不过是个炼气期的弟子，还不是什么修炼天才，更不是什么勤奋的修真者，靠着门派的背景和不错的长相，他才敢在外面这么嚣张，他哪有跟一个不知底细的人正面对抗的勇气？

“这里是三门镇，不宜动武，我暂且放过你！”说着，苏长风收起架势，转身对众女子道，“各位天灵门的姐妹，在下有事要办，先走一步。”说着，他大步往镇子里走。天灵门的几个姐妹互相看看，最后还是齐子薇率先迈步，跟上苏长风往里走。其他人犹豫片刻后，也都跟了上去。

齐子晴落在了最后，面对表情冷漠的路小遗，不禁暗暗叹息。

整个过程中，没人多看冯熊一眼，尽管他的目光一直在追着齐子晴，却没有得到一点回应。

齐子晴也跟上了姐妹们，冯熊呆呆地站在原地，目光一直追随着她的背影。路小遗看得很清楚，长叹一声：“唉！世界这么大，美女那么多，你为何如此执着于一个女人？”

“我就是喜欢她啊！”冯熊呆呆地回答。

路小遗无奈至极：“我知道，现在说什么你都听不进去。三门镇注定是你的伤心之地。储物戒指如果不做了的话，我就告辞了。”

“储物戒指做不做都无所谓了，你说得对，但我就是不甘心。走，陪我进镇子，好好喝一杯。”冯熊一脸沮丧。

路小遗将冯熊上下打量一番，然后道：“你身上有元气石？”

“当然没有，可是你有啊。你放心，我欠你一个人情！”冯熊一副提不起精神的样子，看来他被刚才的事情打击得够呛。他想，好在路小遗够朋友，如果连路小遗也走了，自己就真的孤单了。

“嗯，看你还能做出这么无耻的事情，说明你还有救。走吧，我请客。人情不人情的就算了，真要算起来，你欠我的人情多了。早餐算一个，木鸢算一个，现在又是一个。”路小遗一边说着人情不算什么，一边提醒着冯熊，这做派也找不到第二个人了，他还有脸说别人无耻。

但冯熊就是觉得，路小遗说的话好有道理，他无法反驳。

冯熊为啥没钱啊？还不是因为买了珠子嘛。

三门镇的百花酿是出了名的贵。冯熊本就是好喝之人，加之心情很糟糕，自然想喝个畅快。

聚云酒楼是天灵门的产业，分上下两层，楼上是雅座，那里最吸引人的便是天灵门的百花酿。百花酿加入了百花，醇厚芬芳，加之蕴含少许天地灵气，很受修真者欢迎。

冯熊走到聚云酒楼前便迈不动步子了，使劲地吸着鼻子，可怜兮兮地看着路小遗。路小遗知道冯熊的心思，换成以前，路小遗打死都不会进去，但现在他算是土豪了。他颇为豪迈地一挥手："走，进去吃喝管够，今天小爷请客！"

冯熊还是很识趣的，进了酒楼便拉着路小遗说道："就在楼下散座吧，楼上包间雅座，不吃不喝都要十枚元气石。太宰人哩！"

柜台后面的掌柜的听得很清楚，心里不快，忍不住开口讥讽道："聚云酒楼就这个价钱，没钱就别进来。隔壁有小馆子，进去吃饱喝足，还不要十枚元气石。客官何苦来我店里受罪？"

掌柜的话音刚落，"嗖"的一声，一个袋子奔着他的脸砸了过去。这掌柜的倒也身手敏捷，抬手接住，就听路小遗的声音犹如在天上飘："睁大你的狗眼看清楚，这一袋子是什么！"

混元袋是极为普通的空间器物，是市井常见之物。掌柜的识货，一眼就看出这袋子是用火棉布炼制而成的好东西，是水火不侵的法器。路小遗不识货，单纯地为了装个样子，才把这个装了一万枚元气石的袋子砸过去。他的想法很简单，你不是牛气吗？那我用钱砸晕你！

掌柜的赶紧拱手致歉："这位大爷，适才出言，多有得罪。至于袋子里的东西，不看也罢。"

换成别人这样说，路小遗没准就算了。可这会儿，冯熊正拉着他的衣袖，他难得找到一个装腔作势的机会，怎么可能错过？

"你不想看都不成！"路小遗就是这么霸气，伸手拿起袋子，往柜台上一倒。

"哗啦啦"一顿乱响，元气石在柜台上堆成了山，而且这柜台小了点，堆不下那么多，还有几百枚元气石撒了一地。

这年头，就算是修真门派里头的弟子，也很难一次性拿出这么多元气石来。寻常人有个一两枚就很不得了了，更不会在大庭广众之下这么炫耀！哪有人会这么干？这不是招贼吗？

酒楼里的客人不少，看见这一幕，很多人眼睛都红了。

掌柜的面如土色，心想：敢在这种场合这么干，还真的能拿出这么一堆元气石的人，必然有了不起的修为。得罪这样一个人，真是惹了祸事。人家不敢对天灵门下手，难道还不敢对他一个掌柜的下手吗？

路小遗见掌柜的吓坏了，这才心满意足地一挥手，将柜台上的元气石都收了起来，地面上散落的几百枚他也不管了，他轻描淡写地来了一句：“地上那些，就是今天的菜钱了，多的算是小爷赏你们的。不过……”

掌柜的赶紧从柜台后走出来，对着路小遗连连作揖：“这位小爷，您有何吩咐？鄙人竭力做到便是。”

路小遗指着冯熊道：“这是我兄弟，之前你出言不逊，现在给他道歉就行了。”

掌柜的一听大喜，心想这个小爷也不是咄咄逼人的主。他赶紧对冯熊作揖道：“在下有眼无珠，怠慢了贵客。”说罢他便抬起手来，“啪啪啪”地连着扇了自己三个耳光，力气不小，脸上都有印子了。

话说在这酒楼里吃喝一顿，两百枚元气石就完全够了，路小遗掉在地上的元气石至少有五百枚，掌柜的唯利是图啊，在一笔飞来的横财面前，扇自己几个耳光算什么？得了实惠的他还在心里嘲笑这个自称小爷的货色是个败家子呢。

路小遗是穷人出身，以前经常被人看不起，迫不得已之下，他才在镇子上做了恶霸。要是放在以前，几百枚元气石能让他心疼死，现在他有钱了，不像以前那样心疼了。

路小遗这一番做派让冯熊感动得不行，他在心里叫道，路小遗这样的人才是兄弟啊！

掌柜的还在赔笑：“这位大爷，您还满意吗？如果不满意，小的再来几下。”

路小遗在一边踹了他一脚：“行了，别在这儿献丑了。安排一个楼上的雅座，叫几个曲儿唱得好的人来。今天小爷要招待兄弟，伺候不好，有你好看的。”

掌柜的笑嘻嘻地示意伙计，一张笑脸上全是褶子，连连作揖：“这位大爷，楼上雅座担不起您这等贵客，后院有独门独院的包房，会唱曲儿的姑娘一个比一个好看。”

说着，他露出猥琐的笑容，凑在路小遗耳边低声说道：“还有各大门派的女弟子，手头紧了来这儿唱曲儿挣外快的。”

路小遗听得目瞪口呆，没想到修真门派里头，还有这等事情发生。掌柜的见他愣住了，心里越发得意，觉得挠到他的痒处了，又低声道：“现在就有好些个修真女子，小的这就给您安排？”

路小遗从震惊中回过神来，深呼吸后淡定地道：“不用了，前面带路！”

第三十章

D A G U I J I A S H I

小心眼

冯熊喝百花酿太猛了。别人是一口一口地喝，他是一碗一碗地喝。修真者都很能喝，但冯熊这家伙更加厉害。两坛子百花酿下去，他的脸色一点都没变，就是话多了一些。

“今日之耻，日后必报。”脸色铁青的冯熊咬牙切齿地说道。

路小遗看上去就轻松多了，不紧不慢地用小杯抿着百花酿，他还摸出一小袋元气石，往桌子上一丢：“我和我兄弟说两句话，各位行个方便。”接着，他身边的侍女都散了。

他很努力地想了好几分钟，试图找到让冯熊这个家伙在追女孩子的斗争中反败为胜的办法，结果他很悲伤地发现，冯熊与苏长风相比，在赢得姑娘欢心方面毫无胜算。

好吧，既然在这方面没有机会赢，那就换个角度来出一口恶气，比如，让对方出大丑！

冯熊又打开了一坛子百花酿，不要钱的百花酿喝起来就是爽啊！

尽管心里在暗暗揶揄，但路小遗仍满脸微笑：“大熊啊，不是我说你。既然齐子晴看不上你，你又何必为了一棵树放弃整个森林呢？刚才那四个美女，只要你看上哪个，做哥哥的一准让她对你另眼相看。”

冯熊使劲地摇摇头：“不要，我就要齐子晴！”

这家伙没救了！路小遗只好使出最后一招：“那个苏长风，想不想看他出个丑？”

一句话说得冯熊没有神采的双眼亮了起来，瞪得像牛眼珠子：“哥哥有法子？这可是在三门镇啊，可不能动武。”

路小遗一脸淡然："不动武，跟他玩个游戏而已！"

这个游戏怎么玩呢？冯熊十分好奇。

只见路小遗招招手："附耳过来！"

冯熊探头过来，路小遗说了一句话，冯熊立刻掏出两个瓷瓶放在桌上："这叫三刻迷魂散，服用后，不出半个时辰就会睡着。这是销魂蚀骨散，用处嘛，嘿嘿嘿……现在便宜了那个小子。"

这话一出，路小遗在心里惊呼：这家伙也不是个好鸟，居然准备下药。亏我还拿他当好人呢，看来修真界找不到几个好人！

一抬手，路小遗把那两瓶宝贝装起来，迅速起身道："你接着喝，我去打探一二。"

冯熊也不客气，端起碗继续灌。路小遗出来见四个妹子还在门口等着，便抓了几把元气石，挨个往妹子的口袋里塞："几位再辛苦一会儿，进去陪好我兄弟。"

路小遗往外走到了大堂出口，掌柜的见了立刻迎上前来，路小遗笑嘻嘻地道："掌柜的，想不想再挣点钱？"

掌柜的一听这话，立刻笑得眉眼分不开了："大爷，您有事只管吩咐。"

路小遗附耳一顿交代，掏出袋子，倒出五十枚元气石。掌柜的大袖子一盖，抬手时元气石已不见，他正色道："小店做的是正经生意，客户至上，客官大可放心，交代的事情必定办妥。"

说完，他做了个往里走的手势。路小遗疑惑地看着他，但见他笑着道："他们都在后面，一共六个人，包了一个别院，叫了酒水，正在喝酒作乐呢。"

"刚才让你去打听的时候，你为啥不说？"路小遗一点都没有生气，反而很好奇地问了一句。

掌柜的赔笑道："适才大爷让我打听，我也没说不打听啊。要不，这就领您去？"

路小遗服气了，本以为自己已经够厚颜无耻了，没想到今天遇到了一个又一个这方面的高手，先有做好下药准备的冯熊，后有明明知道情况却偏偏不说的掌柜的。

先收钱，再说话，掌柜的这是根本不放过任何一个获得元气石的机会啊。

毫无疑问，接下来要他办事，还得给钱。钱不是问题，问题是，他的信誉很让人担心。

路小遗可不是心胸宽广的人，此刻他觉得自己被这掌柜的忽悠了，就得想办法报复一下。

他眼珠子一转，计上心来："前面带路！"

掌柜的笑得很开心，带着他往后院走。后院有三个和他刚才吃喝的地方类似的院子，看来这里的消费很高，不是什么人都消费得起的。打开中间院子的门后，他这才发现三个院子是连在一起的，中间这个院子两边的院墙就是两边院子的边墙。

打开正门，两人就进去了。关上门，掌柜的笑容相当有问题，只见他蹑手蹑脚地往卧室里走，然后搬来一把椅子并靠墙放着，对着路小遗做了个请的手势。路小遗踩到椅子上，居然能看到墙对面！哇，好精彩！

路小遗是内行啊，一眼就发现这堵墙有问题。这是一块单向水晶，外面看起来像一块砖头，从这边能看见那边，从那边却看不到这边。

天灵门的五个女弟子都在，苏长风这个家伙真是好福气！给他递酒的就是那个齐子薇。冯熊死活要喜欢的那个齐子晴还好一点，端坐在对面看戏，路小遗严重怀疑，这女人也不是什么好货色。

其他几个女弟子似乎对这一幕已经很习惯了，在一边笑嘻嘻地看着，也没人提出异议。反倒是有个妹子说道："长风师兄，上次你告诉人家的心法，好像不全啊。"

苏长风笑嘻嘻地回答："不是不全，是只有一半，另一半在我这儿呢。只要婉如师妹愿意，我包你半年内突破炼气七级，迈入炼气高阶阶段。没准再辛苦七八年，就能尝试筑基了。"

毫无疑问，他这是在用简单且粗暴的方式戏弄妹子，但那个婉如一点都没生气，反而笑了。路小遗见了不由得暗暗不爽，非常不爽。

别人有修真妹子免费陪着，自己还得花钱才能看见妹子的笑脸，这让路小遗心理严重失衡啊！尤其是在镇子外面的时候，五个美女一个都没留下来，全都选择跟昊天门的那个师兄走了，这根本就是一个帅哥最大的耻辱啊。

路小遗心情不好的时候总想发泄一番。看了一会儿后，他突然看了掌柜的一眼。这老东西，此刻正跃跃欲试呢！好嘛，难怪这里有这么一个机关，看来是为满足他自己的特殊癖好准备的。

路小遗找到了报复的办法，招招手，压低声音道："很精彩！"

"真的？"掌柜的一脸激动，路小遗很肯定地点点头，掌柜的立刻又搬了一把椅子来，站到上面探头往里看。

路小遗悄悄下来了："我去方便，你接着看。"掌柜的已经顾不上路小遗了，只等着看好戏。

路小遗出来后，从戒指里摸出纸和笔，飞快地写了一行字，又将纸捏成一团。他跑到隔壁院子使劲地拍了一下门。

里头的苏长风等人听到动静，都停下手里的事情，齐子晴立刻站起来说："我出去看看。"结果她走到门口，看见院子墙外有东西丢进来，下意识地看过去，发现是个纸团！

她捡起来打开一看，上面有一行字：店里的人在隔壁偷窥。

齐子晴心里一颤，这地界是由三个门派共同维持秩序的，这家店也是天灵门的产业。天灵门门下弟子私下跟别的门派弟子来往，别人看不到就算了，但是如果被人偷看了再四下传播的话，那就是丑闻了。名门正派，对外的形象得是干干净净的。

齐子晴飞快地回去，走到苏长风身边，附耳低语。苏长风一愣，随后朝着墙边使了个眼色。齐子晴心领神会，叫上另外一个妹子出了院子。

掌柜的还不知道自己要倒霉了，正看得起劲呢！齐子晴和另外一个妹子来到隔壁，掌柜的丝毫没发现不对劲的地方，就突然被人一脚踹在屁股上，牙齿直接跟墙面亲密接触了一下。

路小遗已经来到了堂前，趁人不注意，直接摸到厨房门口。此时，后院有人在喊"救命"，厨子们听得出是掌柜的声音，纷纷冲出来。路小遗赶紧躲在一边，等他们都往后院跑去，他立刻去厨房找酒缸。结果他发现两个大缸放在一起，一个是酒缸，一个是水缸。

路小遗得意地笑了，这家酒楼果然往酒里掺水了。既然如此，那就好办多了。酒缸有泥封，不好做手脚，他就直接往水缸里倒了一瓶三刻迷魂散，然后便往后院跑去。

一群天灵门的女弟子正揪着掌柜的胡子在那儿狠揍。

"你个臭流氓，我让你偷看，我让你偷看……"

场面很精彩，路小遗都不忍看，最终还是忍着笑，一本正经地上前大喝一声："住手！你们怎么能打人呢？有什么事情不能商量着来？"

第三十一章

DAGUIJIASHI

反咬一口

掌柜的看见路小遗，真是如同看见了亲人，哭爹喊娘地爬过去，躲在路小遗身后。

“我说各位，你们打也打了，骂也骂了，给个面子，就这么算了吧？”路小遗在这儿装好人，好像他刚才没有偷看一样。

“你算哪根葱？不想讨打，就给我让开。”几个妹子没说话，倒是苏长风站出来骂了。

路小遗脸上的笑容“唰”的一下就没了，他冷冷地看着苏长风道：“别说我没提醒你，这里是三门镇，不是你这个昊天门弟子可以为所欲为的地方。说得难听一点，待会儿我跟你打起来，这些天灵门的姐妹未必会帮你。”

这小子一句话就点醒了天灵门的五个女弟子，这里是天灵门的产业，在这里闹事，回到门派可不好交代。见几个妹子犹豫，甚至后退，路小遗的底气更足了：“我再提醒你一句，昊天门是很厉害，但不等于你也很厉害。如若不信，咱们俩练练？”

关键时刻不能示弱，路小遗气势十足，原本理直气壮的苏长风此刻的气势明显弱多了，他直接被路小遗唬住了，他害怕了，因为这里不是昊天门的地盘，而且路小遗摆出了一副很轻松就能打败他的样子，让他更加害怕了。在这个地方不能动手不假，但是离开这地方呢？这个就真的不好说了。再者就是他心里确实有鬼，跟这些妹子私下来往，他是带有目的的。

心虚的人气势自然不足，此消彼长之下，路小遗自然压制了他。比颜值，路小遗明显占上风；比气质，敢问一个心虚的人在对手咄咄逼人的时候选择了后退一步，还有什么气质可言？

大门派的弟子不是不优秀，而是缺乏面对强劲对手的勇气。

相比之下，路小遗这种市井里长大的人则不缺勇气。

“哼，我不跟你一般见识！”苏长风拂袖而去，留下五个妹子面面相觑，最终她们还是跟着他一起回去了。这一下，路小遗算是失算了，他怎么都没想到这货都被挤对成这样了，妹子们还是跟着他走了。这不合理啊！

掌柜的一看大家都散了，便对着路小遗连连作揖道：“今天多亏了路爷相救，不然就算不死，也要脱层皮。”

路小遗不客气地接受了他的道谢，还故作无所谓的姿态道：“这等名门大派的弟子也是分等级的。我看这厮就是个打着旗号出来瞎混的货色。”

掌柜的又是一番感激，等到路小遗走了，他又想了想，还是派了个伙计去苏长风那里，表示今天的消费免单，算是给苏长风的赔偿。毕竟苏长风是昊天门的弟子啊，掌柜的不想留下后患。

得了好处的苏长风一扫刚才的阴霾，得意扬扬地对几个妹子道：“这就是‘昊天门’三个字的威力，掌柜的还不是乖乖地送来了赔偿吗？”

殊不知，此刻齐子晴对他已经绝望了，她本打算搭上一个昊天门的弟子，就算不能双宿双飞，好歹也能学点修炼方面的技巧。结果摊上这么一个金玉其外、败絮其中的东西，真是太扫兴了。早知道，她就不拒绝冯熊了，或者跟着路小遗走，怎么也有机会搭上一二不是。

路小遗往回走，走到门口，他站住了，听到冯熊在里面跟妹子说话。一个妹子说：“天灵门看着光鲜，但门下的普通弟子未必能有多少好机会。每个门派的资源都是有限的，向那些资质上佳的弟子倾斜也是常理。一般的门派收弟子，比不得冯大爷的青囊门，不是资质好的断断不会收入门下。”

又一个妹子开口了：“修真门派的弟子看着很有面子，实则在门派内竞争激烈，相互倾轧也是寻常事。”

路小遗听着暗暗吃惊，聚灵大陆等级森严，难得听到这一类的消息，没想到这些门派内的弟子居然也不是那么好混的。看来青青、缩缩和林薄的日子也不是很好过啊。林薄就算了，路小遗对他算是仁至义尽了，倒是青青和缩缩，路小遗得帮她们在门派里出人头地，不能让她们落得跟这些妹子同样的境地。

路小遗推门进去，一干人等站起来跟他打招呼，他跟冯熊交换了一个眼色，落座后装作无事，继续听曲儿。不一会儿他打发了旁边的几个妹子，表示今天累了，要休息了。

两人关上门一番商议后，冯熊听说路小遗往掺酒的水里下了药，顿时生出歹意：“那个齐子晴，不如交给小弟吧。”

路小遗冷笑着反对：“你要想让大家都知道是你下的药，那就去做。”

冯熊只好悻悻作罢。这货看着敦厚，实则也不是什么好东西。不过他对路小遗倒是拜服，一再表示，今后有事尽管召唤他。

看看时间不早了，两人悄悄出了院子，奔着苏长风等人所在的院子去了。这一路上果然看不到一个人，不光是店里的伙计，连妹子也不见人影，这些人应该都喝了水或者掺水的酒，此刻正不省人事吧。两人进了院子，迈过门槛进去一看，果然六个人都在呼呼大睡。

冯熊一看苏长风正趴在桌子上睡觉，立刻撸起袖子：“待我先打他一顿出口恶气。”

路小遗赶紧拉住他：“千万不要意气用事，现在一时爽了，将来麻烦没完没了，还是按照商议好的办法来做。”说完，他掏出了销魂蚀骨散。这玩意儿是烈性药，药效霸道得很。

路小遗将一小撮药粉撒在酒杯内，倒上准备的干净的水搅拌好，捏着苏长风的鼻子灌了进去。做完这些手脚，两人又往酒壶里撒了点销魂蚀骨散，这就叫证据链。到时候就算苏长风不认账，大家也会认为是他自己往酒水里下的药。

忙完这一切，冯熊看着齐子晴很是不甘心，路小遗赶紧瞪他一眼：“凡事别太过分，否则害人害己。”冯熊这才忍住了。两人继续动手，将齐子薇和另外一个妹子搬到里面床上，又把苏长风抬上床，将三人的衣服解开了几粒扣子。

冯熊的眼珠子半天没转，盯着齐子薇看。她和另外一个妹子都是容貌上佳的女子，便宜了苏长风这个小子。接着，他又出来把外面三个妹子的头发也弄乱了。

估计时间差不多了，两人赶紧出来，找到掌柜的，这货趴在柜台上呼呼大睡，口水拉得老长。路小遗推了推他，这货才迷迷糊糊地醒来。

“掌柜的，你这是黑店吗？居然给客人下迷药！先吃我一拳再说！”说着，路小遗挥拳就要打。

掌柜的赶紧举手讨饶：“路爷，误会啊，怎么可能呢？我这是开店做买卖的，在三门镇，谁敢开黑店啊？别的不说，镇子里的执法堂就饶不了我啊。”

路小遗想了想，放开了他：“也是啊，怎么都算不到你头上。赶紧叫醒伙计，去看看其他的客人。”

一群人好一顿忙活，路小遗和冯熊眯着眼睛看戏，果然这酒楼里的客人都中了招，一个个大呼小叫。

路小遗跟着上了楼，突然指着后面的一个院子喊了一句：“哇，好精彩啊！”

果然很精彩！屋子里跌跌撞撞地跑出来四个妹子，唯一没出来的是齐子薇。其中一个妹子很惨，脚下没穿鞋子，一边跑一边喊：“救命啊！”

路小遗和冯熊赶紧冲下来，上前拦住四个人，一副正人君子的样子：“你们先去我们的房间里待着，这里的事情等下再说。”

有个妹子号啕大哭道：“苏长风这个畜生，他在酒里下了药……”

掌柜的、伙计还有一些客人都围了过来，一起往里冲。路小遗拉住冯熊，要他站住，让他们先冲进去。一群人冲进去后，里面正在上演一出闹剧。只见苏长风眼睛通红，就像一头发狂的牛，抓着齐子薇的手不放，齐子薇拼命挣扎，但哪里挣得脱！

“这个浑蛋，打死他！”掌柜的多坏啊，这么好的机会怎么肯错过？一群人冲上去，拉开两人，对着苏长风拳打脚踢。路小遗和冯熊倒是心怀愧疚，低声安慰齐子薇。再看苏长风，药性没散掉，还处在混乱状态当中。

第三十二章

DAGUIJIASHI

完美谢幕

苏长风的死活，路小遗和冯熊才不会去管呢。一堆人围着苏长风看热闹，有好事者直接用上了影石，拍下来留个纪念。难得看到大陆第一修真门派的弟子露出如此狼狈的一面，必须拍下来。

路小遗抱起齐子薇，一脸沉痛，小心翼翼地把她放到床上。这女人倒霉透了，苏长风吃药太多，脑子都是乱的，力量更是大得惊人。齐子薇见他要祸害师妹，急忙阻拦，结果直接被敲晕了。师妹是救下来了，齐子薇自己却搭进去了。她想挣扎，结果被苏长风掐得几乎窒息，这会儿脖子上还有痕迹。

“苏长风这个畜生啊！”冯熊义愤填膺地说道，演技也是影帝级别的。

路小遗叹息一声：“大熊，有药吗？”

冯熊立刻掏出一个药瓶，想倒一颗丹药出来，路小遗却一伸手，全都拿过去了：“吃几颗？”

冯熊知道药瓶回不来了，被这位老兄拿到手的东西，基本没回来的可能。

“一颗！”冯熊竖起一根手指。如果可以的话，他真想从路小遗手中把药抢回来，这可是他师父的回魂丹啊。

果不其然，路小遗倒出一颗丹药后，药瓶子就消失了。冯熊嘴巴抽了一抽，看着路小遗喂药。这药的效果不错，不是很清醒的齐子薇没一会儿就睁眼了。她看看大家，眼泪汪汪地说了一声：“谢谢！”

路小遗赶紧道：“休息吧，会好的。”

说完他和冯熊起身往外走，众人次第出来，四个姐妹齐齐朝两人鞠躬：“多谢二位师兄伸出援手，若非如此，今日我等再无颜面回山门了。”

路小遗是决心要把这个范儿坚持到底的，拱手说道：“客气了，没别的事情，我们先走了。这里的房钱，你们不用担心，我走之前会先付十天的。”

那些妹子还要客气，路小遗一抬手拦住了：“千万别推辞，今天的事情也怪我。我当时在外面，听到了里面的动静，但没多想。如果我早点进去的话，就不会发生这样的事情。”这是一个假设，未必就会是这样的结果。几个妹子心里却不这么想，她们觉得这个男人很有担当！话说回来，如果当时路小遗在镇子外面坚持跟苏长风叫板的话，未必不能弄走苏长风。至少，这可能性看起来很大啊。

整个过程可以说完美无缺，但是在最后时刻，路小遗苦心制造的一切被人打破了。冯熊这个家伙，居然站到了齐子晴身边，看着路小遗道：“路爷，我想留下来陪子晴！”

路小遗真是彻底绝望了！本来这家伙还有救的，只要他今天跟着自己走出这个门，下一次再见齐子晴心理上就具有绝对的优势。路小遗这是在为他将来的追求铺路呢，可惜这家伙根本理解不了，商议的时候说好按照路小遗的意思来做，这个时候却变卦了。

这家伙无可救药了，路小遗只好放弃。最后时刻，他再次于无形中提升了一下自己的光辉形象，手一翻，掌心多了个袋子，丢给冯熊：“你想留下，手里就不能没钱，这点钱你拿去吧。”说完，他保持着完美的形象，潇洒地转身就走。四个妹子眼泪汪汪地看着他迈步出门，根本没人正眼看一下冯熊。

这就是没原则的代价。

“路爷，一路好走！有缘再见！”在不舍的送别声中，路小遗回头招手，完美谢幕。

陷害了一个昊天门的弟子，路小遗不敢不跑，谁知道这附近有没有苏长风的师兄师弟。万一有呢？万一他们打过来呢？总不能靠那个会弄死自己的大龟甲术抵抗吧？那玩意儿，说得不好听一点，坑人坑己，谁爱用谁用，反正他路小遗是能不用就不用。

冯熊还不知道自己断送了最后的机会，心里还在为自己的决定得意。路小遗走了好啊，省得妹子们都围着他转悠。眼下正是妹子们需要安慰的时候，正好乘虚而入啊！冯熊心里正这么想呢，妹子们转身走了。冯熊迎上去，不想齐子晴却抢先开口：“我累了，需要休息。冯师兄另外去寻个住处吧。”

什么？

冯熊目瞪口呆，还以为自己出现了幻听呢。

“没听懂啊？我们现在想休息，请你走啊！”另外一个妹子直接怒了，吼了一嗓子。

这是怎么回事？冯熊打死都想不明白，但是他真没脸留下了，耷拉着脑袋出去了。门“咣当”一声关上了，一群妹子抱头痛哭。说得难听一点，她们已经够丢人了，这个不识趣的冯熊还留在这里干啥？

考虑到冯熊这家伙满脑子全是妹子，路小遗临时放弃了让他炼器的打算。等这家伙受了挫折冷静下来再说好了。至于他会不会出卖自己，路小遗倒不担心，因为这个可能性不大，大家是同谋。

酒楼的伙计们看见路小遗都客气得很，纷纷上前来鞠躬说话。

掌柜的也在前面，摇头晃脑地叹息不已，看见路小遗就像看见了亲人，赶紧出来作揖：“路爷，要走啊？”

路小遗端着架子，微微点头：“嗯，那个房间留给天灵门的姐妹住着，我给的钱还能住多久？”

换成以前，掌柜的肯定不认账啊，你给的钱本来是一天的，多余的是赏钱啊。现在不行了，几百枚元气石，大家少拿点赏钱也要报答路小遗的救命之恩啊！

“路爷说笑了，就算没给钱，看在同门的分上也是会照顾的。这天色不早了，您不住一夜？”

这话说得漂亮，路小遗也懒得戳穿他的虚伪，拱拱手谢绝道：“赶夜路也不是什么少见的事情，告辞，拜托了。”说完他扬长而去。

这一次，路小遗找准方向了，奔着匠镇的方向走去。他原计划是尽快跑，没想到刚走一段，就听到有人在路边叫卖：“瞧一瞧、看一看啊，天外陨石，大陆罕见。”

叫卖声有气无力的，可见这家伙的生意之惨淡。如果是陨铁一类的金属的话会很抢手，但陨石就没太大的用处了。正常情况下，一般的人是不会停步看他的货的。

但路小遗不同啊，他是制作傀儡的工匠，对各种稀有材料很是在意。

听到这声音，路小遗停步望去。只见在路边的一个屋檐下，一块脏兮兮的破布上摆了一块铁锅大小的陨石，一个邋遢的男子正蹲在地上有一下没一下地对着路人吆喝。怎么看这家伙都是倒霉蛋，还是那种彻头彻尾的倒霉蛋。

路小遗也不着急上去，而是站在十几米外看了一会儿。路人最多就是看那男子一眼，然后就走了，眼神里流露出“想必是从哪里来的乞丐吧”的猜测，所以，那男子一次又一次失望地低下头。

一直到日落西山，这倒霉蛋也没有任何生意。他盯着路边的小吃铺子流口水，路小遗这才不紧不慢地走过去，经过这倒霉蛋跟前时也没停步，这家伙还在做最后的努力：“各位大爷，罕见的天外陨石看一看了。”

路小遗站住了，回过头，然后慢悠悠地走过去，盯着陨石看了一阵，在倒霉蛋期待的眼神中来了一句：“我家的假山缺块石头，你这块看起来像个铁锅，太俗了！不好，不好！”

他说完就要走，倒霉蛋立刻喊了起来：“这位大爷，您别走啊。这块陨石得来不易，您摆在假山上头，对别人也有个说道的地方不是？再说了，您这种帅气逼人、气质高雅之士，寻常俗物再多，也配不上您的身份啊。”

路小遗站住，摸着下巴，摆出一副思考的样子：“听起来有一定的道理，你开个价，合适我就带走，不合适你留着继续卖。”

“大爷，这块陨石是天狗食日时从天而降之物……”倒霉蛋吹嘘道。

路小遗一伸手：“你打住，说吧，这石头多少钱？别以为我傻，我就是想买块石头，你说破天去，它也是石头。”

“一百枚……不是，十枚元气石……”倒霉蛋报价的时候，底气那个虚啊。这就是他晚上出去上厕所的时候看见的一个从天上掉落在山里的玩意儿，第二天他进山去看才发现是块陨石。这玩意儿竟然不是很沉，所以他以为是个宝贝，这才千辛万苦地弄出来想卖个好价钱，没想到送到三个门派的办事处后，人家眼皮都不抬一下就让他滚蛋。无奈之下，他只好蹲在路边等机会。

实际上，路小遗也不确定这玩意儿是不是自己在一枚玉简上看见的材料，这种材料叫轻金，对于一般的修真者来说真的没啥用处。它是金属不假，但是硬度不够，就算是炼制后，也是种蹩脚的材料。

但是路小遗收集的玉简之中有专门介绍轻金如何炼制的内容。把轻金、玄铁、乌金等材料按照一定的比例混合在一起，炼制出来的轻金能够替代玄铁，重量却只有同等体积的玄铁的一半。这玩意儿，炼制飞剑固然不行，却是制作傀儡的一种绝佳材料。

路小遗很想得到这个东西，但还是装作无所谓的样子。听到十枚元气石的价格后，他作势拔腿要走，倒霉蛋赶紧叫了一嗓子：“大爷，五枚元气石，行吗？这东西就算再不值钱，也是这么大一块陨石呢。”

路小遗回头看看他，轻蔑地笑了笑：“今天大爷心情好，不想跟你费口舌。”说完，他丢下五枚元气石。

倒霉蛋满脸笑容地接过去，收好后拱手作揖道：“大爷，这是您的了。”

路小遗收起轻金，继续往镇子外面走。刚走到镇子门口，看见大道上有马车滚滚而来，卷起一路尘烟，他不禁倒吸一口凉气。

第三十三章

DAGUIJIASHI

神力

一辆失去控制的马车在道路上飞奔，路小遗的第一反应就是猛地跳开。好在这时候路上的人不多，一阵鸡飞狗跳后，也没伤着人。路小遗还没来得及庆幸呢，车辕便"咔"的一声断了，马车在惯性的作用下冲着他来了。

这无妄之灾来得太快，路小遗还没来得及反应，就看见了一张女孩的脸，然后马车就到他跟前了。他本能的动作是伸手去挡，但是这么一辆马车怎么也有几百斤，正常情况下，他根本挡不住，被撞伤几乎已是定局。

但是下一刻，路小遗有点晕了。他伸手去挡马车，手断人翻的一幕居然没有发生，更令人惊讶的是，他的手掌按在马车上后，马车巨大的冲力居然被挡住了……

怎么会这样？

这个问题在路小遗脑海中一闪而过，下一刻，只见一个人从马车上飞起，结结实实地落在路边的水果摊上，把水果摊砸了个稀巴烂。

真的确定自己挡住了马车后，路小遗整个人都蒙了，对着自己的手看了又看，仿佛这是有魔法的手。再看自己的脚，他惊讶地发现，身子竟然往后滑了一段，鞋底在地上留下两道划痕。

路小遗还在发呆的时候，一群黑衣人策马追了上来，翻身下马后，七手八脚地将砸了摊子的那个人扶起来，居然是一个小女孩。只见她梳着朝天辫，破口大骂道："你们这群废物，一匹马都拦不下来，要你们有何用？去，把那匹马弄回来，我要砍死它。"

路小遗回过神来了，一看这情形立刻准备走开，这种熊孩子，很明显是个大麻烦。

可惜，路小遗没有走成。那个小女孩指着他喊道："那个人，你给我站住！刚才你拦下马车，也害我摔个半死，你就这么走了吗？”

“唰”的一下，四个黑衣人围住路小遗，他们这是想将功补过吗？

此时正是路小遗恼火之际，他心想，刚才我差点被马车撞死啊！你个熊孩子！

心情糟糕至极的路小遗说话也不太好听：“滚开，别挡爷的道。”

四个黑衣人一动不动，只见那熊孩子走过来，叉着腰对路小遗说道：“你，怎么敢这么说话？”

仔细一看，这小女孩长得还真是好看，看来刚才那一砸没有给她留下啥伤，就是脸上多了一些水果汁，跟在她身边的一个女子还在不断地给她擦拭。熊孩子打开那女子的手，围着路小遗看了几圈：“修真者？啥水平？”

路小遗再次吐出一个字：“滚！”黑衣人还是一动不动。直到路小遗动了，面前的黑衣人这才用双手抓住他，紧接着另外三人就朝着他的腰部抱了过来。

一看这些黑衣人就是经常在一起配合的，熟练得很。可惜，他们遇到的是挡住马车后信心爆棚的路小遗。他看似很笨拙地一伸手，被抓住的右手使劲往前打出一拳，嘴里喝道：“滚开！”

“轰”的一声，黑衣人脱手了。路小遗的拳头狠狠地砸在一个黑衣人的胸膛上，那个黑衣人往后退了七八步，身子往前一扑，不省人事地倒下了。

另外三个黑衣人也好不到哪里去。路小遗左手一挥，双手来挡的一个黑衣人直接被拨开双手。路小遗再一推，那个黑衣人“噔噔噔”地倒退十几步。还有两个黑衣人倒是抱住了路小遗的腰，使劲想绊倒他，却发现他纹丝不动，双脚如钉子一般扎在那里。

路小遗双手一伸，两个黑衣人的后襟就被抓住了。他们一使劲，脸色立马变得苍白，喉咙都被勒住了。路小遗一甩，再一松手，两个黑衣人就被丢了出去。

发现自己的力量暴增，并且能够运用自如后，路小遗信心爆棚。

那个小女孩就站在路小遗身边，一双大眼睛里全是惊喜，眼珠子滴溜溜乱转，根本没有意识到危险。边上的黑衣女子急了，一个健步上前，挡在小女孩的面前，一双眼睛阴森森的，冒着寒光，手里也多了一把刀。路小遗一眼就看出来了，这把刀居然是用玄铁打造的。

“你走开，不要挡着我。”小女孩居然这样说道。

她蹿上前来，围着路小遗转悠了好几个来回，突然往前扑倒，抱住路小遗的腿喊道：“师父，我要修真！”

什么情况？路小遗蒙了。

对刚才那个黑衣女子，路小遗还有点戒备心理；对这个孩子，他倒是不太在乎，所以才会被她抱住了腿。他本打算一脚将她踢飞的，没想到她喊了这么一句。

我还想修真呢！

这句话，路小遗当然不会说出来。他一伸手，把这孩子拎了起来。她竟意外地老实，眼睛盯着路小遗，脸上全是讨好的笑容。

这孩子的脸蛋就跟个粉团似的，十分可爱。但是想想她之前的做派，路小遗对她丝毫没有好感。他抬手把小女孩往黑衣女子怀里一丢："看好你家的孩子，别让人抓走了，勒索你们。"

两个黑衣人牵着马回来了，看看马屁股上扎着的一把小匕首，路小遗知道马为啥会受惊了。这就是个被惯坏的孩子，根本不知道世间的险恶，为了躲开这些护卫，拿刀子扎了马。估计马车夫被她踹下车了，不然也不会出现刚才人仰马翻那一幕。

面对路小遗的威胁，黑衣女子一手接住孩子，一手把刀挡在身前，身后的两个黑衣人上前来，也是人手一把刀。路小遗看都不看他们，牵来一匹马，翻身上去后丢下一句话："这匹马算是赔偿。小丫头，想修真还是去求你爹吧，小爷帮不了你。"

"嗒嗒嗒"的马蹄声远去，路小遗沿着官道离开了。

小女孩不闹腾了，落地后看着路小遗留下的一路尘烟，跳脚大骂随从："都怪你们，都怪你们跟得这么紧，不然今天我就能结识高人，拜师成功了。"

黑衣女子道："小姐，进入天下修真门派都要过遴选一关。即便是散修，选拔时也是极其严格的。"

"我不管，我不管，我就要刚才那个人当我师父。"

小女孩在地上打滚耍赖的情形，路小遗根本没看见。他一溜越过界碑，沿着一条小路往山里去。等四下无人了，他这才停下来，把马绑在一棵树上，让它自己去吃草。

"龟灵，你给我滚出来！"路小遗激动地大叫。

龟灵没反应，路小遗真的恼火了，怒喝一声："龟灵，再不出来，以后就不要出来了。"

藏魂珠摇摇晃晃地从路小遗身上飞出去，龟灵从里面探出脑袋，惊呼道："你怎么了？”

拳头大小的藏魂珠内，龟灵的形态就是个小人儿，路小遗一伸手，捏着他的耳朵往外拽。

“说，上次你还有什么事情没说明白，还有这颗藏魂珠，怎么进入我体内的？今天不说清楚，我就捏碎这颗珠子，让你无处藏身。”

这是很严重的威胁了，龟灵的脸上露出了惊慌之色，赶紧变大身形，就像个六七岁的孩子，仰面大声喊道：“好了，好了，别那么激动嘛。”

“说，你都隐瞒了什么？今天我身上的力气是怎么回事？一件件给我交代清楚。”路小遗其实不是很生气，就是想搞清楚是怎么回事，他那凶神恶煞的样子是装出来的。

“这么多年了，很多事情我都忘记了。”龟灵无精打采地说，甚至还打了个哈欠。

路小遗一抬手，作势要扇它：“看着我的眼睛说话。”

龟灵立刻一挺胸：“你的大龟甲术练到了二级，得到了血脉之力，也就是所谓的神力，具体的能力也会有所体现。你可以根据需要，自动调整力量的大小。藏魂珠是玄武大神留给我的法器……”

路小遗又把手举了起来，龟灵赶紧改口：“藏魂珠是我从玄武大神那里偷来的小玩意儿。他老人家有很多宝贝，不会在乎我偷的这么个东西。我看用藏魂珠睡觉很不错，就一直在里面待着。我加了点血脉之力在里面，可以一直追踪血脉继承人。后来被玄武大神知道了，藏魂珠经过他的炼制，就可以融入血脉继承人的体内了。”

路小遗又问：“是不是每练成一级大龟甲术，都能得到一个属性？”

龟灵“啪”的一下打了个响指：“对！二级自带神力属性，三级自带神识属性，四级自带神游属性，五级你就已经是神了，本身就是最大的奖励。”

路小遗觉得哪里不对，追问道：“一级呢？”

“一级？呵呵，一级自带神经属性啊！”见路小遗又把手举起来，龟灵赶紧猛摆双手，“不要！一级自带藏魂珠，不然你怎么唤醒我？”

路小遗又好奇地问了一句：“我很奇怪，为何你今天这么怕我打你？”

龟灵低头不语，路小遗把手举起来作势要打，龟灵赶紧解释道：“你的神力已经觉醒了，我这种灵体根本经不起你的一巴掌啊。对了，就算是筑基期的修真者，照样能被你一巴掌扇晕过去。”

路小遗反应过来了：“你的意思是，我现在很厉害？你看我一脚就踩烂了木鸢，马车都被我挡住了。”

龟灵露出一个鄙夷的笑容：“你再厉害，人家不给你靠近的机会，照样白搭。回头人家用飞剑，用法术，‘嗖嗖嗖’，一下就把你打败了。”

彻底弄明白了后，路小遗十分得意，根本不理会龟灵的讽刺。他看着自己的手，“嘿嘿嘿”地傻笑。就在此刻，脚下突然传来一阵剧烈晃动，他差点没站稳，回头一看，顿时魂飞魄散。

第三十四章

D A G U I J I A S H I

跟踪者

扑面而来的是浓郁的腥臭味，一个血盆大口就在他眼前，令人作呕。

路小遗的第一反应就是闭眼，然后一巴掌扇过去，甚至连握拳都来不及了，完全是凭着本能在做着这些。

咦？

好像打中了什么！

他睁眼一看，一只白色的老虎在地上打滚。

“我的天，原来是这么一个东西啊！”路小遗神力在手，毫不畏惧地冲上去。一丈多长的白虎被扇得晕头转向，脑袋还被路小遗伸手按住，使劲挣扎也动不了。

“该死的，说，你为什么不刷牙？为什么？”路小遗怒不可遏地大声喝问道，身后的龟灵闻言“扑通”一声摔倒了。路小遗还在骂：“你这厮，你知不知道，我最讨厌别人有口臭了！你身为一只食肉动物，不刷牙的后果不仅仅是有口臭，还会长蛀牙。”

白虎“嗷嗷嗷”地叫着，但是路小遗根本不怕，堂堂百兽之王被他按在地上动弹不得就算了，还被喷了一脸唾沫星子。

“你还叫？”白虎叫一声，路小遗就是一个巴掌。白虎又叫，又一巴掌。一人一虎来回十几下后，这只白虎好像反应过来了，乖乖地闭嘴，趴着不动。

“有口臭就不要乱叫，影响大爷晚餐时的胃口。”路小遗还在骂，老虎一脸委屈地看着他。

路小遗总算松手了，但是一屁股坐在了白虎的脑袋上。白虎被打怕了，乖乖地装死不动。折腾了好一会儿的路小遗口干舌燥，却没有什么疲惫感，心里好一阵琢磨，这就是神力的作用？

龟灵总算找到说话的机会了："首先，它是一只老虎，你见过老虎刷牙吗？其次，这只老虎刚才是准备拿你当晚餐的……"

听到这里，路小遗站起来，一脚踩着白虎的脑袋，凶道："对啊，这笔账还没跟你算呢，居然想吃我？漫山遍野的动物还不够你吃？你居然想吃人？"

这么明显的胡说八道，龟灵已经听不下去了，他蹲在白虎的面前，拍拍它的脑袋，面对它生无可恋的眼神，说："白虎啊，别难过，虽然你好几天没吃饭了，但我还是没法帮你。"

"嗷嗷！"白虎回应了一声。

路小遗惊讶地看着龟灵："你能听懂它说的话？"

龟灵鄙夷地瞥了他一眼，摆了一个傲睨天下的姿态："我是玄灵，是玄武大神的神识凝聚而成的灵体。世间的一草一木、一花一叶，我都能与之交流。"

"啪！"一个巴掌扇过来，龟灵被扇得飞出去好几米远。路小遗跳脚大骂道："你装，我让你装！"

说完，他冲上去，龟灵把脑袋缩进壳里，他对着乌龟壳一顿猛踩："你居然帮它说话，刚才我差点被吓傻了，你知不知道？老虎怎么了？龟灵怎么了？把我惹急了有你们好受的！"

受了巨大惊吓的路小遗一通发泄后，总算是爽了！

龟灵缩在地上，白虎也趴在地上，现在这两个家伙都知道了，路小遗这货在面子大损的时候毫无理性可言。

坐在地上喘息的路小遗拍拍胸脯，总算是还魂了。

他看看白虎，再看看趴在地上的龟灵，顿时产生了一种"哥居然能打赢老虎"的感觉。

路小遗的戒指里有吃的，可惜没有肉。已经饿得趴下的白虎可怜巴巴地看着路小遗，一下也不敢动。

"龟灵，你那么厉害，去骗点肉来给白虎吃。"路小遗踢了龟灵一脚。这货探头看看路小遗的脸色，心想，很好，他已经发泄完毕。

"想都不要想，我怎么可能骗小动物来喂老虎呢？我……"龟灵说不下去了，因为路小遗已经目露凶光，大有一言不合就开打的意思。龟灵固然是灵体，平常谁打他一下他并不怕，但是架不住路小遗有神力啊。

路小遗可是能根据需要自动调整力量的，打到谁谁就倒霉了。

“山下有个村子，去那儿买一头牛来喂它好了。”龟灵只好出了个还算靠谱的主意，免得挨揍。这一代的血脉继承人不行，一点都不讲理。

路小遗从戒指里翻出一根不起眼的绳子，绑在白虎的脖子上，牵着它走。

别人遛狗，他遛白虎，真是威风到极点，爽啊！这个范儿起得好，路小遗忍不住给自己打了满分。

龟灵一点都不客气，一跃而起，坐在路小遗的肩膀上。不等他发怒，龟灵赶紧解释道：“我可以探知到方圆两百米范围内的所有生物的存在。”

路小遗见他又变成了一只小猫大小，考虑了他这话的真实性后，点点头道：“好，你要是骗我，有你好看的。”

龟灵立刻来了一句：“身后五十米的树林里，有人在偷窥。”

路小遗站住了，没急着回头，而是先问了一句：“那你不是暴露了吗？”

龟灵冷笑道：“能看见我的人，怎么也得是大罗金仙。不然的话，我不想让她看见，她就别想看见我。你放心，你打我的时候，她还没追上来。你丑陋的嘴脸……”

路小遗的眼神再次变得凶狠，龟灵赶忙闭嘴，免去了一顿打。

路小遗转身看着树林的方向：“出来吧，天色晚了，谁知道树林里有什么。”

片刻后，从树林里走出一个人，路小遗一看，惊讶地说道：“呀，是你啊！”

从树林里走出的人是齐子晴——冯熊苦苦追求的妹子。路小遗怎么都没想到，她会出现在这里。

“齐姑娘，这里四下无人，天又黑了，你跟着我，就不怕我图谋不轨？”路小遗斜着眼，语气中透着邪恶。

齐子晴明显感觉到了害怕，双手抱了一下肩膀，低声回答：“路爷，你不会的，你是好人，我知道的。”

路小遗觉得她这话真的可以荣获年度最烂笑话奖了。匠镇十害之首，居然也有成为好人的一天，路小遗觉得这太不可思议了。

算了，不跟她计较。

路小遗等她走近了，继续问道：“冯熊呢？他知道你跟来了吗？”

“他？哼！小人一个，就知道乘人之危，还以为留在我们那儿，对我好一点，我就能看上他，他也不看看自己那一身肥肉！”提到冯熊，齐子晴的语气里充满了鄙夷的意味。

尽管路小遗很认同齐子晴的话，但他不打算在背后说自己朋友的坏话。

“想跟着就跟着吧，别动什么歪念头，不然你会死得很惨。”路小遗说罢，继续牵着白虎往前走。齐子晴没敢上前跟他并肩走，而是落后了三步，心里颇为失落。她辛苦追出来，又不敢跟得太近，没想到在出镇子的时候，路小遗遭遇了马车事件。

那一刻，齐子晴目睹了路小遗大发神威。后来，路小遗策马狂奔，齐子晴不想放弃这个机会，于是硬着头皮跑步追上来，结果还是追丢了。好在路小遗沿着小路进了山，给了她一个追上的机会。等她追上了，正好看见他手里牵着一只白虎。

这下齐子晴惊呆了，她可不是路小遗这种土包子，她一眼就认出了那只白虎是灵兽，尽管尚幼小，但也不是低阶修真者可以搞定的。没想到路小遗居然能牵着白虎走，它看上去很乖，好像就是路小遗养的一样。

聚灵大陆上的灵兽可不多见，主要生活在西南蛮荒之地。齐子晴想当然地认为，这只灵兽是路小遗养的，路小遗怎么也得是个高阶修真者，虽然还看不出来具体水准，但进入了筑基期是肯定的，没准还是个金丹期的修真者。

山脚下果然有一个村庄，走到村子外头，路小遗停下脚步，丢给齐子晴一个袋子：“进村去买一头牛来，晚上吃牛肉。”

齐子晴接过袋子，犹豫了一下：“路爷，牛是寻常农家的命根子，还是买头猪吧。”

听了这话，路小遗多少有点诧异，这个妹子给他的印象并不好，没想到，她还有如此善良的一面。他一直认为她是“心机女”呢，这个形象转变得有点快啊！

最终，路小遗还是点了点头。

齐子晴从袋子里倒出一枚元气石，随后把袋子丢了回来：“一枚足矣！”

说完，她大步往前去了。其实，修真者十天半个月不吃饭都没事，但是路小遗不行啊。他这个冒牌货，不吃饭真的会饿得慌。还有那只白虎，看着也饿得不行了。

目送齐子晴进村后，龟灵从路小遗肩膀上下来，坐在虎头上，不知道跟白虎交流了什么，反正一个低声说，一个嗷嗷叫。路小遗见了，重重地哼了一声。

龟灵哆嗦了一下，从虎头上跳下来，赶紧解释：“我刚才问它，是怎么跑到这里来的。你猜它怎么说？”

路小遗没接话茬，只是冷冷地看着龟灵。他最讨厌别人跟自己卖关子了。

“上一次听人说书，那家伙说到关键时刻，来了一句‘请听下回分解’。当天晚上，我就摸到他家里，告诉他一句话：‘今儿晚上爷包场，你给我把这个书讲完，不然爷打掉你一嘴的牙。’哦，对了，你是灵体，没有牙，没事，我拆了你的乌龟壳就是了。”

龟灵拿这种人一点办法都没有，他举起双手，告饶道：“我说，我说还不行吗？”

第三十五章

DAGUIJIASHI

都一样

“白虎说了，它的主人是个大罗金仙，在去参加仙界排名大会的途中遭人偷袭，被打得魂飞魄散。它当时吓坏了，趁乱逃离。只因自小被主人当坐骑养大，平时吃喝都是有人照顾的，它自己并不会捕食。它在山里转了好些天，一共才捕到几只小兔子，也是饿极了才会偷袭人。”

老虎居然不会捕食，还是只灵兽。路小遗觉得三观颠覆得有点严重。

一只白虎作为坐骑固然很威风，但是这货的胃口也很大啊，生活不能自理的话，养它可是很烧钱的，再说这玩意儿也不好带回匠镇。不如……

这白虎甚是通人性，看到路小遗的眼神，立刻吓得缩在地上，两只爪子抱着头，眼睛偷偷看着他，这是打算以装可爱躲过不幸的命运。如果像以前那么穷，路小遗一定不会养着它。现在嘛，他相当有钱，再来一只老虎都养得起。想到骑着白虎是何等威风，他改主意了。

“对了，差点被你这个死乌龟转移话题，白虎的主人被人偷袭，是仇家还是别的什么人？”路小遗又把话题带回来了。

龟灵的眼神像在看白痴：“拜托，聚灵大陆的仙界就那么大，成仙后寿命少则三千年，多则五千年。就算每一百年有一个人得道成仙，仙界也堆不下那么多人不是？资源是有限的，仙也不能到下界来抢修真界的资源，不然会遭到神罚，魂飞魄散的。资源有限，大家都想过得好一点，最后只好打一场来决定资源的分配咯。白虎的主人，一看就是低阶仙人。一百年一次的排名大会，哪次不是无所不用其极，稍微倒霉一点的，就是被人伏击干掉的命。”

“天哪，仙界这么乱？”路小遗目瞪口呆。

龟灵继续科普：“很正常啊，仙人也分等级的。高阶仙人一共也就一百人，但是他们能享受到修、凡两界供奉的三成。中阶仙人一千人，享受三成供奉。低阶仙人的人数最多，他们能分到四成供奉，不过实际上到手的很少。同为仙人，如果有机会打败一个竞争者，谁都不会错过。”

仙界和路小遗想象的差距太大了：“仙人不都是很潇洒的吗？整天吃喝不愁的，没事就四处旅游。”

龟灵再次给他一个嫌弃的眼神：“你说得没错，但是你能不能这么想，都是神仙，为啥人家住豪宅，家里有一堆用人，出门都是高级灵兽，吃喝都是顶级菜肴酒水，你却只能住在山洞里，出门就这么一只傻傻的白虎？嘴馋的时候，想吃点好的，还得自己动手；想喝点好的，每年才有一两次机会。”

道理一点都不难弄清楚，路小遗总算是听明白了。仙人在修真界和凡人界确实很牛，毕竟他们是处在聚灵大陆生物链顶端的存在。但是他们在仙界，未必比修真界顶端的修真者过得潇洒。

“还有一点，仙界上下有通道，就算仙人想离开仙界偷偷下来，也会被把守通道的人发现。一旦仙人下界被发现，那就是群起而诛之。这只白虎能跑下来就是这个原因，它逃离仙界后，仙人自然不会追它。不然你以为一只灵兽能跑到你跟前，还打算把你当晚饭？”

龟灵越说越来劲，眼神越来越鄙夷。路小遗知道自己的无知遭到了鄙视，恼羞成怒道：“乌龟人，你最好客气一点，不然小爷我让你知道知道厉害！”

龟灵嚣张的气焰顿时受到了重创，立刻“嗖”的一下躲到白虎后面。白虎被顶在前面，路小遗看见它就想起口臭来了。

他从工具堆里随便找出一把刷子，拎着白虎的耳朵去小溪边，一边走一边骂：“我最讨厌别人有口臭了，张嘴，我给你好好刷刷牙。”

可怜的白虎，以前跟着大罗金仙的时候是何等威风，有专人伺候的生活是多么美好，现在却被人这么嫌弃。

路小遗给白虎刷牙时，也没忘记叫上龟灵给他当翻译。

“含着水，不许吞下去，吐出来啊，你这个笨东西。”

多亏了龟灵这个翻译，路小遗和白虎的交流还算顺利。给这东西刷牙很是费时，齐子晴和一个农夫赶着一辆牛车回来时，路小遗还没完事呢。

这女人办事还算靠谱，不仅带回来一大片猪肉，还带回了蔬菜、大米等。农夫把东西卸下便离开了，齐子晴一脸抱歉地道：“路爷，没弄到鱼虾，你养的宠物将就着吃点肉吧，都是洗干净了的。”

路小遗起身道：“你来洗米洗菜，别的我来弄就好。”说到做吃的，路小遗可是内行。

他用手里的一把小铲子挖了个坑，架上几块石头，一个灶台就搭好了。接着，他又拿出炒锅和煮饭的小锅，麻利地切下一大块猪肉，剩下的丢给了白虎。

齐子晴洗菜洗米时，忍不住问了一句：“路爷修为高深，一顿不吃也不打紧吧？”

路小遗不好意思说自己是个冒牌货，于是板着一张脸扮酷：“你懂什么？人生在世，修炼之路何其漫长，不弄点好吃的犒劳自己，这么长的岁月怎么度过？”

齐子晴听了觉得好有道理，又觉得哪里不对，但就是想不出来。路小遗也不管她，不问她为什么跟随自己，一边把米饭煮上，一边用炒锅做菜。条件比较简陋，他只能先把肉炒好，等到香味扑鼻的时候丢进去一堆蔬菜，一顿翻炒，再加点水开始慢慢地炖。

盖上锅盖，路小遗总算有心情面对齐子晴了，看着她问：“你不在三门镇待着，一路跟着我有何目的？”

“路爷为何明知故问？”齐子晴面带冷意。

这是习惯性装高傲吗？

可惜，路小遗就是个假修真者，当然不明白其中的意思。不过他还是装作一副君子的样子，一手叉腰，仰面叹息一声：“修真路漫漫，即便是成为大罗金仙又如何？”

“怎么？成为大罗金仙不好吗？”齐子晴很好奇。修真界对仙界的了解不多，如果说修真界和凡人界还算混居，那么仙界则是有禁区的。修真者除非大道得成，否则根本进不了仙界。在仙界那个地方，就算是下人、保姆之类的仆役，也都是用的妖和灵兽。

“算了，跟你说不清楚。我是不想成仙的，在下界何等逍遥快活，干吗要上去受那个罪？至于你，想得到什么，还是明着说吧。我看看能不能帮到你！”路小遗说得客气，齐子晴可一点都不敢当真。哪有那么好的人，白白帮你的忙？

“路爷，奴家在天灵门学艺十年了，自问资质也不差，可是出身不好，门内无人帮衬，每年所得灵药甚少，入灵脉的次数也少得可怜，所学心法更是很普通的货色。那个昊天门的苏长风，凭什么能得到姐妹们的青睐，不就是因为他有昊天门的心法吗？可惜姐妹们眼睛都瞎了，这浑蛋教给她们的心法，都必须走双修的路子。修炼几年下来，却难有太大的进步。一直到今日，奴家才算是明白了，那苏长风一直在骗我们。”

齐子晴一边说着，一边掉起了眼泪。路小遗觉得奇怪，但是又不好问为什么。这一问肯定露馅啊，他只能装作沉默的样子，板着脸。

“我刚才说的那些，奴家的师姐齐子薇可做证，绝对不敢胡说八道。”齐子晴搬出证人来，哪晓得路小遗根本就不关心这个？他只是在心里暗暗叫苦，这叫我怎么回答她的话？

他心里这么想的时候，脑子里突然传来龟灵的声音：“问问她，想学高级心法，你能得到什么。”

路小遗被吓得一抖，心想，这是怎么回事？好在齐子晴还在低头诉说中，没有注意到他的变化。龟灵又说：“本灵是血脉守护者，活了几十万年，修真心法见得多了。”

路小遗这才开口道：“心法我可以教你，但是你能拿什么东西交换？”

齐子晴顿时微微一颤，抬头满怀希冀地看着他道：“奴家没什么可拿出手的，只有……”

路小遗听了脚下一软，这是修真妹子啊，居然要投怀送抱？这是他以前想都不敢想的事。龟灵在他脑海中警告：“我劝你最好不要高兴得太早，这女人可算是个人物。今天你贪图美色，他日难免因她惹来大麻烦。”

路小遗暗暗吃惊，又想：那我该如何是好？不能白白便宜她吧？

龟灵道：“这是自然，现在就看你能不能感动她，让她对你心服口服。总而言之，你按照我说的做就对了，我不会害你的。”

这算是给路小遗出了个难题，龟灵又不解释清楚一点。

“算了，看在你心诚的分上，我也不要你用什么交换了。”路小遗装模作样地叹息一声，脑子里却在狂呼，“死龟灵，我怎么给她心法？”

正想着，路小遗发现戒指里有一枚玉简在闪闪发光，心中顿时大惊，这个死乌龟是怎么把东西放进去的？难道说，我的东西他都能随意动用？怎么可以这样？这样一来，我以后的日子还怎么过？

第三十六章

DAGUIJIASHI

重建神族

“放心吧，我只能往里面放东西，实物是拿不出来的。难道你没注意到那枚玉简是戒指里原来就有的？我只不过往里面灌注了一种修炼心法。”龟灵这句话很及时，打消了路小遗的疑虑。

路小遗担心自己这点家底会被弄走，但他想了想，还是选择相信这家伙。因为它没有害自己的理由嘛！

尽管很舍不得，但路小遗还是要继续将高人这个形象装下去。他手一挥，很潇洒地丢过去一枚玉简：“东西拿去，你走吧。不要影响我吃晚饭！”

这个时候的路小遗心里在流血啊！这么好的心法，自己不能练就罢了，还要白送给别人，实在郁闷啊。

齐子晴接过玉简，以为自己听错了。难道说，聚灵大陆的修真界真的有好人？当她看向路小遗时，这货却摆了个姿势，侧身，抬头，以一定的角度仰望天空。他双手背在后面，正好吹来一阵风，衣袂飘飘的，这简直就是个高人啊，还是个道德品质过硬的高人！齐子晴稍稍感动了一下，只是感动而已。生活在残酷的修真界，她不会轻易相信一个人。

“子晴多谢先生厚赐，但有吩咐，无所不允。”齐子晴说道。

路小遗缓缓转身，道貌岸然地说：“我送出去的东西，从来都只看缘分。这心法不算太高明，你拿去练就是了。”

齐子晴还是不敢走，高人看着道德品质过硬，谁知道是不是在试探她啊，真的高高兴兴地拿东西走人，万一他翻脸怎么办啊？别说是他了，就是那只白虎，自己都未必打得过吧。

路小遗一看这女的不肯走，干脆又装了一下：“你知道自己为何修为提升缓慢吗？坏就坏在你心性多疑。我这个人重缘分，你走吧，如果有缘，我们会再见的。到时候，你就知道我说的话是什么意思了。”

齐子晴觉得脑子里如有炸雷响起。心性多疑？这话真如洪钟大吕，一下子就把她的脑子敲开了一扇窗户。说得太对了，她在修炼的过程中，就是因为多疑，总觉得自己做得不对或者不好，好几次功亏一篑。

齐子晴佩服得五体投地：“多谢先生赐教，子晴记住了。今后修真，一定心志坚定，相信自己，绝不动摇。他日再见，必听从先生教导！”

这一次，齐子晴走得很果断，吃不吃晚饭对她来说不重要，修真者一两个月不吃都死不了。路小遗面带微笑，目送她离去，她频频回头招手，搞得路小遗不得不继续保持脸上的微笑，同时一动也不动地保持着高人的姿势。

终于，齐子晴彻底消失了，路小遗脸上的笑容“唰”的一下消失了。他手一伸，拎着龟灵的衣领，气急败坏地低声怒吼：“乌龟人，你听着，我这一辈子都没做过好人好事。今天按照你的意思，我做了一回好事。你要不给我一个强大的理由，我会让你知道什么叫沙袋一样大的拳头，让你知道什么叫神力。”

看路小遗一脸狰狞，白虎吓得躲到了水沟里，摊上这么一个主人真是倒了八辈子的霉。龟灵却面不改色，坦然回答：“理由很简单，你要重建神族！”

“什么？我过得好好的，为啥要累死累活地去重建那个什么神族。不干！看在玉简里的心法是你拿出来的分上，我今天不揍你。”路小遗想都没想就拒绝了。他好不容易攒到钱了，大把的好日子等着他去过呢。

“作为神族血脉的继承人，你就没有一点使命感和自豪感吗？”龟灵痛心疾首，捶胸顿足。

路小遗却嗤笑一声，不以为意地说道：“使命感和自豪感是什么？能吃？能用？我告诉你，乌龟人，你死了这条心吧。”

尽管不满意，路小遗还是松开了龟灵的衣领。落地的龟灵抬头看着他：“听着，我这里有很多好东西，只要你答应重建神族，我会一点一点地交给你。刚才那个美女，论相貌在修真界其实只能算一般。我有更高明的心法，你拿去讨好更加漂亮的修真美女就是了。如果心法还不够，那就拿法器砸。我看你的面相，不是一个低俗的人，不会做出那种用法器哄美女的事情，这种事情格调太低了，不适合你。”

“法器？有现货吗？那种能救命的法器，先来一个意思一下。”路小遗还是动心了，这货贪生怕死，好财好色，还喜欢装，毛病一大堆。

“呵呵，现货没有，但是我有炼制之法。我看你的制作技术放在整个大陆上也是顶尖的，到时候，你按照我说的法子来做，然后找人炼制就是了。你不是已经找了个冯熊吗？别以为我不知道你小子请人吃喝的目的何在。”龟灵觉得心好累，这种人怎么会成为神族血脉继承人？

先跟他讲大道理，讲美好的人生、崇高的理想、历史的使命……结果这货根本没有这方面的悟性，一点也讲不通。虚的不行了，就来点实际的，这货果然就动摇了。

“对了，那个神族不是被人灭了吗？我怎么重建啊？”路小遗被说中了心事，只好张口问道。

制作傀儡再找人炼制这种事情正好是他的爱好，龟灵挠到他的痒处了。

“其实很简单，就是找一群志同道合的人和你一起重建神族。”龟灵的答案真是简单明了，路小遗现在最想做的事情，就是给他点颜色瞧瞧。

“我肚子饿了，先吃饭！”路小遗蹲在锅前，只想验证一件事情——自己想的啥，龟灵能否知道？

为了验证这一点，路小遗一边用大碗盛饭，一边在心里想着：炖王八汤，炖王八汤，炖王八汤。重要的事情说三遍，然后他冷着脸转身，蹲在地上吃饭。

龟灵这家伙居然好像不知道路小遗心里的想法，路小遗心想，哎呀，看来自己冤枉他了。他们之间应该能够用意念交流，却无法互相了解对方在想什么。

“你边吃边想吧，为了让你了解我的实力，等下你弄一枚空白玉简来，我给你灌注一点内容，你看看就明白了。”龟灵一脸“相信我这个实力派”的表情，路小遗一巴掌把这个实力派扇飞出去几十米远。

“聒噪！影响我用餐！”扇飞了龟灵，路小遗还不忘抱怨一句，然后才继续吃饭。

一脸幽怨的龟灵飘回来后，再也不敢出现在路小遗面前。吃饱喝足后，路小遗擦了擦嘴，突然表情一怔，想起了一件事。

“乌龟人，那枚玉简里面原来储存的内容呢？就是你刚才用的那枚！”路小遗的脸都黑了，可想而知他现在的心情有多糟糕。

龟灵看到路小遗的表情后，躲躲闪闪地表示：“抹掉了，不然怎么灌注新的内容？”路小遗赶紧一通翻找，发现正如自己所想的那样。

“浑蛋啊！你知不知道，那枚玉简里面都有什么内容啊？那是我辛辛苦苦好多年才攒下来的精彩片段。那是哥作为匠镇十害之首的历史印记啊！现在都被你这个浑蛋删掉了。”路小遗痛心疾首，话说那些精彩片段，能换成钱的都被他用掉了，剩下的精彩片段存在的意义，就是供他在某个夜深人静的时候，对那些腐朽堕落的生活方式进行批判。

“你别激动啊，只要你重建神族，想要什么样的精彩片段没有？到时候都不用偷拍，直接摆拍！多爽！”龟灵这家伙，果然老成精了，一句话就说到了路小遗的心坎上。偷拍风险多大啊，冒着被屠夫拿刀追的危险，冒着被人围殴的风险，辛辛苦苦才能拍到一小段。

“摆拍？谁那么好心给我摆拍？上次给碧玉楼拍宣传片，还是按时间收费的。碧玉楼是我见过的最抠门的主。”想起往事，路小遗还是很感慨，同时也有点激动。碧玉楼那些妹子摆拍的姿势真的很棒啊。

“那你有没有想过，刚才那个齐子晴，你要给她拍照，她答不答应？”龟灵提出了一个严肃的问题。

路小遗毫不犹豫地回答：“废话，当然不答应了。修真界哪有人把艺术当一回事，美不死你。”

“很好。如果她加入了神族，你这个族长要求她摆拍，她会答应吗？”龟灵又提问。

这一次，路小遗稍稍犹豫后才回答：“这样啊，应该会答应吧！”

龟灵笑了：“那么，现在我再问你一个问题！”

“啪”，又是一巴掌，龟灵又被扇飞了几十米远。

“重建神族这么崇高的事情，从你的嘴里说出来，变得如此低俗，你的良知呢？”路小遗在夜色下叫嚣！

第三十七章

DAGUIJIASHI

遇见两个熟人

重建神族，首先得有人。龟灵给路小遗支招，办法很简单，就是从各大修真门派中挑选合适的人。为了说服路小遗，龟灵还讲了一番神族的历史。当年的神族最早是个小部族，除了血脉继承人，都是底层的凡人。后来凡人界一些穷人活不下去了，听说有个神族可以庇佑凡人，于是，他们纷纷来投靠神族，神族就这样壮大了。

但是这样的神族有一个严重的弊端，那就是除了血脉继承人，其他人没啥战斗力。别说是大罗金仙了，就是一般的修真门派来几十个高手也能搞定神族。后来的结果验证了这一点，聚灵大陆仙界排名前一百的大罗金仙联手偷袭，一击成功，直接干掉了血脉继承人，然后将神族的人消灭得干干净净。至于路小遗这个血脉继承人是怎么冒出来的，为何在近六千年间没有出现血脉继承人，这些问题龟灵也搞不清楚。因为这漫长的近六千年间，龟灵一直在藏魂珠中沉睡。

藏魂珠可以自动寻找血脉继承人，并且附在其身上。龟灵藏身的藏魂珠是当年玄武大神留下的神器，有这点能力很正常。

反正路小遗从龟灵那里得到的信息有限，这家伙睡的时间太久了。

与龟灵交流了一个晚上，路小遗的精神依旧好得很，没有要打瞌睡之意，这也是大龟甲术升级后的福利。关于如何重建神族的问题，自然得从长计议。一个假修真者，想要让真的修真者信服，愿意帮他重建神族，可不是一件容易的事。

截至目前，只有一个人可能会愿意帮路小遗，这个人就是齐子晴，因为她拿了路小遗的心法。如果修炼有成的话，她迟早会来找路小遗。到时候，路小遗再给她讲讲神族的故事，说不定她就会愿意帮忙。

聚灵大陆有那么多修真者，还有谁能帮他呢?

“路……爷，任务艰巨，剩下的就看你的了。”

道路上卷起尘烟，路小遗正在疯狂追击龟灵，谁让龟灵这家伙带来这么麻烦的任务。白虎这个傻东西，龇牙咧嘴，乐呵呵地跟在后面追。身为坐骑，它居然不知道主动邀请主人乘坐，也不知道前主人是怎么能忍那么久的。

出了三门镇的范围，路小遗打算先回一趟匠镇，安顿好干爹干妈，制作一批傀儡，然后再去青囊门，找冯熊帮忙炼器。当然，路小遗不会让他白干活，肯定会给他好处的，比如龟灵那里，就有一种丹药的方子。据说只要魂魄未散，用那种丹药就能救回一条命。

路小遗总算想起白虎来了，揪着它的耳朵训话：“说好的做一个合格的坐骑呢？怎么一天到晚不是追兔子，就是追獐子？昨晚上你吃了一头猪，长此以往爷会被你吃穷的。你这样的坐骑，真不知道怎么活到现在的。今后不许这么没规矩，不然我饶不了你。”

现在路小遗对身边这两个东西的威胁很有效。果不其然，白虎吓得浑身哆嗦，乖乖地趴在地上。路小遗坐上去后，发现很不对劲，硌得慌，就在戒指里翻找了一番，取了条毯子铺上去，两边用皮带扎起来：“先凑合着用吧，回头专门打造一个鞍。”

“走咯，回匠镇去。”路小遗拍拍白虎的脖子，白虎猛地往前一蹿，突然高高跃起。

路小遗一看它的架势，心想，这高度怎么也有十几米啊，这鬼东西想干啥？跳这么高不怕摔死我吗！但是这家伙跑得太快了，风呼呼地响，这一跃吓得路小遗没心思说话了。等跃到高处的时候，他觉得稳当了，不会掉下来了，就准备开口骂白虎，没想到，“唰”的一声响，吓得他又把嘴边的脏话咽了回去。

这白虎的背上伸出两只翅膀来了。

“呀，怎么长出一对翅膀来了？”路小遗一声惊呼。

龟灵蹲在他肩膀上，鄙夷地一笑：“呵呵，本来就是灵兽白虎，有的人没见识，拿白虎当马骑。”

白虎飞得越来越高，路小遗发出一声惨叫：“不要啊，我有恐高症！”

白虎的翅膀足有三米长、一米宽，坐在白虎的背上，只要自己不矫情，根本不会掉下去。发现没有掉下去摔死的可能性后，路小遗得意了，四下望望，再俯瞰身下的大地，无比惬意。

以前他想过飞翔，但是一直没有实现，这本来是修真者才有的能力啊，现在他居然很意外地实现了梦想。

“白虎啊，你这个吃货，居然还有这一手，没白白给你吃那么多肉。还有啊，你居然会飞，为啥不早说，吓我个半死！下次再搞这种突然袭击，我饶不了你！”

飞的感觉真是太爽了，特别是能飞这么高，唯一的缺点就是冷。路小遗冻得嘴唇发白，但是他顾不上了，也不说想要下去，就找条毛毯把自己裹了起来，坚持享受飞的快感。

高空中视线极佳，他远远地看见两个人在打架。一个脚踩云朵，手持长剑，剑气乱飞；一个足下有鸢，举着一个非常大的丹炉左遮右挡。两人打得不亦乐乎。

“那两个人是谁啊？那个胖子看上去很眼熟啊！”路小遗嘀咕一声，龟灵“唰”的一下离开了他的肩膀，在空中一个翻滚，化身飞鹰，直奔交战地点。

“小白，我们下降！”路小遗给白虎起的名字太难听了，本来白虎怎么都不答应的，被他威胁，这才服了软，委屈地接受了这个称呼。

“唰唰唰”，白虎落在山间的空地上，路小遗抬头望去，很快龟灵飞回来了。

“两个都是熟人，胖子是冯熊，另外一个是苏长风。冯熊现在情况不妙，好像打不过苏长风。”龟灵汇报侦察结果。

路小遗摸着下巴：“乌龟人，我们要是帮忙的话，该怎么帮？”

龟灵捂着脸，叹息一声：“附近没别人，就这种低阶修真者，让白虎飞过去，一巴掌就能扇他个生活不能自理。”

路小遗眼睛一瞪：“你心里在想什么，我很清楚。不就是说我是土包子吗？爷认了！土包子就土包子，土包子也是你必须服从的对象。”

说完，他跨到白虎背上：“飞过去，我要抽苏长风那个浑蛋的耳光！”

白虎“唰”的一下往前一跃，下面就是几百米高的山坡，要不是能飞，这一跃肯定得摔死。这一次路小遗没有大惊小怪了，因为他知道，白虎的翅膀很快就会伸出来。更何况，此时他正死死地盯着苏长风呢。

自己有神力，这么好的起范儿的机会，怎么能错过？

冯熊现在是暗暗叫苦，别看苏长风在三门镇被人暗算了，但这家伙毕竟是昊天门的弟子，谁也不敢太为难他，很快他就被放出来了。苏长风左思右想，认定自己是被冯熊坑害了，这会儿，他正在教训冯熊。

冯熊攻击力不行，但是他那个丹炉是防御性法器，苏长风把各种攻击方式都用上了，还是奈何不了他。

不过，冯熊知道自己快不行了，丹炉确实好用，但是太过消耗元气，时间长了根本顶不住。一旦没有元气输入，他就是砧板上任人宰割的肥肉。

打不过的时候一般就得跑，问题是，要比跑，同等级的修真者里，谁也跑不过昊天门的飞剑。冯熊不敢跑，一旦把后背暴露给对手，他就死定了。而且，看这意思，苏长风是下了决心要杀他。

眼看就要撑不住了，冯熊也急了。他好歹是青囊门的弟子，干不掉对手，拉着对方一起死还是做得到的。于是，他手里多了颗丹药。这玩意儿非常霸道，吃下去以后，能化精血为毒血，自己吐出毒血后，对手一旦中毒，修真界没人能救。这样做的坏处就是冯熊自己也会中毒，就算不会一下就死，性命能保住，但这一身修为就废掉了。修真者的修为废掉，跟死没区别。

就在冯熊准备与苏长风同归于尽的时候，他听到有人远远地大喝一声："冯熊莫慌，我来也！"

话音刚落，那人已经赶到战场，那白虎的速度快如闪电一般，苏长风根本就来不及躲闪。那可是大罗金仙曾经的坐骑啊，那速度，哪里是一个炼气期的修真者能比的？

苏长风对出现在面前的人毫无反应，路小遗从容地伸出手，狠狠地抽过去一巴掌。看着面前的巴掌越来越清晰，苏长风心里惊骇无比。苏长风脚下的飞剑是云朵所化，一旦有人靠近，飞剑就会自动攻击有威胁的目标，但是现在飞剑毫无反应，就像被高人全面压制了。

"我命休矣！"苏长风的脑子里闪过这么一个念头。巴掌结结实实地扇在他脸上，他根本就没有反抗的余地，身子一歪，眼前一黑，就什么都不知道了。

神力的效果太可怕了，只这么一巴掌，就让苏长风急速落下。这会儿再看那由白云化成的飞剑，"嗖"的一下追上去，自下托着生死不知的苏长风，带着他疾飞而去。

路小遗回头时，冯熊吓得浑身发抖，跪在木鸢上。

为什么呢？

是啊，为什么呢？

第三十八章

DAGUIJIASHI

教育冯熊

为什么？因为心虚啊！

冯熊这货憨厚的外表下，有着一颗薄情的心。这家伙一开始就没打算兑现承诺，就算路小遗对他再好，他也只是感动了一下，然后就忘到九霄云外了。这是个极端自私的家伙，不然也不会在第一次见面的时候就喝光了路小遗的粥。

当初他这么干，是因为他觉得自己比路小遗厉害得多。现在他跪着，是因为路小遗表现出了超越他的实力。总而言之，这家伙极度自私、极度贪婪、极度猥琐、极度好色。

现在他的元气已经耗尽，就算有丹炉这个法器在手，路小遗对付他也就是一巴掌扇过去的事情。

看见这货跪下，路小遗机敏地想到这货一定有问题。从这家伙在三门镇外第一次决定不跟着他走开始，他就已经看透了这家伙的本性，知道这家伙是想利用他。

“有什么事情，下去再说吧。”路小遗冷冷地丢下一句话，也不说什么让冯熊站起来之类的话，也不谈什么兄弟之情。白虎转身就飞下去了。这时候冯熊心里就一个念头——怎么想法子活下去。

跑？看看那只白虎的速度！

同归于尽？呵呵，看看刚才那一巴掌的速度，吐毒血都没机会吧？

冯熊乖乖地催动木鸢落地，在这个过程中，他一直在木鸢上跪着，就没敢站起来，落地后继续跪着。路小遗根本没拿正眼看这家伙，只是背着手看着天，一副闲云野鹤般的高人风范。

路小遗在心里想怎么摆布这个家伙呢！

路小遗稍稍沉吟，头也不回地来了一句：“这里不是三门镇，你说，我该怎么处置你呢？”

就这一句话，把冯熊吓得魂飞魄散，连连磕头：“路爷，饶命啊。冯熊该死，我不该偷偷跑掉，不该想着赖账，不该在天灵门的弟子面前说您的坏话，不该告诉苏长风三门镇事件是您的手笔，更不该给您一颗假的筑基丹！”

太让人气愤了！这货居然做了这么多对不起自己的事情啊！路小遗气得浑身发抖，没想到修真界这帮人一个比一个卑鄙无耻，唯利是图，毫无底线可言。

一直以来，修真界是路小遗最向往的地方。自己不能修真后，他不惜一切代价也要帮助林薄进入千机门。没想到，自己亲手把林薄送到了这样一个世界。还有自己心爱的姑娘——孙绾绾，这么单纯善良的姑娘在这样的世界里怎么生存啊？怕是经常被人欺负吧。

“我的朋友不多，本来觉得你还算对眼，没想到……我本将心向明月，奈何明月照沟渠。你说吧，想怎么死？我一定给你留一具全尸。”路小遗语气沉重地说道。他最后一句话说完后，冯熊已经瘫倒在地，涕泪齐下，磕头如捣蒜。

冯熊意外地没有开口求饶，不是不想，而是觉得说了也没用，还不如继续磕头呢，或许还有一点机会。这就是被路小遗忽悠傻了，冯熊哪里知道，只要自己偷袭面前站着的这个家伙，他根本就挡不住自己的全力一击。

“唉！”等到冯熊脑门上快磕出血的时候，路小遗叹息了一声，“看在过往交情的分上，我饶你一命。谁让我这个人念旧呢！不过话又说回来了，死罪可免，活罪难逃。这样吧，这段时间我很忙，有些东西没时间炼制，交给你来炼制吧。做得好，所有的事一笔勾销；做不好，你知道的。”

“多谢路爷饶命！”冯熊终于喊出了一嗓子，之后彻底瘫在地上不动了。这都是被吓的！其实他就是自己吓自己，刚才两人离得那么近，如果他全力一击，路小遗必死无疑。

“你起来吧，我这个人不爱占人便宜，我这里有一种丹药的方子，你拿去就是。”说完，路小遗丢过去一枚玉简。

这又是龟灵的手笔。

这老家伙活的时间太长了，一时半会儿的，肯定是不会缺各种好东西的。用这些好东西来收买低阶修真者足够了。

冯熊没想到干活还有报酬，下意识地接过玉简，催动元气一看，顿时惊喜地喊道：“啊……太上金丹，这是太上金丹的方子！天啊，这是失传了五千多年的太上金丹的方子！”

听他叫得那么厉害，路小遗很好奇，私下用意念与龟灵交流：“这种太上金丹的方子，你怎么得到的？”

龟灵一摊手：“记不清了，应该是当年神族被灭那场大战中丢落的东西。当时，我随便捡了一些东西，本来是留给血脉继承人的，谁知道这一睡就是近六千年，那些玉简和法器都在时间的长河中消失了，只有记忆留了下来。”

“你等等，那场大战？你是说，当年的那个血脉继承人还有还手的机会？”路小遗真的被惊到了。

龟灵耸肩：“这很正常啊，那些大罗金仙以为自己能隐身，不会被发现，打算靠近后发起致命一击。问题是有我在啊，任何隐身都逃不过我的眼睛。于是，他们就悲惨了。我想想啊，当时那个继承人好像也是二级龟甲师，大龟甲术作用的范围太小了，而且他运气不好，连续摇了两次才摇出一颗写有‘死’字的骰子。他被人在大龟甲术作用范围外用各种飞剑、各种法器打得全身是伤，后来他的一缕魂魄还在藏魂珠里待了三个月，最终还是消散了。”

龟灵讲故事的时候，冯熊正手舞足蹈地看着玉简上的内容，兴奋之情溢于言表。路小遗不免好奇，但是他又不好去问。你一个高人，居然对太上金丹好奇？这不是露馅了吗？

“喀喀！”路小遗咳嗽两声。

等冯熊从兴奋的状态中回过神来，路小遗才开口道：“太上金丹的方子而已，至于这么神魂颠倒吗？修真界步步凶险，你这样被人弄死都不知道是怎么死的。”

他一边说着，一边用意念问龟灵：“还有什么好丹药，你告诉我个名字。”

“我找找啊，记忆太多了……找到了，百草解毒丹！”龟灵报上一个名字，路小遗才有继续起范儿的本钱。

“冯熊啊，今天不过是给你个甜头，等你把我交代的事情做完了，我给你百草解毒丹的方子，算是给你的酬劳。”

听到这个名字，冯熊再次跪拜在地，三跪九叩：“路爷，冯熊在师门备受倾轧之苦，唯有在路爷这里，才能感受到自己算是个人，不用费尽心机算计，照样能得到该得的好处。求路爷收留冯熊，哪怕是在您身边做个跑腿的，冯熊也甘之如饴。”

这家伙是啥意思？路小遗不信这个坏到骨子里的家伙，还有这样的一面。

不过，人总有另一面，比如他自己，就算没什么定性，不也偶尔会想起第一次

见孙绾绾时的场景吗？这连他自己都不敢相信。

“我不要你做跑腿的。只要你给我办事，我就不会让你白白辛苦。我这里好东西多了，不差一样两样的。”路小遗一副无所谓的样子，却让冯熊彻底信服了。这百草解毒丹，正好是化血丹的解药。之前冯熊准备与苏长风同归于尽，得先服下一颗化血丹，然后才能施展化血大法。使用这玩意儿最狠毒的地方就是先喂自己吃毒药，通过与人血相融，将其变成一种更为歹毒的功法。被化血大法伤到的修真者，不是修为尽废那么简单，而是沾了一滴血的地方当即就会腐烂，进而一点一点向全身蔓延。最可怕的是，就算你把受伤的手剁了也没用，因为被这种功法伤到后，血里的毒素侵蚀得太快了，瞬间就会进入心脏。

青囊门并不算强大，化血大法是其压箱底的伎俩。五千年前，百草解毒丹的炼制方法失传了，化血大法便不能轻易施展。毫无疑问，冯熊一旦得到百草解毒丹的方子，必将是青囊门新人弟子中的第一人。

冯熊现在的感觉就是后悔，心想：我真是蠢得无可救药了，如果不是之前的龌龊心思，至于像现在这样吗？现在想给人家路爷做个跑腿的，人家都不肯收。

路小遗在冯熊后悔万分的时候又提出了一个问题：“冯熊啊，你知道我为什么不计前嫌吗？”其实哪有什么前嫌，无非就是路小遗想赖账。而且，对路小遗来说，根本没造成具体的损失嘛。但是修真界不是这个逻辑，这帮人最大的特点，就是无情！

“还请路爷指教！”冯熊赶紧开口，免得错过了受教诲的机会。

“修真人士，为求大道，太过无情了。每个人都认为无情是通向大道的唯一选择。殊不知，天地之始，‘无’与‘有’并存，这个世界才是平衡的。个人修为也是这样，如果为追求大道而无情，短期内修为提升固然神速，但是越往上则越艰难。为什么呢？因为不平衡。修真者，应该既有情，又无情。对同类有情，则可为人。为大道忘情，则为无情。两者不可或缺。如此，最初或许修为提升较慢，但是过了金丹期，提升的速度必然超越无情的修炼者。”路小遗一通长篇大论，听得冯熊目瞪口呆。

殊不知，此刻的路小遗正在意念中大喊：“龟灵，你小子要是骗我，有你好受的！”

冯熊若有所悟，当场盘坐在地，做了个奇怪的手势。路小遗很好奇，私下里问龟灵：“这小子搞什么鬼？”

第三十九章

DAGUIJIASHI

落入彀中

“真没想到，这小子是个修真天才！”龟灵惊讶地叹息一声。路小遗听着就很不爽。当初遴选的时候，他也是天生灵体的资质，要不是这个大龟甲术，他早就成为修真界的一员了。

路小遗越想越不爽，黑着一张脸：“死乌龟，说人话，我没看出来他是个天才。”

龟灵一脸诧异，就差吐出“你是智障”四个字！

“修真成败取决于两点：一个是基础，就是所谓的灵根发育度；一个是悟性，即对道的领悟。天才和人才的区别在于一层窗户纸，天才能捅破，人才呢，就算你告诉他，他也未必能领悟。这种事情没法用语言解释清楚的，简单地说，就是悟性咯。”

路小遗的脸黑得像锅底：“你的意思是，我没有悟性咯？”

龟灵摊手：“这我就不知道了，你又不是修真者。刚才那番话，是当年玄武大神随口说的，一般人听不明白，但是这个胖子听明白了。”

冯熊就这么呆呆地坐着，路小遗一看不好打扰他，干脆在一边找个地方躺着休息。他这样一休息，很快就睡得死沉死沉的。

白虎蹲在一边不敢乱跑，只好趴着打瞌睡，龟灵也回到藏魂珠内继续睡觉。

冯熊打坐完毕后，睁开眼，站了起来，听到低沉的鼾声，他顺着声音看过去，发现路小遗在睡觉。边上的白虎听到动静立刻站起来，打着哈欠看了冯熊一眼。冯熊心里一阵激动，心想，路爷这是在给我护法吗？

路小遗的一番话点醒了冯熊。修真大道，重忘情而非无情。无情不过是有情的一种表现方式，有情而忘情，才能触摸到大道的边缘。冯熊想明白这个道理后，经过一番领悟，本已经接近炼气七级巅峰的修为瞬间到了要突破的关头，所以他才会如此忘我，打坐吐纳。

冯熊真的是个修真天才，这点年纪，就已经在炼气七级卡了三年。此番完成突破后，他体内元气隐隐波动，这说明他卡了三年，厚积薄发，直奔八级巅峰去了。只要花个一年的时间，他便可再冲九级。

他这一次离开青囊门，固然是为了姑娘，但更主要的原因还是想试试看双修能不能解决突破的问题。他师父在他修为无法突破的时候没有帮到他任何的忙，只是告诉他，这事情只能靠自己。极度自私的他不免怨念深重。

回头再看，师门没帮上忙，双修也没得逞，差点死在苏长风的手里，却在最后时刻因祸得福。路小遗不过说了一番话，就搞定了自己之前怎么努力都解决不了的难题。这就是人们常说的高人点化吗？想到这里，冯熊回忆了与路小遗在一起的细节。现在想起来，这位高人从最初就在不断暗示自己吧？抢他的粥吃，他不生气；白得他的木鸢，他也没说一个“不”字；自己不断背叛他，后来他还是放过了自己。这不就是一直在暗示自己吗？可忘情，不可无情。无情是有情的对立面，同时也是有情的一种体现方式。

经过这一番联想，所有事情的脉络越发清晰，逻辑也变得严谨了。于是，冯熊缓缓跪下，膝盖着地，腰杆挺直，安静地等路小遗睡醒。

路小遗这一觉睡了两个时辰，醒来时已经是午后。阳光洒落在树林间，白虎无聊地围着他溜达，冯熊安静地跪在对面。路小遗心里一惊，暗道，这家伙如果偷袭我，不知道白虎能不能挡住？

伸完懒腰，路小遗恢复了高人的风范：“我是不是要恭喜你啊？”

这完全就是“我已经提前知道了结果”的样子，但冯熊现在偏偏就吃这一套，当即叩首：“拜谢路爷！”

“你不要谢我，要谢就谢你自己的悟性。烂泥扶不上墙，这种事情换个人，就是浪费口水。”路小遗接着往下装。

冯熊抬头正色道：“如果师门长辈能给予点拨，冯熊也不会在炼气七级一卡就是三年之久，更不会有幸得到路爷的点拨。”

“凡事都要讲缘分，你我有缘啊！”路小遗叹息一声，然后站起来，拍拍屁股，“该走了！”

在如此完美的表演面前，冯熊彻底拜服，使劲磕头，道：“求路爷给冯熊一个机会。”

路小遗没有回头，而是看着天边的白云：“你修为还太低，想帮我也帮不上。这样吧，我这人太懒了，有些给别人用的法器懒得自己炼制，一个月后，还是在这里相见，到时候再看你我二人是否有缘。”说话间，路小遗翻身到了白虎身上，留下一个跪在地上抬头目送他离开的冯熊。

竭力留下一个伟岸背影的路小遗很清楚，冯熊已经落入彀中，跑不出自己的五指山了。

“路爷，请放心，我一定会证明自己的价值。”冯熊自言自语道，有点发誓的意思。

路小遗不是不想留下来，而是必须回一趟匠镇。他这次出去，弄到的好东西太多了。他要回去先安顿好干爹干妈，然后闭门制作一些东西。他答应给孙缩缩一份礼物，自然不能少了孟青青的一份。做完这些事情，他才好去忙重建神族的大业。

龟灵第一次提到神族时，路小遗就有预感，这真的是母神赋予他的使命，也是他逃不掉的宿命。

想明白后，虽然有点不情愿，但路小遗还是接受了这个使命。

谁让他是神族血脉的继承人！

匠镇在望，路小遗吩咐白虎落在山巅之上，交代它在山林中等候自己的召唤。他放出木牛来，往自己脸上抹点药膏，白玉一般的肌肤变成了小麦色。一番收拾后，他又恢复了原来的打扮。

路小遗躺在牛背上，哼着小曲，跷着腿，沿着山间小径，缓缓奔着匠镇而去。看着手腕上藏魂珠化作的球状刺青，他有种大梦初醒的感觉。

这一趟出去，他经历了很多事。想到大龟甲术这个能把自己玩死的奇特技能，他除了想逃跑，还是想逃跑。可惜，他逃不掉啊！

人这一辈子，总有一些事情是逃不掉的，总有必须直面挑战的时候。

“快跑啊，路小遗回来了！”远远听到木牛“嘎吱嘎吱”的声音后，匠镇街上的姑娘们不淡定了，四处奔逃，一时间鸡飞狗跳，这就是匠镇给路小遗的欢迎仪式。

没法子，这家伙案底太深了。他为了维护匠镇十害之首的名头，缺德的事情干得太多了。

当然，也有不怕路小遗的年轻女子，比如一些浑身脂粉香气，打扮得花枝招展的美女。

“路爷，记得来玩啊，奴家让你拍个够！”说这话的是碧玉楼的姑娘。自打码头上竖起了广告牌，“想红就要找路爷”的说法在姑娘们之中不胫而走。

就像碧玉楼第一红人琉璃在教训竞争对手时说的那样：想超过我？你还早着呢。等路爷愿意拍你的时候，你再惦记这点事情还来得及。

巨幅广告牌给路小遗带来了不少收入，但这都是过去的事情了。现在的路小遗已经看不上这点小钱了，自然也看不上码头上所谓艺术展的门票收入了。

路小遗就像走红毯的明星，一边微笑着挥手，一边缓缓前行。

这段时间路小遗不在镇子上，那些姑娘可撒欢了，不用担心被他偷拍。

随着路小遗的回归，这种好日子好像又要结束了。

声名狼藉的路小遗根本没有这方面的觉悟。现在他的境界提高了，这些庸脂俗粉，他已经不屑一顾。修真界有的是美女等着自己召唤，哭着喊着要自己拍她们，帮她们成名呢。好吧，最后一句是路小遗自己强加上去的。

看见路小遗回来，孟大强夫妇跟往常一样对待他，梅金云很开心地招呼：“回来了，我这就给你做饭去。”

路小遗心里暖暖的，跟以前一样，上前抱了一下梅金云。

“我回来了。这次出去发财了，以后你们不用这么辛苦了。我们开一家店，请一些人来帮着做事就好，不用再亲自动手挣糊口钱了。”

“钱不钱的都是小事，你安然回来就好。”梅金云不是很在乎路小遗挣了多少钱，交代一句便去忙活了。

路小遗回到自己的房间，也顾不上休息，便开始设计他要做的法器雏形。

这趟出去，他带回了足够多的材料，以前不敢想象的材料，现在堆成了山，因此设计上有很大的改进余地。

制作的重点是可以帮助提升修为的灵元渡，路小遗原来只打算做一个，现在嘛，材料管够，所以一出手就是三个——孙绾绾、孟青青、林薄一人一个，帮助他们加快修为提升的速度。至于别人，冯熊也好，齐子晴也罢，感情都还不到那个份上，不值得路小遗耗费珍贵的墨玉来帮他们修炼。

那么灵元渡这个法器，工作原理是什么呢？

第四十章

DAGUIJIASHI

意外情况

修真者采天地灵气，吐故纳新，化灵气为元气，收为己用，再以打坐运转心法的手段将元气化作体内真气。基于此，修真第一阶段才叫作炼气。也正因为如此，修真门派都会占领灵气充沛的山区。灵脉更是抢手货，修真门派为了新灵脉，拎着刀斧开山都不是什么新鲜事。

修真还有一种方式，就是从元气石或者元气玉之中直接吸收元气。这种方式自然极不可取，不是因为不好，而是因为太烧钱，这是土豪的修真方式。

路小遗制作灵元渡，就是因为他通过剖析修真者的修炼过程，找到了一个比较巧妙的方式。

怎么说呢，在自然环境下，如果元气石中的元气被吸光了，想要再次充满元气，怎么也要个十年八年的。而灵元渡呢，就是一个加速器。

灵元渡中间有根针，可以准确地定位灵气充沛的方向，上面有个锅叫探灵伞，里面雕刻着小型法阵，可以将灵气吸到锅内。然后通过一个压缩装置，将浓郁的灵气压缩到元气石内，加快元气石的充能过程。最后再通过一个装置，将元气石里的元气传到墨玉之内。这样一来，修真者只要手持墨玉，吸收其中的元气后，再将其放回装置上充满元气，就可以得到源源不断的元气进行修炼。

当然，这是理论上的思路。要完成这个法器，还是需要做很多工作的。其中最重要的工作是计算一块墨玉能储存多少元气石内蕴藏的元气。

这就要看墨玉的品质了。

吃了晚饭，路小遗开始工作，花了一个通宵重新设计，次日一早便呼呼大睡。梅金云一看他这德行，就知道他又开始不分白天黑夜地发癫了。

路小遗昨天给了梅金云两千枚元气石，足够一家人吃三年。既然不用为钱担心，那就把这孩子照顾好。

夫妻俩一商量，孟大强就忍不住了，他也是一个“技术宅”啊！他摸进手工坊：“给我来一份活儿做。”

“好，孟叔你做输元杆，八号图纸。”路小遗对孟大强非常放心。孟大强的手艺也很强，路小遗这点技术多半是从他那儿学来的。两人合作，进度加快了许多。一天一夜不眠不休，路小遗精神抖擞，丝毫不见疲态。孟大强倒是半夜睡了一觉，他主要是辅助，不影响大局。

对于孟大强来说，辛苦倒在其次，最令他震撼的是这手工坊里堆满的各种珍贵材料。这么珍贵的材料，好像不要钱一样，一堆一堆地往外拿。这些天去高铁匠那里打零件的时候，高铁匠都吓坏了，还以为孟大强劫了千机门的材料库。

做好的零件编好号，堆放起来。连续半个月，路小遗都待在手工坊内，一日三餐都是梅金云送进去的。有一日清晨，梅金云走进手工坊，看见路小遗躺在地上呼呼大睡，忍不住叹息一声，拿来毯子给他盖上，又把想进来的孟大强堵在门口。

路小遗一觉睡到次日中午才醒，肚子饿得咕咕叫。他立即就去厨房找吃的，发现锅里熬着老母鸡汤，灶上还有热着的馒头。这都是梅金云准备好的，她知道他差不多该醒了。

一通胡吃海塞后，路小遗摸着圆滚滚的肚子回到手工坊，看着货架上摆满的零件，脸上露出满意的微笑。组装的过程就比较快了，孟大强夫妇从外面回来的时候，手里拎着七八只老母鸡。这是要给路小遗好好补一补。

孟大强一看他在干活了，立刻进来帮忙递东西。这样一来，路小遗的进度更快了。三个灵元渡组装完毕，他满意地看着探灵伞里那根用秘银制作的探灵针。

最后还有一点零碎部件，孟大强也不知道是干啥用的，便问了一句：“这些怎么办？”

路小遗笑着道：“这是临时想到的一个东西，我做出两个来试一下效果。”

孟大强不解地道：“哦，你又想到了什么？”

路小遗笑而不语。

孟大强不是修真者，说了他也不知道。

这件东西是路小遗在设计灵元渡的时候灵机一动想到的，于是他询问了一下百事通龟灵，这家伙还真的拿出了一个说法，只是没有经过验证。

在路小遗灵巧的双手之下，两个人形傀儡组装完成，傀儡跟一个成年人差不多大小。这两个傀儡都有一个特点，脑门上顶着一根用玄铁打造的长长的针。这玩意儿能干啥？孟大强没法想象。

路小遗的设计图上有一行文字：全天候多用型修真辅助傀儡。实际上，这种傀儡准确的称谓，应该是渡劫辅助傀儡。仔细看图纸，不难发现，这种傀儡的脊梁是由玄铁打造的，三根用玄铁打造的尖头可以深深地扎进土里，确保傀儡的稳定。

这只是试验品，至于有没有用，还需要经过试验。其实路小遗很想给这玩意儿起一个通俗一点的名字：天劫欺骗器。

大功告成，还剩下很多材料，但是不急了。三人吃了一顿丰盛的晚饭后，路小遗把制作好的灵元渡和傀儡收入戒指内，这才表示要出门。

走之前，路小遗去了一趟胡屠夫的家里。正在为明天早市忙碌的屠夫，看见路小遗就跟看见鬼一样。

“看上什么都拿走，不要你的钱。”得罪路小遗的后果不会很严重，就是比较恶心，比如胡屠夫家的院子里会多出几堆狗屎，早晨起来开门，他会发现门口被泼了红色液体之类的……

路小遗不屑地看了胡屠夫一眼，一伸手，丢下两枚元气石，用戒指收走胡屠夫杀好的一头猪，还丢下一句话：“我啥时候白拿东西不给钱了？”这话说得掷地有声，好像过去的好几年内，这家伙没有白拿过他的猪肉一样。

白虎看见路小遗的时候，真是如同看见了亲人，上前抱着他怎么都不松爪子。它跟着路小遗的时间虽然不长，但是顿顿都是吃的烹饪好的肉，尽管那烹饪好的肉其实就是把肉放在水里煮熟了，加点作料。

路小遗知道它在想什么。他立刻架起炉灶，找来柴火，拿出猪肉随便剁了剁，丢进锅里用大火煮，真的是大块吃肉的架势。水开了再煮上十分钟，抓一把盐撒进去，路小遗就把肉捞了起来。白虎不顾烫嘴巴，一口咬住，马上开吃。半头猪被它吃得干干净净，骨头都嚼碎咽下去了。

可见这白虎最近过的是啥日子。

吃完半头猪，白虎还可怜巴巴地看着路小遗，那意思不是“再来一点”，而是“以后别抛下我”。

“行了，我是个吃货，养只白虎也是个吃货。”路小遗很不好意思地摸摸白虎的脑袋。

他打算出发上路的时候，林子间跳出一个监察傀儡，手持木杖，发出声音：

“跪下！”

路小遗心想坏事了，这里怎么冒出这么个东西来了。不等他发话，白虎猛扑上去，一爪子把傀儡拍散架了。路小遗暗叫不好，上前仔细检查后才松了一口气，这不是自带图像传送功能的傀儡，只有语音传送功能。出于谨慎考虑，他还是抽出了傀儡内部的储存卡——一枚长条玉简。这种玉简的材料几乎可以说是垃圾材料，是千机门运用最为广泛的白石玉。

“走了，回去找冯熊！”路小遗拍拍白虎。这货一个加速前冲，路小遗差点栽下来。他这才想起来，自己忘记做一个鞍子了。正所谓工欲善其事，必先利其器，要想做大事，不能没有提高格调的装备啊。

这件事要记下来，回头一定要认真落实。在鞍子上到底要镶嵌一点什么值钱的玩意儿呢？东海明珠，还是西山美玉？再来一张南海特产的蛟皮制作的垫子？

他心里正琢磨呢，白虎已经振翅高飞了。

这时候意外发生了，远处一只飞鹤急速飞来，上面有人手持一张网，高呼：“何方朋友？到了千机门的地盘，不打个招呼就想走吗？”

如果只有一个人，路小遗肯定是让白虎以最快的速度冲过去，然后近身一巴掌扇晕这家伙。问题是，随着来人的这一声吼，更多的飞鹤出现了，从四面八方围了上来。

路小遗的第一反应就是摸出一张面具戴上，免得被人记住长相，要不然，麻烦就大了。然后他才开始考虑出现这种意外的原因。

实际上这个意外不是意外，在这片山区，白虎这东西真是作恶多端。这货饿急眼了，吃了一只三头犬灵兽。

巧的是，这三头犬是千机门门主夫人从小养到大的宠物。

这下能不出事吗？

这一折腾，从千机门内至少走出来一百个人，看那阵势，是准备围殴路小遗呢！

面对这个情况，路小遗头皮发麻，心想，这可怎么破局啊？让白虎硬冲出去吗？

就在这个时候，龟灵出现了，说了一句话。

第四十一章

DAGUIJIASHI

不讲理才是高人

“手握乾坤定生死！”路小遗下意识地跟着念了出来，念完后脸色大变，“你坑我！”可惜，路小遗不能说话了，他立正抬头，做好一切准备姿势，迎接大龟甲术的降临。

意念中，交流还在继续，龟灵道：“上一次死去的那个继承人，就是因为他说慢了。”

“被你害死了！这玩意儿搞不好就会把自己玩死！”

“你以为你现在还能干啥？搞清楚，你是大龟甲师！是神族血脉的继承人！”

路小遗还想交流，却没有机会了。天空中的龟甲金光闪闪，前方正在靠近的修真者算是倒了霉。他们仗着人多势众，准备靠近后围殴路小遗，结果，二十五米范围内的修真者下饺子一样往下掉，所有的飞行法器全部失灵。那些修真者落地后到底是个什么惨状，路小遗也看不见，就知道他们肯定跟自己一样，立正抬头。

“好了，现在你可以选择去掉一颗骰子！”龟灵不受大龟甲术的影响，他可以说话，还可以围着路小遗转悠，然后用期待的眼神看着路小遗。

是啊，很久没玩这个游戏了，龟灵每一次看着继承人那种奇怪的表情，真是爽极了啊。

只能在意念里交流的路小遗很不甘心，此时巨大的龟甲就在他头顶，这一次龟甲大了很多，五米左右的大龟甲，金光灿灿的，很让人抓狂。

千机门的修真者冲得很猛，路小遗准备去掉一颗骰子的时候，不断有人冲进大龟甲术的作用范围，结果全都“哗哗”地往下掉。这一下千机门的人吓坏了，没人敢往前冲了。各种法器不要钱似的对着路小遗丢过来。

这个放飞剑，那个放战斗龙傀儡……可惜，所有法器进入大龟甲术的作用范围后，半点反应都没有，都失去了控制，一头栽下。这下就更加吓人了。再看路小遗呆呆地看着空中，完全无视众人的样子，后来的修真者都觉得他的修为深不可测。

这个时候，千机门门主夫人卞玉也赶到了现场，目睹了一个戴着面具、骑着白虎的“修真者”仅仅放出一个金灿灿的龟甲，就破掉了现场一百多个人的法器围攻。

这家伙是个什么来头？难道说是个高阶修真者？

自从有了这个念头，她是越看越觉得像。她看不到路小遗的表情，这家伙一直呆呆地看着上面，不仅无视了所有人，还一言不发玩深沉。

这会儿路小遗头痛着呢，他想，到底去掉哪颗骰子好呢？

他正想着呢，龟灵给了个建议：“当然是去掉写了‘生’字的骰子！”

人在犹豫的时候，很容易跟着建议者走。那就去掉写了“生”字的骰子吧。路小遗刚在脑子里做了决定，就后悔了！一共九颗骰子，四颗是正面作用的，现在从四颗中去掉一颗，那不是加大了负面作用的骰子出现的概率吗？

“大家都后退，远远地围着他就行。”卞玉还是比较淡定的，喊了一嗓子。所有人都退出一里地，继续强势围观。

路小遗做了决定后，八颗骰子开始高速旋转，变成虚影的时候，“啪嗒”一声，掉下一颗写了“和”字的骰子。这下路小遗松了一口气，不是写了“死”字的骰子就好。如果连续三次摇出写了“死”字的骰子，那自己也得死啊。

写了“和”字的骰子围着龟甲转悠一圈，似乎在展示，最后“嗖”的一下回到了龟甲内。就在这一瞬间，刚才还在路小遗头上的金色龟甲消失了，游戏结束了。

但是，大龟甲术的作用效果还没有结束。

之前掉下去的修真者被强制抬头看天，每个人都气得牙根痒痒。他们一恢复正常，二话不说，各种法器对着路小遗招呼过去。

龟甲消失的时候，卞玉也松了一口气，心想，看来这个防御法术消耗巨大，这个蒙面人也坚持不了多久。但是接下来的一幕，几乎把她吓蒙了。

见到之前落地的修真者将实战法器和法术打上来，卞玉急忙招呼大家帮忙，这时，惊悚的一幕出现了。

这女人活了三百多岁，从来没见过这样的场面。在地上的修真者发起攻击的瞬间，突然电闪雷鸣。二十多个地面上的急先锋一个都没跑掉，一人挨了一道闪电。

“大家别出手！”卞玉浑身汗毛都竖起来了，急忙大叫。

雷电术她不是没见过，但是她没见过有人一次发出二十几道闪电，而且地上那些修真者全都被电趴下了，惨叫声此起彼伏。

这根本没法打了，现场一共才这么点人，根本不够人家劈几次。

这高人可太厉害了，而且人家并没有主动出手的意思，都是自己门派的人发起攻击，然后遭到了惩罚。她自己吓自己，越想越害怕。殊不知，此刻的路小遗也吓傻了，他想，这伤的人有点多啊。刚才掉出来一颗骰子，半径二十五米的范围内，施法者、攻击者都会被天劫惩罚。

这大龟甲术有点霸道，要是能不把自己玩死就好了。

被一百多个人包围，路小遗不慌就是怪事了。问题是，他也没啥好法子。跑吗？不知道能不能跑得掉。白虎这家伙的速度，不知道靠不靠谱。是跑呢，还是继续摇骰子玩？

“小子，他们人很多哟，再玩一次吧？”龟灵充满诱惑的声音在路小遗耳边响起。

路小遗气急败坏，还不敢说出声：你个可恶的乌龟人，今天被你害惨了，现在伤了二十几个人，你说怎么继续？这千机门得跟我玩命啊！

虽然路小遗依旧坐在白虎身上保持沉默，但是此刻他的腿在发抖，几乎要从白虎身上掉下去。

问题是，卞玉不知道路小遗吓傻了。在她的意识中，她只知道眼前这位是绝对的高人。沉默不是因为他害怕，而是因为他习惯了我行我素，懒得跟这些低阶修真者打交道。没错，修真界的高人都是这个德性。这还是脾气好的，不理不睬而已；脾气差的，估计已经大开杀戒了。

卞玉在一条飞龙上哆哆嗦嗦地拱手致意：“这位前辈，不知道来到千机门，有何指教？”卞玉拿出千机门来说话，就是想着万一这个前辈跟千机门有交情呢，或许会留点情面。

“路过！你有意见？”这个时候的路小遗内心狂喜。呀，服软了？这个好，这个好！于是，他淡淡地来了这么一句。

这话算是在卞玉心中坐实了高人的印象。

“回前辈，晚辈不敢有意见。只是我养的一只三头犬，被您的坐骑给吃了。”卞玉小心翼翼地说话，生怕得罪了这位“高人前辈”。

这时候路小遗自然要彻底装下去，他说：“小白吃下去的东西多了。”

卞玉知道爱宠白死了，这位大爷根本没打算赔偿，也没打算道歉。她哪里知道，路小遗现在的所作所为，都是他在匠镇当恶霸时的做派。殊不知，在弱肉强食、胜者为王的修真界，越是顶级的高手，做派越跟匠镇恶霸没太大的区别。这些人都一个本性，不讲理！

路小遗误打误撞，将一个修真高人的本性展露无疑。这下卞玉彻底认栽了，甚至怀疑自己的人要是再围着，高人就会动杀机。趁着高人还没发飙，卞玉立刻大声喊："都散了，别在这里围着。"

"唰唰唰"，这帮人来得快，去得更快，气势汹汹而来，屁滚尿流而去，都是给吓的。人家动都没动，强大的雷电术发出去，二十几个同门就都被电倒了。

此时，千机门的人就剩下卞玉一个人在这里了，这女人不是不肯走，是不敢走。谁让她是带头的？如果她就这么走了，万一这前辈觉得她不礼貌，一巴掌拍过来，千机门就算是大难临头了。

当然，别说什么讲道理之类的话，修真界讲道理的高人还没出生呢！

"你怎么还没走？"路小遗心里相当别扭，这女人怎么回事？其他人都散了，她还打算让我请消夜啊？

这下卞玉彻底放心了，前辈没生气，很好。不过，人都是得寸进尺的。发现这个前辈好像比较好说话，她打算稍稍放肆一下："回前辈，晚辈修炼上有些问题，想向前辈指教。"

路小遗心想，我能指教什么？我就是个冒牌货！你还真拿我当高人啊！

"乌龟人，随便说句话，把她打发了，我们还要上路。"路小遗看上去在沉吟，实际上在等龟灵出招呢。

这龟灵确实很有一套，真说了一句话："急功近利，阴阳失衡。"

路小遗一听这个，心里狐疑，用意念反问："你确定这话能忽悠住人？"

龟灵不屑地看他一眼："土包子，按照我说的告诉她，保证她哭着喊着要跟你走天涯。"

"她好几百岁了吧？我带着她走天涯？"

"老怎么了？少年，她跟你很合适哟！"

"臭乌龟人，出去就收拾你。"

两人一通对喷后，路小遗总算结束了"沉吟"。他仰面望天，缓缓开口，说出八个字："急功近利，阴阳失衡。"

卞玉当即便跪下了！诚惶诚恐地跪下了！

第四十二章

D A G U I J I A S H I

唯一的优点

卞玉的修炼到了瓶颈期，一直都找不到原因。修真大道不是笔直的单行道，其中有很多岔路。谁也无法保证自己一定走在正确的路上，这就需要所谓的悟性。悟性高的人，犯错的时候少；悟性低的人，犯错的时候多。

这八个字实际上就是废话，路小遗对这句话毫无概念，但是卞玉听后服气了。修真哪有不急功近利的？不然哪来那么多人杀人夺宝，为了抢夺灵脉开战？

问题是，卞玉不这么想。她的修为提升不了，她需要一个原因。这个时候，她正好遇见一个高人，给了一个原因。卞玉寻思一番，立刻服气了。为啥呢？她只是说了自己有问题，没说是啥问题，路小遗就给出了原因，而且她觉得路小遗指出了问题的关键。

现在，一切都能说通了！

她最后的结论是，高人就是高人，一眼就看穿了自己的问题。那么接下来怎么解决这个问题呢？卞玉不敢问了，担心高人不高兴，会抬手给自己一巴掌。这么一想，卞玉就只好跪地拜谢："多谢前辈指点，晚辈恭送前辈。"

路小遗没想到这样就蒙混过关了，心里一惊后狂喜，强忍激动，保持镇定："我去了！"说完，他拍拍白虎。白虎振翅飞远，一路狂奔。

卞玉看着路小遗的背影，忍不住感慨："高人就是高人，坐在白虎身上高速飞行，却不觉得冷。"

白虎在高空飞行，温度是个大问题，只是路小遗这一路逃命顾不上而已。

出了千机门的势力范围后，路小遗才让白虎落到地面上。下来后，他浑身僵硬，头上结满霜，样子很惨。哆哆嗦嗦的路小遗在空地上点了些柴火，围着火堆才感觉自己还活着。他又架上锅，煮了一点热水，烧开后喝下去，总算是缓过来了。

“龟灵！我不是血脉继承人吗？怎么没点特殊的地方，照样被冻个半死？”路小遗心里不爽，想找人发泄一下。

龟灵蹲在路小遗的肩膀上，懒洋洋地打着瞌睡，听到这话后，他睁开眼，很不耐烦地表示：“你有大龟甲术还不够吗？”

“当然不够。你看我啊，从小在穷人堆里长大，缺吃少穿，为了生存做了不少坏事。这完全就不是一个血脉继承人该有的经历。”路小遗抱怨道。

但他的抱怨没有博得任何同情，反倒招来了龟灵的白眼：“你知足吧！”

“我为啥要知足？你看啊，我肩负重建神族的伟大使命，难道不该给我多一点好处吗？”路小遗还在抱怨，龟灵已经不耐烦地转身，靠着他的脑袋睡着了。

跟我说话的时候你竟敢睡觉？路小遗超级不爽，但也就是在心里随便想想。

重建神族，任重道远。

想着想着，路小遗也睡着了，并且做了个梦。

什么梦呢？

梦里的路小遗被一群修真少女簇拥着，又开心又快活。他正跟少女们探讨人生呢，天空中飘来一个金色的龟甲，掉出一颗写了“死”字的骰子。

“哎呀妈啊！”路小遗一声惊呼，醒了！

做梦都能梦见“死”字骰子，这就是悬在他头上的一把刀啊！

白虎这家伙居然没睡，围着路小遗转悠，对四周保持着警惕。嗯，很好，值得表扬！

路小遗表扬的话还没说出口呢，这货就张大嘴巴，用爪子挠了几下肚子。这是要吃的！

“你个吃货！这样下去迟早被你吃破产！”路小遗抱怨了一声，还是去找来柴火，架起了锅。戒指里还有剩下的半头猪，全都被他炖了来喂白虎。

这时候龟灵也醒了，打了个哈欠。路小遗很好奇地问他：“你在我肩膀上睡觉，怎么不会掉下来？”

龟灵给他个白眼：“我在你肩膀上睡觉，是因为你是天生灵体！”

“不对啊，你没回答我的问题。”路小遗很不爽，这乌龟人越来越嚣张了。

“真是蠢啊，我是灵体，你是灵胎肉体……算了，跟你说不清楚。”

路小遗觉得这个问题有点复杂，但他懒得动脑筋去想。他一边往锅底加柴火，一边对龟灵说：“你说，下一步我该怎么做？我觉得吧，继续骗人不是什么好事啊，我良心上会过不去的。你想啊，万一不小心摇出三颗写了‘死’字的骰子，不是害死那些被骗的人了吗？我们还是换个办法，比如找找我身上的优点，用优点吸引大家嘛！”

龟灵上下左右仔细打量了他一番，好一阵才憋出一句话：“不好意思，你还是自己找优点吧，我不但在你身上找不到优点，还没找到‘良心’这种东西。”

路小遗大怒，站起身来，瞪着眼睛：“你说什么？你再说一次？”

“再说一次我也不能昧着良心说谎，你自己照照镜子看看自己，哪有优点？昨天晚上如果不是我，你觉得自己能搞定那个三百多岁的老女人吗？嗯？嗯？嗯？”连续三个“嗯”，把路小遗问住了。

是啊！他摸着下巴仔细想想，确实找不到优点。他从小在匠镇长大，书没读多少是肯定的，修真路上又是个失败者，为了生活做了无数缺德的事情。

路小遗摸出镜子照了照，惊喜地叫了一声：“爷帅啊！这难道不是优点吗？”

龟灵也被问住了，在他的思维内，神通广大、多才多艺、气质高雅、满腹诗书，这些才算是优点。长得帅也算优点吗？龟灵困惑了！

路小遗得意了，嚣张地双手叉腰，仰面看天：“哈哈哈，不容易啊，小爷总算找到了唯一的优点。”

龟灵不解地问：“长得帅也算优点吗？”

路小遗一点也不服气：“难道帅还不够吗？有一句话是这么说的，帅就是优势！”

龟灵上下看看他：“就算是帅，也还是个小人物啊！”

“呵呵，你别想打击我。不如我们打个赌！等下有人路过的时候，我们分别过去问路，看看谁能问到去天灵门的路。”路小遗眼珠子乱转。

龟灵缺少市井生活经验，完全没想到这是个坑！

“赌？好啊，我跟你赌。但是赌注是什么呢？”龟灵兴致勃勃的，看来这货很喜欢玩。

路小遗阴笑两声：“嘿嘿，就赌输家绝对服从赢家。”

龟灵仔细想了想，点点头：“好吧，我们就赌这个。”

路小遗先喂了白虎，然后让它远远地跟着，免得吓坏路人。他自己和龟灵往前走。前方走来一个割猪草的农家少女，路小遗琢磨了一番，装作很大方的样子：“我让你先！”

龟灵没有警觉，立刻走上前去，双手张开，拦住小姑娘：“小姑娘站住，出山的路怎么走？”

“妖怪啊！救命啊！”小姑娘看见龟灵的样子，吓得一屁股坐在地上，将手里的篮子丢向龟灵，口中还在不断地叫喊，“妖怪，滚开！”她一边喊着，一边往后挪，尽量与龟灵拉开距离。

这一下龟灵傻眼了，他没想到是这么一个结果。小姑娘吓得面如土色，眼泪哗哗往下掉。

就在此刻，一个高亢的声音传来：“姑娘莫怕，我来救你！”

一个正义的形象出现了。好吧，正义非正义不是重点，重点是出现的人是个帅哥！

小姑娘看着路小遗，瞬间失神，忘记了害怕。

正义的帅哥挡在小姑娘身前，就像一座大山般巍峨：“妖怪！快走开！”

他一边在嘴上说话演戏，一边在脑子里用意念传声：“愿赌服输！”

龟灵赌品不错，输了就认，情绪不高地耷拉着脑袋走了。回到林间的龟灵怎么都想不明白，为何小姑娘会吓成那样。

留在原地的路小遗陷入了一个巨大的麻烦中。他以正义的帅哥这一形象出现后，小姑娘说话就不太利索了，结结巴巴地表达一个意思：“小哥哥，人家害怕，你送我回去吧。”

路小遗哪有时间送她回去！他找了个正义的借口：“这位姑娘，你自己回去，我还要去抓妖怪！你放心，妖怪被我吓跑了，你是安全的。”

说完，他摆了个又酷又帅的姿势，手指向前方树林：“妖怪，哪里走！”小姑娘一个不防备，他就这么跑掉了。

追上龟灵后，路小遗一副得意的嘴脸，十分令人讨厌。龟灵不想跟他说话，拉着一张脸坐着。

路小遗良心发现，没有继续刺激他：“龟灵，我们该走了！”

龟灵：“走吧。对了，往哪走啊？”

路小遗：“啊，问路啊，刚才忘记问了。”

龟灵：“你就知道装酷耍帅，我不管，你没问到路，你也没赢。”

路小遗：“呵呵呵，我们再赌一次，你还是会输。”

一人一龟一路吵闹，后面跟着一只相当无奈的白虎。

此刻，天灵门总部的毓秀山下，齐子晴面带冷笑回望山门。八岁进山，她在这个门派里修炼了十年，辛辛苦苦修炼到六级后，五年的时间里再无寸进。她问师父，没答案，甚至连她进入灵脉的时间都减少了。反倒是一个一直不如她的师妹，总是能得到师父的照顾。后来她才知道，这个师妹是师父的亲戚。

就在昨夜，齐子晴终于完成了突破，进入了炼气期七级。

这一结果，全都拜路爷所赐！

第四十三章

D A G U I J I A S H I

制定策略

路小遗为何要去天灵门，而不是直接去千机门或者别的门派？

理由很简单，他在三门镇的时候，那些修真妹子说了很多关于天灵门的事。

比如，天灵门地盘不算很大，但是弟子最多，资源有限，竞争激烈。

修炼是需要资源的，需要元气石，需要灵脉，需要各种灵丹妙药。

从这个意义上来说，冯熊那个家伙其实很有优势，可惜那家伙太抠门了。

当初冯熊要是能保证齐子晴每个月能得到一瓶固元丹，没准齐子晴就同意跟他交往了。弄一些华而不实的东西，还不如丢出来一瓶辅助修炼的丹药固元丹。当然了，两人都是修真者，冯熊自己都不够吃的，哪有多余的给齐子晴？

炼丹药也是需要花钱的。

前往三门镇的路上，路小遗和龟灵之间的交流还在继续。

"重建神族，总得有个地盘吧？或者说是洞府也行啊！"提起这件事情，路小遗就是一万个不情愿。好不容易赚了一笔钱和一些材料，居然要花在别人身上，他心里非常不爽。他是个小富即安的主，要不是龟灵在一边监督，他早就找个地方过地主的生活了。

可是不行啊，现在他已经在这条船上了，得一条道走到黑。

"地盘的事情暂时不用考虑，还是先把人马组织起来。"龟灵的意思是，你别好高骛远，要安心找帮手。

路小遗叹息一声："也是，历史已经证明，凡人再多都没用。"

"就是这个道理。只要我们的人在门派内崭露头角，他们就能从门派获得更多的资源，将来重建神族之日，把握就更大。"龟灵说得唾沫横飞，路小遗也觉得很有道理。

但是，龟灵忽略了一个事实，那就是当年的神族是被金仙榜上前一百名仙人联手击杀的。那些人可都是大罗金仙啊，一般的修真弟子哪能对付得了？

问题是路小遗不懂这个，还很配合地表示：“对，先找到帮手再说。”

“快看，三门镇界碑！总算从山里走出来了！”路小遗颇为感慨，这一路走了三天三夜，才算出了山区。其实他可以让白虎带着他飞，但那样太冷了，所以装备凑齐之前，他不想再坐白虎。

可怜的白虎，再次被丢在山间。路小遗洗掉脸上变色的药水，换一身华丽的服装，鞋子也擦得锃亮，最后还戴上一副墨镜。

刚刚把木牛放出来，路小遗就听到一声惊喜的喊叫：“前方可是路爷？”

路小遗一回头，哎呀，这人他见过啊，她是天灵门的妹子之一，那个被苏长风骗去做鼎炉的齐子薇。

“原来是子薇师姐，你身体好些了吗？”路小遗不是故意装嫩，他是真嫩。

“多谢路爷关心，身子已经好了。”齐子薇长得不如齐子晴，身段却略胜一筹，说话间眼波流转，妩媚娇羞，一双水汪汪的眼睛很是迷人。

“相请不如偶遇，上车一起进镇子吧。”路小遗还是有点同情齐子薇。修真界不是他之前想的那样，照样有人混得很惨，不然也不会有修真妹子愿意去酒楼当侍女。

“多谢路爷！”齐子薇一点不客气，顺着杆子就上来了。

在木牛“嘎吱嘎吱”的声音中，路小遗装模作样地闭目养神。齐子薇上次被救下来后，已认定路小遗是个高人。而且她觉得，师妹齐子晴上次偷偷追出去，回到门派里就闭关修炼，一定是从路小遗这里得到了什么好处。

“路爷这次去三门镇，所为何事？”齐子薇小心翼翼地说话，也在旁敲侧击地打探消息。

“没什么事情，置办点行头。”路小遗实话实说。他就是想给自己弄个华丽一点的鞍，材料是有的，就是缺一些华而不实的装饰品，比如珍珠、宝石之类在修真界没啥实用价值的东西。

“这事啊，奴家或许帮得上忙。”齐子薇说话间，眼珠子亮了一下，语气也变得甜腻腻的。

齐子薇自称奴家，路小遗被狠狠地腻了一下。你想啊，一个修真妹子在自己面前自称奴家，心里多爽啊。就像那些大明星跟一个粉丝在一起的时候自称小名，这个粉丝当时还不得乐疯了？路小遗就是在心理上还没完成身份转换，被她一招打中软肋。

“呵呵，你能帮啥？”这话里的语气没有之前那种客气了，多了几分亲热。

“奴家是外门弟子，每月总有三五日被总管外派做点事情。这不，今日奴家来三门镇，就是去南北货栈帮忙。那里管事的奴家熟得很，路爷能去光顾，奴家脸上也有光彩。”齐子薇会说话，一边说一边猛丢媚眼。

可惜，路小遗心思不在这上头，脑子里还在琢磨，等下要弄一身怎样的行头。

“一般的南北货色，各地都有吧？”路小遗没有受她的影响，冷静地反问道。

齐子薇暗暗叹息，这路爷就是跟别的男人不一样。齐子薇收起了心里那点算盘，进入一个导购的角色：“回路爷的话，方圆五百里之内，也就这家货栈最大了。路爷不妨先去看一眼，正好昨日有门派商队自极北之地回来，没准还真有些紧俏的货色。”

“好，那就去看看。”路小遗点点头，木牛已经到了镇子口。

就在路小遗进镇子的时候，有两路人马往三门镇过来了，都是为了找他。

一路是冯熊，带着一个同门的师弟冯虎。两人不是一个师父，但是关系很好，有过命的交情。冯熊私下里告诉冯虎，带他来见高人，对提升他的修为大有裨益。

师兄弟二人身材正好相反，一个胖得像座山，一个瘦得像竹竿。之所以会出现这种情况，原因是冯熊擅于炼制丹药，经常需要自己试药，次数多了，影响了体质，喝水都胖。冯虎则擅于炼器。

冯虎在这一代青囊门弟子中炼器水平最佳，其他方面却最差，也就是偏科偏得厉害，在门派内不是很受待见。毕竟青囊门还是以炼制丹药为主，你炼器好没太大的市场。

“师弟，要说制作器具，这位高人是我见过的最强者，叫路爷。可惜，高人凡事喜欢讲缘分，就看师弟能否入其法眼了。”冯熊一番介绍。

冯虎面色凝重，叹息道：“青囊门人不多，事不少。师兄木秀于林，招致疾风骤雨，小弟却帮不上太多的忙，还要师兄提携，真是惭愧。”

冯熊冷笑道：“还要感谢他们排挤我，不然我哪有机会遇到路爷？我上次出山顺利进阶，这次希望有缘再见路爷一面，求他老人家点拨师弟一二。”

另一路是齐子晴。相比之下，齐子晴没有带什么好处给她的姐妹们。顺利进阶后，齐子晴就一个想法：找到路爷，紧跟路爷。不知道路爷在何处，那就在三门镇等着，直觉告诉她，她唯有这么一个机会。

路小遗正在逛南北货栈，齐子薇没有骗他，这家货栈确实很大，她也是在这里干活。问题是，这里的东西真贵啊。同样的一块玄铁，在八方城只要五十枚元气石，在这里就要八十枚元气石，摆明是要宰人，谁要是着急要这东西，就得挨这一刀。

“子薇师姐，这家货栈货是很多，价格却颇高。”路小遗说道。

齐子薇笑眯眯地解释：“路爷，话不能这么说，八方城的东西是便宜，但您走一趟怎么也得三天吧？这还得是您，换成一般的人，不得走个十天八天的？”

路小遗心想不对啊，有这么远吗？但他仔细一琢磨，想起上一次木牛确实狂奔了三天三夜还是四天四夜才到八方城。想起来他还有点惭愧，当时他一门心思逃命，真没仔细去想，就记得大腿上的皮都磨破了，疼得不行。

“其实呢，十天八天的不算个事，就是这一路上吧，不太平，隔三岔五总有一些劫道的人，抢夺财宝，伤人性命。您不怕，别人怕啊。”齐子薇这么一解释，路小遗心有戚戚焉。上一次他运气好啊，狂奔好几天，居然没有遇到劫道的人。

齐子薇见他沉思，又来了一句：“对您来说，些许低阶修真者自然不在话下。对走南闯北的商队来说，可就没那么轻松了。您说，是不是这个理？”

路小遗没有再去想这件事，而是转移话题：“不是有从极北之地带回来的货色吗？”

齐子薇窃喜，极北之地在万里之外，从那里带回来的货更是贵得吓人。只要路爷买一件，她的销售任务就算完成了，不用再在这里赔笑了。

“路爷请跟奴家来！”齐子薇在前面带路，她按照自己的理解，领着路小遗往药材处走。她总觉得，修真高人为了提升修为，总是需要一些顶级药材炼制丹药的。殊不知，路小遗根本就不能修真，一直在装模作样。

既然要装，路小遗就得摆出一副一般的货色看不上眼的样子。这些药材其实都是好东西，有万年雪莲、冰海银鱼等等，都是修炼之人需要的药材。

可惜，路小遗只是匆匆走过，没有驻足。齐子薇心里暗暗失望，领着路小遗继续看。这一路看过去，材料什么的，路小遗暂时也没有急需的。他需要的是能提升范儿的利器啊！

沿着货架走到尽头的时候，路小遗站住了，眼前一亮。

第四十四章

D A G U I J I A S H I

难道要挖坑埋自己？

极地皮大氅。

扫了一眼名称后，路小遗的心开始乱跳。这可是好东西啊，他伸手去摸挂在墙上的极地皮大氅，再用嘴吹一口气，大氅上的毛柔顺至极，一吹就会出现一个小窝。

“这个多少钱？”路小遗总算看上了一样东西，导购小姐齐子薇却为难了。

“路爷，这是别家预订的，就这么一件。”期期艾艾地说完后，齐子薇心里暗暗叫苦。她一门心思想做笔大买卖，完成这个月的销售任务，没想到路爷看上了这个东西。

“别人预订的？”路小遗一脸失望，不舍地多摸了几下，叹息一声，转身要走，不想前方有人拦住去路。那是一个小姑娘，脸蛋跟粉团似的。

只见她双手叉腰，仰面道：“那极地皮大氅是我预订的，你要是喜欢便拿去，不过要答应我一件事。”

路小遗认出来了，这就是那个把马车掀翻的小姑娘，她身后还站着一些黑衣人，他也都打过照面。这小姑娘的胆子不是一般的大，对下人也不是一般的狠辣。

“小小年纪，也能做主吗？你家大人呢？”路小遗不算大，但是不妨碍他装，要不他怎么在屋子里还戴着墨镜呢，这是习惯性地装，深入骨髓地装，忘我地装！

“你蹲下来跟我讲话我才理你，我不喜欢抬头跟人说话。”小姑娘要求还挺多，路小遗“哈哈哈”大笑三声，弯下腰，伸手捏她的腮帮子。黑衣人面露怒色，小姑娘哼了一声，让他们都退下。

“手感不错，我很喜欢，不过我没有欺负小孩子的习惯。东西虽好，但你还是自己留着吧。”路小遗才不信这个小姑娘是盏省油的灯，拿她的极地皮大氅，鬼才知道她会提出什么奇怪的要求。万一一不小心露馅了，他还怎么接着往下装？

说完，路小遗转身就走。小姑娘追在后面，气急败坏地道：“以大欺小，你不是好汉。”

路小遗哈哈大笑，从侧门出了南北货栈，头也不回。齐子薇失望地送到门口：“路爷慢走，回头……”

一个袋子“唰”的一声飞过来，齐子薇伸手接住。路小遗背对着她，举起手摇了几下：“再会，这是给你的辛苦费。”

齐子薇低头一看，是五十枚元气石。这小费给得真大方。

路小遗继续逛街，不动声色地用意念和龟灵交流，让他观察身后。呵呵呵，小姑娘，不怕你不上钩。

如果骗到一件极地皮大氅，那他就赚了。

不出所料，小姑娘带着一群黑衣人从后面追上来了。路小遗故意东张西望的，看见一间茶楼，他便迈步进去，坐下，又叫了点吃的。这时，小姑娘跟进来了，站在面前盯着他。

路小遗当她是空气，端着茶杯，不紧不慢地吃点心。这小姑娘倒也有耐性，围着路小遗打量了半个小时。那些黑衣人就站在那里，始终保持一个姿势，就像一尊尊石雕。

“你叫什么？”小姑娘总算开口提问了，路小遗却当作没听见，丢下一枚元气石起身要走。

这小姑娘急了，张开双臂拦住路小遗：“你不能走，必须跟我说话。”

路小遗阴森森地笑了笑：“丐帮有一种人，专门抓你这么大的小孩子，逼着他们去乞讨，每天有定量，完不成就打，还不给饭吃。就算完成了，也只能吃点冷饭剩菜。”

路小遗说到这里时，小姑娘眼里流露出畏惧，他面目狰狞，又冷冷地说道：“你的人打不过我！”

这小姑娘先是后退两步，随即“哇”的一声大哭起来，坐在地上打滚：“你欺负我，你欺负我，大人欺负小孩了。”这一打滚，她身上穿的白裙子顿时变得脏兮兮的。那些黑衣人却动都不动，没人管她，而且还微微后退，让出地方给她打滚。

这小姑娘真是太任性了，可见在家有多么受宠。

路小遗叹息一声，蹲下来：“滚得不错，就是难度还不够。”

小姑娘"哧溜"一下，滚到路小遗面前，麻溜地坐起来："你愿意跟我说话了？"

路小遗笑了笑："你想说啥？"

"我要修真。我爹说我灵根发育不全，没门派收我。"说这话的时候，这小姑娘眼泪"唰唰"往下流。路小遗心有戚戚焉，心想，想当年我也是这样的情况啊。

"你灵根发育度多少？"路小遗问了一句。

小姑娘擦了一下眼泪，红着脸低声说："他们说才百分之十。"

呃，路小遗颇感无奈，暗道，百分之十的灵根发育度，你也好意思说想修真，感受不到灵气，你修什么真啊。

就在路小遗准备劝退的时候，龟灵以意念传音："答应她。她不是灵根发育不全，是被人做了手脚。"

路小遗心里一颤，赶紧问："你确定？"

"废话，我什么时候看走眼过？"龟灵底气十足，给了路小遗自信。

"起来吧，去洗一洗，我在这里等你就是。"路小遗需要时间跟龟灵商量，他坐了回去，看似在闭目养神，实际上是在和龟灵交流。

"我说，你打算怎么做？别等一会儿人家回来了，我一点办法都没有就坏事了。"

"哼，这等障眼法，只能骗骗探灵柱，骗不了我。回头我拿个心法给她练，最多一个月，再测灵根发育度，到时真相自明。不过这个小姑娘看起来很麻烦，你确定要帮她？"

路小遗："怎么可能！我只是想要那件极地皮大氅而已。"

龟灵："那就以一个月为期限好了，让她自行修炼一个月心法，然后随便找个门派去测试。"

路小遗："也只能这样了，我现在哪有精力管她？"

洗干净的小姑娘回来了，换了一身粉色的裙子，脖子上围着一条白色的围脖，衬托出一张粉嫩的小脸蛋。这时候再看她，哪有之前打滚的样子？她规规矩矩地站在一边，行礼后才开口道："奴家可心，见过先生。敢问先生尊姓大名？"

"你不需要知道我是谁。我这里有个心法，你拿回去练上一个月，再去某个门派测试一下灵根发育度，到时自见分晓。"路小遗决定挖个大坑，这一次不是冲着小姑娘可心去的，是奔着她爹去的。

这种女孩子，一看就有个“二十四孝”的“爹奴”，又好像很有钱的样子，不从她爹身上捞油水从谁身上捞油水？

小姑娘这一下糊涂了，小脑袋瓜子不够用了，一双眼睛盯着路小遗滴溜溜乱转，心想，这家伙是在骗我吗？我有那么招人讨厌吗？

能想到这个，说明这小姑娘还是很聪明的。问题是，她说出来了：“你不会骗我吧？”

好吧，这下路小遗确定她掉坑里了。他不紧不慢地笑了笑：“一个月而已，我就住在三门镇不走了。你要不放心，就去订个房间让我住下，然后让你的人跟着我就是了。”

“那还不如我跟着你呢！”小姑娘一句话说完，又一个“受害者”诞生了。

路小遗装出一副高深莫测的样子，微微一笑，手一翻，手上多了一枚玉简。他把玉简递给可心：“拿去，知道怎么用吗？”

可心接过后，前后看看，点点头：“这里有个槽子，塞元气石。”

路小遗笑而不语，继续装作一切尽在掌握之中的样子。可心给他行礼，道：“那就委屈先生暂时住在奴家的别院里。”

说完，她转身对一个黑衣人道：“你去货栈，把那件极地皮大氅取来，我要做拜师礼。”

路小遗及时开口：“且慢，一个月后再说。”

路小遗被一群黑衣人簇拥着，不紧不慢地在街上走着。三门镇地方不算太大，走到街尽头的时候，一个庄子出现在路小遗眼前。

“齐家别院”四个大字出现在庄子门口，路小遗吃惊地看着牌匾上的字：“这书法不得了，铁画银钩，笔锋之处，剑气欲出。”

可心听了这话，很是兴奋：“先生果然是高人，写这个牌匾的先生，正是个剑修。”

路小遗被请进一个院子，门口还站着四个丫鬟，不用看就知道，她们跟那些黑衣人一样，都是专门培养出来的。这时候龟灵以意念传音：“这些黑衣人和丫鬟都是炼气期的修真者。”

路小遗暗暗吃惊，却假装淡定，看着四个丫鬟，问：“叫什么名字？”

“奴家清逸。”

“奴家清莲。”

“奴家清柳。”

“奴家清云。”

“见过先生。”

最后一句是四个人异口同声说的。路小遗笑着点点头。

这时候可心开口了：“她们都是天灵门清字辈的女弟子，修炼八年都没过炼气三级，被打发到这里来做丫鬟。”

路小遗心里一颤，暗暗叫苦：“坏了，这下进了贼窝，难道要挖坑埋自己？”

“呵呵，天灵门弟子！”路小遗只能故作镇定，淡然地叹息一声，硬着头皮往下装。这小姑娘真是麻烦，早知道她跟天灵门的修真者有关系，打死都不招惹她。

他心里懊悔，只好在意念里骂龟灵：“乌龟人，看你惹的祸事！”

龟灵说道：“我看未必是祸事，没准还是个机会。”

第四十五章

DAGUIJIASHI

一场完美的表演

一人一龟躲在房间里，密谋下一步的计划。

“要在这里待一个月啊，太浪费时间了，白虎要饿死了！”路小遗有点郁闷，语气也有点冲。

“堂堂路爷，连区区一个小姑娘都对付不了？”龟灵换了招数——激将法。

然而路小遗已经看穿了一切，给了他一个白眼，故意文绉绉地说道：“如之奈何？”

“耳朵凑过来！”龟灵招手，路小遗凑近了，龟灵一阵咬耳朵。

路小遗一边听，一边露出不太正经的笑容：“嚯嚯嚯，你这个乌龟，连小姑娘都骗。”

龟灵一脸无奈，心想，之前惦记着给小姑娘挖坑的人可是你。龟灵咬牙切齿地道：“从未见过这等无耻之徒。”

路小遗有了招，心情很好，一摆手：“无耻就无耻，我要是高尚一点，早饿死在街头了。”

丫鬟清逸进来了，躬身道：“路爷，小姐有请。”

路小遗笑了，迈步出门，来到堂前，大摇大摆地坐在椅子上：“怎么，到了你们的地盘，给我端架子是吧？”

从正门进来的正是可心，她扫了一眼戴着墨镜的路小遗，背着手倨傲地说道：“怎么，先生还戴着墨镜呢，难不成，那是个法器吗？”路小遗一看这小姑娘的嘴脸，就知道这丫头之前一直在演戏，这演技都超过他了。

道高一尺，魔高一丈！路小遗还有后招，当即嘿嘿一笑：“可心，要不我们来玩个游戏？”

小姑娘可心一副胜券在握的样子，把路小遗骗到这里后，捏圆搓扁，还由得了他吗？不说三门镇范围内的法阵，单单这别院内，也有一个法阵。这小姑娘想得很好，在这个地方没法施法，一个月的时间很快就过去了，一旦发现这货是骗子，那就好好教训他一顿。哼，还想骗我的极地皮大氅！

“好啊，那就好好地玩一下。”这小姑娘年纪不大，却非常狡诈，而且还心狠手辣。此刻，她往门外一退，四个黑衣人挡在她面前。

路小遗缓缓往门口走，四个黑衣人分列两旁，路小遗稍有异动，他们就会立刻出手。

“可心啊，你是不是觉得，他们四个能制住我啊？”明明被包围着，路小遗却一点都不担心。可心站在五步之外，手里拿着一把匕首，在抛着玩呢。

“先生，要不你就露一手？”可心话音刚落，路小遗便动手了，也没见他使劲，就是伸手快速地在四个黑衣人的胸口各点了一下。他的速度可谓快如闪电，这就是神力的威力。一旦进入有效距离，任何人都躲不开这一击。

看着只是轻轻地点了四下，四个黑衣人却不约而同地捂着胸口，摇摇晃晃，最后全都单膝跪下。可心看得很清楚，顿时嘴巴张得老大，好半天才结结巴巴地说道：“你……你……你是怎么做到的？他们都穿着护身甲！在这地方你没法施法啊！”

路小遗缓缓上前，一个黑衣人挡在面前，但是他没有得到命令，不敢主动进攻。路小遗一伸手，抓住他的衣领，将他丢到院子外面。又一个黑衣人上前，还是被抓住衣领丢了出去……路小遗连续丢出去了十个黑衣人，没有一个有任何反应。这一下，可心的脸白了，站在原地直打哆嗦。

路小遗微微皱眉，看着眼前的小姑娘，像是在想怎么处置她，实际上是在听龟灵以意念传来的话：“她脚底有一个灵脉泉，被人用一块巨石挡住了。灵脉泉中蕴含的灵气是整个院子防御体系的源动力。等下你念口诀，就有好戏看了。”

路小遗不知道他说的好戏是什么，但还是阴森森地笑了笑：“可心，游戏开始了！”

小姑娘可心已经吓得一屁股坐在地上，口中还在骂：“这群废物，一群人都打不过一个……”

这时候路小遗背着双手，仰面看天，抑扬顿挫地念着：“手握乾坤定生死！”

提前做好准备后，路小遗就不用被强制立正抬头了。但别人不一样啊，坐在地上的可心站起来了，跪在地上的四个黑衣人都站起来了，被丢出去躺在地上不能动的十个黑衣人也都站起来了，大龟甲术作用范围内的其他人，都被强制立正看天。

“您可以选择去掉一颗骰子！”龟灵“嗖”的一下出现了，憨态可掬地鞠躬作揖。

做人不能太黑心，这一次去掉一颗负面作用的骰子吧。路小遗想着，去掉了一颗写着“病”字的骰子。

金色龟甲再次出现在空中！

直径五米的龟甲金光闪耀，蔚为壮观。骰子开始旋转的时候，出现了一个奇怪的景象，只见可心站着的地方突然缓缓地升起，不断升高，最终一块巨石被一股喷泉顶在半空。喷涌的泉水掀翻了失去平衡的巨石，可心却没有跟着往下掉，而是代替了被掀翻的巨石，站在喷泉上。她身上的衣服瞬间被喷泉打湿。

远远地看过去，此刻出现的就是一幅极为诡异的画面——空中突然出现了一个巨大的金色龟甲，一股喷泉上站着一个小姑娘。大家都很着急，但是谁都动不了，这就是龟灵说的看好戏吗？

这时候可心的内心已然崩溃，但是她什么都做不了，除了思维是正常的，别的都不受控制了，想哭都哭不出声来。

天啊，天啊，我都干了些什么蠢事，居然怀疑他是骗子。可心心里哭喊道。

路小遗骗了她吗？

是的，而且这个骗局已经从最初的1.0版本升级到了2.0版本。

当然了，整个骗局看起来不是骗局，而是一场完美的表演！

这场骗局的关键就在于正在高速旋转的骰子，如果掉下来一颗写了“死”字的骰子，那么，游戏结束，大家散伙！

路小遗在赌，赢了，赚大了；输了，换个对象接着玩。至于可心可能会死在大龟甲术下的风险，路小遗已经顾不上了。本来在这个骗局里没有大龟甲术的事，都是这小姑娘自作聪明，逼着路小遗走到这一步。

这个时候，路小遗心里就一个念头：千万别掉出一颗写了“死”字的骰子！

为了一件极地皮大氅，真不值得！

也许是路小遗的意念发挥了作用，八颗骰子转速达到极致的时候，突然停下了！

“啪嗒”，一颗骰子掉了下来。只能一动不动地看着龟甲和骰子的路小遗彻底松了一口气，在心里呐喊着：母神保佑！这次，掉下来的是一颗写着“生”字的骰子。“唰”的一下，骰子归位，龟甲毫无预兆地消失了，就像刚才什么事情都没有发生过。

接下来发生的事情如下——站在喷泉上的可心站不住了，哇哇大哭，身子往下掉。黑衣人等也都先后恢复了原来的状态。半径二十五米范围内的所有人都怀着惊骇的心情看着眼前发生的事，好一会儿才恢复正常。好几个本来好好的修真者，膝盖一软，跪下了！

路小遗继续展现他完美的演技，上前一步，一伸手，揪住可心的衣领，拎着她走到门前。他目光阴森森的，面孔狰狞，冷声发问：“这游戏好玩吗？”

领子被揪住，加上被吓得魂飞魄散，可心就算想哭也哭不出来。

可是，这离结束还很远。

院子里出现了几个人的虚影，虚影渐渐凝聚成实体。一、二、三……八、九，一共出现了九个女子。她们站在院子里，怨恨地盯着可心。可心看见这些人的时候，路小遗正好把她放在地上。她当即吓得腿一软，不由分说坐在地上：“鬼啊！”

尖叫声穿透云霄，接着她连滚带爬地藏在路小遗身后，紧紧地抱着他的腿不放，号啕大哭：“先生，先生，放过我吧。我知道错了，你让她们都走吧，不要出现在我面前。”

九个女子先是满脸惊讶，看清楚院子里的一切后，都跪在地上，朝路小遗磕头，异口同声地说：“多谢高人将我等救活！”

这个时候，轮到路小遗内心崩溃了。毫无疑问，这九个女子都是死在这个院子内的，那么，是谁下的手呢？答案已经有了，就是抱着自己大腿的这个粉雕玉琢的小姑娘可心，谁能想到她如此歹毒，小小年纪，竟视人命如草芥！

九个女子不敢抬头，路小遗长叹一声，伸手摸着可心的小脑袋：“知道错了吗？”

可心小鸡啄米似的点头：“知道了，知道了！先生不要让她们杀我！”

路小遗摘下墨镜，冲她温和地一笑，又戴上墨镜：“记住这张脸，不要告诉任何人。今后，你知道该怎么做了吗？”

“知道了！先生说什么，我就做什么。那个……先生啊，让她们都消失吧。”可心这么一说，地上的九个女子都浑身一颤。

路小遗呵呵一笑，蹲下身子，看着可心的小脸蛋："记住，你小小年纪如此歹毒，不是你的错，而是有人在你还在娘胎里的时候，对你施了邪术。今后呢，你在我身边学艺，对那些不构成威胁的人，一定要心存善念。"

可心这丫头，此刻呆呆地看着路小遗："为什么呢？"

路小遗拍拍她的脑袋："这个以后再说，现在你先去洗个澡，因为，你臭死了！"

"啊……"尖叫声在空中回荡。

第四十六章

DAGUIJIASHI

母女

路小遗的想法其实很简单，那就是，既然摆脱不掉重建神族的伟大事业，那就在这个事业中找到自己理想的生活方式。什么生活方式呢？简单一点的说法是土豪的人生，具体的说法是钱多到可以随便花。

他有很多人生理想，第一阶段的理想是修真成仙，但这一理想已经破灭了。

堂前不知何时摆上了一张大牙床，看材料，床面是用白玉制成的，架子和床脚是用散发着淡淡幽香的沉阴木制成的。要知道，这张床长六尺、宽四尺，用这么大的一块白玉做床面，十分奢侈。

天灵门真有钱！或者说，齐可心她爹真有钱！

“路爷请上座！”

牙床后面有靠垫，路小遗心想，还好在八方城的顶级客栈里坐过这种高级的床，不然今天真的要露馅了。

两个丫鬟蹲在路小遗面前，一人一只脚，给他脱鞋。于是，他坦然地坐在牙床上，都不用动一下。

脚有点味道？呵呵呵，这不是问题，已经有人端来热水了，路小遗还是什么都不用做，自然有两双手给他洗脚。面前还有一盆水，冒着热气，是给他洗手的。

洗手后，他往后一靠，这种生活真是爽啊！

其实按照可心的想法，应该先请路爷泡个澡的。但这里的管家提醒她，她已经引起了路爷的猜忌，泡澡这种事情容易引人误会，高人的想法可能会很古怪，万一又惹他不高兴呢。

可心听从了管家的建议，路小遗果然没有任何不满，安心地享受四个丫鬟的伺候，算上端水的丫鬟，那就是八个。一张小桌子摆在牙床上，酒菜一一摆上，清逸在旁拿筷子将菜用小碟子装起来，然后一一品尝，倒了一杯酒喝下去，这才放下筷子，问道：“路爷，可以用膳了吗？”

只要路小遗勾一勾手指头，这里的丫鬟便会为他做任何事情。可惜，这时候的路小遗戒心很重，这是差点栽跟头的后遗症。

这又是一次阴谋？

看上去坦然享受的路小遗，爽得浑身舒坦的同时，心里还是免不了犯嘀咕。

可心总算出现了，这丫头换了一身白色的裙子，缓缓走到牙床前，差不多离牙床还有三步的距离。路小遗面无表情，甚至看都不看她一眼。可心毫不犹豫地跪下了，一个黑衣人想伸手阻拦，却被她瞪了回去。她诚恳地说道：“可心给路爷谢罪！”

路小遗挪动了一下身子，让自己靠得更舒服一点，眼睛看了一眼小桌子上的杯子，清逸立刻端起杯子，送到他的嘴边。“吱”的一声，他抿了一口，但还是没开口，继续享受清逸的服务。几个黑衣人为之色变，但是没人敢上前，只能愤怒地看着路小遗。

路小遗看得很清楚，心里觉得挺遗憾的。这个神力现在还没有那么大的威力，不然的话，一根筷子丢出去，击退一个黑衣人，那才叫完美的表演呢！

不过路小遗没有气馁，伸手在牙床的角上摸了摸，想着要是能把这个角掰下来就好了。神力很给面子，路小遗好像一点力气都没用，就把床角掰下来一块。他在手里掂了几下，将它轻轻地抛给一个黑衣人：“我就喜欢看你明明很不爽，但是又对我无可奈何的样子。”

这是白玉啊，路小遗徒手就掰掉一块，直接吓住了所有人！这玩意儿别说是用手掰了，就是拿宝剑来砍，都未必能砍断啊。

“小人该死！”黑衣人反应迅速，当即跪下，抽出腰间的刀。

路小遗一抬手：“停，小爷现在心情好，你别影响我的心情和食欲。一边站着吧！”

这就是实力为尊的聚灵大陆，路小遗展示了足够强大的实力，之前不服气的黑衣人只能乖乖服从。处置了这个黑衣人后，路小遗才看了可心一眼：“还不上来陪我说说话！”

好吧，用母神发明的游戏来骗一个小姑娘，是非常没有节操的事情。

但结果意外地完美。

“是，路爷！”因为跪的时间长了，血流不畅，小姑娘爬起来的时候，身子晃了一下。路小遗一伸手，抓住她的衣领，直接把她拎了上来。

路小遗看着满脸兴奋的可心，摆摆手：“别高兴得太早，有几件事情要说清楚。”

“路爷请讲！”可心现在彻底服了，态度好得不能再好了，跪坐抬头，肃然聆听。

“首先，那个心法你抓紧练，别一个月下来，你又测出个百分之十来，我丢不起那个人。其次，复活的那些人送给我吧。这些年我四海飘零，现在累了，打算安定下来，找几个人伺候。最后一点，你小小年纪，勿妄造杀孽，否则徒增日后渡劫的难度，再无裨益，切记！切记！”

一番话说得可心满脸担忧，路小遗忍不住笑了：“还没开始学爬呢，就想着飞。”

可心不好意思地笑了笑：“路爷，一个月后开始修炼，几时可渡劫？”

路小遗没说话，看了一眼杯子，可心赶紧端起杯子，送到路小遗嘴边。等路小遗一口喝掉后，她得到了四个字：“好高骛远！”

对于这个评价，可心有点不服气，噘着嘴：“路爷是高人，可心是高人的弟子，自然要求高一些。”

路小遗冷下脸来：“我说过要收你为徒吗？”

“啊？”可心这才想起来，一直是她一厢情愿啊！她一时无言以对，连连朝偏房帘子后面看。没有看到想看到的人，她只好“哦”一声，垂头丧气地坐着。

“让人处理好一头猪，回头我有用。”路小遗知道她心里在想啥，伸手拍拍她的脑袋，看似是给她点事情做，实际上是让她去偏房请教身后的人。路小遗甚至怀疑，自己今天差点掉进的那个坑，就是她身后那个人出的主意。要不然，一个小丫头片子哪来那么多心眼？

可心下了牙床，路小遗指了指那些黑衣人，示意他们去院子里站着，别在这里碍眼。

这时候的院子可不是什么待人的好地方，平白多了一股水花四溅的喷泉，站院子里随便来点风，都能被洒一身水，不一会儿就浑身湿透了，更不要说地上湿漉漉的，一脚踩下去都是烂泥。此刻正是冬季，处在这种环境下，那真是要命。

“路爷，不如让他们去挖水沟，排掉院子里的水。您不是才教训可心，不可妄造杀孽吗？”可心很意外地替黑衣人求情。

路小遗面无表情地看看她，这小姑娘倒是会说话。

“那就按你的意思办。”路小遗没有弄死这些黑衣人的意思，只不过这货心眼小得很，想起刚才那些黑衣人瞪自己，不收拾他们收拾谁？

黑衣人鱼贯而出，没一会儿就在外面干起活来。

可心果然去了帘子后面，一个戴着面纱的妇人站在帘后，见她进来便招手道：“去那边说话。”

“初出茅庐，涉世不深，他早知道我来了，想看看我的修为，这才在院子里玩了一个游戏。刚才掰断床角，无非是想吓唬我。”这个妇人看上去不过三十岁，眼力却不浅，一番话说得头头是道，其实根子上就错了，路小遗就不是个修真者。

“母亲，他说的那些话，是真的吗？”

原来这女人是可心的亲娘，她伸手摸摸可心的头：“现在看来确实是这样，当年娘怀着你的时候修为不高，被人动了手脚。你啊，还差得远呢，以貌取人这一条便不可取，你怎知他是不是觅得一处福地洞天，苦修多年才出山的高人呢？”

“不是说修真者很难怀上孩子吗？”看来可心知道的还不少呢。其实，她就是想转移话题。

妇人笑了：“以讹传讹！你尚年幼，日后自然知晓。”

“我不小了！”可心还在撒娇。

妇人笑着摸了摸她的头：“想撒娇，找他去。记住，一定要拜师成功，此人有些手段，学了不亏。”

可心使劲地点点头：“见过路爷后，别人就不值一提了。”

“井底之蛙。山外有山，天外有天。”妇人笑着给了个评价，打发女儿回去。这女人唯一没想明白的就是，那些被处死的女人，怎么就复活了呢？这个有点吓人，但是那位的行事风格太过粗鄙，怎么看都不像得道高人。难不成那个金色龟甲是仙家的法器，有起死回生之能？不行，还得试一试他！

可心再回堂前时，身后跟着九个少女，每个人都认真收拾过，还背着一个小包。

路小遗见了，不禁笑了笑：“你还挺小气！一人一枚戒指都没有吗？”

“有是有，不过她们得到的东西，应该是路爷所赐，可心不敢越俎代庖！”

“算你说得有道理，她们暂时住在你这儿吧。我要出去一趟，办点事情，一个月内必然回来，到时候别装作不认识我，不给我开门哟！”开了这么一句玩笑后，路小遗坐了起来，两个丫鬟立刻上前，替他穿上袜子，把擦干净的皮靴拿来给他穿上。

收拾妥当后，路小遗站在门口，笑眯眯地看着一群黑衣人动手挖沟，报复的快感真不错。

这时候，一直没现身的妇人走了过来，双手捧着那件极地皮大氅：“齐乔氏见过路爷！区区小礼，不成敬意。”

路小遗笑了笑没说话，抬手用戒指收了极地皮大氅，一点都不带客气的。

齐乔氏笑着摘下面纱，露出花容月貌。路小遗短暂失神时，齐乔氏取下手上的镯子，往喷泉上一丢，镯子不断地放大，罩住了喷泉。

原本乱飞的喷泉水立刻被罩在其中。

路小遗大骇，这是假高人遇见真高人了。好在最近他算是练出来了，还能勉强微微一笑，丢出一头木牛：“我习惯用这个！”

众人目瞪口呆，看着木牛在“嘎吱嘎吱”声中远去。齐乔氏掩嘴一笑，不屑地道：“有趣！”

但是下一刻，齐乔氏花容失色！

第四十七章

DAGUIJIASHI

走在老路上

灵泉上的巨石并不简单！

那里面刻有法阵，能将灵泉中蕴含的灵气转化为别院防御法阵的动力。路小遗玩了个游戏，巨石被掀起，灵泉成了喷泉。按照齐乔氏的理解，灵脉被破，防御法阵自然会消失，这才有了放出法器罩住喷泉的举动。

现在，她看见的却是手镯被撑到了极致，眼看就要被防御法阵反噬而毁掉。这叫她如何不惊？话又说回来，以法阵原有的威力，也不至于在这短短的时间内就能撑破手镯啊！这只能说明一个问题：路小遗刚才玩的游戏没有毁掉法阵，反而增强了法阵的威力。

这叫齐乔氏如何不惊?！

她就没见过这么玩的！

整个聚灵大陆，没人能理解大龟甲术的属性。只要附近有灵脉，大龟甲术第一次肯定使其威力倍增。第二次在同一地点出现，呵呵呵，那你就等着哭吧。

齐乔氏赶紧收起法器手镯。她把它拿在手里的时候，心疼得直哆嗦。这法器已经被毁得差不多了，需要重新炼制。

心疼归心疼，再想到路小遗的时候，她不寒而栗！

高人行事，但凭喜好，这一点展露无遗！通俗地讲，心情不好，抽你个嘴巴子；高兴了，丢给你颗甜枣儿。这种人最难伺候，但是又最讲缘分。齐乔氏由此推断，今日之事，未必不好。

路小遗根本就没想到这茬，他揣着极地皮大鳖，飞快地走了，却留下这么一个奇怪的现象，把齐乔氏吓哭了。

再然后，高人这个印象就在齐乔氏心里根深蒂固了，而且还不是一般意义上的高人。远的不说，天灵门里头抓一个顶尖高手出来，你试试看能做到这步吗？

看着白虎可怜巴巴的样子，路小遗觉得非常抱歉，他伸手拍拍它的脑袋：“吃吧，肉虽然凉了，但好歹是熟的！”

白虎“嗷”的一声，一口就把一头猪咬下一小半，随便嚼了一下就咽下去了。一头肥猪，这吃货三口就吃完了，吃得满嘴油水。然后，它就盯着路小遗看。这不是嫌肉是凉的，是嫌肉不够吃啊！

“我说你，至于饿成这样吗？”路小遗很不爽，忍不住抱怨了一下。

龟灵冒出一句：“白虎背着你飞了很远的路，自然需要补充体力了。”

“还有这事？”路小遗颇为诧异，他习惯用傀儡牲口了，还真没太多的经验。

白虎“嗷”了一声，表示龟灵说得没错。路小遗心疼得跺脚：“这么能吃，怎么养得起？”

白虎又“嗷”了一声，双爪捂着脸。龟灵在边上翻译：“它说，遇见这么抠门的主人，丢虎！”

“我呸！”嘴上从来不服输的路小遗立刻反击回去，“要不是遇见我，你早饿死在山林了。你个没良心的白虎，回头看我怎么收拾你。”

话是这么说，但路小遗没有真的收拾白虎，他摸着下巴琢磨了一番：“乌龟人啊，我看那个别院不错啊，要不要占为己有啊？有一个落脚的地方也是好的。”

龟灵最烦别人叫他乌龟人了！不过这么叫的是路小遗，龟灵只能捏着鼻子认了：“不好。地段太差了，在三个门派的包围之中，出点事都没地方躲。”

路小遗仔细想想，好像是这个道理，于是摇摇头道：“不管了，先去客栈问一问，冯熊有没有来住过。好多活等着他来做呢。”

龟灵来了一句：“此事不忙，先谋个落脚的地方再论。”

路小遗不解地反问：“落脚的地方？怎么讲？”

龟灵上下打量这货，摇摇头：“竖子粗鄙不堪，如何取信他人？”

路小遗瞪着一双牛眼，怒喝道：“我读书少，你能说人话吗？”

龟灵怎么都掩饰不住心里的鄙夷，那嫌弃的神色，是个人都看得到。直到路小遗处在爆发的临界点时，龟灵才飞快地表示：“你从小在市井长大，对修真界的事情了解不多。你行为举止太过随意，这样很难找到人帮你。还有你说话的方式，也太过粗俗，需要改变。”

这下路小遗明白了，他一拍大腿：“早这么说我就明白了嘛。不就是包装吗？

碧玉楼那些姑娘都是我包装后推出的，现在她们可受欢迎了。我跟你讲啊，当初我就是穷……”

龟灵的表情就是三个字——我不听！

路小遗很不爽，还想发泄一下，但一想今后还有很多事得靠龟灵这家伙帮忙，如果惹这家伙生气的话，那倒霉的还是自己。这么一想，他就没了想发泄的念头。

路小遗四下看看，白虎在那儿打瞌睡，他一脚踹过去：“吃了睡，睡了吃，起来干活了，去看看附近有没有合适的地方。”

白虎不爽地“嗷嗷”叫起来，龟灵立刻翻译：“它说，三门镇西北方向有个散修的洞府。昨天它去那边打猎的时候，差点被人用网状法器抓起来。”

这附近还有散修？

路小遗颇为惊讶，三个门派都是中等门派，天灵门还一度跻身十大门派，这附近居然还有散修存在，胆子真是够肥的！不如杀上门去，鸠占鹊巢！

龟灵这家伙很会泼冷水，一句话就把路小遗的憧憬给打断了：“别想了，你未必打得过人家。”

路小遗脑袋一扬：“我有大龟甲术，万一摇出一颗写了‘死’字的骰子来呢？”

龟灵不屑地歪歪嘴：“你的大龟甲术才二级，你觉得你有机会进入他身边二十五米的范围内？”

路小遗挠挠头：“那你有啥好法子？”

龟灵先整理了一下衣衫，这才开口道：“此时，你应该说‘计将安出’。”

路小遗冷笑道：“你觉得，我能文绉绉地说话吗？偶尔抄一句说书人的话还行，你让我这么说话，不如先弄死我。”

龟灵面不改色地重复了一遍：“计将安出。”

路小遗一看他认真了，只得挠头，苦笑认栽：“好了，好了，你赢了。嗯，计哪个出？我知道了，计将安出！”

龟灵满意地点点头，吐出一个字：“好！”

路小遗狠狠地吸了一口凉气，处在暴怒的边缘。

说到骗人，他现在没什么兴趣了。为啥呢？因为他想起自己是血脉继承人，骗人有失身份。这家伙有一点好，就是有自知之明。他知道，就凭他现在这点本事，根本没办法找到愿意帮他的人。

想到这里，路小遗大声喊道：“为了重建神族这一伟大事业，我要努力变得强大！”

他开始琢磨怎么变得强大，然后找个愿意帮他的散修。这时，天空中有人高呼一声：“下面可是路爷？”

他抬头一望，心想，谁飞那么高？小心小爷念口诀，让你掉下来！

空中两人一前一后落下，前面那个大胖子，烧成灰路小遗都认得。

路小遗立刻进入状态，面带微笑，朝着那个大胖子挥手。

冯熊看见站在山林中的人正是路小遗，真是太高兴了。他能认出路小遗，多亏了那只白虎。

两人乘坐的飞行法器都是木鸢，后面一个明显要吃力一些。这不是炼制的问题，是因为制作傀儡的技术水平不足。

“冯熊见过路爷！”冯熊心里那个激动啊，总算再次见到讲缘分的路爷了。他跳下木鸢，顾不上把它收起来，直接单膝跪下，双手抱拳行礼。

站在他身后的瘦子也跟着行礼，道：“冯虎见过路爷！”

“客气了，起来吧！”路小遗满脸诚意，微笑着抬手示意对方别这么客气。

冯熊也没客气，站起来拉着师弟过来说话：“路爷，这是我师弟冯虎，炼器之道的水平远在我之上。”

路小遗上下打量一番，心想，这两人一个这么胖，一个那么瘦，怎么不去说相声？

“相逢便是有缘，二位大礼相待，倒叫我为难了。”路小遗这时候完全按照龟灵的提示说话，说完后，他摸着下巴故作沉思状，实际上是在跟龟灵交流呢。龟灵的眼睛多毒啊，这个冯虎只有炼气四级的修为，说明他的侧重点不在个人修为的提升上。

路小遗说完，手一翻，手里多了一枚玉简。他把玉简递给冯虎：“这就算见面礼吧，偶然得到的小玩意儿，对提升炼器水平应该有所裨益。”

第四十八章

DAGUIJIASHI

抢地盘去

这玉简路小遗本来是给冯熊准备的，目的是帮助冯熊更快地提升炼器水平，日后好为自己所用。至于玉简里写的啥，路小遗还真不知道，他让龟灵随便灌了点内容进去。

现在一看冯熊带个炼器水平更高的人来了，路小遗就赶紧把玉简拿出来了，先给了这人再说。这人一看就是“技术宅”，路小遗太有体会了，因为他自己就是个“技术宅”，要不是龟灵，他还在匠镇享受人生呢。

谁知道他去了一趟八方城，行医之路被断送，走上了另外一条荆棘满布的道路。

冯虎甚至都不知道客气，接过玉简就往槽里塞元气石。众人面前随即多出一行悬浮的字：千机秘术！

冯熊尖叫一声：“哎呀！”

冯虎更是直接跪下了，连声说：“这个太贵重了，太贵重了！”这家伙收起玉简，要往回送。

路小遗不屑地歪歪嘴：“送出去的东西，没有收回来的道理。不就是千机门的炼制秘术嘛，我看也没啥大不了的。”

冯虎一脸崇拜地看着路小遗，跪地磕头：“路爷，冯虎今后跟着您，赴汤蹈火，在所不辞！”

冯熊在一边兴奋地跳起来：“太好了，修真界炼器第一的千机门的秘术，真是太好了！”

路小遗抬手指着冯熊：“怎么说话的？青囊门的炼制水平哪里差了？我给他玉简，是希望他博采众长，今后能自成一家。”

冯虎还以为路小遗是鼓励自己呢，跪地大声保证："路爷，冯虎定不负所望。要说炼制丹药，我青囊门自然是天下第一，但要说炼器，千机门独占鳌头。尤其是秘制傀儡战兵和元气炮，更是千机门的独门绝招。不然就千机门那点实力，早被人灭八百回了。"

路小遗这才意识到自己说错话了，他还以为青囊门是炼器水平排名第一的门派，没想到千机门才是啊。这个龟灵，从哪儿弄来的千机秘术？

"起来吧，别跪着了。"路小遗反应很快，伸手扶起冯虎，"我这里有几件东西，你拿去先炼制出来，我有用处。"

路小遗拿出来的是一个渡劫辅助傀儡、一个灵元渡，还有一个人形傀儡。如果仔细看的话，会发现那个人形傀儡活灵活现的，和路小遗长得一模一样，只不过没戴墨镜。

"这三件东西，你先炼制出来我看看再说。"路小遗制作器具的能力很强，但若论炼制，他是外行。

冯虎把三件东西拿到手里一看，立刻眼睛一亮："路爷，前两件我倒是能看出点端倪来，就是这第三件，我没看明白。"

路小遗笑着道："没看明白就对了，反正你就按照活人的标准来炼制。"

冯虎挠挠头："这倒是容易，不过是再强化一下材料的过程……"他还想说呢，被冯熊拽了一下衣袖。

冯熊多精啊，当即作揖："路爷别介意，他就是一根筋。"

路小遗无所谓地摆摆手："一根筋就对了，这件东西不要求有什么特殊能力，回头能像个人似的会走、会说、会唱歌就行。"这是路小遗给孙缩缩准备的礼物之一，孙缩缩要修炼，路小遗肯定不能整天陪着她，做个活灵活现的玩偶给她，就像自己时刻陪在她身边。

冯熊又问："路爷，还有什么吩咐？如果没事的话，我们就先回去，尽快炼制好您需要的东西。"

路小遗摇摇头："没事了，你们先回去吧。对了，留个联系方式，不然不好找你们。"

冯虎一听这话，立刻摸出个小盒子递过来："路爷，这是我炼制的千里传音盒，这儿有个开关，您需要找我的时候，按一下开关，然后对着说话就行了。"

路小遗这个土包子，还是第一次见到这么高级的东西。他拿来一看，发现上面有两个按键，正琢磨那是干啥的呢，冯虎已经解释道："红色的按键是联系我的，蓝色的是联系冯熊师兄的。"

路小遗是顶尖的工匠，稍微一看就发现了问题："这活有点糙了，为什么不考虑改进一下，在上面弄几个刻度？每个刻度代表一个人，用一根指针调整刻度，这样就能用这个盒子与更多的人联系了。"

这一下冯虎更加佩服了。这个东西的原理有点类似无线电对讲机，缺点是别人在同样的波段可以偷听。路小遗指出可以多人通话，冯虎想到的则是安全问题。

"路爷一言点醒在下，这东西最让人担心的就是传音的安全问题。多弄几个刻度，约定好日期对应的刻度，就能最大限度地避免被偷听。"

路小遗没想到他跑题了，正准备结束谈话时，龟灵突然用意念传音。路小遗看看手腕上的胎记，埋怨龟灵多事，但他还是按照龟灵的意思说话："若求安全，此法不当，不如固定刻度通话，双方直接说数字，对面记下来，然后约定一本书作为密语蓝本……"

龟灵说的是一种很原始的密码，就像影视作品里的间谍，将收音机固定波段念的四个数字记录下来，然后对照书本将其翻译成文字，大大加强了安全性。

冯虎听了大喜过望，一拍脑袋："我怎么这么笨呢，多亏路爷点醒！"

路小遗又成功地卖弄了一次，这对师兄弟欢天喜地地上路了。冯熊这次也没空手而回，上次给齐了晴的玉简，路小遗准备了很多枚，专门用来帮助一些低阶修真者。

目送两人腾空而去，路小遗捂着心口痛苦地说："龟灵啊，这么多好东西送出去，此刻我的心都在流血啊。"

龟灵也不知道是怎么做到的，前一刻还在藏魂珠内，下一刻就站在路小遗的肩膀上，沉声说道："出来混，就得讲义气。将心比心，你不对别人好一点，别人凭什么要帮你？靠你一个人的力量，怎么重建神族？"

路小遗狐疑地看了一眼龟灵："我怎么觉得你是个大骗子，每次都给我画大饼！"

龟灵咳嗽一声："你啊，不要在意这些细节。按照我说的做就对了。"

路小遗想起来了："对了，刚才那个密语，你是怎么想到的？"

提起这个，龟灵面露痛苦之色，遥望东方，叹息一声："当年的神族，就是因为被人掌握了通话的刻度，这才被打了个猝不及防啊。后来我苦思冥想，总算想到了这么一个办法。”

龟灵这么一说，路小遗又犯嘀咕了：对啊，我怎么把这个给忘记了？重建神族已经很难了，如果将来有人打上门呢？怎么应付？

龟灵根本就不给他多想的机会，立刻在他耳边喊：“好了，准备准备，去找一个能长住的地方。”

路小遗的思路被打断了。

最近一段时间，路小遗发现自己对龟灵产生了依赖，这不是好事啊。

白虎认得地方，载着路小遗一路飞行，这一次有极地皮大氅，路小遗不觉得冷了。

白虎降落后，路小遗站着四下看，也没发现什么洞府，正疑惑时，龟灵用意念传音：“别看，傻乎乎的，正南方前行一千五百步，你就能看到洞府了。”

“白虎，你怎么不直接飞过去？”路小遗恼火了，这什么灵宠啊，一点都不自觉!

白虎嗷嗷叫，龟灵翻译：“人家有护山大阵，你就这么往里闯啊？”

“对啊，我差点忘记了。”路小遗认清方向后，在山林里步行靠近洞府。

他一边走一边问龟灵：“我有点奇怪，你那么多秘术都是从哪里学来的？”

龟灵这次没有立刻回答，而是呆呆地看着前方，好一阵才说：“我记不起来了，就知道最近听你说的什么千机门、青囊门，以前都是很大的门派。至于天灵门和昊天门，我没任何印象。”

这下路小遗来了兴致，摸着下巴一顿瞎猜：“你说，青囊门和千机门以前是不是也去打过神族？”

龟灵又陷入了呆滞，好一会儿才开口道：“记不清了，太久了。”

这个“移动图书馆”真是有性格，有时候灵，有时候不灵，好在重要的时候都没掉链子。万一这货在重要的时候掉链子呢？想到这里，路小遗扫了龟灵一眼，这家伙正在他肩膀上打坐呢。

白虎突然停下，路小遗奇怪地看看它。这货“嗷”了一声，龟灵翻译：“到了，就在前面的山谷里。白虎就是在这里被伏击的，对方只有一个人，但是法器很特别。”

路小遗有一个优点，就是遇事不怯场。听到这话，他也不怕，只见他昂首挺胸：“特别怎么了？等我靠近了，照样一巴掌扇晕他，让他知道什么叫神力。”

龟灵决定暂时不搭理他，继续翻译白虎的话：“白虎说，它能进去，但是会被发现。”

好吧，路小遗理解错误，以为白虎进去会被发现，自己则不会。等他打算再问细节时，龟灵“嗖”的一下消失在他手腕上的藏魂珠内。

“果然还是要靠自己啊！”路小遗叹息一声，一会儿都没耽误装！

丢下白虎在这里等候，路小遗慢慢地走向山谷，一看就是个菜鸟，隐蔽接近都不会的那种。

也不知道龟灵是怎么想的，居然就这么放心让他过去。

第四十九章

DAGUIJIASHI

长大了

一条小河自山谷中流出，路小遗沿着小河往里走，沿途竹林成海，风声如涛。

前方出现一座木桥，木桥过去有一条路，走起来就会便利得多。

道路的尽头并不远，却笼罩在云雾之中，根本看不清里头有什么。

路小遗稍稍迟疑，心生退意，咬了咬牙，还是继续沿着路往里去。

他刚刚走过这座木桥，眼前的景象骤变，刚才看到的还是一条蜿蜒的小路，现在却看见河边不远处有一座庭院。就算再傻，路小遗也知道这里有蹊跷。他转头一看，桥已经不见了。

“真是的！”路小遗嘟囔一声，决定等一下再往里走，但凡出点啥意外，就念口诀，看看是什么法阵，能不能扛得住大龟甲术。

“来人止步！”一个声音突然传来。

原来面前站了一个侦察傀儡人，手里拿根木棍。出于本能，路小遗一巴掌扇了过去，等他反应过来的时候已经晚了。傀儡人被扇得飞起，在地上滚了几下，散落了一堆零部件，四方脑袋就像个复读机，不断地发出声音：“来人止步！”

“我……”路小遗擦了擦头上被吓出来的冷汗，心想，这下麻烦了。这地方好像是千机门的地盘，不像白虎说的是什么散修洞府啊。难道说，自己被龟灵那个翻译给骗了？

路小遗赶紧用意念传音：“乌龟人，你刚才是不是骗我？”

龟灵道：“是啊，怎么了？”

路小遗正要发飙呢，突然觉得脖子上一凉，剑尖出现在他面前：“何方人士，擅闯我千机门要地？”

声音来自身后，听着有点耳熟，路小遗还没举手投降呢，又听到有人在喊：

“绾绾，放下剑，他是路小遗。”这次路小遗听出来了，是孟青青的声音。“唰”的一声，他感觉凉意离开了脖子。

小腿有点软的路小遗回头一看，果然是孙绾绾。他拍着胸口，喘着大气，一屁股坐在地上：“吓死我了，你怎么在这儿？对了，刚才你那剑要是再近一寸，我就成死人了。”

孙绾绾一脸惊喜，又带着点歉意，上前把他扶起来：“你怎么找到这儿来的？”

“是啊，我怎么来这儿了呢？不对，你们又怎么在这儿？”路小遗差点说出自己来这里的目的。

“你这人怎么这样啊？是我先问你的。还有，你穿成这样，我差点都没认出来。”孙绾绾说完，转过头，“青青，你怎么认出他来的？”

孟青青站在两人面前：“他啊，化成灰我都能认出来，更别说乔装打扮了。老实交代，你到这里来干啥？”

问题又回来了，路小遗既觉得惊喜，又觉得很伤脑筋，他眼珠子乱转，想到了一个借口：“啊，是啊，那个……这里不是风景很好吗，所以……”

“所以你不自觉地就进来了？”孙绾绾真是单纯，居然给路小遗找了理由。

可是，现在还有一个孟青青很不信任地打量着他，上下找了找，朝他一伸手：“你拍的影石呢？交出来！”

这下路小遗糊涂了，伸手打掉她的手：“我干啥要拍东西啊？”

看见孟青青的头发还在往下掉水珠，衣服也有点湿，路小遗的眼珠子都瞪圆了，盯着孙绾绾也是一顿猛看。

“转过去，再看把你眼珠子抠出来！”孟青青大怒，上前就要揪他耳朵。

他“唰”的一下转身：“看不见，看不见！我瞎了！”他双手乱摸，装作盲人！

“浑蛋，你的手往哪儿摸？你故意的吧？”孟青青又是一顿臭骂。

“哎呀！你怎么咬人啊！”路小遗一声惊呼，原来，他的手被孟青青拉到嘴边咬了一口。

孙绾绾在一边笑得不行了，这对兄妹在一起，真情流露，既有趣又令人羡慕。

在千机门里，孙绾绾几乎感受不到什么人情味，无论是同门还是长辈。当然，除了孟青青。她是唯一能与孙绾绾相处得很好的人。都说修真者要绝情一点才好，但是孙绾绾一点都不喜欢无情的感觉。

“下次再乱看，我打死你！”孟青青面如红霞，转身往里走。路小遗这才发现，原来这小妞现在长大了，还挺好看。

这一闹腾，他进山谷干什么的话题就被岔开了。

孙绾绾招呼一声："走吧，别发呆了，进去再说。"

两人并肩往里走，转过一个弯后，面前豁然开朗。竹林之后有一间茅庐，孟青青已然不见，看样子已经进去了。

孙绾绾一边走一边低声解释："这里是千机门的一个小灵脉，平时是外门弟子轮流修炼的地方。上个月我们俩表现得不错，总管格外开恩，让我们来这里修炼。说起来，还要感谢你给我们制作的傀儡。回去后，就算我们炼制的水平不高，也炼制出了品质不低的器具。"

路小遗觉得奇怪："等一下，修真者炼出来的东西，不都是法器吗？"

孙绾绾好看的眉毛微微一扬，忍不住满脸笑意："胡说，法器哪是那么好炼制的？一般来说，我们炼制出来的东西只能算是器具。法器都是一些能起大作用的宝贝。不过你是凡人，不理解很正常。"

这时，孟青青出来了，这一次她换了平时穿的衣服。孙绾绾低头笑了笑："我去换衣服！"这一低头一笑，妩媚娇羞，风姿绰约，路小遗直接看傻眼了。

孟青青看着他直勾勾的眼神还有脸上的表情，有点看不下去了，抬脚一踹："口水擦掉！"路小遗没提防挨了一下，身子一晃没站稳，直接扑在地上。

孟青青见状，忍不住笑了。这个哥哥，怎么说他才好呢，说他是个好色的浑蛋吧，也没见他跟哪个女的不清不楚；说他是正经人吧，在匠镇的时候，他的"艺术创作"闹得天怒人怨。

"起来吧！"孟青青伸手去拉路小遗的手，没想到路小遗又抬头盯着她看。

"瞎看什么？"孟青青反应过来，立刻转身。

"不理你了！"孟青青脸上一阵一阵地发烫。小时候还好一点，长大后，这个不太着调的哥哥印在她心底，让她时时牵挂，片刻不忘。这种感觉很奇妙，思念到极致，心会疼。

路小遗也觉得不合适，坐起来挠挠头转移话题："那个……你们这里戒备不严啊，我一个凡人都能进来。要是进来的是修真者，你们就麻烦了。"

这下孟青青好了一些，转头说话："谁说不是呢！前几天闯进来一只白虎，真是好凶残。这山谷里好些侦察傀儡都被它拍碎了，养的一些猎犬都被它吃了个干净。门主正好有事来此，放出法器天罗地网要生擒它，却被它跑掉了。"

看来白虎确实来过，捣鬼的是龟灵。路小遗忍不住用意念传音：“乌龟人，你知道她们在这儿？”

龟灵用意念回答：“不知道啊，我就是想让你多历练一下。如果你有危险，自然会念口诀。”

路小遗无言以对。他明白了，龟灵的意思是不玩死他不罢休。

路小遗的眼睛又直了，孟青青这一次误会了，以为他还在乱看。她心里又气又羞，忍不住伸手去揪他的耳朵：“又乱看！”

“疼疼疼！”路小遗立刻狂叫，断了跟龟灵的联系，赶紧求饶。

正好孙绾绾出来，看见这一幕，忍不住掩嘴一笑：“你们啊，兄妹感情好得令人嫉妒。”

“谁跟他好了，美不死他！”孟青青还矫情，孙绾绾也没去揭穿。

“说来巧了，刚才在河里沐浴的时候，我还说最近嘴馋了，想吃点好的。正好，小遗来了，一起做吃的吧。”孙绾绾提了个建议。

孟青青附和道：“没问题，他掌勺，我们打下手。”

茅庐里没有厨房，路小遗看了一圈就傻眼了，瞪着孟青青：“你让我掌勺？灶台呢？”

孟青青指着他的戒指：“你敢说没带家什？先去搭个灶台，我和绾绾去找些吃的回来。”

“好吧，你赢了。”和孟青青比嘴上功夫，路小遗那是怎么斗怎么输。这妹妹根本不讲道理，小时候挺乖巧的，不知道从哪天开始变的，成了现在这个样子。

灶台其实很好解决，在茅庐边上的小溪边，找两块石头垒起来就是了。没柴火，这个也好办，林子里多的是。等路小遗忙得差不多了，孟青青和孙绾绾也回来了，两人抬着一只小兽。

“这么大一只，谁打的？放血了吗？”路小遗随口一问。

孙绾绾不解地问：“为啥要放血？”路小遗过来看看，这小兽还没死呢，只是被打晕了而已。

“不放血肉不好吃，你们放下，我来处理吧。青青，去找点野菜，掰点笋子回来。”路小遗仿佛回到了过去在匠镇的时候，他每次从外面弄点好肉回来，就是这么使唤孟青青的。

孟青青听呆了，恍若回到了从前。

第五十章

DAGUIJIASHI

修改版本的故事

论模样，孙绾绾堪称天仙一般的人物；论干活，孟青青则是行家里手。

路小遗这种在市井长大的孩子，穷得吃不饱的时候什么都往嘴里塞，后来混出点样子了，便开始讲究味道。别人是指望不上的，只能自己动手，时间长了，他也练就了一手厨艺，他做出来的饭菜虽然样子难看，味道却一点都不差。

为了讨好孙绾绾，路小遗拿出了全部本事做这一锅乱炖。虽说世间的俗物会影响修行的进度，修真者多有辟谷之能，但以孙绾绾的修为，十天总是要吃一顿的。此时她看着眼前这不好看的炖菜，闻着它散发出来的浓郁香味，不禁胃口大开。

“好香，想吃！”孙绾绾说完，有点不好意思。这女人害羞的样子，路小遗可不敢多看。

孟青青取来碗筷，三人便围着大锅开吃了。

“味道真是太好了！我不能再吃了，会影响修行啊。”孙绾绾都吃好几碗了，此时她一边嘴上这么说着，一边却还在继续伸勺子。孟青青吃得也不慢，而路小遗这个真正该吃东西的人却只吃了两碗。多数时间，他都在看两位美女吃东西——秀色可餐啊！

半晌后，两人总算放下了筷子。路小遗看了看锅里——还行，还有两三碗的量，就是肉没多少了，以笋子和菌子为主。早有准备的路小遗可是煮了一锅的饭呢，此时他将饭全都倒进菜锅里，拿个勺子就吃了起来。

这一下把两个姑娘吓着了。孟青青比较了解他，赶紧问道：“死小姨，你现在怎么这么能吃？”

正吃到兴头上的路小遗闻言突然停住，也很不解地自言自语道：“对啊，竟然吃了这么多都没觉得饱。”

"你不会是得了饿痨吧？"孙绾绾懂一点医术，故此问了一句。

"不可能，就算没吃的，我也不会饿得很想吃。"路小遗摇了摇头。

自己想不明白，他便赶紧用意念联系龟灵，结果这家伙很不耐烦地解释道："能吃就多吃点，使用神力会产生很大的消耗。"

好吧，敢情这个技能还是有副作用的。这下路小遗放心了，接着吃起来："不过，我好几天没吃东西了。"

一锅饭都被路小遗吃完了，两个姑娘有点傻眼。孙绾绾按住路小遗道："你别动，我们来洗碗。"

两个姑娘去洗东西了，路小遗看着她们的背影，用意念跟龟灵沟通道："这俩姑娘不错吧？"

"挺不错的，不过你确定她们会帮你？"龟灵一句话，弄得路小遗犯愁了，他还真不确定。

看着他愁眉苦脸的样子，龟灵在他脑海里诱惑道："用大龟甲术吧！"

路小遗用意念回答道："摇骰子摇死自己就算了，万一摇死她们，你赔我啊？"

龟灵继续诱惑道："少年，你可是背负了伟大使命的神族血脉继承人——不对，你要想一想，等你恢复了神族身份，便可以吃香喝辣，出门时前呼后拥，所有人看见你都要行礼。想想吧，这才是人生赢家该有的生活啊。"

路小遗盯着孙绾绾和孟青青的背影陷入了沉思，似乎是心动了。就在龟灵以为自己即将得逞，准备再加一把柴的时候，路小遗平淡的声音传来："人这一辈子，总有些东西是不能放弃的。她们两个是我生命中最重要的人，大龟甲术达到五级之前，我绝不会对她们使用。"

龟灵陷入了沉默，路小遗反倒因为做了决定而心情大好，冲着在那边忙活的两人喊了一句："绾绾，青青，你们是我最在乎的人，就算要我去死，我也不会让你们受到一丝一毫的伤害。"

正站在水里洗碗的孟青青闻言脚下一滑，差点摔倒。孙绾绾则手一抖，将一个洗好的碗砸落在地，碗碎成了几瓣。

孟青青一手叉腰，一手指着路小遗，娇声斥道："你又发什么神经？"但事实上，只要仔细一看，便能发现此时她的眼睛里闪动着异样的光彩。

另一边，孙绾绾捡起碎片时，嘴角挂着微笑，沉浸在了一种奇妙的感觉中。

回到路小遗跟前时，这两人的眼神都变得不一样了。路小遗端坐着，严肃地说道："我要告诉你们一个秘密。"

她们见他这个样子，下意识地也端坐在了对面。孟青青又说了句实话："说吧，我总有一种上当的感觉。"

路小遗一本正经地开口道："作为修真者，你的力量应该在我之上。那么，我们角力如何？"

所谓角力，就是两人伸手抵在一起，不许收手，推动对方者为胜。

"就你？"孟青青不屑地歪歪嘴，站起来走到了屋前的空地上。路小遗也站起来，走到了她的对面。

孙缩缩开心地举手道："我来当裁判！"

"开始吧！"路小遗道。

孟青青看着路小遗，道："在你一本正经地胡说八道的时候，我就决定让你输得难看一点。"

路小遗却回以微笑，道："是吗？那你尽管使劲，我保证不使劲推回去。"

"哼！装，你接着装！"孟青青咬牙道。刚才她说的话是暗示路小遗认输，免得他在孙缩缩面前输得太惨，丢了面子，没想到这家伙竟不识趣。她心里恼火，于是腰身一拧，借着腰力，猛地将手推了出去。炼气三级修真者的一推，凡人根本无法承受。

孟青青本以为会一招制胜，不承想她用力推出去后，路小遗却站在原地一动不动，他真的说到做到，根本没往前推。孟青青心里一惊，看看路小遗，手上加力，脸都涨红了，又使出全力一推。

路小遗依旧纹丝不动，站得稳稳的，脸上表情轻松，似乎完全没压力。

孙缩缩在边上看得都傻掉了，再仔细一看路小遗的脚下，便见由于孟青青的两次使劲，土都没到他的脚踝了。毫无疑问，这两人是真的在角力，不是在做戏。平时她们两人无聊的时候也会角力，孙缩缩心想，换成自己，能做到路小遗这么轻松吗？答案是否定的。在孟青青的全力一推之下，自己必须全力应付，不然输的肯定是自己。

"你一个人推不动，那就再加一个吧。不要裁判了，缩缩，你去帮忙。"路小遗的双脚还陷在泥土之中，脸上却是一派轻松。

孙缩缩惊呆了，犹豫片刻后还是上去了，她用双手撑着孟青青的肩膀，口中喊道："青青，我喊'一、二、三'，一起使劲！"

自己修炼多年居然比不过这个家伙，孟青青很不爽，咬牙切齿地点点头应道：“好，一起来！”

“一、二、三，走！”孙绾绾喊了号子，两人一起使劲，结果还是一模一样。路小遗很淡定地把一只手放在背后，单手撑着，脸上一副轻松惬意的样子。

“再来！”孙绾绾的好胜心被激起来了，毕竟她也是在残酷的修真界待了多年的。

这一次，路小遗开口了：“动！”他很潇洒地轻轻迈步向前，孟青青和孙绾绾两人全力以赴，居然被他推得毫无还手之力，往后退了两步才停下。

这、这！两个妹子惊骇不已，尤其是孟青青，她呆呆地看着路小遗，问道：“你身上到底发生了什么事情？怎么会这样？”

路小遗笑了笑，回道：“我说要告诉你一个秘密，现在你都知道了。”

“你赶紧老实交代，不然我拧掉你的耳朵。”孟青青上当了，路小遗的目的就是勾起她的好奇心。毕竟，她们两个人中，较难对付的是她，因为路小遗与她太了解彼此了。

“我投降，我投降！”路小遗根本就没躲，乖乖地被孟青青拧住耳朵，举起双手求饶。孙绾绾在一边看得“扑哧”一笑，她的理解是，路小遗不是躲不开，而是在惯着孟青青这个妹妹。

事实上，孟青青也是这么想的，所以她很快便放手了，却还不解气，又踢了路小遗一脚，喝道：“说！”

路小遗叹息一声，侧身仰面望天，只可惜现在是大白天，看不到星空。

“其实，我从来都不是凡人，自出生的那一天起，我的命运就已注定。”路小遗的声音低沉伤感，孙绾绾感觉到了他语气里的哀伤，心疼不已，上前来伸手按上了他的肩膀。

路小遗继续讲述道：“聚灵大陆上有太多的不公平，凭什么仙人可以凌驾在所有人之上？凭什么凡人就要身处底层？有压迫，就会有反抗，于是一个叫‘神族’的群体诞生了，他们是母神的后裔。他们追求平等，向往修真的最高境界；他们战天斗地，顽强不屈，追求仙人、修真者、凡人之间的平等。对仙人，他们要求平等；对凡人，他们会放下高高在上的姿态。”

这故事是路小遗修改过的版本，他可不敢照实说什么母神创世、神族血脉的事，他怕会吓到孟青青和孙绾绾，也怕她们俩不相信自己说的话。

路小遗讲述的故事就是：一群修真者在追求平等、反抗仙界的过程中得到了母神遗留在世间的一缕神识，这缕神识进入了第一代反抗者联盟首领的血脉中。后来这个反抗者联盟被镇压，但是他们追求平等和自由的强大信念，在这缕神识中被保存了下来。

路小遗是天生灵体，每十亿人中才会出一个天生灵体，所以这缕神识才会在偶然间附在他身上。

得到了这缕神识的路小遗，不仅得到了神识带来的好处，也继承了前人的遗志。

第五十一章

D A G U I J I A S H I

我支持你

龟灵对美好未来的畅想，还是打动了路小遗，他这才决定担负起重建神族的使命。

聚灵大陆不过是三千世界的一个缩影，在这个等级分明的大陆上，仙人、修真者、凡人的地位是不平等的。在这种大背景下，路小遗作为一个凡人，对此深有体会，所以他也很想重建神族，完成先人未完成的梦想，建立一个平等的世界。

路小遗接着说道："天与地，夜与昼，山与海，太阳与月亮，世间万物，正反相对，浑然一体。母神创世，首重平衡，引申来看，就是众生平等。实际上，聚灵大陆上的人自出生的那天起，就是不平等的，这也是为什么我想追寻母神创世精神，重建神族。照我的理解，母神创世精神应该是这样的：仙人应该善待修真者，修真者应该善待凡人。即使身份不同，精神上却一定要平等，这大概就是母神的本意。"

说到这里，路小遗微微皱眉，看上去像是在思索，实际上是在背诵龟灵的话。

草堂之上，清风徐来。路小遗正襟危坐，抑扬顿挫地说出了自己的想法。

孙绾绾和孟青青安静地端坐在对面，此时此刻，她们的内心也很受触动。

看两人没说话，路小遗心里颇为忐忑，甚至都不敢看向对面两人，他很希望两人能帮他一起重建神族。

过了好一会儿，两人终于缓过神来，开口说话了。

孟青青道："小遗，没想到你是这样的人！"

呃，孟青青似乎并不认可路小遗的想法，只见她的眼神里充满了愤怒。

孙绾绾赶紧拉住她："青青，别激动啊！"

孟青青挣开孙绾绾的手，抓住路小遗的衣领道："你、你、你怎么不早点告诉我这些？你就这样一个人默默地承受着，吃了多少苦，受了多少罪啊？”说到最后，她居然还哭了起来。这个出乎意料的转折让路小遗有点尴尬，他总不能告诉她，除了在八方城出了点岔子外，其余时候自己都吃香喝辣，日子过得很舒心吧。

显然，路小遗还是忽视了一个问题，那就是孟青青对他的感情。

当路小遗把自己摆在一个悲情英雄的位置上时，同样是草根出身、对路小遗感情很深的孟青青失态了！只是这姑娘表达情感的方式看起来有点特别。

借着扭头的机会，路小遗偷偷地擦了擦额头上的冷汗，一不小心，汗水流到眼睛里了，他赶紧揉了揉。

路小遗擦汗的动作被孟青青和孙绾绾看见了，但是她们都理解错误，以为路小遗被孟青青说的话打动了，忍不住流下了激动的泪水！

见他扭头过来时眼睛红红的，孟青青更加感动，上来抱着他道：“哥，我永远支持你。”

这是孟青青头一回没叫路小遗“小姨”，他还真有点不适应，不禁愣了一下。

孙绾绾也上前，抱着路小遗的肩膀道：“小遗，无论你做什么，我都永远支持你！”

“谢谢，谢谢你们的支持！但眼下有件事情，需要你们的帮助。”路小遗话锋一转，进入了正题。

孙绾绾笑了笑，道：“说吧，我能做点什么？”

“其实也没什么，就是想借这山谷用一段时间。当然，我不会白借，我有办法加速你们的修行。”路小遗小心翼翼地回道。

孙绾绾笑着道：“我当是什么事儿呢。这地方你放心用，用多久都行。”

嗯？路小遗心里一惊：这是什么意思？这儿可是灵脉啊，你能做主？

孟青青却惊讶地看过来，问道：“你没说胡话吧？你真有法子加速我们的修行？”

路小遗一挥手，掌心便多了两枚玉简，他解释道：“看，这是炼气期的辅助修行心法，作用是最大程度地修正修行方向，降低走火入魔的概率，并将元气转化速度提升两倍。”

没错，这就是路小遗给齐子晴的那枚玉简的复制品，也不知道龟灵是从哪儿弄来的那东西。路小遗将它们拿出来讨好这两个姑娘，并不是临时起意，而是早就预备好的，只是他没想到这么巧，现在就碰到她们了。

对路小遗毫无防备之心的两个姑娘看见玉简的时候，第一感觉不是喜悦，而是感动。

她们的心里同时冒出了一个念头：小遗对我真好！她们完全不知道，这是龟灵找玉简批发商买了空白玉简后复制的量产货色。当然了，这东西确实是好东西，对炼气期低阶的修真者特别适用，效果绝对好，不然齐子晴也不会那么激动。

“再远大的目标也需要一步一步地去实现，我们一起努力，从今天开始，小遗就是第一代神族族长了！”孙绾绾说道。

“也许在修为上，我们不及母神的一根毫毛，但是在精神上，我们要向母神看齐！从今天开始，我们帮你完成重建神族这一重要使命。”孟青青说道。

路小遗顿时不知道该说啥才好了，这两个姑娘才是真正的行动派啊，他应该向她们学习。

他用意念跟龟灵交流道：“我说，用‘第一代神族族长’这个称呼，会不会被天打雷劈啊？”

谁知龟灵非常随意地答道：“无所谓，第几代是次要的，重点是要重建神族。至于你这种人，想被天打雷劈，还真有一定难度。”

路小遗疑惑地问道：“难道我是绝缘体？”

龟灵道：“你不是绝缘体，而是天命者。”

路小遗挠挠头，表示不信：“你等一下，我读书少，你别想骗我。上一次你跟别人这么说是什么时候？”

龟灵沉默片刻后，老实答道：“想不起来了，太久了。行了，别纠结了，无知也是一种幸福！”

听到这个答案，路小遗无言以对。

“还有，光靠我们肯定不行，我们得再找一些人帮忙啊！”孟青青大概是最来劲的，这跟她的出身有关，她小时候家里穷，故而对“平等”这个词特别敏感。

孙绾绾就没有孟青青那么敏感，不过她想到自己在门派里的待遇，也不自觉地跟上了孟青青的思路。

“等一下，在想这些事情之前，我需要搞清楚一个问题。”路小遗举起一只手，打断了她们的满腔热情，结果一看到孟青青不满的眼神，他又缓缓地把手放下了。

还好，孙绾绾及时为他解了围：“什么问题？”

路小遗赶紧顺着台阶下来了："这个灵脉真的可以随便用？你们要知道，将来我还会带一些愿意帮我的人来此聚会。"

听到这话，孟青青立刻神色严肃，道："小遗，真是对不起，我不该给你脸色看的。"

孙绾绾的视角则完全不一样，她看着孟青青，很认真地说道："青青，没有规矩不成方圆。小遗是第一代神族族长，你要尊重他。"

路小遗赶紧打断道："好了，这些都不重要，你们先回答我的问题。"

孟青青一怔，随即露出了无比郑重的神色："族长，青青今后一定不像以前那样对你。"

好吧，虽然她这么说，但路小遗还是有点不相信她能说到做到。

"是这样的，这件事说来话长，我就简单地解释一下——门主夫人这一次闭关多久，我们就能用这个灵脉多久。"孙绾绾给出了答案。

路小遗听着觉得十分新鲜，不解地道："我越来越糊涂了，到底是多久，你还是说清楚吧。我不怕麻烦！"

"好，那我从头说起！"孙绾绾恭敬地行了个礼，然后才开始解释。

第五十二章

DAGUIJIASHI

看着我的眼睛

孙绾绾在千机门外门弟子中，修为只能算中等偏上，这个水平的弟子，一年下来也未必能有一次进灵脉修炼的机会。不过，在上一次的外门法器制作大赛中，孙绾绾发挥出色，获得了第三名，故而得到了进入灵脉修炼一段时间的机会，但是这件事最终遭到了门主夫人卞玉的阻拦。

千机门真正的话事人是卞玉，而不是门主孙慕仙，所以本来属于孙绾绾的机会就这样被剥夺了。然而，事情并不是就这么过去了。在那次比赛中，孟青青的成绩也很好，排名第四，却因为她与孙绾绾关系好，也被剥夺了进入灵脉修炼的机会。区别只在于，孙绾绾是被卞玉剥夺了机会，而孟青青则是被外门总管取消了资格。

如此一来，在制作大赛中排名第十的林溥反倒得到了一个进入灵脉修炼的机会。

这件事给孙绾绾和孟青青的打击不小，两人因此消沉了好些天。直到三天前，门主孙慕仙才来到外门，亲自宣布了她们两人获准进入灵脉修炼的消息。

后来她们才知道，因为门主夫人闭关了，所以现在是门主说了算。外门总管为此还被孙慕仙叫过去臭骂了一顿，出来的时候脸上还有挨了耳光的痕迹。据说这一次门主夫人卞玉顿悟了，要闭关修炼很长时间。卞玉是千机门第一高手，已达化神期高阶，此次闭关，她有望突破，进入化虚境界。

同为化神期高手的孙慕仙，在修炼方面却始终落后夫人半步。

外界对此有各种传言，但主流说法有两种：一为门主惧内，不敢超越夫人；二为门主夫人资质更高。

一说起千机门的八卦，两个姑娘就没那么严肃了。

“还好门主公正，不然我和绾绾的修炼就要被耽误了。”孟青青说这话的时候，孙绾绾笑得有些不自然，不过路小遗没看见就是了。当然，就算他看见了也不会多想。至于当初在千机门办事处偶遇孙绾绾的事情，他也没觉得奇怪，因为千机门经常挖掘优秀人才，让他们提前进入办事处等待遴选，走个过场。

两人正说着千机门的事情，路小遗突然一拍大腿，直呼自己差点忘记一件事，说着站起来就往外走。

孙绾绾和孟青青见状愣住了，孟青青在后面招呼道：“等一下，你要出去吗？”

“我把坐骑留在外面了，我去叫它进来。”路小遗回头，狡黠一笑道。

“此处有法阵，我送你出去吧。”孟青青赶紧跟了上去。孙绾绾也站了起来，但犹豫了一下还是没动。

孟青青在前面领路，顺便介绍起了这里的法阵：“这是八卦阵。你进来的时候真走运，随便走都能走入生门。不然若法阵启动，但凡我们发现得晚一点，都只能给你收尸。”

路小遗吓了一跳：什么八卦阵？还有这么个说法？

“当时我是顺着山谷的小河往里走，看见一座桥，就过桥进来了。”

孟青青回头冲他笑了笑：“这个法阵挺复杂的，我都没弄清楚。你真是有大运气的人呢！”

可不是嘛，随随便便往里闯都被他走对了。那么，真相究竟是什么呢？

龟灵用意念传音给出了答案：“以灵脉为核心动力的法阵对天生灵体者无效。天生灵体者对灵脉有本能的反应，进入类似的法阵后，直觉会领着天生灵体者顺利地走向灵脉。这法阵没发动是她们的福气，一旦它发动，让你陷入了困境，那么只要你使用大龟甲术，便什么法阵都能破个干净。”

路小遗觉得这家伙又在骗他，这是在把他往弄死自己的道路上引啊。

“神族为何会遭到聚灵大陆的仙界和修真界的联手击杀，就是因为大龟甲术无从破解。这个你以后就知道了！”

路小遗听到这句后，直接傻了：“你说什么？联手击杀？上次你不还说是仙界偷袭吗？”

“是吗？那是我说错了。放心吧，都已经过去五千多年了，修真界知道这件事情的人成仙的成仙，死的死了，没人知道。就算是仙界当年的高手，这些年都在为了排名而生死相斗，估计也死得差不多了。”

走在前面的孟青青突然站住，回头看向正低头走路的路小遗。这家伙还在跟龟灵交流呢，没注意前面，眼看就要一头撞上去了，他这才下意识地脚下一停，而后疑惑地问道："你怎么停下了？"

"你就这么不想理我啊？"孟青青一脸的不满，心里那个委屈：故意抢着送你出来，不就是想跟你多聊几句嘛，你倒好，低头走路装哑巴。

"啊，在想点事情。"路小遗可不敢担这个罪名。这姑娘小时候挺乖巧、挺可爱的，渐渐长大后，性格就发生了变化，发展到后来，简直就像个刺猬了！

孟青青审视他一番后说道："直觉告诉我，从见到你的那一刻起，你就一直在骗我。"

女孩子这么聪明真的好吗？路小遗很想这么问一句，但是怕会被孟青青打。

"来，别说话，看着我的眼睛！"路小遗突然严肃了起来，让孟青青猝不及防。视线相对，她在他的眼睛里，看见的是自己的脸。孟青青不自觉地心跳加速，脑子里也开始胡思乱想：他什么意思？难道是想告诉我，他的眼里只有我吗？这是表白的前奏吗？他不是喜欢孙缩缩吗？

"说，看见什么了？"路小遗的问题来了。

孟青青理解错误，扭捏地低头道："你都知道了还问。"

路小遗不解地看看她，虽然觉得不太对头，但也只好接着往下编："嗯，我相信你也看见了我真诚的眼神。你居然说我骗你，真令人伤心。"

好吧，这是一个小小的误会。孟青青反应过来了，这家伙想表达的根本就不是什么"眼里只有你"的意思，她当即羞涩消退，尤比恼火。

"你骗我骗得还少了？小时候你就骗我。"孟青青心里的那股酸劲全都上来了，立马瞪圆了眼睛，语气不善地说道。

路小遗做贼心虚，强作镇定地辩白道："我骗你啥了？还从小骗起呢。"

"你还说没骗我？我八岁那年生日，你拿了只鸡来炖，告诉我你不喜欢吃肉，一锅肉全给我吃了，洗锅的时候，我却看见你在啃骨头！九岁那年春节，你给我买了新衣服回来，我问你钱从哪儿来的，你骗我说是在路上捡的，事实却是你那时在码头帮人扛包，晚上还背着我在屋子里上药。还有那一次，你……"孟青青不说还好，这一说，眼泪便开始不停地往下掉。

路小遗慌了神，伸手帮忙擦眼泪都来不及，孟青青还在那儿算旧账。路小遗赶紧开口道："行了，行了，这么多年前的事情你都还记得，真是服你了。好好一个大姑娘，还是个修真女侠，哭哭啼啼的可不好看哟！"

最后这句话的效果很好，"水龙头"瞬间关上了。孟青青转身，自己猛擦了几下眼泪，再回头时眼神柔和得令人沉醉：“哥，这些年来，我一直欠你一句话——谢谢！”

“行了，行了！一家人说这些干啥！”路小遗话是这么说，心里却也有些发酸，赶紧揉了几下眼睛，边大步往前走边说道，“走，出去给你个惊喜。”

他们迈步过桥后，前方的山谷便一览无余了。路小遗指着小河的尽头道：“青青，看仔细咯。”

说罢，他便朝树林的方向喊了一句：“吃货小白！”

话音刚落，一只白虎从树林里蹿出来，冲着路小遗飞奔而来。真的是“飞”奔啊，翅膀都张开了。它在加速后滑翔了一段，收起翅膀的时候，已经落在了路小遗面前。这一下孟青青看呆了，这家伙可是差点毁了灵脉啊，没想到居然是路小遗养的祸害。

“这是你养的？”孟青青呆呆地问了一句。

路小遗得意扬扬地点头道：“是啊，我厉害吧？”

“厉害？你赔我的小黑！我辛辛苦苦、省吃俭用养了三年的胖胖的小黑狗，被你的白虎给吃了。你赔我，你赔我！”

孟青青发狂了，挥拳一顿乱打，揍得路小遗抱着头，边跑边喊：“别动手啊！再打我还手了！哎呀，你还打！”

路小遗有神力在手，制住孟青青也就是一招的事。可他长期生活在孟青青的压迫之下，心理阴影难以消除，只好被动挨打。偏偏这女孩子打人的方式不是打，而是掐、拧，只见她追上前，用两根手指捏着路小遗的肉，一个劲地加力旋转。

白虎一脸呆滞地看着，平时在它面前威风凛凛的主人此刻却变得如同丧家犬！它歪着脑袋，似乎在琢磨要不要换个主人。

半晌后，孟青青总算发泄完了。路小遗其实一点都不累，但还是装出一副跑得很辛苦的样子。看着他努力地顺着自己的样子，孟青青的一颗心柔软得都快要融化了，她几步上前道：“不许跑！”

“我不跑，你也别再动手了，真疼啊！”路小遗龇牙笑了笑。孟青青一伸手，便拈着一方绣帕在他的额头上擦拭起来。这转折……白虎又看傻了！

人类真是难以理解！

幽香在鼻尖飘荡，路小遗突然觉得有点不自在，想躲开这个有些亲密的动作。孟青青却伸手按住了他的肩膀，喝道：“坐下！”路小遗只好坐在了桥的栏杆上。

第五十三章

DAGUIJIASHI

离别，埋伏

心跳如疾雨之时，路小遗突然反应了过来：怎么会这样？我明明一直把青青当妹妹看的啊！脑子好乱！

孟青青却对路小遗内心的挣扎毫无察觉，只是仔细地为他擦拭着汗水。抬眼间，她瞧见孙绾绾出来寻找他们了，于是赶紧停下，慌乱间帕子落了下去，路小遗被盖了一脸。他伸手揭下帕子时，听到了孙绾绾的声音：“怎么了这是？”

孟青青退后了两步，路小遗怕被孙绾绾误会，也赶紧收起了帕子：“眼睛里进了沙子，刚让青青吹呢。”这是路小遗担心孙绾绾看见两人如此近距离接触会误会而产生的本能反应，但刚说完他就后悔了，又担心孟青青会不高兴，只好朝孟青青使劲地眨眼。

孟青青看得清楚，嘴角挂起微笑，心里刚泛起的一点酸也下去了。

路小遗顺利地蒙混过关，但是很快他便尝到了东西被夺的滋味。身为匠镇十害之首，以前都是他巧取豪夺别人的东西，现在他居然成了受害者。

看见白虎的一瞬间，孙绾绾的眼睛里就没别的了，她扑上去，抱住有点呆滞的白虎的脖子就开始使劲摇晃：“啊，真是太可爱了！”

这什么情况？路小遗看看孙绾绾，又看看孟青青，发现自己已经被两个妹子遗忘在了角落里。两人围着白虎，一个抱脖子，一个摸耳朵，孟青青也在说：“这小家伙太可爱了！”

紧接着，孙绾绾又问了一句：“小遗，它叫什么？”

路小遗还处于愣怔状态呢，下意识地答道：“小白！”

孙绾绾歪歪嘴嫌弃道：“什么破名字！”孟青青认同地点了点头。

白虎被两个姑娘左右围着，不禁慌张地看向路小遗，那意思是求救啊。可惜的是，孟青青见状，揪着它的耳朵便往回扯："别看他，看我们，他有啥好看的！"

然后，她还霸气地宣布道："以后小白就跟着我们了！缩缩，你还不知道吧，小白会飞哟！"

"是吗？还会飞？好厉害啊！"两人一点都不客气，就这样霸占了路小遗的宠物。

白虎求救无果，心中暗暗唾弃道：无能的主人啊！

白虎频频回首，一副生无可恋的样子，眼神中还带着对主人的无限"热爱"，就这样被两个姑娘"挟持"进了山谷内。至于被白虎吃掉的小黑狗，用孟青青的话说就是"小白饿了当然要吃，它又不知道小黑是我养的"。

冲这句话，路小遗就很担心白虎的下场，但是又没法子把它夺回来，毕竟他还指望着这地盘呢。

路小遗在山谷里待了半个月，除了吃饭的时候，别的时间白虎都被孙缩缩和孟青青带在身边。每次看见白虎那幽怨的眼神，路小遗都颇为不忍，但是没法子，这两个姑娘他一个都惹不起啊。她们俩一个给白虎做了马甲，一个弄了个花环戴在白虎头上，更过分的是，孙缩缩经常炒盆米饭拌着一点肉汤和一勺子青菜逼白虎吃下去，说什么"营养要均衡"。

这是白虎啊，是山林之王啊！你这是当猫在养啊！可怜的小白！

路小遗看看差不多该走了，趁着这天吃晚饭的时候，对孙缩缩和孟青青严肃地说道："你们的修为很高了吗？整天带着小白在山谷里瞎跑，都不用修炼了吗？难道你们忘记我们要重建神族，追求自由、平等了吗？没有更高的修为，怎么去推进我们伟大的事业？"

孟青青往白虎的嘴里塞了一块肉，嫌弃地摆摆手道："知道了，知道了，晚上就闭关。"

孙缩缩掩嘴浅笑道："这不是因为有你在嘛，都想多陪你一会儿呢。"

路小遗顿时无言以对，心想，这借口真的好强大，我居然无法反驳。"好吧，我留下确实会影响你们修炼，我现在就走。"路小遗放下筷子站了起来，招呼了一声，"小白！"

一人一虎，一前一后，说走就走。孟青青瞬间愣住了，呆呆地看着路小遗的背影，眼睛里全是雾气。她知道路小遗是对的，所以这一次没有发难，只是默默地跟在后面。孙缩缩叹息一声，也跟了上来，两人将路小遗送过了桥头。

路小遗总算站住回头了：“就到这儿吧。我这一趟出去也就半个月的样子，又不是不回来了。”

孟青青上前来，抱着路小遗的脖子，轻轻地跟他贴了一下脸：“保重！”

孙绾绾也走上前来，却没有做出什么大胆的亲密举动，只是深情款款地看着路小遗的眼睛道：“等你！”

“小白，记得回来看我们啊！”孙绾绾下一刻便转移了目标。白虎看她过来了，“嗷”的一声掉头就跑，完全是一副逃出生天的仓皇模样。

“咦，小白这是怎么了？”孙绾绾不解地问。

路小遗当然不会告诉她真相，只得一本正经地胡说八道：“放心吧，小白一定会回来的。半个月以来，这个山谷给它留下了深刻的印象。”其实路小遗很想说：换成我是小白，被人喂了那么多青菜，打死也不会回来。

路小遗走了。目送他的背影消失后，孙绾绾和孟青青带着满脑子的温馨回忆，转身回了山谷。枯燥的修炼在等着她们，这就是修真者的宿命，谁也逃不掉，也正因如此，这半个月的时光才那么令她们难以割舍。

实际上路小遗也舍不得走，但是不走不行，既然已经上了重建神族这条船，那么无论前方是光明大道还是万丈深渊，他都只能一条道走到黑，不能回头。

他是故意选择在晚上离开的，因为在这个时候离开，身影会消失得快一点。看不到了，就不会犹豫了。在这黑夜里，他没有骑着白虎，而是跌跌撞撞地走了半个时辰，他这是突然有点心疼自己的宠物了。

看看前方黑黝黝的一片，路小遗停下脚步，靠在了一块大石头上，道：“先休息，天亮再走。”

路小遗并不知道，这个决定会使他陷入危机……

距三门镇界碑西南外一里地的进山的道路旁，苏长风正站在一个长辈的面前，恭敬地道：“师叔，我打听清楚了，那小子走的就是这条路。他还留了几个人在齐家别院内，必然会再回到那里。”

这位道貌岸然的长辈留着山羊胡子，高冠博带，论派头，那是比路小遗强太多了。

苏长风的师叔自然不是弱者，他便是元婴期高手苏九天。按理说他对付一个路小遗绰绰有余，而他却非常谨慎地说道：“此人若真如你所说那般厉害，看着却只有十几岁，那应该是个元婴期高阶的散修。修真者只有到了这个境界，本体才会出现偶然的逆生长。”

苏长风非常认同这个分析，若不是这样，自己也不会被人一巴掌就扇晕了。他跟路小遗之间的差距太大了，那种毫无还手之力的感觉让他想报仇都找不到机会，最后他只好求到苏九天这里。这老东西可不是什么好人，苏长风是付出了一定的代价，再加上苦苦哀求，他才同意出手的。

“不知师叔有何高见？”苏长风露出讨好的笑容问道。

苏九天捋着胡须，一副胸有成竹的样子道：“待我布下九阴噬魂阵，叫他有来无回。”

九阴噬魂阵？这好像是魔修的路子？苏长风心里一阵发冷，却不敢挑明。昊天门里头有人在走魔修的路子这种事，传出去可落不下什么好名声。魔修中的确有些东西威力极大，一些修真者抵不住诱惑而偷偷修炼的情况也并不少见。

螳螂捕蝉，黄雀在后。就在苏九天和苏长风准备伏击路小遗的时候，齐乔氏正站在一个仙风道骨的男子身边，随其立于山巅之上，远远地看着这个方向。

“夫君，我怎么觉得有股浓浓的阴气在上升？”齐乔氏忍不住问了一句，连她都看出不对来了。

天灵门门主齐远山冷冷地看着西南方向，一手叉腰，另一手抬起指向苏九天的方向，道：“九阴噬魂阵。本以为是谣传，没想到他真的在练。如今的昊天门可谓乌烟瘴气，什么人都敢用，野心不小啊。”

“在夫君手下，苏九天一个回合都未必走得过。”齐乔氏一副很崇拜丈夫的样子，眼睛里闪动的全是脉脉温情。

齐远山多少有点得意，气势十足地笑着道：“一个回合不敢说，三五个回合，我还是有把握取胜的。”

齐远山没说的是，苏九天这种等级的高手在昊天门可谓车载斗量，要不人家怎么是第一大门派？当然，这话不能说，太伤士气，他只能说：“且看看他玩什么把戏，再看看那位举手破我法阵、放手又恢复法阵并使之威力翻倍的高手，到底是个什么货色。”

天明时分，路小遗醒了。他看看四周，一片寂静，只有白虎在旁边。他站起来伸了个懒腰：“又是一天来临了。走，弄点吃的好上路。”

待一番收拾折腾、吃饱喝足后，一人一虎出发。此时，太阳已经升起。山间小路上，路小遗快步走着。接近三门镇界碑时，他站住拍了拍白虎的脑袋道：“你在这儿等着我，回头我安顿好了，就来接你。”

白虎不舍地拿头蹭了蹭路小遗的脸。路小遗现在满脑子都是怎么才能找到更多的帮手，因此马上便毫无防备地继续前行，走进了苏九天布下的九阴噬魂阵内。

“哈哈哈，这厮入套了，没想到来得如此轻松。看来此人自视甚高，大意轻敌了！”苏九天得意扬扬地说道。说着，他手里突然多了一把折扇，他狞笑着把折扇展开，扇动了几下，顿时，天色变黑，阴风阵阵。

第五十四章

DAGUIJIASHI

“衰”字现

“哎呀，天怎么黑了？这是要下雨了吗？”路小遗郁闷不已，心想，刚才还红日当空呢，这天变得也太快了。突然，他肩膀上一沉，龟灵出现了，背着手道：“是有人布下了杀阵，针对你的。”

路小遗扭头看着站在他肩膀上的龟灵，不满地问道：“你早就知道了，为啥不说？”

龟灵理所当然地答道：“你有大龟甲术，我为啥要告诉你？”

真是……好有道理！路小遗一口气憋得难受，最终只能无奈地看天！

天空中乌云密布，九道黑气如龙，来回盘旋。气温在不断地下降，路小遗的皮肤被黑气卷起的阴风吹过，如针扎一般。

“九阴噬魂阵是一种极为阴毒的法阵。”山顶上的齐远山叹息一声，看着法阵中的路小遗被黑气淹没，摇了摇头，“这位道友在劫难逃了！”

齐乔氏也颇觉可惜地叹息了一声：“这法阵，真的无法可破吗？”

齐远山脸色凝重，重重地点了点头：“如果不入其中，自然无事。一旦进了法阵之中，就算是大乘级别的高手，也难逃重创。即便杀出阵来，又如何逃得过以逸待劳的伏击者？”

齐乔氏眼珠子乱转，问道：“夫君，这法阵有何讲究？”

齐远山苦笑一声：“这法阵极为阴毒，需要九根阴极杖方能布下。阴极杖的制作很麻烦，首先要有万年阴沉木为材料，其次，每根阴极杖都是用秘法炼制而成的。”

齐乔氏一脸不解。

齐远山只好解释了一句：“不要多想了，炼制阴极杖的手法非常残忍。”齐乔氏被这句话吓坏了，狠狠打了个寒战。

在夫妻俩说话的时候，苏九天得意地摇着折扇，笑嘻嘻地对苏长风道："等着看那小子变成一根冰棍儿吧！"

苏长风则强忍着心头的反感。他其实挺无奈的，上次被路小遗扇了一巴掌，受了重伤差点死掉，这条命和一身的修为还是苏九天帮他保住的，条件就是他要做苏九天的奴仆。

法阵中的路小遗已经快冻僵了，但他就是不想妥协，不愿意念那句口诀。已经站不住的路小遗坐在地上，身上裹着极地皮大氅，但是没有什么用，他身上的温度还是在一点一点地下降。九道黑气盘旋得越来越低，路小遗的嘴唇变得冰凉，距离死亡已经不远了。

龟灵沉重地叹息道："你这又是何苦呢？死了，就什么都没有了。"

路小遗冻得都快成冰棍儿了，说话哆哆嗦嗦，语气却意外地平静与坚定："就算是死，我也不会被你控制！我知道，你是杀不死的，不然我早就一掌拍死你了。"

龟灵很明显地愣了一下，随即露出了一丝微笑："原来是这样。既然如此，以后我不会再这样了。发现什么，我都会及时地告诉你，不会再把你逼入绝境，让你不得不使用大龟甲术了。"

"说话算话？"浑身僵硬的路小遗僵尸似的弹了起来。

龟灵点了点头："绝不反悔！"

获得胜利的路小遗这才用最后一点力气发出了一声呐喊："手握乾坤定生死！"

远处的苏九天眼看着黑气越来越浓，团团包裹住了路小遗，便带着苏长风走到法阵之外，指着坐在法阵中的路小遗，得意扬扬地说道："你看，他已经冻僵了！"

他这边话音刚落，路小遗便跳了起来，喊了一句什么。"呜呜"的风声传来，苏九天没听明白，他主观判断路小遗是在发出垂死的哀号。然而，他脸上的得意之色在片刻后突然凝固了。

山顶之上的齐远山转身，道："走吧，他没机会了！"

谁知齐乔氏突然发出惊呼："快看！"

金光乍现！龟甲突然出现，就像一道阳光，刺破了乌云。在这金色的光芒下，九道黑气就像泼在烧红的热锅上的水一般，化作腾腾的水汽，消散在空中。接下来，更惊人的事情发生了。路小遗周围的九根阴极杖次第断裂，发出了"啪啪"的声音！

但这还不是最惊人的事情，最惊人的一幕出现在苏九天身上。这老家伙就像被施了定身法一般，呆呆地立正看天，甚至都不会说话了，而每断裂一根阴极杖，他的身上就会“噗”的一下炸开一道口子。但他还是一动不动，一声不吭，就这么直挺挺地站着。

这到底是怎么一回事？金光闪，龟甲现，法阵瞬间被破就算了，为何苏九天会是这个反应？他身边的苏长风也呆呆地站着，一动不动，一看就是被人制住了！怎么会这样啊？！

齐远山彻底蒙了，这超出了他的理解范围。刚才还被困在法阵中、眼看就要死掉的路小遗，到底是怎么做到这一步的？

难道说，这个看着才十几岁的家伙，真的是个大乘级别的高手，而自己高估了九阴噬魂阵的威力？似乎只能这么解释了。要知道，大罗金仙受仙界禁制的控制，根本下不来啊。而要打开仙界禁制，必须要排名前一百的大罗金仙集体同意才行。

齐远山无论如何都想不到，这不过是个游戏，只不过这是神玩的游戏，而现在是人在玩而已。

又到了要去掉一颗骰子的时候，去掉哪颗好呢？路小遗一看“死”不能去掉，没事让人生病也不好，干脆点，去掉“病”就是了。好吧，游戏开始了，骰子围绕着中间的八卦图旋转的同时还自转着。

“咚”，一颗骰子掉下，路小遗怎么看都觉得不顺眼，居然是个“衰”字！

呃，好像我也成了受害者！就在路小遗这么想的时候，吓得魂飞魄散的苏九天一个恶狗抢屎，扑倒在地。苏长风也没好到哪儿去，一个跟头栽进了路边的小河里。场面真是精彩！

这两人就是想跑，仅此而已。九阴噬魂阵被破对别人来说是小事，对苏九天来说却是要命的事情。他在法阵被破的同时身体炸裂九次的原因，便是阴极杖内的八十一个阴魂在反噬其元婴。大龟甲术启动后，苏九天的一身修为就像被废掉了一样，根本就没法动弹，唯一能动的就是脑子。当时他脑子里一片空白，只得陪着路小遗玩游戏。

游戏结束了，他收回对身体的控制权后，元婴已受到重创，自身实力锐减，都不如之前一半的水平了。谁身上发生这种事情能不害怕？如果换个别的法阵，还不会出现这种事情，也就是苏九天修炼的这个法阵太阴毒，那些阴魂不单单被他用来制作阴极杖，同时还是他的元婴的养料。

这些阴魂恨死苏九天了，一旦有机会反噬，自然是用最狠毒的办法。可惜这些阴魂多年来滋养元婴，自身的杀伤力不强，只能做到重创元婴，不能咬死苏九天这个浑蛋。即便如此，苏九天也被吓了个半死，第一反应就是跑。

问题是，掉下来一颗写着“衰”字的骰子，这可不是白掉的。只见这老家伙脚下一个拌蒜，扑倒在地，一张脸重重地盖在了一坨牛粪上。苏长风则掉进了水沟里，沟里全是烂泥，弄了他一身。

这还只是开始，更精彩的是苏九天下意识地摸出了飞剑，不顾脸上沾上的牛粪，“嗖”的一下飞去，可他的视线被牛粪影响了，根本就没看见前面有一座山，山顶上还站着两个人。

而苏长风就没那么做，不是不想，而是不敢，因为他上次就是被人一巴掌扇下来的。这一次，他双手着地，像一条狗一样飞奔远遁而去。因为害怕，他频频回头，“咣当”一下，撞在了一棵树上。撞树后他晕乎乎的，也不知道方向，心里怕得要死，慌不择路地继续逃窜，结果“扑通”一声，又掉进了前方的一条河里。

山顶上的夫妻俩看见苏九天飞来，赶紧躲了起来。他们倒不是怕这样的苏九天，而是怕那个路小遗啊。那家伙正手搭“凉棚”看过来呢，被他发现就惨了。

“这家伙飞得很快啊！”路小遗好羡慕有飞剑的人啊！

“是啊，飞得很快，不过飞得越快，等下撞得就越惨！”龟灵笑眯眯地道。

果然，“轰”的一声，视线受影响的苏九天一头撞在了山上，然后便往下掉。他到底有没有被撞死还真不知道，他这都飞出去几十里了，可见飞剑的速度之快。

山巅上的夫妻俩躲在一块大石头后面，只听到“轰”的一声，整座山都在摇晃，他们吓得浑身一抖，心想，这又是什么法器打在山上了？难道是在警告我们吗？赶紧走吧，别被误会成帮凶。这样想着，两人掉头就走，连飞行法器都没敢用，怕被误会。

“好远啊，现在追上去，他一定已经跑掉了。”路小遗遗憾地撇了撇嘴，而后他扭头去找苏长风，却发现这家伙也不见了。他不经意间低头一看——哎呀，脚底是什么？怎么还那么臭呢？

“可恶啊，是哪个浑蛋这么没有公德心，连狗屎都不铲？！要被我知道是谁，我保证不打死你！”路小遗的惨叫声在通往三门镇的山路上回荡着。

“呱呱——呱呱——呱呱——”一只乌鸦飞过，被他的惨叫声吓得狼狈逃窜！

“浑蛋啊，这可是绾绾送给我的新鞋子啊！”路小遗还在惨叫，林间野兽都被他吓得不敢进食了。

第五十五章

D A G U I J I A S H I

欲擒故纵

路小遗是个聪明人，他知道自己那点人生阅历在龟灵面前根本不算什么，自己迟早被龟灵用游戏的方式玩死，所以他选择了鱼死网破的战术。

龟灵的软肋是要用游戏的方式完成重建神族的使命，这一点已经毫无疑问。抓住问题的核心后，路小遗的绝地反击得手了。

然而结果却是，路小遗最终还是要用游戏的方式来解决生存问题，这便是他最大的悲哀了。

“衰”字骰子的威力到底有多大，路小遗很快就知道了。从法阵现场到三门镇，不过十里。这一路上，路小遗出了三十三次状况，每一次情况都有所不同。踩到狗屎都算是走运的，最惨的一次，从草地里钻出了一条毒蛇，路小遗及时躲开了，可还没等他庆幸，脚上便传来一阵剧痛——踩捕兽夹子上了。

哀叹着动手掰开捕兽夹子的时候，路小遗又一次发出了悲呼，这双鹿皮靴是孙缩缩送的，被捕兽夹子弄出了一排洞不说，脚上还多了好多“齿痕”。

对“肉体上的痛苦不重要，重要的是心灵上的创伤”这句话，路小遗理解得还不算深刻，而另外一个叫苏长风的倒霉蛋，才真正深切地领悟了心灵创伤的含义。

掉进水里后，苏长风被小河中的激流裹挟而下，很快他就发现前方有一道几十米高的瀑布，眼看就要狠狠地砸在深潭内了，千钧一发之际，他靠前方的一棵树得救了。然而，很快他又感觉到了剧烈的疼痛——他的手臂狠狠地撞在树干上，折了！

他还不是最惨的，最惨的是苏九天。苏九天在元婴遭到重创后撞上山体，一条小命差点没了不说，飞剑在撞山后还激发了天灵门的护山大阵，导致飞剑被毁！

城门失火，殃及池鱼。这事情还没完呢，只是路小遗不知道罢了。

之前路小遗实在是太倒霉了，而走出去一里地发现自己没再出事后，他才惊讶地向龟灵问道：“我居然不倒霉了？”

躲回藏魂珠里的龟灵懒洋洋地回答道：“废话，二级大龟甲术，倒霉二十分钟。”

路小遗不满：“你怎么不早说？不然我只要待在原地，就不会毁了我的鞋子。”

龟灵冷笑：“你待在原地，我担心你会更惨。”

路小遗疑惑地问道：“何出此言？”

“法阵毁了，道具法杖也毁了，但是那些极阴之魂还在。这个法阵有点阴毒，你留在原地的话，还不知道会有啥更倒霉的事情发生。”

路小遗深以为然地点了点头。二十分钟的倒霉时间结束后，路小遗才算能够正常地走路。此时他一边走在三门镇的街道上，一边与龟灵交流着，丝毫没有察觉在路边一座建筑的二楼阳台上，有人正在看着他。

“啪！”一颗果子砸在路小遗脑门上，他陡然惊醒，随即以意念急道：“龟灵，你又骗我！”

龟灵叹息一声：“这次真没骗你。抬头，看左边。”路小遗抬头看去，见到了两张略显激动的笑脸，竟然是齐子晴和齐子薇两个姑娘。

“是你们啊！”路小遗没有了生气的意思，毕竟是两个大美女嘛，他身为男人包容一二很正常。

两人齐齐在阳台上行了个礼：“见过先生！先生请稍等！”

说着两人便下来，开门邀请路小遗上楼一叙。只是这对师姐妹的想法并不一样。齐子薇是惦记着路小遗是土豪，自己把他伺候好了，日后便能把一年的供奉钱都交足，不必再去抛头露面，也就不会影响修炼。齐子晴则是真心感激路小遗厚赐心法，故而下了就此追随的决心。至于天灵门，外门弟子那么多，每年除了考核大会时齐聚一堂，平时普通的外门弟子在做些啥，谁会关心？

“有缘再见先生，还请上楼一叙。”齐子晴激动地邀请道。

路小遗本有心答应，却听得意念中龟灵在叫：“答应她，快答应她！”

不喜被人左右的毛病又犯了，路小遗朝两人作揖谢绝道：“我还有事要办。事情若顺利，明日便在此相见吧。”

说完他便转身走了。师姐妹俩眼神中流露着不舍，一个想着土豪走了，一个则想着先生果非俗人能比。一般修真者见到她们二人都会心生绮念，想着随便给点好处打发了。这等事情齐子晴虽没有亲身遭遇，但也听了满耳。

“为什么不答应她们？”龟灵在意念中狂叫。

路小遗理都不理，继续往前走了一段。等龟灵老实了不再问了后，他这才用意念告知：“没文化，不知道‘欲擒故纵’吗？”

龟灵气急败坏地叫了起来：“你敢说我没文化？你知道有多少个常用汉字吗？知道‘茴香豆’的‘茴’字有几种写法吗？”

路小遗心里正暗自得意呢，难得有机会骂这个乌龟人没文化。路小遗懂的成语还真不多，知道的几个还都是从说书人那里听来的，现在也算是活学活用了。见龟灵吃瘪，路小遗心中乐开了花。

“哼，我读书少，但是我会活学活用，不像某些人，学得多又如何，只会读死书，不能结合实际应用。”

路小遗一句话，让刚才还在狂叫的龟灵安静了，好半天龟灵才冒出一句：“有道理！可惜，当我明白这个道理时已经太晚了。从今天开始，我要读书给你听，从三千世界史开始读，就像讲故事一样。早先我听玄武大神说过，眼前正在发生的一切事情，都能从历史里找到。我是没这个本事了，就看你的了。”

路小遗顿时成了苦瓜脸。那些史书艰涩难懂，让他每天听，真是要他的命啊。

“还是算了吧，我事情多得很，哪有时间听你读书？聚灵大陆其实一点都不复杂，就是得遵循优胜劣汰的规则罢了。”路小遗一句话，直接把龟灵说成了哑巴。

但紧接着，龟灵撇了撇嘴：“故作深沉！你对聚灵大陆存在偏见。不过没关系，对世界的认知都是一点一点被矫正的。你激进，是因为你年纪还小。”

路小遗叹息一声：“这话不是我说的，是匠镇的一个说书老人讲的。说起来那可真是个好人啊，他读了很多书，可惜最终却落了个病死他乡的结果，尸体还是我给收的。我识字也是他教的，很多道理，也都是他告诉我的。”

龟灵沉默好一会儿后，才叹道：“一个老疯子！”

路小遗沉吟片刻后说道：“我也是这么想的。不过，发明大龟甲术的人才是所有疯子中最疯的那个吧？”

“神以下，皆蝼蚁！”龟灵给了这么一个答案，路小遗沉默了。

龟灵随即又补充了一句：“等你练成五级大龟甲术后，你也会成神！”

路小遗道：“我觉得，在这个过程中，不等我成神，我就先把自己弄死了。”

能够连续摇出九次“愈”的路小遗，连着摇出三次“死”有啥稀奇的？

“这就是成神的代价！”龟灵很肯定地表示。路小遗耸耸肩，很无奈地笑了。

前方就是齐家别院。站在通往别院的大路上，路小遗突然想起了一个问题：“这三门镇不是有防御法阵吗？为何上次在别院发动大龟甲术时没有摧毁法阵？”

“谁告诉你大龟甲术能摧毁法阵的？只是能让法阵失效而已。九阴噬魂阵阴气太重，遇到堂堂正正的神术后自然会被破，苏九天遭反噬，完全是咎由自取。”

“我知道了，你又骗了我一次！”路小遗的悲呼直接被龟灵无视了。

齐家别院平时看起来很安静，但一旦外人靠近，便会自然地引动警报系统。路小遗一个人懒洋洋地走过来的时候，别院内已经收到了警报，值班的黑衣人纷纷准备。待看清楚来人是路小遗后，一直跟在可心身边的黑衣女子脸上一喜：“快开中门，我去请可心小姐！”

路小遗走到门口的时候，别院大门边已跪了两行黑衣人。齐可心也在门口跪着，身后还跟着四个跪着的女护卫。齐可心抬头大声道：“恭迎先生光临别院，多谢先生赐我正本清源术，还我灵根，正我本源，清我俗气。”

路小遗还是第一次听到“正本清源术”这个词，上次他随手就把玉简丢了过去，根本不知道玉简中的秘术叫啥。

“些许宵小之术，固然能蒙蔽一时，但迟早会被揭破。我也没打算要你谢我。那九个女弟子呢？叫出来，我要带走。”路小遗没提要进门，而是用了要带上人就走的语气。跪在地上的齐可心一听立刻急了，心想，这怎么办啊？她总归还是个小姑娘，刚才只是做个样子，现在是真着急了，不禁频频回头。

门后有人长叹一声，缓缓出现的果然是齐乔氏，她上前便恭恭敬敬地行了个礼：“先生何必跟一个小孩子一般见识？奴家闺名唤作欢儿，先生若有怨气，冲欢儿来就是了，不要牵连可心。”

齐可心没听明白，一脸懵懂，看看这个，又看看那个，想知道原因却不敢问。

一般女人哪会把闺名告诉男人？齐乔氏说完，才缓缓抬头。她正值女人最好的年龄，又生了一张绝美的脸蛋，更别说她今天还精心收拾过一番。只见她一身白色长裙，眼波流转，看人的时候，一双眼睛仿佛带着钩子，能把男人的心都勾过去。

路小遗这个小菜鸟，世面见了不少，但还是头一回见到这种女人。这个女人上次还不服气，这次就吓得跪下了，想来是一门心思想要傍上他，故而表现出来的态度，比之上次，可谓天壤之别。

一时间，路小遗直勾勾地盯着对面，看傻了。用这等风情来对付一个菜鸟，简直就是杀鸡用牛刀。龟灵用意念传音道：“她对你有意！”

第五十六章

DAGUIJIASHI

真容的杀伤力

“对我有意？好意还是恶意？”路小遗不以为然。

龟灵则很平静地反问道：“你说呢？”

路小遗自然明白龟灵话中所指，不禁尴尬地笑了笑。这样一来，他脸上的冷意消失，取而代之的是皮笑肉不笑，眼睛也没再直勾勾地看着齐乔氏了。

路小遗收回目光，恢复了自然的表情，回了齐乔氏的话：“我从来没有计较过，只是不想找麻烦！”

高人风范瞬间展现。龟灵在意念中狂呼：“俗！俗！俗！你应该这么说——俗事如云过，一一记之，徒增烦恼尔。”

路小遗用意念传音道：“闭嘴！”

“先生，你不喜欢可心了吗？”齐可心眼泪汪汪地上来，抱住了路小遗的大腿。

“下次记得用生姜，辣椒的颜色太亮了。”路小遗笑了笑。

齐可心被戳破，收起哭脸，笑嘻嘻地抓住路小遗的手道：“先生果然高明，一眼就看穿了我的小伎俩。还是先生说话实在，不像门派里的那些长辈，本事不大，却很会装，说话都叫人听不懂。”

路小遗暗暗叫了一声“惭愧”，面无表情、语气淡然地说道：“看来今天走不成了，前面带路。”

“先生不能留在这里吗？我也好日日请教。”

看齐可心这架势是要拜师了，但路小遗哪有什么可以教她的？他只能硬着头皮往下装：“我没什么可以教你的，你还是安心地修炼门派绝技吧。”

齐可心还想撒娇，却被母亲一个眼神制止了，随后齐乔氏上前一步行了个礼，轻声说道：“可心年幼，尚未开始正式修行，于先生而言，确实没有什么可教的。”这话的意思就是，让一个大学教授去教一个幼儿园的孩子，你说他教的效果能比幼师好吗？

路小遗却理解错了，这就是读书少的毛病了，他还以为这齐乔氏是在挤对自己。好在辅助修炼的心法，他事先准备了很多。他手一翻，掌心便多了一枚玉简：“拿去，每日先练这个半个时辰，再练本门心法，可起到事半功倍的效果。”

这下齐乔氏眼红了，直盯着女儿手里的玉简，路小遗却迎头一盆冷水泼去：“别看了，打基础的辅助心法，于你无用。”

齐乔氏讨好地笑了笑。别人没见识过路小遗的威风，她却是亲眼见过的，此人谈笑间便破掉了九阴噬魂阵，让苏九天那个元婴老怪御剑逃逸，而后此人更是毫无动作，便让苏九天撞了山。直到现在，齐远山都还在为这件事情发愁呢。

路小遗大摇大摆地进了中门。进入堂前时，他习惯性地站住了。龟灵在他脑中传音道：“跟着她走就是。”

齐乔氏脚下不停，穿过堂前往后院走去，这一下路小遗有点不淡定了。如此进入后院，不合世俗之情理。后院住的一般都是女眷，在正常情况下，闯进去是要被人打出来的。就算是女眷相请，没有男人陪伴，也是极为不妥的事情。

此时，龟灵又传音道：“站住！”

路小遗站在后院门前，装模作样地四处张望一番，脑子里听着龟灵的传音，跟着念道：“修行者不拘俗礼，却不可无礼。金仙大道，太上忘情，而非无情。离世修道者，当先入世，人生百味尝遍，方能离世忘情。”

说完，他还故作深沉地低头问齐可心：“你能听懂吗？”

齐可心摇摇头，而前方的齐乔氏却已经先拜了一拜：“先生之言，如洪钟大吕在耳，奴家多谢先生解惑。”

实际上，这些话，路小遗自己都不太懂，但是这不妨碍他接着往下装。他看都不看拜谢自己的齐乔氏，继续对齐可心道：“不懂不要紧，记住就行。道理这个东西，还是要自己去领会。若说教便能让人明白道理，这世间早就金仙遍地了。”

齐乔氏把路小遗说的话理解成是一个辩证的道理。现在的修真者，都是从小就开始修炼的。路小遗的意思是这是不对的，修炼是需要体察世情的。要忘情，你也得先有情不是？人不在红尘中历练一番，见识到生死，又怎么能体味到修真长生的好处呢？

齐乔氏自幼进山修炼，后被齐远山看上，择为双修伴侣。齐乔氏对齐远山并没有太多的感情，所以把更多的心血倾注在了女儿身上。路小遗的一番话，被齐乔氏错误地理解为：路小遗看出了她的“情”之所在，故而刻意提醒她一句，不要整日沉浸在门内的那些争斗中。忘掉这些事情，才能在修炼大道上进步得更快。这道理过于艰涩，女儿还小，自然是听不懂的。所以呢，路小遗才会告诉女儿，不要太过着急，等将来经历过了，自然会明白其中的道理。

总而言之，双方信息不对称，再加上龟灵讲的都是些云里雾里的道理，倒让路小遗的形象显得越发高大了。殊不知，路小遗说出这些话后，转眼就忘记了。

至于那些礼节，路小遗也转身就忘在脑后了，他“哈哈哈”大笑三声，便迈步进门，走进了后院。

齐乔氏也不觉得他失礼，只是觉得这才是真性情。

为了讨好刚才指点过自己的高人，齐乔氏不用丫鬟动手，亲自拿来了毛巾，将毛巾浸湿又拧干后递给路小遗，道：“先生一路风尘仆仆，擦把脸吧。”

装过头的路小遗忘记了一件事情，那就是他的脸上抹了让皮肤变黑的药水。这湿毛巾一擦，白色的毛巾便瞬间变黑了，就像被墨水染过一般。路小遗却浑然不觉，擦了几下还不过瘾，又走到端着水盆的女弟子跟前动手洗脸，毛巾在脸上擦来擦去，真容瞬间暴露。

等路小遗放下毛巾回头时，早就发现不对的齐乔氏这下彻底惊呆了。原来的路小遗因为有点黑，看着就像个干活的粗人，而现在脸擦拭干净了，九次“愈”的效果便出来了。眼前的男子唇红齿白，有着白玉一般的面容，跟刚才比像是完全换了一个人。

之前是路小遗看齐乔氏看呆了，现在却反过来了。齐乔氏一双眼睛瞪得溜圆，眼珠子直勾勾地盯着这张完美无瑕的脸，一颗心跳得就像小兔子在蹦跳一般。

齐可心也看傻眼了，她就没见过这么好看的男人。端着水盆的女弟子更是神情恍惚，不自觉地手上一松，“咣当”一声，水盆落地，惊醒了众人。

路小遗这时候终于反应过来了，心道：坏了，真面目暴露了。

齐乔氏低头，暗暗克制。齐可心还小，不懂那么多，直接惊讶地说道：“哎呀，先生原来长得这么好看啊，就像画里的金仙一般。”

“再好看，也不过是一副臭皮囊。”路小遗故作洒脱地笑了笑。其实他是没法子了，既然已经暴露了，那就只好接着往下装。结果效果意外地好，齐乔氏也好，齐可心也罢，还有一干女弟子，心里都是一个念头：难怪先生要说忘情，他这副模样，真是惹人爱呢。

“还请先生随奴家来换装！”齐乔氏心跳加速，本该是女弟子的活儿，现在倒让她给抢了。她领着路小遗进了一间屋子，接过了女弟子手里捧着的衣衫，这都是之前备下的。

路小遗抱着“既然装了，就要装到底”的心思，坦然地抬手，让她伺候着换了外衣。

衣服换罢，齐乔氏也不管女弟子还在身边，便轻呼一声，身子一倒，抱住了路小遗的腰，口中不管不顾地低声呢喃道：“弟子乔欢儿，但求先生垂怜。”

路小遗蒙了，不知该作何反应，这时候幸好有龟灵及时传音，路小遗也及时地转述道：“凡事总要讲缘分，你我缘分未到，何苦强求呢？”

齐乔氏也恢复了冷静，盯着两个女弟子，冷笑了三声：“刚才的事情，传出去一个字，灭族！”

说着她又捧起一个女弟子手里的金冠给路小遗戴上，再次痴迷地看了一会儿，道：“恨不相逢未嫁时！”

路小遗一脸淡然，伸手拍了拍她的肩膀：“一切随缘！戾气太重，于人不利，于已不利。”

换成上次，路小遗若这么装，齐乔氏拼死也会抽出宝剑，给他点苦头尝尝，还会想，老娘还要你教我怎么管教属下吗？这一次则完全不一样了，齐乔氏将他的话奉为真理，点了点头应道：“奴家记着了！”

整件事情说来也简单，齐乔氏认定了路小遗的高人身份，加上他这么一变脸，一张比绝世美女还好看的脸以及“真诚的尊重”，对这些妇人的杀伤力绝对是极其强大的。

还有一个重要的因素——齐可心的灵根发育度是百分之九十，她本来是修真天才，差点就被埋没了。

什么齐远山，这时候路小遗只要勾勾小指头，齐乔氏甚至愿意为他去死。

第五十七章

D A G U I J I A S H I

齐乔氏

路小遗没有表现出贪恋女色的一面，恰恰触动了齐乔氏的心弦。她在天灵门的过去，可没有多少幸福可言。才华出众的她十岁被选入天灵门修炼，十六岁便筑基成功，本以为能就此走上光明大道，不料却被齐远山看上了。这家伙都几百岁了，最大的兴趣和爱好就是从优秀女弟子中寻找双修对象，说难听一点就是“鼎炉”。

齐乔氏被他看上后，表面上是得了个“夫人”的名义，地位看着是提高了，但实际上，从那以后她便陷入了齐远山的庞大“后宫”的争斗之中，而齐可心就是争斗的牺牲品。

随后齐乔氏的修炼速度也因为生了齐可心而明显变慢了。在这个实力为尊的修真界，这是很让人受伤的一件事情。很快齐乔氏就发现，齐远山的其他女人跟自己的情况都差不多，初期修炼进步很快，表现出了极佳的天赋，随后被齐远山纳入后院，自此修为的提升速度开始减缓。那些没有孩子的还好一点，像齐乔氏这样的，受到的影响是最大的。

一个人如此就算了，人多了便不难发现问题所在。但就算知道了齐远山娶她的目的是采补，齐乔氏也只能忍着，把仇恨悄悄地埋在心里，当面还是得努力地讨好他。

相比之下，路小遗这么不求回报，高下立判。如果说之前的齐乔氏还因为路小遗的美色而心生遐思，那么现在的她可以说已经彻底拜服了。

齐乔氏一点都不傻，不然她早就被门派里的“好姐妹们”玩死了。冷静下来后，她犹豫了片刻，开口问道：“先生品性高洁，奴家是晓得的。只是奴家不明白，先生所求者何？”

这话啥意思呢？简单地说就是：你这么好，我不明白你想要啥。

路小遗安坐卧榻，微笑不语，摸着下巴，一副从容淡定的样子，脱口而出一句实话：“我在想要怎么骗你。”

说完，路小遗就后悔了，暗暗唾弃自己，这嘴真是太快了啊。意外的是，这话却取得了不错的效果。

齐乔氏听罢，掩嘴笑了起来，心道：先生说话着实有趣。想来这是实话，也不是实话。

每个人都是站在自己的角度看问题的，想的东西自然也不一样，路小遗和齐乔氏此刻就是如此。

“先生想骗些什么？奴家身上有的，只管拿去便是。”齐乔氏把矜持都揣口袋里了，向路小遗暗送秋波，那意思再明白不过了。

路小遗其实想站起来，摆一个侧身仰面望天的姿势，这是他惯用的姿势，装高深的效果很好。可是，此刻他不敢站起来，怕会腿软。

高人还要接着往下装。路小遗强忍住内心的躁动，平静地看着齐乔氏道：“我所求者，公平也！”

齐乔氏没听明白，低头琢磨了片刻：“公平？什么公平？”

她这一低头，路小遗便赶紧把接下来的说辞想好了，继续说道：“这世间有太多的不公，仙与修、修与凡之间有太多不公之事，就算是修真界，名门大派和小派之间，散修和门派之间，不公之事也是说不尽道不完。”

这话算是触动了齐乔氏的内心，她正准备深究呢，门外却传来了齐可心的声音：“娘，你们在里面做啥？”

齐乔氏听了赶紧答应道：“进来就是，没啥不能见人的。”

齐可心蹦蹦跳跳地进来了，一脸的开心：“先生，才学了半个月，我便去测了灵根，您猜我的灵根发育度是多少？”

路小遗微笑不语，心想，猜什么猜啊，我知道才怪。

齐可心心机不深，见先生一副高深莫测的样子，忍不住显摆道：“百分之九十呢，我娘当年都才百分之八十。”

路小遗笑了笑：“修行是个人的事情，天赋很重要，因为它决定了你将来可能达到的高度。其他的东西也很重要，毅力、勤奋都不可或缺，否则天赋再高也会荒废。”

齐可心仰面看着路小遗，眼珠子突然不会动了，路小遗还在侃侃而谈呢，她却突然冒出一句：“先生是仙人吗？”

路小遗愣住了，心想，我该怎么回答呢？他正准备摇头坦白，龟灵却用意念传音道：“告诉她们，你是神使。”

路小遗稍稍迟疑后，摇了摇头：“我不是仙人，我的身份不能说，至少不能在这儿说。”

龟灵被路小遗气坏了，在意念中不断轰炸着他的耳朵，逼得他恨不得切断与龟灵的意念联系。没想到路小遗刚生出这个念头，他与龟灵之间的意念交流就断了。这个神奇的发现让路小遗大吃一惊。齐乔氏看到了他的表情，忍不住问道：“先生为何吃惊？”

路小遗反应很快：“我很好奇，可心为何会问我这个问题？”

齐乔氏“扑哧”一笑道：“别说是可心了，我都想这么问呢。修真界的人我见得多了，没一个有先生这么好看，能耐还这么大的。先生说话也没那么酸，待人就像家里人一般随意呢。”

路小遗笑了，摇了摇头：“原来如此啊！这只是因为我心中有一个众生平等的世界！”

母女俩闻言都愣住了，这话听着好刺耳。尤其是齐可心，扭头看向娘亲，那意思是“你不是也这么跟我说过”。齐乔氏疑惑不已，欲语还休，路小遗微笑着鼓励她，她才终于大胆说道：“三千世界，聚灵大陆，先有人，后有修，经过了数百万年的演变，才有了仙、修、人之格局。”

路小遗脸上带着温和的笑容，点了点头：“你说得对，这是眼下的状况。那么你有没有想过，在母神创世的时候，她是怎么想的？或者说，她的初衷是什么？”

齐乔氏犹豫片刻，还是回了一句：“《母神创世说》，奴家是读过的。母神先以泥捏人，后以鞭沾泥甩动，泥点落地，即为人也。以泥捏成之人，其血脉高贵，高居人上，为仙、修；鞭甩泥点而成者，为凡人。”

路小遗读书不多，但《母神创世说》是大陆上的说书人的保留节目，仙、修、凡三界之人个个耳熟能详，他自然也知道。聚灵大陆是个什么结构呢？就是先是仙人，再是修真者，最后是凡人。

但是，聚灵大陆的仙界管不了修真界的事情。最初仙界是能管的，但后来大陆的格局慢慢地变成了现在这样，具体原因无人知晓。

“如果我说，母神的初衷是众生平等，你们信吗？”路小遗又问了一句。齐可心下意识地点了点头，她是很崇拜路小遗的，自然觉得他说得对。但齐乔氏则不然啊，她是现有体系的受益者，会本能地反对这个新观念，所以她摇了摇头。

“好了，这个问题先放到一边，可心你出去，我有话跟你娘亲说。”路小遗决定结束这个话题，因为他感受到了齐乔氏强烈的抵触情绪。

齐可心点点头，告辞了。路小遗看了一下门口，齐乔氏会意，过去关上了门，还随手施展了隔音的法术。待她回到路小遗对面时，她发现这个男人的眼睛里闪动着一种叫作野心的东西。

“你是个聪明人，所以我跟你说实话。”路小遗的表情变了，之前的平和不见了，显得有点疯狂。

齐乔氏下意识地点了点头。

路小遗继续说道：“我想重建一个族群，叫神族，并且慢慢地将其壮大，最终在聚灵大陆上建立新的秩序。在神族的世界里，不分仙人、修真者、凡人，大家一律平等，和谐共处，具体情况我以后再慢慢告诉你。你愿意跟我一起去完成这个宏伟的构想吗？”

这番话点燃了齐乔氏内心潜藏的野心，她的心中如同有一团火在熊熊燃烧。齐乔氏激动不已，哆嗦着问道：“先生是如何知晓奴家心有不忿，欲取天灵门大业的？”

路小遗知道自己赌对了，见什么人说什么话，现在他已经很熟练了。

“你说呢？初次见面，你可是给我留下了深刻的印象。”路小遗这么一说，齐乔氏多少有点不好意思。

路小遗继续道：“前院复活的那九个女弟子，是你的手笔吧？”

齐乔氏惊恐地看过去，下意识地点了点头：“她们都是别人安排的眼线，奴家授意可心，寻了个由头将她们处理了。”

路小遗没有谴责她心狠手辣杀人灭口的做法，而是叹息了一声：“你啊，做事不动脑子，你杀一个，便会有人派第二个，杀得完吗？为何不换一个角度思考，控制这些人为你所用呢？”

齐乔氏听得呆住了，盯着路小遗的眼睛里闪动着光芒。

第五十八章

DAGUIJIASHI

对症下药

路小遗知道这事情妥了，只要这女人有野心，一切都好办。

“我愿意，还请先生多多指教！”齐乔氏正色作揖，脸上多了敬畏。

不想路小遗却只随意地摆了摆手：“不必如此，都不是外人。这些年来我一直孤身修炼，身边也没个得力之人。没想到三门镇一行，先认识了可心，又认识了你，心里便多了些牵挂。”

齐乔氏总归是个女人，路小遗话锋一转，温情脉脉的感觉又出来了，她当下翻了翻眼珠子，脸微微泛红，多了几分妩媚。

路小遗露出坏坏的笑，看了过去，齐乔氏已没了与他对视的勇气，低头不语。

“这世道，强者为尊。什么是强者？个人强是一种，集体强也是一种。平时你对这些人好一些，将来你有事需要他们帮忙，他们才会愿意帮你。修炼不仅要拼天赋，还要拼资源。有人帮你，你的修炼进度才能提升。”

路小遗说着这话的时候，齐乔氏脑子有点晕乎乎的，只觉美好的未来在向她招手呢。这女人野心很大，想当天灵门门主，成为人上人，俯瞰众生。路小遗对症下药，许诺助她修行，她这心本来就是偏的，此刻自然全都绑在路小遗身上了。

“今天先说到这儿吧，今后这里便是我的一处据点。”路小遗说道。

“好。”齐乔氏应了一声。接着，她叽里呱啦地一通说，把她和齐远山在山头上看到的一幕幕都倒了出来，然后又说起往事来，那也是一段血泪史，路小遗听得不胜唏嘘。

路小遗看似在认真地听齐乔氏讲话，实则在暗暗传音给龟灵：“你知道有人在偷看吧？”

龟灵理所当然地回答道：“不知道，你又没让我去侦察。”

路小遗真想捏死他！

突然，门口传来了“嘭嘭嘭”三声敲门声，齐乔氏起身开门。

“夫人，门主传信。”

齐乔氏接过传音盒子，转身对路小遗说道：“老家伙传信，我怕是要回去一趟。”

路小遗心想，变心的女人真是太可怕了，要是之前自己死在了九阴噬魂阵下，这女人接到丈夫的传信时绝对不会是现在这个样子。但仔细想想，这女人也不容易。

“速归！急！”大概是怕人知道详情，齐远山的传音很简单，语气急迫，声音带着点沙哑。

齐乔氏凝神看着传音盒子：“这是要出大事了，我回去看看。”

路小遗装模作样道：“扫兴！”

齐乔氏听了笑意盈盈：“好了，我去去就回，可心就托付给你了。”

路小遗送她出门，站在院子里，看见她放出的飞行法器是一只鹰，那只鹰展开五六米宽的翅膀，挥动几下，便消失了。

天灵门的事情路小遗并不关心，他正摸着下巴往回走时，齐可心从旁边出来了：“先生！”

“可心啊，你娘亲有急事走了！”路小遗停下说话。

齐可心上前低声道：“先生只管放心留下便是，母亲早有交代，今后这别院内，先生说什么就是什么。这些下人，也听从先生的命令。”

路小遗露出温和的笑容，伸手摸着齐可心的小脑袋，浑身如浴圣光：“还是那句话，今后不可妄造杀孽，都是娘生爹养的人。大道理我就不说了，你只要记住对身边的人好一些便是。这些天，你大可安心修炼，记得先修炼我给你的心法一个时辰，然后再修炼本门心法，必有奇效。”

齐可心点点头，她从小有爹等于没爹，故此看着路小遗就觉得很亲切，拿脑门在他身上蹭了几下，乖乖应道：“先生，我记得了。”

说着她转身走了，然后又回头招了招手。跟在她身边的一个女弟子走过来，她对那个女弟子说：“子旖，今后这院子内，我在与不在，都是先生说的话最大。我的话你要记牢了，但有违抗，我……”

路小遗一伸手，又摸了摸她的小脑袋：“你答应我的话呢？”

齐可心回头吐舌，不好意思地道：“我一时忘记了。”

路小遗这才上前对子旖说道："你别担心，我这人很好伺候。这别院维持现状便可，凡事你能拿主意的，都自己决定吧。若真的有事情做不了主，再来找我说。再有，可心正当修炼之初，一定要伺候好咯。"

路小遗对这个女人有印象，当初就是她挡在了可心身前，算是个忠心耿耿的护卫。由此可见，齐乔氏这个女人很不简单，手下有一批死士。如果没有这些死士，路小遗还真看不出她的野心勃勃，也就无法像这样对症下药！

齐可心满心欢喜地去了，路小遗目送她离开。他回头时，身后的一排黑衣女弟子纷纷鞠躬致意，于是他还得接着往下装："其实我不在乎这些东西，不过规矩就是规矩，既然定下了，那就要执行。我唯一能给你们的保证就是，只要不是叛逆之罪，皆可免死！"

一番话说完，收买人心的效果还是挺好的，众人心里怎么想的他不知道，至少她们抬头之时，眼神都变了。

招呼子旖带路，路小遗回到了齐可心安排好的小院子内，上次他复活的九个女弟子都在这儿。

见到路小遗进来，九个女弟子整齐地跪下迎接。路小遗面不改色地迈步过去，站在堂前背对着九人道："都起来吧，以后不用下跪了，正常行礼就行。"

"弟子知道了！"九个女弟子整齐地回答道。

路小遗坐在堂前的椅子上，看了看九个女弟子，又看了一眼子旖，吩咐道："你下去吧，这里有她们伺候就行了，我这么说，你能明白吗？"

子旖浑身一颤，低头鞠躬道："先生训示，子旖都记住了。"说罢她退下了，还招呼其他无关人等全都悄悄退出了院子。

路小遗面无表情地看着九个女弟子，也没心思去关心她们的长相。现在的路小遗心境不一样了，要求也高得多了。

"你们几个，原来叫什么我不管，从现在开始，从左到右，一号到九号，自己记住自己的位置和身份。我可以让你们死而复生，自然也能让你们继续长眠。"此时他说话的语气都变了。

九个女弟子纷纷低头，整齐地回答道："是！"

"很好，今后你们三人一组，轮流在院子里伺候着。没当值的，尽量多打听一些消息。这院子里的人每天做了什么事情，都要尽量打听清楚，然后自己心里要有个谱。每十天我会抽查一次，你们挑点重要的事情说。总而言之就一个要求，我希望这个院子里发生的事情，你们都能掌握。好了，就到这儿吧，一号至三号留下，其他人有事的做事，没事的就等着召唤。”

一番气势十足的布置后，路小遗起身回房，一号赶紧跟了上去。路小遗站在门口时，一号立刻开门。二号、三号也很快过来了，二号手里端着一盆热水，三号则捧着洗脸毛巾。

路小遗一点都不客气，往凳子上一坐，头一低，一号便过来为他洗脸了。三人伺候完毕后，路小遗交代道：“都出去等着吧，我要休息一会儿。”

第五十九章

DAGUIJIASHI

信念

打发了三人，路小遗躺在床上，浑身一点力气都没有了。他自言自语地嘟囔道："好累啊。齐乔氏和她的人会不会哪天后悔，不愿意帮我了啊？"

龟灵又出现了，这家伙平时都在藏魂珠内，最近是越来越神出鬼没了。此时他"嗖"的一下就站在了路小遗的身边，低头俯视着路小遗："你有大龟甲术，没人能在你有准备的情况下弄死你。"

路小遗坐起来冷笑道："你说得轻松，大龟甲术也是会弄死人的，万一掉出一颗写了'死'字的骰子，就会死很多的人。我这个人做的坏事多了，但就是不喜欢杀人放火。"

"她们要是对你没恶意，又怎么会有死的可能呢？"龟灵反问道。路小遗觉得他是在狡辩，懒得理他，闷头大睡起来。

以前路小遗坑蒙拐骗是为了生存，现在他不想这样了，他很不喜欢这种感觉。尽管现在看来，他没有亏待过追随他的人，但是一想到他们可能会因自己而死，他心里就非常不舒服。

"成大事者不拘小节，你这样的心性，将来是要吃亏的，搞不好还会搭上性命。"龟灵在一边继续念叨着，路小遗权当没听到，他用枕头盖着脑袋，眼前一片黑暗，脑子却非常清醒。

"小子，既然已经做了，那就做到最好吧。"龟灵还没停止絮絮叨叨。

黄昏时分，一号在门口喊道："主人！"她连着喊了三声，路小遗才醒来。

他坐起来的时候起床气还没消，没好气地吼了一句："进来。"

一号进来后，低着头小心翼翼地请示道："主人，可需要沐浴？此处有天然的温灵泉。"

路小遗看了看四周，没见龟灵，知道他又躲起来了。路小遗从床上下来时，一号已经跪在地上，双手捧着鞋子给路小遗穿上。

“你去准备吧！”

路小遗刚说完，一号便恭敬地答道：“主人，直接去就是了，那边什么都是齐全的。”

路小遗一挥手，道：“前面带路！”

他跟着一号在回廊里走了几十米便停下了。前方有一座四四方方的建筑，门口有厚厚的帘子，二号、三号正站在门口等着，见他来了便抬手掀起了帘子。

汉白玉砌成的池子里热气腾腾，墙上有一个龙头正往外喷水。路小遗伸手一试，水是温热的，泡澡正合适。

一号上前来，伸手给路小遗宽衣，这让他很不自在，他本打算阻止她，但是龟灵用意念传音道：“你想露馅吗？”路小遗这才作罢。他故作镇定地迈入浴池，心里暗暗咒骂着龟灵这个浑蛋，怎么不早点提醒自己还会发生这种事情。

龟灵又用意念传音道：“你要适应这一切，而不是逃避。等你适应了就好了。”

真的会好吗？正当路小遗脑子里想着这些的时候，一号作势准备下水，路小遗见状急忙道：“你们都出去候着吧，需要的时候我再叫你们。”

三人脸上明显露出了失望之色，但还是很顺从地退了出去。

“你应该留下她们的，你这样她们会以为自己得不到你的信任，会很失望的。”龟灵用意念传音道。

路小遗冷笑道：“你这种思维方式我接受不了，就算她们是因为我而复活的，我也没想过要把她们当作玩物。”

“天地不仁，以万物为刍狗！”龟灵突然冒出了这么一句。

路小遗不屑地歪了歪嘴道：“少跟我说这些话。她们首先都是人，我要是不把她们当人看，那我又算什么？我可以利用齐乔氏，那是因为她有野心，有要做人上人的野心，但是我不会利用那些真心信任我的人，我会带着他们往前走。”

龟灵沉默半晌，才幽幽传音道：“也许，你是对的。”

先不管这些是非对错了，路小遗只觉得泡澡真的很爽，尤其是这灵泉，无论在池内泡多久他都不会觉得闷。起来后，路小遗还没开口召唤呢，一号她们就进来了。路小遗略微犹豫后，还是让她们伺候着穿戴整齐了，这才淡淡地赞许了一句：“你们很不错！有些事情，你们不要想歪了！”

这句话她们能不能理解，路小遗不想去管。他回到独居的小院时，四号她们正在门口等着，她们是因为时间到了来换班的。他叫住要走的一号她们几个，吩咐道：“晚上等我睡下后，你们商议一下，推举一个头领。今后这里的事情，就由你们的头领来做主安排吧。大家若实在说不拢，就采用不记名投票的方式吧。对了，让子旖准备一头肥猪，煮熟了备着。”

一番话说得几个人面面相觑，众人心想，什么时候轮到她们做主了？但是路小遗说完就进屋去了。这些人都是死过一次的，对路小遗的话自然是绝对服从。

小桌上摆了饭菜，按理说修真之人有辟谷之术，吃喝什么的都不重要，但路小遗是个例外，他一天三顿，吃吃喝喝一点都不耽误，哪有半点修真高人的风采？但是大家就是服气，或许这才是这位高人的本来面目吧。

这里的菜，材料都来自天灵门内部，米饭都是用灵谷磨成的米煮的，路小遗当然不肯错过一顿。他在匠镇吃的饭菜跟这比起来，那都差远了啊。

胡吃海塞一通后，路小遗在院子里散步，身后跟着三个女弟子。他从不主动说话，从头到尾就那么一副冷峻的面孔，回来时也只是淡淡地交代一句：“晚上我要出去，你们去把子旖叫来。”

子旖奉命而来，双手作揖行礼：“见过先生，不知先生有何吩咐？”

路小遗面无表情地道：“吩咐你准备的肉食，都备好了吗？”

子旖恭敬地回答道：“事情太急，刚下的锅，先生怕是要再等一会儿。”

路小遗摆摆手：“好，你去备车，好了告诉我一声。我走后，你负责监督可心修炼，切记不可懈怠。夫人要是回来了，你就告诉她，我去办点事，三五天就回。”

路小遗丝毫不客气的样子没有引起子旖的不满，子旖觉得这是天经地义的事。不得不说，这威风的感觉能让人迷醉，不知不觉间，路小遗都有点喜欢这种生活了。

马车在路上走的时候，龟灵悄无声息地出现了，他站在路小遗面前，严肃地道：“你要知道，聚灵大陆是金字塔结构的。你要想清楚，是待在塔尖还是待在底层。”

路小遗笑了笑：“我跟你最大的区别就是，我喜欢待在塔尖，但是我也会拿底层的人当人看。”

龟灵冷笑道：“你会后悔的！人心难测，你的付出未必能得到回报。”

路小遗陷入了沉思，久久不语。

马车在大道上晃悠着，天空中挂着一弯新月。

白虎像是与路小遗心有灵犀一样，在山间发出了长啸，路小遗被惊醒的时候，刚好瞧见月光下一道白影飞奔而来。路小遗正打算跟它说话，却发现这家伙直接奔着车厢后面去了，那煮好的猪肉被这家伙一口就咬掉了四分之一。

“它的前主人不是大罗金仙吗？怎么它这么喜欢吃凡间的肉食？”路小遗不解地问了一句。

白虎吼了一声，龟灵及时地翻译道：“在仙界的时候，它都是吃素的。一只老虎吃素，亏前主人想得出。它逃出仙界后，便开始自己捕食，结果吃出好来了。”

路小遗笑着踹了白虎一脚：“我算看出来了，这家伙就是灵兽界的败类！别的灵兽都惦记着吃点灵气充足的食物，它倒好，就知道吃肉。”

“有人跟着你很久了，就在五十步之外。”龟灵突然消失，以意念传音道。

“你说话不算话！”路小遗在心里怒吼道。

龟灵却答：“她们对你没威胁，而且还是助力。”

路小遗也没心思跟龟灵计较了，他故作高深，缓缓回头道：“你们既然跟来了，为何不出来？”

从黑暗中出现的自然是齐子晴和齐子薇两人，她们快步上前，三步后便齐齐跪下，恭敬地道：“奴家齐子晴、齐子薇，求先生收留，但求在先生身边，做点洒水扫地的杂事。”

路小遗沉默不语，其实他是在跟龟灵交流：“最后一次！这是最后一次！”路小遗如果能说出来，一定会发出声嘶力竭的怒吼。

龟灵稍稍过了一会儿才答道：“好吧，我知道了！”

路小遗的沉默让师姐妹俩完全理解错了，齐子晴很不安地说道：“先生，奴家没有奢望，但求先生收留。”齐子薇赶忙跟上。

路小遗面无表情地看着她们，还在跟龟灵交流：“她们能有什么用处？”

龟灵传音道：“可以接近并监视齐乔氏。”

“你这样做人，世界上还有谁可以信任？”路小遗心里冷笑，语气不善地道。

龟灵很干脆地传音答道：“你跟齐乔氏之间是利益关系。当得到的利益够大时，她会毫不犹豫地出卖你。”

“听你这么说，我还真不服气，要不我们打个赌，看齐乔氏会不会出卖我。”

“这个赌没法儿打，因为暂时还找不到她出卖你的理由。”

跪在地上的师姐妹俩根本不知道路小遗在干啥，唯一的感觉就是不安，强烈的不安。

第六十章

D A G U I J I A S H I

信仰

“你们还是起来吧，我不收弟子的。”说着，路小遗做了个手势。

齐子晴和齐子薇互相看了看，才缓缓起身，不约而同地心想，不收弟子，不等于不收随从吧。

“你们都是聪明人，应该知道，用美色诱惑人，不可久也。”这句话有点狠，听在两人耳中，感觉就像利箭穿心而过，她们打的就是这个算盘。

看着两人都把头低下去了，路小遗叹息一声，道：“靠天靠地，不如靠自己。你们应该在修行方面努力，而不是想着走捷径。修行是没有捷径的！”

“先生何出此言？您给我的心法不就是修行的捷径吗？”齐子晴壮着胆子问了一句，害怕路小遗会生气，故而声音很小。

路小遗听了却没生气，只是笑着摆摆手道：“我给你的心法只在炼气期有用，等你到了筑基期，就没有任何取巧的办法了。要说取巧，无非就是在资源上。”

齐子晴现在已经对路小遗拜服得五体投地，听他这么说，自然就信了。她赶忙上前道：“先生金玉良言，奴家记住了。如果不是先生，奴家在炼气期想有寸进，也是艰难得很。先生大恩大德，奴家无以为报，但求在先生身边，谋一份端茶送水的差事。”

路小遗沉吟良久后才叹息道：“我有大事要办，跟着我会耽误你们修行。”

齐子晴很聪明，听他这意思不是拒绝，于是暗暗高兴，异常坚定地说道：“奴家愿意追随先生，矢志不渝。”

齐子薇稍稍犹豫后，也跟着表态：“奴家也愿意。”

路小遗突然冷下脸来，道：“我给你们最后一次离开的机会。”

齐子晴毫不犹豫地跪下，齐子薇慢了半步也跪下了，两人齐声说道：“奴家谨遵先生训示。”

路小遗重重地叹息了一声，道：“都起来吧，在我这里，不用跪啊拜的。这聚灵大陆上有太多的不公，甚至将人分为三六九等，我看在眼里，不平之气日增。”

齐子晴和齐子薇先是听得瞠目结舌，后来渐渐地开始眼睛发亮。

路小遗接着说道：“母神创世之初，见聚灵大陆上的人生活十分艰难，这才传授世人各种技能，帮助一些天赋异禀之人进入修真大道。我认为，母神这么做的目的，不是要分出人与人之间的等级，而是要让那些杰出之人带领凡人一起建设家园。不然，为什么每个人出生时都是赤裸裸的，死的时候都一样是被埋在土里？仙人固然可以长生不老，却被禁锢在仙界不能离开，尘世的繁华都与他们无关。”

齐子晴和齐子薇都听得很认真。

“多年以前，聚灵大陆上是有一片祥和之地的，但是后来不知为何消失了。那片祥和之地便是神族所在的地方，在那里人人平等。我说的大事就是寻找那片祥和之地，但是一直没找到，所以我决定自己建立一片祥和之地。我坚信，这样的大事会得到神的保佑的。”

路小遗的一番话说得齐子晴和齐子薇都露出了向往之色。现今的聚灵大陆等级森严，就算在修真门派内，她们这些资质一般又没有靠山的弟子也一直是别人压榨的对象。外门总管对她们呼来喝去，而那些有背景的弟子，则话都不愿意跟她们这些普通弟子说一句。

“我们愿意助先生一臂之力。”齐子晴和齐子薇一起说道。

又多了两个愿意帮自己的人，路小遗很开心。他带着她们赶了一阵夜路，来到了山谷之外。

“这里是千机门的一处灵脉，今后你们可以到这里来修炼。我们追求的事业固然重要，但是个人能力的提升也不该耽误。我会尽量做到平等，如果有做得不对的地方，你们可以指出来，我尽力改正。”路小遗说道。

“先生不用这么客气。”齐子晴是最感动的，因为她得了好处，却没见路小遗要求回报。如今他又带着她们来到灵脉，帮助她们修行，却依旧没有提到回报之事。

“走吧，这里还有我们的两个伙伴！”路小遗没有意识到，他已经潜移默化地发生了变化，尤其是看见齐子晴和齐子薇眼神中流露出向往的时候，他的心里也生出了自豪感和满足感。

山谷里很安静，旧地重游的路小遗在迈过木桥后，眼前便变得豁然开朗了。竹林间隐约可见一间茅庐，里面有他记挂的人。也许是心有灵犀，正在茅庐中修炼的孟青青，突然睁开眼睛站了起来，走到窗前向外看去。

视线中出现了路小遗的身影，孟青青心中欢喜，蹑手蹑脚地出去，生怕惊动了隔壁的孙绾绾。谁料孙绾绾也有感觉，也突然站了起来，看了一眼窗外，脸上的笑容如同花朵绽放。

“这个浑蛋，到处拈花惹草！”看见齐子晴她们后，孟青青骂了一句。

孙绾绾听得清楚，扭头道：“吃醋了？你要对他有信心。”

路小遗上前张开了双臂，满面笑容。孙绾绾一点都不在意别人的目光，上来抱了个满怀。路小遗又转向了孟青青，孟青青别扭了一瞬，这才上前去抱了抱。随后，路小遗把两个姑娘拉到一边，仔细地说明了自己为何会带着齐子晴她们来到这里。

简单地做了介绍后，众人在茅庐前坐下来。路小遗正色道：“今后大家就是伙伴了，要为了同一个目标一起努力奋斗。除了你们之外，我们还有两个来自青囊门的伙伴。现在我们就这么点人，但是我坚信，有一个这么伟大的目标，我们这个团队必定会不断地壮大。”

得知那两人的身份后，孟青青和孙绾绾丨分吃惊，她们没想到路小遗这么快就又找了两个帮手。

孟青青突然说道：“族长，我觉得我们可以想一句誓词，这样今后每一位伙伴加入我们这个大家庭的时候，可以行宣誓之举。”

孟青青的提议得到了其他几个人的响应，路小遗道：“我想想。”

但是路小遗读书不多，想不到什么好的誓词，他只好求助龟灵。很快，龟灵便将一篇誓词传音给了他，他仔细琢磨后觉得很好，决定采用。

“我愿意加入重建神族的队伍中，至死不渝！”在场的众人说这句话的时候，眼神中都流露出了期盼。看着众人激动的眼神，路小遗第一次发现，自己正在做的事情是对的，至少从这几人的反应来看，聚灵大陆上确实存在很多的不平等。

“龟灵，我真的能改变聚灵大陆不平等的现状吗？”路小遗心怀疑虑，心情沉重地问道。这是他第一次郑重地叫“龟灵”，而不是叫“乌龟人”。

“就算是神也不可能做到绝对的平等，你要做的就是尽最大的努力去实现公平。”

这就是龟灵的答案。路小遗这一次没有被骗的感觉，而是隐隐地期待着，也许未来的聚灵大陆，真的能因为自己发生一些改变。

发烫的戒指惊醒了正在沉思中的路小遗，他仔细看去，是传音盒子在闪光。他拿出来一看，原来是冯熊和冯虎发来的消息：“先生，法器炼成了，何时何地再见？”

路小遗问了地名后，回信道：“三日后，翠竹谷口相见。”

三天的时间飞逝而过，路小遗领着四人在翠竹谷入口处等冯熊和冯虎。这是他重建神族的核心班底，他相信在场的所有人包括还没到的冯熊两人在内，都是可靠的伙伴。

天际微微发白的时候，冯熊他们出现了。一看见路小遗和他身边的白虎，他们便急速飞来，落地后两人一个翻滚，跪地拱手道：“冯熊、冯虎见过先生，幸不辱命。”

说话间，冯熊捧出一个空间包。路小遗对他们炼制的法器也很期待，他伸手拿起了空间包。在他取出第一件法器的瞬间，众人眼前出现了一片青色的光芒。

第六十一章

D A G U I J I A S H I

震惊众人的灵元渡

这是一件差不多一人高的法器，看上去很怪异，在它落地的瞬间出现了迷蒙的青光。它的表面充满光泽，伸手轻轻一摸还觉得有点凉。路小遗没见过多少法器，其他人则不一样，他们一见到这东西，顿时眼睛都瞪圆了。这一看就是一件品质优异的法器，但到底是干什么用的呢？这样子也太怪了一点！

灵元渡这个法器，路小遗最初并没有把握做出来，他得到的玉简上也只是提出了这么一个概念，然后他根据自己的想法设计制作出了坯子，再交给冯虎炼制。

路小遗有超强的制作能力，能做出灵元渡，却无法炼制出飞剑之类的杀伤性法器。此时众人面前的灵元渡有一个奇怪的脑袋，轻轻碰一下，它就左右摇摆了起来。

灵元渡的底座是一个四方形的盒子，正面有一排凹槽，一根合金柱子将四方盒子与“锅盖”脑袋连接起来，那脑袋就是挂在黑黝黝的合金柱子上的。

“小……族长，这是干什么用的？”孟青青及时改口，没有喊出“小遗”来。

路小遗没有立刻回答，而是继续检查着每一个部件，发现没有任何问题后，他这才站起来说道：“等下你们就能明白它的作用了。”

说话间，他从戒指里掏出了一样东西——一块砚台大小的墨玉，然后将它装入了灵元渡下方的一个凹槽内。由于没有盖子，众人能清楚地看见墨玉的变化。

露在外面的凹槽一共有两个，路小遗手里有八块墨玉，不需要一次性全拿出来。

路小遗伸手按了一下，灵元渡的侧面顿时弹出一个盖子，露出了一枚鸽子蛋大小的元气石。他将它塞进凹槽内，然后合上了盖子。这时候，他一脸严肃地道：“成败在此一举。如果能成功，对今后各位修为的提升会有莫大的帮助。若在渡劫之时，身边能有两块充满了元气的元气玉，尤其是充满了元气的墨玉……大家想想，那会是什么情景？”

这几人都没有渡劫的经历，毕竟还没有达到筑基期呢，但是砚台大小的墨玉一旦充满了元气，便可以在很短的时间内补充修真者在渡劫过程中消耗的元气，有它和没它的差别，相信不傻的人都能明白。

元气不是真气，但是元气可以在短时间内转化为真气。而修炼的过程，不就是吸入灵气，再将灵气转为元气的过程吗？如果在战斗中消耗了真气，元气会自动转化为真气？

那情景真是太美好了，美好到大家都不敢想象。

在成功吸引了大家的注意后，路小遗继续用低沉的声音说道：“见证奇迹的时刻到了！”

说着，他一伸手，拨动了灵元渡侧面的一个开关，启动了灵元渡。奇怪的“锅盖”脑袋在启动的瞬间微微一颤，站在灵元渡身边的人都很明显地感觉到了周围的温度变化。短短三分钟内，周遭的温度就至少降低了三摄氏度。他们此时就像是站在一块玄冰的边缘，感受着它散发出来的寒意。

大家都是修真者，自然知道这是怎么一回事，这意味着大量的灵气正在涌来。问题是，他们现在所处的位置并不在灵脉中，而是在灵脉外面。

难道这是人工灵脉？所有人都产生了这样的想法，如果有一个随身的人工灵脉，可以在最短的时间内将附近的灵气吸引过来，那对于修真者来说就实在是太方便了。

齐子晴和齐子薇互相看了看，心里都很激动。她们这种处于门派底层的修真者，对灵脉的渴望实在是太迫切了。

这真的是人工灵脉吗？路小遗现在也不是很明白这玩意儿到底成功没有，他只看见与那“锅盖”相连的，由玄铁和秘银共同打造的黑色合金柱子在慢慢地发生变化。最初，它发出的光芒是黑色的，接着变成了青色，约三分钟之后，那淡淡的光芒变成了浅浅的金色。

这还不是最后时刻，更绚丽的一幕还在后面呢，尽管这个变化就足够令他们震惊了。

最绚丽的一幕来自那块插在凹槽里的墨玉。黑色的墨玉一开始没有太多的变化，五分钟之后，墨玉中央出现了一个亮点，那亮点就像一道烛光，将墨玉染成了透明的橘色。“烛光”正以肉眼可见的速度慢慢变大。

众人都震惊了，纷纷屏住呼吸，仔细地观察着墨玉的变化。那“烛光”越来越亮，从最初的一点光芒变成了刺眼的金色光芒。墨玉又发生了变化，原本被“烛光”映照着的墨玉自身也变成了发光体，颜色变为了金色，但这还没完，等金色光芒不断增强，最终将周围的人都笼罩住后，“啪嗒”一声传出，只见墨玉一半被弹出了凹槽，另一半则被卡住了。

墨玉弹出的瞬间，“锅盖”再次微微一颤，四周依旧很冷，柱子却慢慢地恢复了常态。

没人伸手去摸那块弹出的墨玉，大家就这么看着它从金光四射的状态一点一点地恢复到原本的样子，似乎刚才什么都没有发生。

路小遗又掏出一块墨玉，递给孟青青，道：“你双手拿着，对比一下这两块墨玉。”这是路小遗下意识的举动，在这些人里头，他最信任的还是孟青青。

孟青青接过墨玉后立刻惊呼了一声：“好凉！”接着，她又伸手去拿卡在凹槽中的墨玉。两块墨玉明明看上去一模一样，拿在手里的感觉却截然不同：一块冰凉如冬日的坚冰，一块却温润如少女的肌肤。

“天啊，怎么会这样？”孟青青惊呼道，而后她将它们递给了孙绾绾，“你试试看！”

孙绾绾接过墨玉，也是一脸惊讶：“族长，这到底是怎么一回事？”孙绾绾还是比较冷静的，没有乱喊。

路小遗微微一笑，道：“先让大家都对比一下，然后我再告诉你们真相。”

轮了一圈，最后一个进行对比的人是冯虎。只见他眯着的眼睛突然瞪圆了，道：“先生真乃神人也！刚才从启动法器到最后停下一共才两刻钟的时间，也就是说，先生炼制的法器，在短短的两刻钟之内便让墨玉内充满了元气。”

路小遗微笑着点了点头：“不错，你比其他人反应得都要快。”

冯虎露出了惭愧之色：“这是我亲手炼制的法器，反应自然比别人要快一些，先生谬赞了！”

路小遗笑了，转身面对众人道：“大家想一下，如果各位人手两块墨玉，修炼之时可以轮换，吸收的直接就是元气呢？”

一句话如同划破乌云密布的天空的闪电，令众人陷入了呆滞状态。这法器不仅仅在渡劫的时候有用，对于平时的修炼来说也是一件利器啊。别人修炼都是吸收灵气，关键时刻经常出岔子，而若有两块墨玉在手，冲关的时候便可以轮换使用，直接吸收元气，不用担心元气不济。

不是修真者，不知道修真的苦啊。等级低的时候还好一点，一次闭关三五天就是极限了，但达到筑基期后，哪次闭关能少于半个月的？再往后，闭关好几年都是常态。为啥啊？就是因为需要的元气越来越多了，还要不断地对其进行锤炼，使其变得更加精纯，不然你哪儿来的金丹啊？没有金丹，又哪儿来的元婴啊？没有元气，元婴怎么成长啊？

“这简直是母神开天辟地以来，修真界价值最大的法器。”冯熊喃喃自语。

路小遗在一旁伸手拍了拍他的肩膀：“你想多了，这东西是可以批量制造的。当然了，前提是你要有高品质的墨玉，还得是神族的门人。”

冯熊二话不说，拉着冯虎一道，说道：“我们愿意加入神族，追随先生。”

路小遗语气温和地说道：“好，欢迎你们加入。”

这时，孟青青走了过来，她看着路小遗的眼神里和儿时一样全是崇拜：“哥，这法器叫啥？”她这一声“哥”，让在场的另外两个姑娘都很意外，但是她们也没说什么。

路小遗知道她这是发自内心的称呼，伸手摸了摸她的脑袋，就像小时候带着她玩，帮她欺负别人家的孩子时一样，很有大哥范儿地答道：“这叫灵元渡！”

齐子薇和齐子晴羡慕地看着孟青青，她们也很想像这样和路小遗相处。

“先生，今后我们修炼时，也能得到灵元渡的帮助吗？”齐子晴低声问了一句。

路小遗微笑着点头道：“你们是神族的第一批成员，神族今后要发扬光大还得靠你们的努力。神族不仅仅是一个团体，更是一个大家庭，你们就和青青一样喊我‘哥’吧！”

这两个姑娘可都比路小遗大不少呢，但是她们并不知情，所以毫不犹豫地跟着喊了一声：“哥！”

路小遗露出亲切的微笑，道：“从你们加入神族的那一天起，大家就都是兄弟姐妹！”

第六十二章

DAGUIJIASHI

第一次开会

“神族复兴需要向别人描绘美好愿景”，这是路小遗最初的观点。但是当他看见齐子晴和齐子薇的眼泪时，他的内心深处被触动了，帮助她们竟能让她们那么开心。难道说自己之前的观点是错误的？为何自己会喜欢这种帮助人的感觉呢？

现在，路小遗已经从心里接受了重建神族这一神圣的使命。

随后，路小遗决定给大家开个会，讲一下接下来要做的事情。

会上，路小遗一脸严肃地说道：“我们的目标是追寻母神创世的初衷，建立平等自由的乐土。”接着，他告诉众人，要将这座山谷作为一个不对外人公开的基地，今后有什么大事，他都会在这里跟大家说。

“我们要做的事情正好是各大门派竭力反对的事情。现在我们这个团队还很弱小，但是，我坚信将来我们一定会变得无比强大。我们还非常弱小的时候，只能用隐藏身份来保护自己。现在我宣布——”路小遗说着挺直了胸膛，其他人随之都站了起来，“孟青青、孙绾绾，为神族的左右护法。”

两个姑娘上前来，躬身拱手应道：“是！”

“其他四位均为神族的长老。你们回到各自的门派后，要尽可能地寻找和我们有共同追求的人。只有等队伍壮大了，我们才能重建神族。”

开完会，一个大致的框架结构就出来了。随后，路小遗又拿出两个制作好的灵元渡的坯子，郑重地交给了冯熊和冯虎：“此物关系到我族兄弟姐妹的修炼进度，炼制之事就拜托二位了。只有我们强大了，神族才会强大，拜托了！”

两人郑重地接过灵元渡的坯子。路小遗又拿出了炼制好的渡劫辅助傀儡，交给冯熊，道：“这个你拿去，现在你的修为最高，渡劫冲关在即，此物在你渡劫时可助你一臂之力。使用方法很简单，加入元气石，而后放在身边就可以了。”

冯熊两人得了任务，怀着对美好未来的憧憬，告辞离去了。随后，路小遗拿出第一个灵元渡，交给孙绾绾和孟青青："这个给你们俩使用，切记不可被外人发现灵元渡的存在。"

两人接过灵元渡，眼里满是激动，孙绾绾激动地表示："我会和青青轮流使用，并确保安全。"

路小遗又给了她们两个渡劫辅助傀儡，并交代了用法。最后，他才转向齐子晴和齐子薇，问道："你们是亲姐妹吗？"

齐子晴摇摇头，回答道："不是，这是门主齐远山的意思，无论外门弟子还是内门弟子，一律姓齐。"

齐子薇补充道："齐远山不但奴役那些内门弟子，勒令他们每月都得上交一定数量的材料和元气石，还让外门总管给外门所有弟子派任务。"

孟青青也在一边开口道："哥，实际上每个门派都差不多。我们这些弟子，在凡人面前很风光，在门派内部却都过得不太如意。大量的修真资源都被门派的师长和他们的亲属占去了，只有少量资源和比较弱的灵脉才会让外门弟子轮流使用。"

众人你一言我一语，说的都是门派内的不公平现象，孙绾绾平静地听大家说着，一副十分认同的样子。最后，路小遗对齐子晴和齐子薇说道："你们稍微耐心一点，第二批灵元渡中有你们一个。之前准备得不够充分，我在这里表示歉意。"

她们感动得要下跪，被路小遗伸手拦住，两人这才表示："哥哥大恩大德，何来抱歉之说？"

然后，这对姐妹也告辞离开了。路小遗目送她们出了山谷后，回头看向孟青青和孙绾绾，只见两人的脸上都带着毫不掩饰的仰慕之情。心里有点发虚的路小遗正色道："你们现在最要紧的就是修炼，筑基丹的事就交给我。你们早一天筑基，神族就能早一天多一份力量。"

面对别人，他毫无心理负担，但不知道为什么，在面对这两人时，他心里总是觉得很不踏实，毕竟一个是他倾慕已久的女子，一个是他青梅竹马的玩伴。

"对了，林薄近况如何？"路小遗受不了那种目光的包围，赶紧转移了话题。

"怎么？哥哥想让他也加入神族吗？"孟青青问道。

不等路小遗回答，孙绾绾已经先开口否决："不可，此人功利心和私心太重，我担心他会为了私利做出有损神族之事。"

路小遗心中暗暗叹息，没想到林薄在孙绾绾心中的印象如此之差。

孟青青对林薄的看法也差不多，只是态度稍微温和一点："在门内那种气氛下，自私一点可以理解。但上次门内考核时，他靠着哥哥的帮助，制作的法器质量上乘，却没有让我们带一句感谢的话给哥哥。"

路小遗心想，没准人家是想当面谢呢？他还是不想往坏里去想林薄。

路小遗与两人告辞后便出了山谷，他没有往齐家别院去，而是先回了匠镇。他的手里还有一些材料，打算多做一些器具出来，将来交给孟青青和孙绾绾炼制，就算炼坏了，也可以让她们增加经验。

出了山谷，路小遗才想起来自己忘记把那个玩偶交给孙绾绾了，他无奈地笑了笑。但他又不想回去面对她们的眼神，担心自己会产生动摇，如此一来，必然会耽误她们的修炼。

路小遗在匠镇待了一个月，制作了大批精巧的器具。修真路漫漫，这么长的时间，对于在山谷中修炼的姐妹二人来说，却好比只是做了一场梦那么短暂。

灵元渡在这段时间里发挥了巨大的作用，孙绾绾借助它轻松突破了炼气七级，迈入了炼气期高阶，直逼炼气八级。孟青青也不遑多让，一口气冲到了七级。

这样的进步，她们在过去根本想都不敢想，而这一次，她们是凭借灵元渡再加上身处灵脉中才有了这等效果。她们感觉自己进入了瓶颈期后，便先后出关了，却没有发现有路小遗来过的迹象，想见他的心情不禁急切了起来。而这个时候的路小遗，好不容易才结束了在匠镇的工作，悄然离开了匠镇。

路小遗回到山谷外后，便拿出传音盒子，联系冯熊和冯虎。不多时，冯虎独自前来了："见过族长！"

路小遗伸手扶住了冯虎，不让他下跪，他坚持要跪，却动不得分毫，心中不禁佩服路小遗修为之高。他可不知道神力的存在。

"以后在外面，不管有人没人，称呼先生就行了。再者，跪拜之礼不得再行。我说过，大家是平等的。我和你们都是家人，你愿意的话，叫一声大哥就行。"

冯虎感动坏了，毕恭毕敬地叫了一声"大哥"后，才开始解释为何这次是自己一个人来。原来冯熊已经逼近筑基期，正在准备渡劫，冯虎便只好一个人来了。修真者，最终还是要看修为的。冯虎炼制的灵元渡成了冯熊快速进步的巨大助力，一个月的时间内，他居然连续突破，修为提升起来颇有一日千里之感。

"师兄说了，他不能亲自拜谢先……大哥，真是太惭愧了。此番若能渡劫成功，他将成为青囊门这一代弟子中第一个筑基的弟子，在门派的地位将大大提高。

这一切，都是先生给的。”

路小遗又是谦虚，又是鼓励，而后又给了冯虎三个灵元渡的坯子让他回去炼制，这才打发了他。

告别冯虎后，路小遗决定不去山谷了，他要先去找齐子晴和齐子薇，将新炼制出来的灵元渡交给她们。

三门镇不大，正在售货的齐子晴看上去很无奈。此时她面前的客人是一个肥胖的男子，一边要求看各种货物，一边还对她动手动脚。齐子晴强忍住不耐烦，赔笑应付着。这胖子却一点都不知道收敛，拉着她的手不放，无赖地道：“美女，只要你让我满意，我自然也会让你满意。你放心，我不是那种欺骗女人的小白脸，你看，这袋子里全是元气石。”

齐子晴不耐烦地收回手，正色道：“客人，请放尊重点。”

胖子立刻拉下脸来，大声喊了起来：“尊重？你也配？天灵门的女弟子，谁不知道啊！”

店里有不少客人，听到这话，纷纷猥琐地笑了起来。胖子见状，继续伸手要去搂齐子晴，被她躲开后怒道：“小贱人，欲擒故纵这一套我见得多了，你直接说，要多少元气石，大爷今天还非要你陪。不服气是吧？掌柜的！掌柜的呢？”

掌柜的可不敢出来，这店里的修真女弟子可不是他能得罪的。

齐子晴神情冰冷，一言不发。胖子见没人搭理他，气得猛然抬手，“啪”的一声，在齐子晴的脸上留下了一个掌印，这还不算，他还指着齐子晴骂道：“小贱人，看上你是给你面子！你也不打听打听，昊天门四大姓——苏、王、史、蒙，大爷我就姓史，叫史朝天！”

齐子晴一手捂着脸，依旧冷冷地看着他：“有本事你就杀了我，想让我出卖自己，你做梦。”

“小贱人，爷爷成全你。”史朝天抬手，“啪”的一声又是一个巴掌。齐子晴想躲，却根本躲不开，他出手实在是太快了。

掌柜的这时候从里面冲出来，冲史朝天磕头道：“史大爷，您行行好，放过小店吧。”

史朝天鼻孔朝天，满脸不屑，一脚踹飞掌柜的：“晚了，今天我一定要她陪。”

话音刚落，只听有人冷冷地插嘴道：“你若立刻给这位姑娘道歉，这件事就算完了，不然有你好看。”捂着脸的齐子晴眼前一亮，眼里充满了激动和期待。

第六十三章

DAGUIJIASHI

史朝天

史朝天，这名字念起来一点都不好听，但是这家伙报出名字后，在场的人都吓得往后退了几步。“昊天四杰”是整个修真界中威名赫赫的高手，其中史朝天更是以凶残著称，修为已至合体期，再进一步就是大乘，可以说是高手中的高手。

这家伙跑到这儿来干啥呢？事情要追溯到半年前，当时昊天门在进行十年一次的排名战，四大高手全都出战了。本来门内师兄弟之间的较量都是点到即止，但史朝天不是，他一门心思想做老大，结果在排名战中表现凶狠，打伤了几个师兄弟，一路杀进了决赛。

史朝天在决赛中遭遇了苏云天，原本说好了点到即止，但这家伙不厚道，在两人较量了一天一夜之后，史朝天感觉自己要输了，便放出了绝招——灭世神剑。苏云天也不是好惹的，一看他放了绝招，于是也放出了自己压箱底的绝技——破仙斩！光听名字就知道，这一招有多么霸道。

史朝天的灭世神剑自然威力巨大，方圆百里之内，都是灭世神剑的杀伤范围。一时间，这个范围内乌云密布，万道黑色剑光向苏云天攻去。破仙斩则不一样，这一招使出，天空中一把金色的巨剑就像一座山一般横飞过去，不管来多少剑光，它都只奔着一个目标而去。

史朝天一看情况不对，赶忙调集黑色剑光，全力应对破仙斩。

破仙斩势如破竹，一道金色剑光劈开乌云，劈开黑色剑光的围剿，杀向史朝天。

史朝天一看不能硬抗，便施展出绝技瞬息移动，躲开了那一剑。同时，苏云天也及时收手，这才没有重创史朝天。而史朝天虽然躲开了正面的剑气，却仍然受到了很大影响。

加上之前全力施展灭世神剑的消耗，史朝天元气大伤，元婴分身也因此受伤。

受伤后的史朝天如果安心养伤，十年之内便可恢复修为，但是这家伙不肯按部就班地休养，非要走捷径，结果还真让他找到了一个阴损的招数。

那阴损的招数会威胁到女弟子的性命，这事很快就被苏云天知道了。

苏云天直接找上了门，警告他不得这么做，否则将以门主的身份清理门户。无奈之下，史朝天只好离开门派，四处寻找其他门派的女弟子。想起天灵门女弟子最多，这家伙打起了坏主意，第一站就跑这里来了。

他先去了一家酒楼，不承想天灵门的女弟子没有一个愿意为他付出生命，这一下把他给气坏了，差点没砸了酒楼。出来后，他便一眼看见了站在杂货店门口卖东西的齐子晴，不禁大喜过望，以客人的身份搭了话，打算以重金相诱。他想着一旦骗走了，可就由不得她了。

然而，无论史朝天怎么暗示，齐子晴都不为所动。现在的她，已经不是以前的那个齐子晴了，她的心里有着崇高的目标，又怎么还会像过去那样待价而沽呢？

史朝天最终恼羞成怒，动手打人。他报出名号的目的就是吓住齐子晴，没想到齐子晴没被吓住不说，还有人在边上帮着说话。

史朝天扭头一看，说话的是一个年轻人。此人面如冠玉，身材挺拔。

“小子，你现在跪下来求饶，爷爷或许还能放过你。”史朝天怎么会把一个小青年放在眼里？尤其是像路小遗这种怎么看都看不出来是高手的年轻人。

“老东西，若你现在不向子晴姑娘道歉，回头我就把你丢猪圈里。”论骂街，路小遗这种市井之徒简直就是祖宗。

史朝天臭名昭著，曾经创下纪录，一日内斩杀了伏击他的七十三个散修，其中不乏化虚境界的高手。

平时这家伙只要报出名号，修真界的人都会躲开他绕着走，还没有哪个敢这样骂回去的。这一下史朝天动了杀意，“嘿嘿嘿”冷笑三声，道：“小子，爷爷送你去见母神！”

说话间，这家伙还是保持了冷静，他没打算在三门镇动用法术，觉得自己凭拳头就能打死这小子。史朝天一个健步便冲到路小遗面前，抬手出拳，奔着路小遗的面门而去。

杂货店内的人都不敢看了，一个合体期的高手一拳就能轰平一个山头，这个白白嫩嫩的小伙子怎么可能接得住这一拳？所有人都把头扭开了，不忍心看下去，唯有齐子晴瞪圆了眼睛，心想，多好的机会啊，能目睹先生的风采。

嗯？所有人都没有听到惨叫声，也没有听到人被砸飞的声音，不禁心中奇怪，这到底是怎么一回事？

他们赶紧回头看去，结果全都傻眼了——这是怎么一回事？齐子晴看得最清楚，只见帅气逼人的路小遗抬起手，张开五指轻轻一抓，威名赫赫的史朝天的拳头便被他抓住了。

史朝天没想到自己满含杀气的一拳居然就这样被人用一只手给抓住了，顿时脑子里“嗡”的一声，整个人都呆了。怎么回事？他摇摇头，看清楚后，不由得头皮发麻。他的拳头真的被人抓住了，被人牢牢地抓住了。他使劲地想挣脱，但是右手就像被焊在了那只手里一般，怎么使劲都无法摆脱。

路小遗的神力有个特点，就是随心所欲，他想达到什么效果，就能达到什么效果。

抓住了对面之人的拳头，对修真界了解不多的路小遗，其实根本就不知道眼前这个家伙是谁。他只知道这家伙在店里捣乱，好像还打了齐子晴。其实就算他知道史朝天的名字，他也不会知道这家伙修为如何，因为他根本就没这个概念。

也正因如此，路小遗表现得极为淡定，脸上看不出任何表情，右手紧紧地抓着对方的拳头，口中冷冷地吐出了一句话：“之前只要你道歉，现在还要加上赔偿！”

“小子……”史朝天怎么可能就范？他张嘴就想骂，但瞬间便被打断了。

只见路小遗抬手就是一个巴掌，他心里想着“我要抽他一巴掌”，神力的作用就出来了。史朝天明明抬手挡了一下，却一点用都没有，路小遗的力量根本无法阻挡。于是，史朝天结结实实地挨了两巴掌，其中一巴掌还是史朝天自己的左手扇出的。

这一下把在场的所有人都吓坏了，有好些个修真者当场就跪在了地上。没办法，他们根本控制不住啊。史朝天可是合体期的高手啊，他单凭自身的力量，都不用施法，就可以砸平山头、粉碎巨石，如今怎么会沦落到这步田地？被人捏住拳头就算了，还挡都挡不住别人扇来的巴掌。

这么说来，那个年轻人到底是什么修为？难道是传说中的大罗金仙？

那仙人通道有禁制、仙人不得下界的规矩，难道是假的不成？

解释不通啊！眼前这个年轻人的修为，深不可测！

路小遗哪有那么多想法？眼下他就一个想法：抽史朝天！

“啪！啪！啪……”一个又一个巴掌连续扇过去，将一个合体期高手抽得毫无还手之力。

史朝天又惊又怒又羞又惧，各种情绪混在一起，一时间失控了。他管不了那么多了，大喝了一声“瞬移”，整个人便“嗖”的一声消失了。

路小遗还没抽够呢，一看人不见了，正有点不爽的时候，便听对面的齐子晴惊呼道：“在身后！”

史朝天已经忘记了这里是三门镇，三个门派设下了禁制，在此地不得施展法术；他更忘记了，眼前这个年轻人惊人的力量自己根本无法抗衡。现在他就一个念头：弄死这小子。

史朝天刚刚一个瞬移，逃到了门外，如果他继续跑开，路小遗肯定追不上。但是这家伙就在距门口不到十米的地方站着，仰天大笑道：“哈哈哈，小子，受死吧！”

说完史朝天一举手，一道黑影飞舞，这是史朝天压箱底的法器——黑龙剑！

史朝天双手合十，遥控黑龙剑，口中念念有词，眼看就要念完口诀的最后一个字了，“唰”的一下，路小遗的巴掌又到了，口中还在骂：“我让你跑！我抽晕你！”

史朝天很想躲开，他怎么都想不通，明明两人之间有十步的距离，这小子再快，也不可能瞬息而至吧？但是史朝天想不到的是，神力这个东西给路小遗带来了一个小福利，那就是他跃出一步，就相当于常人的十步，不多不少，正好！路小遗赶上去就是一巴掌，抽了个结结实实！

史朝天眼前一黑，正在施展的法术也被打断了，身子腾空飞起三米高，而后结结实实地落在了地上，那金石一般坚硬的身躯在地上砸出了一个坑。但是这还不算完，就在他的最后一丝神志还在的时候，他听到路小遗说了一句：“什么玩意儿，飞来飞去的真讨厌！”

史朝天心中大骇，无限惊恐中，他的本体昏过去了，元婴分身却看得清清楚楚。这个年轻人看见飞舞的黑龙剑，随手一抓，居然就把它抓住了。黑龙剑可不是一般的飞剑啊，它最大的特点就是有剑灵，这个剑灵是一条修炼了三千多年的黑龙！这条黑龙本是一位大罗金仙的飞剑，在一次大罗金仙之间的对决中，那位大罗金仙魂飞魄散，黑龙本体被毁，黑龙剑灵凝聚不散，另觅飞剑藏身。史朝天费尽心机得到了这把剑，逼迫黑龙与之达成契约，才让黑龙剑为他所用。

第六十四章

D A G U I J I A S H I

黑龙在手

剑灵这种东西对力量最为敏感，路小遗一伸手抓住它的时候，黑龙剑灵便感受到了近似神的力量，顿时就没了反抗的意念。要知道，这世界上最可怕的就是神，虽然谁都没见过神的真容，但是这种神力黑龙剑灵是知道的。

史朝天的元婴藏在他体内，清楚地看见路小遗的举动后，吓得瑟瑟发抖。这把剑有多难伺候，元婴是再清楚不过的，因为元婴目睹了当初史朝天得到那黑龙剑的过程，经过了整整七七四十九天的努力后，史朝天才终于让黑龙折服了。而现在这个年轻人不过是一伸手，黑龙就乖乖地顺从了，毫无反抗的情绪。

偏偏路小遗还一副无所谓的样子，随手将它丢在戒指里，来了一句："材料好像是陨铁，回头或许还用得上！"这是何等气人！修真者梦寐以求的法器，到他这里却变成了"回头或许还用得上"！

路小遗还不罢休，他一脚踩着史朝天的胸膛，伸手轻轻地拍了拍他的脸："醒一醒，别以为装死就能蒙混过关，再不醒来我就把你吊起来示众！"

史朝天的本体是真的晕了，一口气到现在还没缓过来。路小遗拍了几下，见他没反应，于是又恼火地抽了他两巴掌，发现他还是没醒，一伸手就把人家身上的戒指给拽下来了，再一伸手，把他的发簪也拔掉了。鞋子看着还不错，脱掉。腰带居然是镶满钻石的，摘下。

这时候史朝天已经醒了，但是不敢睁眼，他是真的吓坏了，这人根本就是在扮猪吃老虎啊！打死史朝天都不信，面前的是个年轻人，要说他没有五六百岁，谁信啊！

史朝天打定了主意装死到底。路小遗一看他没动静，心想干脆把他扒光算了。就在路小遗准备真的扒光这家伙示众的时候，突然"唰"的一声，史朝天又是一个瞬移。这一次他的运气很好，直接飞出了好几十米远，紧接着，他一手拎着裤子，朝天一跃，便脚踩云朵飞驰而去。

史朝天忘记了一件事情，那就是这里是三门镇，任何人都不得在此施法，就算是驾云术也不行。所以，当他即将飞出三门镇的范围，眼看就要逃出生天之时，迎面出现了一个巨大的巴掌。这一掌比路小遗打得可狠多了，这是三门镇的护镇大阵启动后的反应，好在史朝天使用的是瞬息移动和驾云术，没有太大的攻击性，因此这一巴掌只带着点教训的意思。史朝天一时没反应过来，想躲已经来不及了，好不容易脸躲开了，肩膀上狠狠地挨了一下，身子一晃差点掉下去。

路小遗也没去管史朝天了，对方跑都跑了，他也追不上。他转身之际，一道人影扑了上来。过了一会儿，齐子晴也有点不好意思了，连忙松手，规规矩矩地行了个礼："见过先生！"

路小遗笑着摆了摆手："不用客气！"

说着，他丢出了一个袋子："先拿去应付差事。我有事找你。"

齐子晴接过袋子，回去要给掌柜的交差，掌柜的却死活不肯收，反而赔笑道："子晴姑娘，以后这里的差事，你就免了。"

掌柜的一边说，一边抬头看着外面，生怕那位发飙。别人不知道深浅，他是很清楚的，这个护镇大阵，最多能困住元婴期的高手，毕竟三个门派没多少资源能浪费在这里。史朝天倒霉地挨了法阵的一巴掌，那是因为他先前被抽惨了。要真惹恼了外面那位，那位拆掉三门镇也是轻轻松松的事。

很快，齐子晴就出来了，笑眯眯地在前面给路小遗带路。沿街一幢房子二楼的窗子上映出了齐子薇的笑脸："先生来了吗？"说完她人就不见了，麻溜地下楼来开门，见了面先行了个礼，这才将路小遗请上楼。

二楼的布置很简单，就放了两张床和两张台子。齐子薇笑着解释道："简陋了点，怠慢先生了。"

路小遗笑了笑，扫了齐子薇一眼，道："关门关窗，小心隔墙有耳。"师姐妹俩照做了。一想到现在这个密闭的房间里就只有她们俩和路小遗，师姐妹俩不禁都有些紧张，齐子薇还好点，齐子晴则一只手揪着领口，很是娇羞地低着头。

不承想气氛变得飞快，只见路小遗一挥手，她们面前便出现了一个灵元渡，这一下师姐妹俩都惊呆了，又惊又喜。

"东西收好，以后轮流用。子晴保管灵元渡，子薇保管墨玉。"说话间，他又摸出两块墨玉递了过去。齐子薇接过墨玉收了起来，齐子晴也收起了灵元渡。路小遗这才坐下打趣道：“茶水都没有一杯吗？”

“哎呀，差点忘记了！”齐子薇赶紧去端茶水。

坐在椅子上的路小遗表情很随和，看着齐子晴笑了笑：“修真一道，还是要靠修为说话。你们两个，今后要加油啊。这袋子里有一千枚元气石，够你们用一段日子了。回头你们进步神速了，想来门内会对你们另眼相看，你们便不用再做这等站在街边卖东西的事了。”

齐子薇端来茶水，奉上后笑着道：“先生有所不知，就算我们筑基成功，在门内也是要被压榨的。天灵门内，只有金丹一级的弟子才有享受供奉的权利。”

路小遗接过茶水，喝了一口，微笑着道：“多谢！”

说罢，他放下茶杯，站起身道：“我还有事情要办，这就告辞了。你们二人今后轮流修炼，同时还要善待同门，争取吸引更多的人加入神族。为安全起见，你们二人须各领一支追随者队伍，各自的成员不得泄露给对方。”

两人点点头。路小遗开门出去，她们送到楼下门口，齐子晴欲言又止。路小遗见了，回头笑着问：“怎么，有话要说？”

齐了晴微微躬身道：“先生的大恩大德，了晴无以为报，只想让先生知道，日后重建神族时，我师姐妹二人定会竭尽全力，助先生一臂之力。”

路小遗强忍激动道：“我知道了！”说完便转身走了。

出了三门镇的范围后，路小遗奔着齐家别院走去。白虎从路边的树林里蹿出来，对着路小遗的脑袋一顿乱蹭。这家伙最怕的就是路小遗丢下它，那它真是会落得有一顿没一顿的下场，日子别说多难过了。

路小遗翻身上了白虎，继续缓缓朝别院而去。距离大门不足百米时，路边又蹿出一人，跪地拱手道：“见过先生！”

路小遗没见过他，于是故作高深地摆了摆手：“我自己进去便是！”

白虎很配合地“嗷”了一声，吓得黑衣人伏地不起，路小遗也不去扶他，径自往里去。别院这里与翠竹谷不是一回事，在这个地方全靠演技，感情这个东西没啥用。齐乔氏那个女人很现实，跟她谈感情就是瞎子点灯——白费蜡。

不过这里也不是完全不讲感情，比如齐可心就不一样。这小姑娘听到通报后，就飞也似的跑了出来，一个跃起，跳进了路小遗的怀抱，笑着道：“先生，先生，我炼气二级了，厉害吧？”

这才多久，这小姑娘就达到炼气二级了？路小遗不知道修炼之难，只好继续装：“不要骄傲！”

说着他想到了黑龙剑，便随手拿出来递给了齐可心：“忘记给你带礼物了，这个拿去玩吧。”

齐乔氏站在门口看得清楚，当场脸色就变了，心想，这是怎么回事？

路小遗下了白虎，交代了一句：“小白只吃熟食，弄一头猪来煮熟了喂它就行。”

自然会有人过来牵着白虎，路小遗又交代了一句：“给它洗个澡。”

他再转身时，便见齐乔氏脸色奇怪地站在那里，于是上前拱手道：“夫人，有些日子不见，怎么脸色这般难看？”

齐乔氏伸手抓住路小遗的手，另一手抓住齐可心的手，也不说话，只是飞快地往里走。进了她的房间，她才松了一口气：“先生怎么能把黑龙剑给可心，她如何能驾驭？”

路小遗奇怪了，看看齐可心手里的黑龙剑，觉得也没啥特别的地方，只道：“这是我才弄到手的，好像是一条黑龙化的飞剑。我觉得也就是一般的玩意儿，可心拿去用就是了。”

路小遗无所谓，齐乔氏可是被吓坏了，要知道，这可是史朝天的飞剑啊。难道说……当下她急忙追问道：“先生从何处得来此剑？”

路小遗摆了摆手，一副很轻松的样子：“今天在街上看见有个老流氓调戏小姑娘，我就上去顺手抽了他几个耳光，之后这老东西躺在地上装死，我就夺了这把剑，还有一条腰带。对了，这是他的发簪，这是他的戒指。发簪很一般，戒指里的东西我还没看。”

齐乔氏吓得哀叫一声：“天哪！”人都站不稳了，路小遗赶紧伸手去扶着她。

她这才站稳，摆摆手道：“我没事，可心出去等着，剑留下。”

齐可心不乐意，噘着嘴出去了。齐乔氏关上门，回头时使劲地拍着胸口：“吓死我了，吓死我了。”

路小遗奇怪地问道：“怎么了这是？”

齐乔氏瞪大眼睛问道：“先生，您不认识史朝天啊？”

路小遗随口回道：“我认识他作甚？”

“天！”齐乔氏又要晕倒，这次没让路小遗扶，自己伸手按住了床。

第六十五章

DAGUIJIASHI

酝酿中的风暴

路小遗有点架不住齐乔氏这样一惊一乍的，不禁四下观察起门窗，想看看有没有逃跑的路径。齐乔氏一手按着胸口，口中嗔道：“路爷，您可是把奴家给吓傻咯！那可是史朝天啊！您怎么揍的他？没弄死他吧？”

路小遗还得接着往下装啊。只见他镇定自若地端起茶杯，轻轻地吹了吹茶叶，淡淡地答道：“这不算什么，无非是看他不顺眼而已。只是这厮不经打，几个巴掌就晕了过去。趁我没注意，他施法跑了，我本还打算把他吊起示众来着。”

齐乔氏已经吓得不行了，史朝天是什么人？竟被他用巴掌抽得只能装晕，再趁机施法逃遁！

这么厉害的高手，整个修真界好像还没有出现过吧？看着路小遗那张帅脸上的轻松表情，齐乔氏沉醉在了他的潇洒俊逸和霸气洒脱里。稍微想象了一下当时的场景，她顿时就有点控制不住情绪，两手十指互相绞紧，免得忍不住当场就抱过去，那才叫丢人丢大了。

“先生……”齐乔氏轻声喊道。

路小遗站起来，一本正经地叹息了一声：“我知道你的心思，只是眼下不是时候。金丹在即，不要乱了心性。”说话间，路小遗摸出一个渡劫辅助傀儡递了过去。

齐乔氏内心陡然一惊，暗道：果然是高人，竟然一眼就看出我的修炼到了关键时刻。

路小遗能看出个什么啊，根本就是龟灵用意念传音告诉他的，他只是下意识地复述了后面一段话，而后作为补充，又拿出了个渡劫辅助傀儡而已。

齐乔氏一看这渡劫辅助傀儡的样子很是奇怪，脑门上还顶了根尖尖长长的针，心想，这是要作甚？

她不解地看过去。路小遗拿起一尺长的傀儡，往凹槽里装了一枚元气石，启动后，傀儡自动变大，变成了成人大小，头上的长针也变得越发诡异了。

“渡劫之时，将这傀儡启动后放置在附近，到时候你便知道好处了。”路小遗说完，关上开关，傀儡缩小，恢复了一尺长的模样。

齐乔氏接过后，郑重地收了起来，想来是当真了。

这一次齐乔氏的反应没那么激烈了，只低声道：“好人，奴家太感谢你了。”

路小遗“呵呵呵”笑了三声，维持着高深莫测的样子，淡然坐回椅子上。

齐乔氏坐直了身子，道：“先生给可心的心法，奴家也练了一番。那心法看着不起眼，其实可了不得。”

路小遗继续装高深，微笑着摇头不语，那意思是“不值一提”。齐乔氏继续道：“奴家的修为进步如此之快，可多亏了那门心法。修真者就好比一个容器，容器大，一次吸入的灵气便多一些。先生的心法恰恰是从这点入手的，稍加修炼，便能拓展经络气海，可不就是把容器扩大了吗？”

就在路小遗生怕这女人起疑心之际，齐乔氏又低声道：“这院子里的女弟子，先生看上了只管要去。哪个不从，奴家自有法子对付。”

这个女人真是个心狠手辣之辈。

女人其实是最好哄骗的，齐乔氏先前遇人不淑，如今路小遗又是一副全心全意为她好的样子，自然把她感动得一塌糊涂，这不，此刻她口中还在念叨着：“奴家自知修为太低，对先生的伟业助益不多。不过先生放心，奴家一定加紧修炼，早日进阶，以为先生效犬马之劳。”

路小遗呵呵一笑，继续哄骗道：“庸脂俗粉，要来作甚？你安心修炼，这点定力我还是有的。”

这话换别人说，齐乔氏未必会信，但路小遗挑这个时候说出来，她是深信不疑的。要说姿色，齐乔氏是顶尖的，修炼多年的她，看着也就三十岁，正是女人极好的年纪。她对自己的姿色极为自信，故而听路小遗这么一说，她的心里满是甜蜜。

她口中喃喃道：“先生千万记得，奴家的整个心都是您的。回头待我修为大进，必定收了齐远山的性命。”

路小遗听到这句，手上顿时微微一颤，嘴上却是一副痛心的口吻：“不要冒险！实在不行，我出手灭了齐远山便是。”

听到这话，齐乔氏笑嘻嘻地站了起来，回头一笑道：“老东西还不知道呢，已经有几个同门勾结起来了，怕是要联手害他。用不着先生出手，等着看戏就行。”

路小遗闻言点了点头。这事情他确实不关心，他想要的不过是这个庄子，想将其作为一个据点。

这时候有人敲门，路小遗看向门口，齐乔氏上前开门。敲门的是齐可心，齐乔氏见她一脸紧张，笑眯眯地让她进来了。

昊天门是一个强人扎堆的门派，是修真界的人听到名字就得绕道走的第一门派。

苏云天，据说是修真界最接近大罗金仙的高手，此刻他却眉头紧皱地坐在蒲团上，他的对面坐着三个同门师兄弟，其中一个就是鼻青脸肿的史朝天！

从来都是昊天门欺负别人，而这一次，昊天门的人竟被别人欺负了，这被欺负的人还是四大高手之一的史朝天！史朝天不敢有任何隐瞒，一五一十地将事情的经过说清楚了。

“迄今为止，我从未见过此等高手！”史朝天的语气非常沉重，苏云天也是认同的。

这两人彼此之间也算知根知底，如果说让苏云天抽史朝天，能在力量上轻松压制吗？

这个玩笑一点都不好笑，但是确实有人做到了。除非史朝天说谎，但是史朝天没有必要说谎，毕竟这是很丢人的事情，夸大对手的实力，并不能给自己增添光彩。

“看上去只有十六七岁吗？”苏云天不动声色地问了一句，史朝天点了点头。

“知道了。来人，去把九天叫来！”九天也就是苏九天，这是另外一个倒霉蛋。前段时间，他被天灵门的人抬回了昊天门，当时大家都认为这家伙人品太差，一定是在编故事遮掩丑事，现在看来，他回来后说的那些话未必是假的。

苏九天是被抬进来的，他的伤太重了，元婴被怨念深重的阴魂撕咬得遍体鳞伤，阴气深入元婴体内，没有三五年好不了。

“九天，上次你遭遇的高手，你再仔细描述一下。”苏云天咳嗽一声，吸引了几人的注意力后说道。

躺在担架上的苏九天苦笑叹息：“我知道各位师兄不信我说的话，但既然门主问了，我就再重复一次好了，我也不怕丢人。上次在三门镇外十五里铺，我出手伏击一个年轻人，原因是想为一个奴仆出气。我在一条必经之路上布下了九阴噬魂阵，本以为能轻松拿下他，没想到反而被他算计了。我明明看见阴极之气要把那个年轻修真者给困住，却发现那原来只是他的欲擒故纵之计……”

苏九天不紧不慢地说着，语气平和，看来这段时间他反思得比较到位。他把事情的经过说得很仔细，没放过当时的任何一个细节。

“就这样，我一头撞在了山上，猝然晕了过去。此事确实与天灵门无关。”苏九天说完这一句，想了想又补充道，“我看那金色龟甲确实怪异，竟然能使人身体失控，唯一可控的是思维。想想真是奇怪，这是哪一家的秘术？”

对比了一下史朝天的遭遇，苏云天也有点搞不明白了，唯一能确定的是，那小子修为极高，估计根本就不是什么年轻人，而是个修炼了千年的老妖怪，化作了年轻人的模样。

史朝天突然想到了什么，开口说道：“门主，这会不会是三大门派请来的帮手？”

苏云天的表情陡然大变，恶狠狠地看了史朝天一眼，史朝天这才知道自己失言了。这里还有苏九天呢，他可不算门派里的核心人物，这等机密的事情，怎么能当着他的面乱说？

“抬下去吧。九天，好好休息，我那儿有上好的疗伤药，等下我派人送去。”

打发了苏九天，苏云天冷下了脸：“朝天，你也不是三岁小孩儿了，说话怎么不带把门的？此等机密之事，怎么可以乱说？”

训了一句对自己不太服气的师弟，见他低头认错了，苏云天这才继续说道：“此事不可能传出去。就算三个门派有人知道了消息，秘密请来了高手坐镇，你以为，他们能上哪儿去请出这等高手来，又如何瞒得过我们的耳目？”

那么，这个高手是从哪儿冒出来的呢？他又有何目的？苏云天他们真是百思不得其解。

更多精彩尽在《大龟甲师》中册！